———— 想象，比知识更重要

幻象文库

百万英里之路

MILLION MILE ROAD TRIP

RUDY RUCKER

[美]鲁迪·拉克 著　　王彦超 译

新星出版社　NEW STAR PRESS

目录

1	初　吻
11	魔　梯
20	维利的家
28	佐伊的妈妈
34	加强版紫鲸车
43	尤尼隧道
54	穿越范科特
65	夜　市
78	飞碟大厅
90	三个佐伊
95	离开小镇
111	奇怪的梦境
120	边境大满贯旅馆
132	努努的父亲
143	梅　茜
150	桑德大陆
169	冲浪世界
191	沙滩派对
216	穿越山脊
230	不是妈妈

目录

- 247 | 和谐大陆
- 266 | 斯特拉托卡斯特
- 279 | 魔　杖
- 294 | 菲利帕夫人
- 304 | 齐柏林飞艇
- 318 | 扁牛飞碟
- 334 | 新伊甸园
- 355 | 回　家
- 369 | 宇宙大战（上）
- 386 | 宇宙大战（下）
- 404 | 后　记

初 吻

佐伊

佐伊·斯纳普是一个极不合群的人，她无法按时完成任何事，不愿意参与任何社交活动。佐伊在学校的爵士乐团里吹小号，但她从不擦亮小号——她就喜欢那些污渍。佐伊总是穿着连帽衫、T恤衫和牛仔裤。她会用水晶和橡皮筋给自己做首饰。她最好的朋友是"麻秆儿"维利·安特卫普，他家离佐伊家只有一两个街区。维利没有野心，也没有自尊心。但是他了解佐伊，总是听她的。也许佐伊喜欢维利。

放学时，维利经常送佐伊回家。严格说来，今天不用上学。佐伊、维利和其他毕业生只是下午过来彩排明天的毕业典礼。他们不做演讲，不朗读学生姓名，也没有弄乱礼服，所以很快就结束了。现在，他们在停车场，就像每天放学时那样。

维利有一辆八十年代的破旅行车，他修理东西很在行，数学和科学却不灵光。维利说自己很笨，但事实并非如此。更重要的是，他是个心灵手巧的人，总是沉溺于书本之外的世界。你递给他任何一个小玩意儿，他都能弄清楚它的内部工作原理。即便如此，他的车还是有很多问题。因为维利也不总是待在车库里，他有时还会去冲浪或玩滑板。

佐伊坐在这辆老式汽车宽大的、像长凳一样的前座上，说：

"向紫鲸车致敬。"她低声笑了笑，甩了甩她的黑发。佐伊留了个带刘海的波波头。然后，她用充满活力的双眼瞟了维利一眼，这简直要迷死他了，或者至少她自己这么觉得。

维利说："这辆车可能要改名为深褐色鲸车了。"他的嘴就像一条直线。他笑起来的时候，笑意总是先从嘴角露出来。阳光和海浪把维利的头发染成了深浅不一的金黄色。他小麦色的皮肤看起来有点咸咸的味道——这是一种赞美。

"深褐色？"佐伊问。她的嘴型很好看，嘴唇轮廓分明。她说话的时候经常做鬼脸，好像在评论自己的话。这样，如果她碰巧说了一些不该说的话，这种含蓄的讽刺就给了她一个台阶。

"这就是深褐色。"维利一边说，一边给佐伊看他手机屏幕上的一个小色块——偏棕的紫色。

"和你的'鲸鱼'的颜色很像。"佐伊说，"我一直以为深褐色是一种恶心的黄绿色。"

"普遍的误解。"维利说着，挑了挑他深色的眉毛。维利穿着紧身牛仔裤，和一件有波浪图案的深绿色T恤衫。虽然他衣服旧旧的，还有破洞，却显得很潇洒。

"你懂得可真多。"佐伊说。

"我知道的一切都是从游戏、漫画和图像小说里学到的。学校就是一场骗局，长期给你做没用的洗脑。"维利一边说，一边和着手机里的音乐点头打拍子。他的声音低沉，还有些沙哑。

"明天就毕业啦！"佐伊欣喜若狂地说，"以前，我常坐在教室里，看着窗外，羡慕着那些在外面做事儿的人。他们享受着生活，没有老师，不用考试，也不用受塔娜·加维那种笨蛋的气。我们终于自由了。"

维利看着她。佐伊觉得自己太矮了，胸部也不怎么样。至于她的屁股，比十一岁的时候更宽更圆了。总有些男孩子在走廊里盯着她看,他们都是些性别歧视的脑残。但维利看着她的时候,她很高兴。佐伊喜欢看着他。他有冲浪者流畅的肌肉线条,情绪从不失控,总是活在当下。而且一点都不装腔作势,很有男子气概。

这些强烈的想法一直盘踞在佐伊的脑海中,从未说出口。

维利发动了车子,然后说:"今天彩排前,我看见你和塔娜吵架了,后来她和她的朋友都在模仿你,笑得像一群鬣狗。"

"真的吗?"佐伊既恼火又高兴,"平时我都分不清塔娜是不是听得见我说话。她表现得好像我就是一只小狗,不,她连看都看不见,充其量就是一只咆哮的蚂蚁。"

"你今天突然无缘无故朝着塔娜大喊'你势利什么?',就像个疯子。"维利说完笑了,他的笑声高得奇怪,不过这也是佐伊喜欢他的一点。

"是啊。"佐伊泰然自若地说,"她势利什么?塔娜这个笨蛋,穿着商场里那些熟女服装,说话像个鸭子。凭什么那么势利?"

"她是个受苦的小丑。"维利耸了耸肩说,"内心在哭泣。"

维利有一点很烦人——至少佐伊觉得很烦人——他会认同别人,理解他们的感受,同情他们。特别多愁善感。

"就是因为你人太好了,所以别人总利用你。"她对他说。

这时候,维利开着他的"大鲸鱼"向学校停车场出口驶去。到处都是背着书包、玩着手机、听着歌的孩子。海鸥在他们头顶盘旋。

"看前面!"维利大喊道,"佐伊,塔娜正朝我招手呢,她来找我了。因为我人太好了。"他发动了引擎,引擎发出了雄赳赳的咆哮声。

"事实上,她正朝咱们竖中指呢。"佐伊说,"开过去撞她。"

佐伊的话就是圣旨,维利威胁般地打了个转,让他的紫鲸车贴近路边，朝着塔娜和她的朋友冲了过去。在尖叫和咒骂声中，有人重重地踢了下紫鲸车的后挡泥板。维利按了按喇叭，但没有停车。

"如果我们因为撞死塔娜而进了监狱，至少我知道今年秋天我要做些什么。"佐伊回头望着她的敌人说，"彩排之前，塔娜一直在大谈特谈她要去商场血拼，买大学里穿的衣服。她的声音烦死我了。像只趾高气扬的鸭子，嘎嘎、嘎嘎地叫个没完。"

洛斯佩罗斯大道上挤满了许多老年人的车。维利汽车的扬声器里放着一些跌宕起伏的冲浪音乐。这是他所在的车库乐队三重奏的录音，他在里面弹贝斯。佐伊觉得，这声音还不错。尽管严格地说，作为乐器，吉他没有号那么重要。

现在是六月的第一周，雾蒙蒙的蓝天就像肥皂剧里的一样。宽阔的街道两侧种满了棕榈树。老鼠爬上棕榈树，生活在枯叶中。旁边是朦胧的森林山麓的景色，无家可归的人们就住在山上的洞里。也许这就是佐伊的命运。

"你不要再纠结加州大学伯克利分校和另外两所学校拒绝你的事儿了。"维利对她说，他似乎真的很担心。"你根本没考虑过社区大学，对吧？"

"我一直在等我妈催我，但她疯狂想成为一名房屋中介，现在她甚至还给别人做大学申请指导。好像从三月份开始的，她现在有五个客户了。"

"可你不是其中之一。"

"我妈唠叨了好几个月，要我写伯克利分校的申请和个人陈述。在提交申请的最后一天，我写道：《美国生活》是一部成功的电影，背景音乐是断断续续的国歌。但是我……我想要的人生是像卡通片那样热闹欢快，再配上奇怪的号角声。"佐伊自顾自地笑了笑，用文绉绉的口吻说，"我妈开始变得语无伦次，她哭着放弃了我。我享受着没有唠叨的乐趣。在我心里，我觉得伯克利那些时髦的招生人员会完全理解。他们会说：'说得好！佐伊·斯纳普！'结果我错了，他们就想让我唱国歌。我去哪里都不合适。"

"塔娜在申请伯克利大学的论文里说，她想辅导处于危险中的少数中学生，并检测那种环境下所供应食物的隐藏毒素。"维利说，"她给我看了，就在我们在健身房的软垫长凳上做爱之前。"

"真没意思。"佐伊说，"我一点都不在乎。说到无耻的人，我同父异母的妹妹梅茜这周一直在求关注。她就像可怜的、孩子气的女版雾都孤儿，即使身处逆境，也能为自己争取到最大利益。不过她就是个私生女，是我爸和那个肮脏的、破坏别人家庭的桑妮·韦弗生的。我爸和她一起生活了十六年。"

"梅茜的日子不好过。"维利说，"她腰上有个奇怪的凸起，它也不会像赘肉那样晃动，好像她在衬衫下塞了一条卷起来的毛巾。"

"如果我和她亲近一点，也许她会告诉我。"佐伊说，"我能看出来她想跟我交心。她给我发自拍，还叫我姐姐。我是个不合群的人，但是梅茜——我的天哪。虽然她只是个低年级的学生，但爵士乐团练习的时候，她已经坐在我旁边了。如果我不这样，我就得往自己身上浇汽油了。有火柴吗？"

"佐伊，别总把死挂在嘴边。你没有自己说的那么糟糕。而且，还有很多人关心你。"

维利看着她，他的眼睛是浅棕色的。佐伊觉得胸口有什么东西被释放了。突然，她伸出手，摸了摸维利的脸颊。如此接近，如此有人情味儿，如此真实。

"谢谢。"佐伊说，"谢谢你这样说。"

"梅茜是吹长号的吧？"维利问，好像现在除了这个话题他不知道该说些什么好，"我喜欢长号，对着天空演奏，感觉很自在。"

"梅茜在吹号的时候会变得顽皮而快乐。"佐伊说，她就喜这些花里胡哨的词,"她喜欢用黄铜管撞我。这是什么妹妹!但是她吹得真的很好。今天练习后,我本来想悄悄离开,但她教了我一个新的重复乐段。然后她给了我这颗漂亮的珍珠,我惊呆了,都没好好谢谢她。我不明白你怎么会觉得我是个好人。"

"你是个好人,而且很性感。"维利说,"我喜欢你的皮肤,光滑,还是古铜色的,我一直想摸摸。"

佐伊坐在那里,脸上挂着傻乎乎的微笑。"你也很性感。"她说,完全没有讽刺的意思,一点不设防。没错,和维利在一起很安全。

现在做什么?两个人沉默了片刻。

维利最终开口道:"我从来没在周末见过梅茜,她没参加过任何一个派对,就好像她出城了。"

"我也很好奇。"佐伊说,"我只知道她喜欢那个在社区中心聚会的外星飞碟邪教——新伊甸园太空之友。那是爸爸以前参与的社团。他过去常说外星飞碟有好有坏,我们应该帮助好的一方赢。我为什么要说这个?"

"没事儿。"维利说,"我喜欢你的声音。如果我们不是在加利福尼亚,也许你的父亲会成为浸信会①教徒或者观鸟者。而不是变成一个不存在的外星飞碟狂人。"维利顿了顿,然后接着说:"从好的方面来说,如果飞碟是真的,那我们上不上大学都无所谓了,因为世界末日就快到了。"

佐伊慷慨激昂地说:"我们正处于疯狂的旋涡中,活在借来的时间里,很快就会在绿草如茵的山谷中,悲伤地躺在白色石头下。"

"你又开始说不吉利的话了。"维利责备道,"打住,快打住。"

"重新说。至少我还在做首饰。"

---

①基督教新教浸礼宗教会之一。传入美国后,自美国南北战争时期起分裂为二,南方一支译称"浸信会"。(除特殊说明外,本书脚注均为译注)

"至少我还在冲浪。"

"你注意到我的项链了吗?"佐伊用一种十九世纪傻乎乎的语气问道,"我找到了一些有弹性的塑料绳子,颜色是深褐色的。还有这些水晶,它们是多面体的,可以折射出各种颜色。你以为它们有颜色,但并没有。"她话音一转,没有再继续喋喋不休。"哦,维利,我们要如何度过我们的一生呢?"

"你继续做首饰,吹小号。我继续冲浪,修理我的车。有时候我们一起开车出去转转,吃点东西。这还不够吗?"

"我妈可不这么觉得。我已经到了她让我做什么都做不了的地步,就好像瘫痪了一样。"

维利用手指做了个神秘的动作,仿佛把佐伊从恍惚中唤醒。"起来!上大学还是去工作!大学还是工作?!"

"我不想做一份低贱的工作。"佐伊小声说,"即使别人认为我就只有那个水平——柜台后面的女销售,顺从地帮助粗鲁的白痴购买令人尴尬的医疗辅助设备。"她戳了戳手机。"我知道网上有个西谷社区学院注册页面,你只要高中毕业就行了。但我一直在拖延。我告诉自己打起精神来,佐伊,现在就填。"

"我,我可能连西谷都去不了。"维利说,"我数学不及格,毕不了业。我都不知道自己今天为什么要参加毕业彩排。我走上台,却拿不到毕业证,这真是太可笑了。"

"哦,维利,我都不知道这件事,是因为可怕的平方根,还是恶心的对数?"佐伊同情地问。

"我总觉得自己明白了,但考试的时候就会大脑一片空白。而且,数学老师也不喜欢我。"

"你能在暑期学校①上数学课吗?"

---

① 在北美一些高中、学院或大学,学生会参加暑假课程以获得学分。

"他们有一个在线补习课程，但我不想上。在线学习的都是机器人。我爸爸的人生就是蹲在马桶上看手机。我想成为和他不一样的人。如果我不能毕业，也许我应该去修车厂当一名机械修理师。"

"你爸爸能同意吗？"

"他肯定会觉得这很滑稽。他从不在乎别人说什么。但就像你说的，工作就意味着要朝九晚五，为老板打工，这不是我想要的。备选计划是什么呢？我要买一些破车，把它们修好再卖掉。"

佐伊看着一只海鸥盘旋在车的上方，好像在跟着他们漫步。海鸥飞过城镇图书馆、便利店、美甲店、被花草灌木围绕的维多利亚式豪宅、17号公路立交桥、超市购物中心和每栋售价两百万美元的破旧农舍，仿佛在空中巡游。它拍打着翅膀向前飞翔，无所顾忌、无所不知，享受着美好的旧时光。

"要不咱俩离开这里吧？"佐伊突然说，"越快越好。"

"瞧啊，他们坐在鲸鱼肚子里旅行。"维利油腔滑调地说。

"我是认真的。"佐伊说，"咱们来一场轰轰烈烈的公路旅行吧。"

维利想了想。"嗯，好啊，没问题，我和兄弟们以前开着紫鲸车去冲浪，把露营垫铺在车里睡过。我和你也可以去全国旅行，为什么不呢？行驶在乡间小路上，在草垛里睡觉。干些农活来换取早餐。日落时在街头表演，你吹小号，我玩杂耍，远离喧嚣。"

"是啊。"佐伊用有点雷鬼的腔调说，"也许咱们可以从墨西哥开始？我从没去过那儿。除了洛斯佩罗斯、圣克鲁兹、旧金山和圣何塞，我没去过别的地方。这些都是我爸和桑妮·韦弗住过的地方。"

"我会带上我的冲浪板。"维利说，"我们可以沿着海岸转道去加利福尼亚半岛。"他就喜欢改变方向。

"还有一件事儿。"佐伊说,"嗯,这次去旅行是不是意味着我们正式在一起了?你就是我男朋友了?"她的声音听上去小心翼翼又平静。

两人沉默了许久。"我们不用正式地决定这种事,对吗?"维利说,"我觉得还是顺其自然的好。"

"我们一直都在顺其自然,但什么都没发生。"佐伊说。

"我也希望能发展一段恋情。"维利坦白道,他的声音有些沙哑,"但我无法想象我们怎么才能走到那一步。"

"没这么难的,维利。很多人都能做到。"佐伊挑逗地看着他。

维利紧张地笑了笑,把头发从脸上拨开。"和你聊有关性的话题——如果咱们现在聊的是这个,让我觉得自己本来是在一条平坦的人行道上滑冰,但是突然道两边的地面下陷变成了万丈深渊,人行道变成了窄窄的单行道,路边的石子滑入深渊,敲打着峭壁上的岩石直到落入波涛汹涌的大海。"

"我就当这是一种赞美。"佐伊笑了一下说,"也许不是?我到家了,维利。你差点儿要开过了,你是太紧张从峭壁上跌下去了吗?今晚你能送我去才艺表演吗?"

高中的春季才艺表演是毕业前夜一项有益健康的娱乐活动。不要把这个和高中毕业舞会弄混了,那已经是一个月以前的事儿了。而且,佐伊并没有去。她总是妄自菲薄,所以没能找到合适的舞伴。她无法独自面对舞会,她当时应该问问维利的。无所谓啦,至少她要在春季才艺表演上演奏了。瞧瞧!佐伊所在的乐团叫洛斯佩罗斯咆哮爵士乐团,今晚将演出两首曲目。不过,这有什么关系吗?她的生活正在溜走。

"呃,当然,我会送你。"维利说,"但是……"

"咱们稍后再聊。"就在维利觉得自己安全了的时候,佐伊靠过来,给了他一个吻。这个吻佐伊已经想了几个礼拜,甚至几个月了。佐伊本来只想亲吻他的脸颊，但就在关键时刻，维利转向了她，然后她吻到了他的嘴。真正的吻。他们的牙齿碰到了一起，他们的额头贴在了一起。尴尬，太尴尬了。但是感觉又意外地好，他们缠绵了一分钟，漫长而甜蜜。然后停下来呼吸，现在就到这里吧。

佐伊砰的一声关上了紫鲸车的门，她在心里哼起了歌，蹦蹦跳跳地走上了回家的人行道。她心中的歌是一个朋克女子组合的金属即兴演奏，听起来像海浪发出的声音。在这段即兴演奏中，有一位隐身的女歌手在喊着晦涩的欢快歌词，这个女歌手可能就是佐伊。最重要的是，一个孤独而宁静的号手演奏出了一段飞扬的旋律。这位号手也是佐伊。

事情就这样开始了，骰子扔出去了，她的未来开始了。

魔 梯

佐伊

佐伊的妈妈和她的新客户坐在厨房的桌子旁，这个男生看上去像一个上进的高三生。他个子矮矮的，还戴着牙套。桌上放满了报纸，妈妈的老花镜戴在头上。她对佐伊露出了灿烂而有感染力的微笑，仿佛在说："这不是很有趣吗？"她在这个男生面前，假装自己是个专业的大学申请指导员，把他骗得团团转。

奇怪的是，佐伊觉得自己很妒忌这个孩子。"我准备看看西谷学校今年秋天的招生计划。"她宣布道，"我会选修音乐，或者试试美容学？"佐伊想先给她妈妈点甜头，然后再给她一个下马威。

男孩扭过头，盯着佐伊看。他不是洛斯佩罗斯高中的学生，但他肯定猜到佐伊是一个孤独地吹着小号、没有大学计划的人。

"请听从我母亲的建议。"佐伊对男孩说着，摊开手掌，一副特别绝望的样子——不过她也不完全是作秀。"那么你可能会在我失败的地方获得成功。"

"我女儿是——一个引路人。"妈妈用平静的语气说，"我们没有其他的办法，对吗，佐伊？"

妈妈的接纳与关爱显得佐伊是个执迷不悟的孩子。佐伊羞得满脸通红。她默默地从冰箱里拿出一杯酸奶和一个橘子，退回到她的房间，扑倒在床上，开始吃东西。房子的墙壁很薄。她们之所以会住在这么脏乱差的地方，是因为这是妈妈的炒房计划之一。一旦房价上涨，她马上就会把房子转手卖出去。然后她们会搬进高速公路边的破旧公寓。妈妈盘算着，到了九月，佐伊就该搬走了。

尽管如此，佐伊还是把这个房间布置成了自己的房间。她喜欢把衣服堆成一堆，按照它们的时尚概念来分类，每个概念在佐伊的心中都是四个字的词组，比如：胡说八道、烦恼漫天、哥特昏迷。除了小号，佐伊还收集了一些其他乐器——制造尖厉噪声的廉价电吉他，从旧货店买来搞笑用的大号，中学时，妈妈逼迫她吹奏的无聊长笛，闪闪发光的西藏锣，还有她父亲送的臭烘烘的非洲拨浪鼓。

但这种臭味没有那么难以接受。这只拨浪鼓是一个巨大的被染成了闪亮的深棕色的空心葫芦，四周有绳网。网上还挂着一百二十个玛瑙贝壳，只是贝壳顶部都被切掉了，这样你就可以看到里面的结构，而且它们也能发出更大的声音。

一想到这些东西，佐伊就想起梅茜今天送给她的珍珠，如果那是珍珠的话。她把它从牛仔裤的口袋里掏了出来。那是一个光滑的球体，比普通珍珠大得多，但比弹珠小。很值钱吗？还是假的呢？它的表面是白色的，映出七彩的光，就像珍珠一样，感觉它比想象的还要重一些。佐伊从没见过这样的东西。它不像珠子那样有孔，如果她想要用它做首饰，就需要把它固定住，但她不知道怎么弄。不过，这颗珍珠很漂亮。梅茜把这个送给她真是奇怪。她把这颗珍珠和其他普通的珠子放在了一起。

佐伊听到妈妈一直给那个男生没完没了地讲一个七步走的冲刺计划，以及还需要很多很多咨询会议。离婚后不久，妈妈成了一名房屋中介，她学会了如何骗人。她少女般的天真早已荡然无存了。

佐伊可不会骗人，她希望自己永远也不会骗人。但是假设，只是假设，她和维利在一起了，最后可能还嫁给他了，然后维利和她离婚了。于是佐伊就不得不像妈妈一样变得狡猾、冷酷。几年前，妈妈和佐伊没什么不同，她喜欢画画和露营，甚至还会跳芭蕾舞。但后来她把自己的生活交给了一个男人，接着她有了一个孩子，然后……

嗡、嗡、嗡……为了不让脑袋继续像转轮一样疯狂转动，佐伊使劲地摇了摇非洲拨浪鼓，她摇晃的方式很特别。她竭尽全力在脑海中重新播放了那首欢快的《我吻了维利》之歌。一想到那个吻，佐伊就觉得神清气爽。后面还会有更多，不过不要心急。如果他们真的要进行这场疯狂的旅行，他们就能一起度过几周甚至几个月的二人时光。佐伊希望他们能轻松地相处，一直开心下去。但是她的思绪又开始疯狂转动。如果她对维利掏心掏肺，但到头来他离开了她，就像爸爸为了一个讨厌做作的桑妮·韦弗离开了妈妈，该怎么办？嗡、嗡、嗡。

佐伊拿出了她的小号，插上了练习用的静音器，开始吹奏。她沉浸在音乐中，寻找自己的路。安上静音器的小号，声音小而清晰。佐伊演奏着一段缥缈的、随意的旋律，这是迈尔斯·戴维斯[①]的经典曲目《那又怎样》，这名字堪称完美。大部分的孩子都不知道迈尔斯是谁。他吹奏的曲子嘶哑、苍凉，仿佛每个音符都是一个模糊的斑点，就像被雨水浸湿的路面上那些七彩的油点。那又怎么样呢？这所有的一切。

在练习的过程中，佐伊"爬行动物脑"[②]的脑干中还残存着一

[①] 迈尔斯·戴维斯（1926—1991），美国爵士乐演奏家、小号手、作曲家、指挥家，20世纪最有影响力的音乐人之一。
[②] 爬行动物脑控制生命的基本功能，比如心跳、呼吸、逃命等，却不包含感情。爬行动物脑主要执着于自我防卫，即保护自己的功能。

些跃动的金属朋克片段。不过，今晚洛斯佩罗斯咆哮爵士乐团在她身后的演奏可不会这样随意。虽然这个乐团的名字很新潮，但学校的吉祥物是一只郊狼，就是这样。总有一天，她会在一支真正的乐队里演奏。

十二月的时候，妈妈就录了一段咆哮爵士乐团的视频，用邮件发给了加州大学伯克利分校的音乐系，希望佐伊能以演奏者的身份轻松入校，尽管她的论文写得不太好，成绩也平平。佐伊觉得非常尴尬，她对妈妈大吼大叫，心里却暗自希望这招能奏效。但这招根本没用。而且备选学校也都没有结果，也就是说，佐伊申请的其他两所学校也都没有成功。他们并不欣赏佐伊·斯纳普的世界观。

那又怎样？佐伊现在有计划了。她要和维利一起去旅行。

佐伊依然沉浸在小号独奏中，她站起身来，像一个耍蛇人一样摇摆着。她逐渐偏离了迈尔斯的曲子，开始即兴演奏，好吧，也不完全是即兴。她开始演奏梅茜在今天练习后教她的那奇怪的重复乐段。这个乐段有许多古怪的小停顿，就像小故障，或嘻哈音乐的小样。这些停顿让佐伊的独奏更加有魔力，如同一首圣歌。

是的。佐伊今晚就是要点燃观众。他们最终会知道她有多潮。甚至连塔娜·加维也会明白。佐伊走到书桌旁，弯下身子，看她的那些珠子。她的目光总是徘徊在梅茜给她的那颗漂亮的银色珍珠上。

"上升。"她对着珍珠默念，好像她是个耍蛇人。

然后，这一刻，在佐伊的人生中，意念力第一次起了作用。梅茜那颗七彩的球颤抖着升到了空中，缓慢地旋转着。它的表面闪闪发光，好像是在朝佐伊眨眼睛。这不可能。她的心跳加快了三倍，却没有停止吹号，她努力调整着自己的呼吸。停顿，停顿。希望能让小球飞得更高。佐伊没有思考的时间，她向后一仰，将小号高高举起，用尖细、摇摆的曲调支撑着那颗神秘的珍珠。珍珠升到了天花板附近，在这个过程中，它已经变成乒乓球那么大了。

佐伊的脑海中闪过一些东西，就像一个隐形的新朋友在说："哦，你在这里啊。我来了。"然后，她上气不接下气地放下了那把光泽暗淡的小号。

变大的珍珠亮闪闪地挂在半空，慢慢转动着。仿佛是一个有北极和南极的小地球仪。突然间，它变得透明了，而且里面有东西。

一个东西从珍珠的"南极"弹了出来。一对可怕的昆虫触角？不，不是，是棍子，中间有横档，就像一个很小的梯子，越到顶端越细，逐渐变成一个点。好吧，也没那么小。天哪，梯子的底部越来越大，它像斜坡一样滑了出来。

梯子的底部砰的一声落在地板上。梯子下半部分横档的间距还算正常，越往顶部间距越近。就好像佐伊看到了一个更长的梯子，顶端是一个点，与透明的珍珠相连。

哇哦！这时有人从梯子上爬了下来。一个黄色的小人，非常小，在最高的横档上。这个东西形似人类，瘦瘦的，像个女人一样摇摆着移动，并向佐伊招了招手。如假包换的外星人。

佐伊惊呆了，她忘记手里还拿着小号，哐啷一下掉在了地板上。

"没事儿吧？"妈妈隔着墙大喊。

"别管我。"佐伊喊道，她不希望魔法就此结束。

看着外星人从梯子上下来，佐伊想到了马戏团的杂技演员从绳子上滑下来的场景。过了一会儿，那个奇怪的黄色外星人就站到她身边，和她一样高了。不知为什么，外星女人看起来就像二十多岁，比佐伊大一些。外星女人身上有肉桂和油漆稀释剂的味道，有点难闻。

"我是扬帕。"外星女人说，"请向我打招呼。"她的腿特别短，所以腰很低。她的躯干像一根长长的柱子，腰部有一个T形关节，圆滚滚的肩部关节连着她的手臂。她声音沙哑，肤如皮革，瘦得像个稻草人。

扬帕伸出手，似乎想要握手。她的手上有八九根手指，每根都不一样，就像柔软版的瑞士军刀工具。佐伊硬着头皮，握住了那只手。手上有些地方很黏，但没有那种让人恶心的感觉，只是又黏又干的，像蜥蜴的脚趾。

"我是佐伊·斯纳普。"佐伊说，"这是我的房间。"

"欢迎我的到来，谢谢你。"扬帕说，"你害怕吗？"这个奇怪的女人的脸是橙色和黄色的，她的大眼睛是淡紫色的，嘴唇是红色的，下颌轻轻抖动。"我想你觉得我很臭。"她说完，就笑了。

佐伊很高兴听到她的笑声，如果那也算笑声的话。但是扬帕的味道确实让佐伊心烦，她径直走到窗前，敞开了窗户。没有玻璃挡着，佐伊大口呼吸着新鲜空气。

扬帕利用这个空当给佐伊的房间拍了张照片。像这样，她把双手放在脸的两侧，然后发出了咔嗒声。

"你和你的房间是一个永恒的立体梦境。"扬帕说，"可以装点菲利帕夫人的窗帘。"

"是我的小号声召唤了你吗？"佐伊问道，她想要掌握一些主动权。

"你们的尤尼隧道和我相连。"扬帕说，"你七怪[①]的曲调引导，梅茜从中帮忙。她告诉我在那里等待。这就是圆球世界[②]，对吗？"

"我不知道你在讲什么？"佐伊说。等等，这个外星人刚刚提

[①]外星人有口音，在说某些词时发音不准确。
[②]外星人的特定用词。

到了佐伊那个同父异母的妹妹梅茜吗?

"你们这个世界的风景,比如草坪、城镇、草原和海洋不会一直流动,对吗?"扬帕一边问,一边指着佐伊的窗户,"它向后弯曲,不是吗?因为这里是个球体。"

"嗯,是的。"佐伊似懂非懂地说,"我们所在的星球是地球,你来自哪个星球?"

"你的意思是,什么盆地。你是想知道,我来自地图世界中的哪个盆地。地图世界是一个宇宙糖果采样盒,或者一个无尽的鸡蛋盒。盒子的每个凹槽中都有一个扁平的世界。地图世界,而不是圆球世界。我和我的朋友做了一件疯狂的事,穿越了百万英里来找佐伊·斯纳普。"

"你的朋友?开车来的吗?"

扬帕转过身,盯着梯子的高处,喊出了一个名字:"平奇利!平奇利!"

这时候,佐伊突然感觉有点奇怪,她感到一股不真实的海浪向她涌来,仿佛地板变成了船上倾斜的甲板。她靠在扬帕身上,努力让自己保持平衡。这个外星女人的身体结实而有弹性,她比看上去更强壮。

"别再大喊大叫的。"佐伊警告扬帕,"我们可不能让我妈妈进来。"这倒提醒了佐伊把门上那个不太管用的锁锁住了。

与此同时,第二个外星人从上尖下宽的梯子上走了下来。这是一个橙黄色的男性外星人,外形和扬帕差不多,但是下巴更大,留着胡楂。他看起来也二十多岁了,估计是个有点懒散的外星人。

走到梯子中间时,平奇利就开始自由地往下跳,向下翻滚,还做了一个空翻。他一边下落,一边变大。他的脚重重地踩在地板上。他比扬帕高一英寸,还戴着一条闪亮的黑色皮质工具带。

"你真是爱炫耀,又吵闹。"扬帕说着,她古怪的脸上挤出了一丝微笑，"平奇利是我心爱的笨笨。要是他能整洁一些来见佐伊就好了。"她把双手举过头顶，又发出了咔嗒声，然后说："这是日后的纪念品。"

"佐伊！"妈妈的声音再次响起，"什么声音这么吵？尼尔森的课上完了。你看到我在你床上放的那些漂亮衣服了吗？我们可以……"

妈妈的话没说完，门铃就响了。是小矮个尼尔森的妈妈。随之而来的是两位母亲的喋喋不休，她们没完没了地讨论着尼尔森在加州大学或东部地区大学的前景，一会儿又说为什么不试试斯坦福呢？圣何塞州立大学是一所可靠的保底学校。

佐伊对扬帕和平奇利笑了笑。她一点都不关心妈妈那些鸡毛蒜皮的事儿。因为她现在和有史以来最酷的两个人在一起。"所以你们是从哪里来找我的，我的意思是，那个梯子能伸多远？"

"距离刚刚好。"平奇利说。距离——刚刚——好。他有乡村口音，像一个友好、快乐的乡下人。他一点都不吓人，也不刻薄。

"你的号声让珍珠像隧道一样延伸开。"平奇利继续说，"一端是你，另一端是我们。你的妹妹梅茜告诉我们站在哪里，你懂的，然后我们备好了梯子。你准备好爬上去看看了吗？"

"我要爬上梯子，去通往外星世界的隧道口吗？"佐伊说，"我可不要。"

"会很有趣——"他拖长音说。有——趣——

"让佐伊晚点儿离开。"扬帕说，"最好把那个男朋友还有圆形世界的车一起打包走。然后再把佐伊的隧道弄大一点，我们四个就可以轰隆隆穿过去了。"

"我的男朋友？"佐伊说，"是维利。他确实有一辆很酷的旅行车。"她几乎不知道自己在说什么。"我们想来一次大型公路旅行。"

"这就对了。"平奇利说,"你已经有一个计划了。扬帕,你和佐伊待在这里。我去见你的情人维利。我们可以聊聊汽车。"

这时候,妈妈正使劲扭动着卧室门把手。她想进来。

平奇利从佐伊敞开的窗户翻了出去,四肢着地。这个姿势让他看起来有点像狗——一种奇怪的狗,前腿比后腿长,还系着工具带,不像狗的狗。夏日黄昏的余晖把他染得金灿灿的,此刻他正凝视着太阳,似乎被它迷住了。

"汪汪。"平奇利一边开玩笑,一边说着。然后他四肢着地,小跑着朝维利家的方向去了。

"他可以闻到你的奇味。"扬帕说,"爱的连接。我就很匮乏。"

佐伊还没来得及说话,扬帕就像画架一样,把身体折叠起来,缩起双腿,交叉双臂。她滚到佐伊的床下,身上仍然散发着令人陶醉的香料和松节油的气味。

妈妈又使劲拽了拽门把手。"佐伊!"

与此同时,梯子还在原地,从地板一直延伸到佐伊天花板上那颗膨胀的珍珠——这颗珍珠连接着通往地图世界的隧道大门,或类似的东西。

佐伊抓住梯子,把它往上推,它好像有轨道似的,平滑地收进了那颗悬浮的珍珠里。随后,这颗有光泽的珍珠好像知道自己的任务已完成似的,又恢复了原来的大小,从空中落下,它仍然是透明的。佐伊一把抓住它,塞进了牛仔裤的口袋里,然后给妈妈开了门。

"你的小号怎么在地板上?"妈妈质问道,"你为什么就不能擦擦它?"

"晦暗就是我音乐的特色。"佐伊说。

维利的家

维利

把佐伊送回家后,维利在开车回家的路上回想起这个吻,他用手指轻点着嘴唇,想重新唤起这种感觉。当然,他也吻过其他女孩。他都要高中毕业了,也不是个呆板的人。比如上个月的海滩篝火晚会上,他吻了塔娜·加维。上周,他在健身房看到塔娜的时候,她用非常友好的方式跟他打了招呼。但他们之后没有发生关系,并不是像他告诉佐伊的那样,他不知道自己为什么要那样说。

维利家的位置很不错,在山脚下,可以欣赏圣何塞的景色。维利既没有看到他父亲皮特,也没有看到他弟弟斯卡德,但他觉得他俩都在家。因为爸爸那辆曲线感十足的电动工具车在车道上,房子的前门也是开着的。

也许爸爸正在家庭办公室,用计算机工作,那是后院中一间独立的小屋,房间里装饰着贝壳和非洲面具。那些东西很棒。爸爸是一位超级出色的程序员,他喜欢玩具。这个月,他为一家名为"脸尚"(InYoFace)的营销公司升级他们销售的广告管理工具,让在线广告传播力度更大,更加了解消费者的想法。

维利的妈妈玛丽是一名高中英语老师,但她去年得癌症去世了,就在家里,这也是她所希望的。从那以后,在维利的想象中,房子上空总有一片低低的乌云,而爸爸、维利、斯卡德则是三个迷路的男孩。他们走在薄薄的、透明的冰面上,死亡在冰下暗流涌动。如果维利使劲大喊大叫,冰面可能会裂开。

爸爸和斯卡德似乎也有同感。大多数情况下,他们待对方都很好,虽然斯卡德确实让人头疼,但这不是他的错。妈妈的死对斯卡德打击最大,他是个十年级的学生,已经十六岁了,但你肯定不知道,他极度不成熟。

维利回想起自己十年级的时候,距离现在也只有两年。但这一切就像回忆一场早已消失的狂热的梦。每个孩子都表现出自己最糟糕的一面,比如泡吧,生痘,声嘶力竭,完全失去自控力,憎恨每一个人。母亲去世后,维利也有些变化。他意识到每个人都是一样的。我们活着,四处奔波,然后死去。我们每一个人都如此。所以,为什么要恨别人呢?顺其自然就好了。

这种感悟的副作用是,维利没有任何做大事的冲动。他甚至还没有对佐伊·斯纳普采取任何行动,尽管他很想这么做。但现在,嘿!佐伊吻了他,他很高兴。

而且,是的,没错——维利和佐伊可能要开始一次伟大的公路旅行了。终于要离开洛斯佩罗斯了。"合法妻子"这四个字一直在维利的脑海中挥之不去。他不太确定这意味着什么,但肯定和性有关。在汽车旅馆里做爱,和佐伊?真的会发生吗?没那么难,维利。佐伊有些爱说大话,他们到底什么时候走呢?明天?今晚?

离才艺表演还有三个小时。维利决定迅速收拾一下紫鲸车。比如他打算安装六个新的火花塞和一个新的滤油器。也许他还能修好左前车窗,让它在该关上的时候能关上。为紫鲸车的壮丽旅行做好准备。

维利刚把车开进他们的双位车库时,斯卡德从车库的房门里跳了出来，踩着他弹跳力超强的旧跳跳杆，一边在车库里跳个不停，一边学牛仔喊着"咦哈"。斯卡德都十六岁了，对吧？可他还表现得像十二岁的小屁孩。现在就是个典型的例子。

斯卡德有一头红金色的头发，留着短寸。他的特征十分明显——大嘴巴，口水飞溅，个子很高，看着有点笨。好像他的神经系统发育速度比骨骼发育得慢。

"欢迎来到安特卫普牧场，伙计！"斯卡德刺耳的声音在车库里回荡。跳跳杆也不断发出咚、吱、咚的声音。

"白痴。"维利带着一丝宠溺地说，"有吃的吗？"

"弗兰克斯在营地周围放屁。"斯卡德尖叫道，"如果不放屁的话，厨子就变成僵尸了。"他的意思是，爸爸完全进入了程序员模式，目光呆滞，思维锁定在他的屏幕上，不接受任何输入，也没有任何输出。活脱脱被电脑占领了大脑。

"别这么疯疯癫癫的，太幼稚了。"维利对斯卡德说，"这太可怕了，好像你疯了一样。如果你正常点，我就做好咱们的晚饭，还让你帮我弄车。我们可以在车库里吃饭。两个汽车修理工，这可比牛仔帅多了。"

咚、吱、咚。斯卡德跳得几乎和车库的房梁一样高了，但他不会撞到头。尽管斯卡德表现得很疯狂，但实际上他非常谨慎，他知道自己在做什么。他完全知道怎么玩跳跳杆。他能在上面跳一个小时。

"如果你不闹腾了，我就去准备汉堡和芹菜。"维利说，"我马上去弄吃的，我还可以给爸爸做点，免得他的大脑掉出来。"

斯卡德的眼中流露出一丝同情。他把跳跳杆哐啷一声扔在地上。他其实很孤独，自从妈妈死后，他就变了。

"我们要装火花塞吗？"斯卡德抬头看着维利问道。"你煎汉堡的时候，我先弄火花塞。"看到维利有些犹豫，斯卡德又疯癫起来。"我能行!我知道怎么弄!我会去车底弄,那里比较方便操作。"

"我相信你。"维利平静地说,"最坏能怎样呢?最多就是你点着了我的车,咱们家被烧毁。也总比得癌症死了强,对吧?"

斯卡德抬起头,消化着维利的话。"我们离死还很远?你和我?"

"你说对了。看到这个套筒扳手了吗?火花塞在发动机机体的一侧,有电线连接。解开插头上的电线,拧出旧的火花塞,换上新的,然后换电线。一次只能插一个,否则电线就乱了。小心你的手,发动机机体特别热。"

斯卡德瞬间又恢复了十二岁的孩子气,像挥舞战斧一样挥舞着套筒扳手,其实他只是想和维利开个玩笑。维利十六岁的时候是不是也表现得这么幼稚呢?可能不会吧。套筒延伸管飞了出去,滚到车下。斯卡德躺在维利的汽车修车板上,在紫鲸车下面滑动,寻找零件。

与此同时,维利走进厨房,做了三个汉堡,洗了一些芹菜,他饿得站在灶台边,狼吞虎咽地吃着汉堡。维利用另一只手接着滴下来的汤汁,然后在牛仔裤上擦了擦手。现在,维利正津津有味地啃着一根芹菜,他把斯卡德的那份拿给他。斯卡德在车下,开着小差,数着零件,不知道在忙些什么。

"我是个汽车修理工!"斯卡德边喊边从车下伸出手,"我要在自己的工厂里吃饭。"

维利端着另一盘食物去了爸爸的小屋,它就像童话里小矮人的房子,有窗户,有门,有屋顶,甚至还有一个睡觉的阁楼。维利喜欢那些奇怪的非洲面具,它们看起来特别不协调,严肃、欢乐,好像卡通世界的大使。

爸爸没有转身,也没注意到维利来了。维利绝对不会成为一名程序员。

"嘿，爸爸！吃点东西吧！"

"嗯，谢谢。"爸爸缓过神来说，"好的。"出于礼貌，他关掉了显示器。如果爸爸的视线范围内有电脑屏幕，他就不能说话了。他把盘子放在膝盖上。"这很好吃。维利，你今天过得还好吗？"

"我今晚要送佐伊去才艺表演。"维利说，然后接着，他鬼使神差地把其他事儿也说了，"我们想也许——也许我们要去一次长途公路旅行。"

"我喜欢佐伊。"爸爸边说边擦嘴，"她很聪明。"

"她没考上大学。"维利说，"而且——我一直想告诉你，我数学考试没及格，所以我明天其实没法毕业。老师说我这个暑假要在网上学三十个小时的在线数学补习课。"

"你没必要这样做。"爸爸说，"别听老师的。事实上，你只需要通过一个标准化数学考试，他们管这个叫 GED 考试。这和上课是一样的，你觉得你能通过这个考试吗？"

"也许。"维利说，"笔试吗，还是线上考试？"

"是笔试。"爸爸有点恼火地说，"有个老师监考。他们不会相信那些参加线上考试的懒鬼。"爸爸半笑半恼地说，"你从来都没有用电脑做过类似的工作吧？你是在拐弯抹角地告诉我，我的职业生涯很糟糕吗？"

"我们不一样。"维利耸了耸肩说。

"也许不是呢。"爸爸说，"也许我以前和你一样，但现在我变得很呆板。我会给你弄到一张该死的高中文凭。"爸爸又咬了一口汉堡，咽了下去。他举着汉堡转了一圈，发出嗡嗡的声音，仿佛那是一个外星飞碟。然后，爸爸又咬了一口汉堡。

"一个人能知道自己什么时候得精神病了吗？"维利用一种天真的口吻问。

爸爸听完泰然自若地说："一个人能知道他们的星球什么时候被外星飞碟占领吗？就像佐伊的父亲曾经说的那样？"

"佐伊的妈妈知道吗？"

"呃……"

"她最好知道，要不她会让警察抓你的。或者更糟，她会来找我。也许也没那么糟。"爸爸挑逗似的扭动着眉毛。

"不要。"维利说，"我和佐伊都十八岁了。我们可以做我们想做的事情。"

这时候，斯卡德突然在车库里大喊大叫，发出动物般的哀号。好像在说什么狗的事儿。

"我希望自己能和斯卡德相处得更好。"爸爸说，也许他是在考虑维利离开后该怎么办，"玛丽和他的关系特别融洽。"

"这家伙不一样。"维利耸耸肩。然后，他拍了拍爸爸的肩膀。

突然，爸爸的情绪激动了起来。"谢谢你告诉我你的计划。"他对维利说，"我永远支持你。在某种程度上，你是我的英雄。去你想去的地方吧。"

"谢谢你。"维利说，他心里比实际表现出来的更开心。"你是个好爸爸。"他抱了抱爸爸，然后回车库看看发生了什么事。

一只巨大的、弓着身子的黄狗站在那里。但那真的是一只狗吗？

斯卡德躺在维利的汽车修车板上，从车下滑了出来。接着，他趴在地上，像蟑螂一样跑来跑去，对着那个像狗一样的东西叫，好像想把他吓走。这个生物看着斯卡德和维利。他的脑袋特别奇怪，似乎还长了一张人脸。他的前腿特别长。而且他还戴了一条工具带。

这根本不是狗。维利意识到这一点的时候，那个东西已经用后腿直立着站了起来，就像一个二十五岁左右的男人。

"怪物啊！"斯卡德尖叫着。这太奇怪了。在洛斯佩罗斯，关于外星飞碟的传闻就没断过——这里真的出现了一个外星人。

这个生物的眼睛特别大，嘴唇是紫色的。他没有刮胡子，在黄橙色皮肤的衬托下，他的胡楂是深绿色的。

"平奇利，这是名字。"他说。他听上去就像一个来自俄克拉荷马州的汽车修理工。外星人露出了牙齿，这可能是一种表现友好的方式。他用长着很多根手指的手轻轻拍了拍工具带。"我给你的轮子加点料怎么样？"接着，他说出了让人意想不到的话，"我们要开一百万英里。我和你还有我们的女士朋友们。"

"你——你已经知道我的公路旅行计划了？"维利不知所措地问，"你还认识佐伊？"

"和维利、佐伊一起去斯泽普城。"平奇利说着，朝着紫鲸车走去。"我的家乡，我们有你需要的东西。"

斯卡德站起来问："平奇利，你是从哪儿来的？"

"我刚说过了，斯泽普城，在地图世界。"平奇利凝视着紫鲸车打开的引擎盖，他已经准备调整改造了。

即使在这种奇怪的情况下，维利仍然关心他的车。他也往引擎盖下看，检查引擎——哦，不！"你一下子把我火花塞上的六根电线都拔掉了。"他对斯卡德大吼，"现在这活像个该死的老鼠窝。"

"第一个火花塞我就没拧开。"斯卡德嘟囔着，"然后我很生气，想要给你的车上一课。"

"真棒，它现在知道你有多傻了。"

"别再说我傻了！我比你聪明。数学不及格的可不是我。"斯卡德冲着维利吼。

"不要不开心。"平奇利说。他身上有丁香和汽油的味道。"它们电线没有事儿。看我的吧，孩子们。我会用爬行的黏液、啄木鸟和一只气球。"说完,外星人笑了笑。

"我也要去公路旅行。"斯卡德说,"求求你了,维利!别让我和爸爸单独待在一起,他不喜欢我。"

"哦,天哪。"维利说,他早该料到会这样,"爸爸很喜欢你。"

"才不喜欢我!我知道。我想去!你为什么没有外星飞碟呢,平奇利先生?"

"我是个爱车的人。"平奇利坚定地说,他把工具带放在挡泥板上。"汽车就是汽车。而且,地图世界的飞碟都能飞,但你不能坐在里面驾驶他们。他们是活的,身上全是肉。他们会闪击和撕咬。"

"我想去!"斯卡德说,"一路到斯泽普城去。"

"如果斯卡德跟着来,我没意见。"平奇利说,"我的朋友弗利普斯黛西说,最好找三个人,放过你弟弟吧,维利。我们可以组队。扬帕、我、斯卡德、你,还有狡猾的佐伊·斯纳普。怪胎开车快。"

"哟吼!"斯卡德兴奋地大叫。

"安静点儿,要不我掐死你。"维利对他弟弟说,但他说这话的时候还在笑。其实,在维利的内心深处,他很高兴斯卡德可以一起去。

佐伊的妈妈

佐伊

"到底怎么回事儿?"妈妈问,她坐在佐伊的床上,旁边是她为女儿精心挑选的衣服。扬帕身上刺鼻的气味不断从床下飘出来。妈妈做作地嗅着空气。

有趣的是,她和佐伊长得几乎一样,简直是一个模子里刻出来的,只不过其中一个模子有皱纹。妈妈把头发染成了金色。其实,这个发色和她橄榄色的皮肤、黑色的大眼睛不是很搭,但能遮住白头发。而且,大家会觉得女房屋中介都是金发。

"你在吸大麻吗?"妈妈问,"还是什么更可怕的东西?我光是坐在这儿都觉得头好晕。别告诉我你在吸可卡因!不是每个音乐家都是瘾君子啊,佐伊。"

佐伊都不知道要从何说起。她马上要和维利离家出走了,还遇到两个外星人。妈妈完全不了解情况,还叫她瘾君子。

"看着我,妈妈。"佐伊说,"我在这儿,就在你旁边。你的女儿。你不是在看什么问题少年电视特辑。"

"你总是疏远我。"妈妈说,"而且大学这件事……"

"我想离开这里。"佐伊脱口而出,"就我自己一个人。"

"你可以在勤工俭学的慈善夏令营实习。"妈妈说,"我认识一个人,这个活动特别好,适合列在你的……"

"妈妈，我不会再申请大学了。这事儿翻篇了。你女儿佐伊·斯纳普已经被录取了——就是现在！主修无，辅修一切。没有什么不完美的未来了。我想做一些惊天动地的事儿。"佐伊说得天花乱坠，就是想让自己显得了不起。

佐伊听到床下传来一阵窸窸窣窣的声音。是扬帕。这个外星人轻轻耳语，声音只有佐伊可以听到："对不起，我的味道太大了。"

与此同时，妈妈叹了口气，摇着头，沉浸在她女儿应该是什么样子的幻想中，只不过这个幻想已经支离破碎了。

敞开的窗外，蜜糖般的光线暗了下来。再过一会儿，维利就会来接佐伊了。也许，他会和平奇利一起来。也许今晚他们就可以踏上这场公路旅行了。佐伊受够了眼前的这一切。这趟旅行还有两个外星人。佐伊觉得这是一种勇气，也是一种挑战，但她确实很害怕。这比她预想的更像是一次公路旅行。

简单来说，扬帕和平奇利想绑架她。他们还是她妹妹梅茜派来的，这到底是怎么回事？梅茜一直和外星人混在一起？她是在报复佐伊的冷漠吗？

更糟的是，要是这一切都是佐伊的幻想——她想象出一个叫扬帕的外星人在她床底下，说她认识梅茜，该怎么办？这真是恐怖到了极点。佐伊靠在床边，耳语般地问："你在吗？"仿佛只是在调整呼吸。当然，这让事情变得更糟了，因为根本没人回答。

如果她可以找人说说这事儿就好了，但她没有办法和妈妈谈任何事。

"我不知道你为什么变了。"妈妈说，她的声音微弱而颤抖，"我只想给你最好的一切。"她哭了，这真让人受不了，佐伊仿佛被一层又一层扎人的花香味羊毛织物包裹了起来，她快要窒息了。

"我需要空间。"佐伊说着，摇摇晃晃地站了起来，"我要为今晚做准备了。"

妈妈吸了吸鼻子，站了起来，用纸巾轻轻擦了擦眼睛。她茫然的脸上挂着泪痕。佐伊也没那么傲慢了。如果她今晚真的走了，以后再也见不到妈妈了，该怎么办？哦，天哪，人生太艰难了。佐伊张开双臂，抱住了妈妈。

"看着我！"过了一会儿，妈妈说，试着让自己听起来很潇洒。她后退了一步，对佐伊微笑着。"我这个傻老太婆，没能控制好自己，我们明天再讨论你的计划。"妈妈看了一眼手表，"我去看你演出前得去趟超市。"她微笑着，眼睛里满是爱和关心。"我去给你买点草莓，佐伊，它们现在正好吃呢。"

"谢谢。"佐伊说，"谢谢你所做的一切，我希望有一天你能为我骄傲。"

"佐伊，我现在就对你很满意。真的，我不能强迫你，我把自己的生活弄得一团糟，我——我只是希望你能做得更好。"

就这样吧。佐伊最后又亲了亲妈妈的脸颊。"再见！"

妈妈开着她那辆廉价的最大号白色越野车走了，扬帕从床底下钻了出来。她是真实存在的，不是幻觉，但是……

"你到底在这里干什么？"佐伊问这个奇怪的黄色外星人。

"我和平奇利是来找乐子的。"扬帕说，"想来一场百万英里的公路旅行。而且，我们正在执行一项伟大的任务——多亏了古波·古波的激励，和梅茜的计谋。"

"为什么你总说起我妹妹梅茜？她住在洛斯佩罗斯，又不是地图世界。"

"你妹妹不停穿梭。"扬帕说，"她……她有点像飞碟？她把碟之珠给了你，还教你召唤隧道的曲子。她让我和平奇利在你的隧道尽头等着。为什么？古波·古波想要两三个像你一样的人类，去赢得和格伦战斗的魔杖。这场旅行会特别振奋，如果我们不死的话。"

"死?"佐伊重复道,她完全不明白梅茜、碟之珠和其他东西。但即便如此,她还是在微笑。这是她一生中最激动人心的事儿。扬帕身上香料与乙醚的气味让她兴奋起来。就像喝了咖啡或吃了糖似的……

"我让你像吸毒一样兴奋了。"扬帕点了下头说,"因为快乐的交谈。"

"我不想像吸毒一样兴奋。"佐伊抗议道,"尽管你和妈妈似乎都这么想。"

扬帕的气味渐渐减弱,变成了一股淡淡的烤布朗尼蛋糕的味道。"有时候,我的气味是秘密信号。"外星人腼腆地说。

"我不太明白你的意思。"佐伊说。

"有巧克力吗?"扬帕说,她的声音低沉沙哑,"我们想要一些。"

"我们可以在厨房的壁橱里找找。"佐伊说,"但别高兴得太早。先不说别的,你先告诉我,为什么我们可能会死在去斯泽普城的百万英里之路上?"

"其他奇怪的外星人。"扬帕说,"不是所有人都那么友善。我们会碰到扁平人、巨蚁、音乐立方、桑德、泡泡人、幻形点、思想海啸、摇摆大树和飞碟。有些飞碟是你们的死敌,他们打算入侵地球。"

"不知道为什么,我们最近在洛斯佩罗斯常听说飞碟的事儿。"佐伊回答道,"是谁在驾驶这些飞碟?"

"他们不是机器。"扬帕说,"他们是由肌肉和骨骼组成的,还有笨笨的大脑。那些坏飞碟都是寄生虫,会吸走人们的奇味。"

"你的意思是气味吧?"

"奇——味。你们的科学家不研究奇味。这与心灵相关,你和我都有大量奇味。岩石只有一点点。我的梯子在哪里？"

"妈妈进来的时候，我把梯子滑到悬浮的珍珠里去了。"佐伊说，"然后珍珠缩小了，现在它在我的口袋里。"

"给我看看。"扬帕说，"一会儿你再对着珍珠吹奏，召唤出通往地图世界的隧道。现在，我要确保碟之珠的通道里没有有害生物。也许，这些飞碟意识到我和平奇利要找的东西的重要性，所以他们派了一些小飞碟来搞破坏。"

佐伊把手伸进牛仔裤，用手指摸到了那颗硕大的珍珠。哎呀，她肯定没把珍珠的门关紧，因为她的口袋里有不明小生物。他们正在挠她的手心，捏她的指尖。佐伊连忙把手从口袋里抽了出来，发现她的手掌上粘着两个小圆盘。圆盘中间是蓝色的，镶着黄色的边，每个圆盘上都长着一只小小的、恶毒的红眼睛。这是吸血鬼飞碟吗？

扬帕发出了"啊啊啊咔"的声音！然后，扬帕用长着许多根手指的手在佐伊的手掌上缓慢地移动，弹走了那两个飞碟。被弹走的飞碟在佐伊的手掌上留下了血迹。他们像蜱虫一样趴在佐伊身上，在吸血的同时，是不是还吸走了奇味？

扬帕没有停下，她马上把手塞进佐伊的口袋，摸索搜寻了起来。佐伊觉得自己的裤子里有一个微型的狂欢舞池。

扬帕的清理工作并没有圆满完成——第三个小小的、明亮的飞碟从佐伊牛仔裤缝里扭动出来。他有一个黄色的圆顶，四周有松软的白色边缘——就像一个迷你煎蛋。和另外两只飞碟一样，他圆盘的正中间有一个红色的小眼睛。瞬间，飞碟就飞出了窗户。

"桑德这个浑蛋。"扬帕惊呼道，她从佐伊的口袋里掏出了珍珠。"珍珠完全是透明的。门还开着，快点关上！"

"要用锤子把珍珠砸了吗？"佐伊一边问，一边疯狂地翻找着她做首饰的工具。

"不，不，不。"扬帕迅速地说，"吹那首曲子。你用那首曲子把碟之珠打开，现在你再用那首曲子把它关上。快点儿，佐伊·斯纳普。"

"为什么，为什么你管它叫碟之珠？"佐伊问。

"每个飞碟的私密核心中都有一颗这样的珍珠。"扬帕简短地说，"这珠子可以让他们飘浮起来，现在赶快合上你的碟之珠。"

佐伊用颤抖的双手拾起她的小号，吹了一首她的拿手曲目——有点讽刺意味的比波普①摇篮曲。接着，她演奏了梅茜的重复乐段。瞬间，珍珠就不再是透明的了。它又恢复了最初的样子——坚固、表面泛着七彩的光。入门关上了。

"很好。"扬帕说，"至于那个逃走的小飞碟，他会想办法跟着咱们去地图世界。我们离开的时候，他会拼命纠缠我们。那时候，他会变得很胖，还会偷到很多奇味。我们要尽力把他炸死。就是这样。"

---

①始于19世纪40年代早期，直到40年代中期才兴盛的新型爵士乐。其特点是复制的和声与节奏。

加强版紫鲸车

斯卡德

斯卡德看着平奇利要开始外星人的维修工作了。平奇利拍了拍他放在紫鲸车探测器上的黑色皮带。"这是真正的蚂蚁皮革制成的。"他对斯卡德说。

斯卡德喜欢得不得了。"维利,这简直太酷了,是不是?但是,等等,蚂蚁没有皮革啊,平奇利先生。它们的表皮坚硬,还特别小。"

"地图世界的蚂蚁就有皮革。"平奇利说着,打开了皮带上的一个小口袋。"它们总是扭动着,还特别大。别叫我先生。按照你们的年龄计算方式,我才二十三岁。我的女人扬帕二十六岁。她对我这种酷酷的机械型男特别着迷,我让她头晕目眩!不过,扬帕应该不好意思直接说出来。"

平奇利从他的蚁皮工具带中掏出了一样蠕动的东西。那是一个小小的棕色煎饼,只不过它是活的。他把手指蜷成爪子的形状,抓着这只煎饼,让它离自己的身体有一段距离。

"我要把你们的车升级成所谓的暗能量引擎。"平奇利对斯卡德说,他还配了音效,"轰——隆,轰——隆。这车不需要那些臭汽油。你的引擎会比六个老师加起来还聪明。"他靠在引擎盖下面,把煎饼扔到了维利的旧引擎上。

煎饼开始变薄，好像一摊面糊，顺着紫鲸车引擎的各个方向流了下去。外星人黏性物质侵蚀了底特律机车——重塑它、改造它、赋予它生命。斯卡德之前给车装的那些乱七八糟的电线不见了。

"等等——"维利说，显然他很担心，但是木已成舟。这坨薄薄黏黏的东西重新整合到一起，又恢复成一片光滑平整的煎饼，还摊在……

"这就是你的暗能量引擎。"平奇利说。他得意地吹着口哨，但他呼出的口气让人难以忍受。"我在斯泽普城从一个鲁伯坦人那儿买到这个有趣的煎饼。"

这款新引擎，外观光滑，科幻感十足——它由金色与铬合金管组成，上面有一个透明的球体，在淡紫色的光辉中闪烁着柔和的绿色火花。这些分叉的火花从球体的中心喷射而出，像蜘蛛网一样穿过球体玻璃般的表面。这是暗能量旋涡。一个不对称的偏心齿轮在球体与紫鲸车那润滑的金属传送器之间转动。

"幸亏你的紫鲸车还没装好。"平奇利对维利说，"我的引擎随时准备以每小时一千英里的速度向前冲。还能更快。看看仪表盘，那个智能引擎煎饼也升级了你的车速表。"

"天哪。"维利仔细看了看说，"这个表盘可以达到每小时三千英里吗？"

"这个嘛，那煎饼爱夸张。"平奇利说，"老实说，能开到两千英里以上就很幸运了，还是在路况比较好的情况下。"

"我的轮胎会爆掉吧。"维利抗议道，"这么大的冲击力会让车子触底反弹，我的车会着火，然后烧成一堆废铁。"

"别担心。"平奇利说，"我们还没'修正'完。"

"我们为什么要开这么快呢？"斯卡德打断了他们。

"斯卡德，你算算看。我已经告诉你我们要开整整一百万英里了,对吗?我们要在不到三个月的时间里到达斯泽普城,也就是每天一万到一万五千英里。疯狂的地图世界之旅。"平奇利皱巴巴的脸上露出了一个粗犷的笑容。

"你说你的世界是地图是什么意思?"斯卡德追问道,他不喜欢神秘的东西。

平奇利也不喜欢藏着掖着。"这意味着,我们的世界不是一个球体,那里也没有行星。我们的世界是一块巨型大陆,山脉将它分成无数个盆地,看不到尽头。每个盆地和你们世界中的一颗行星相关,但也不是双胞胎的意思,甚至连兄弟姐妹都算不上。更像是第三代表亲吧。为什么会这样?没人知道。地图世界会自行生长,圆球世界也会自行生长。而且,它们是同步的,就像鸡和鸡蛋。"

"地和土豆。"维利说,他这么做也许是想扰乱斯卡德的思绪。

"可以说我们的圆球世界是普通物质,而你的天体世界是黑暗物质吗?"斯卡德又在刨根问底了。

"你想这么说也可以。"平奇利说,"但你很可能只是在胡说八道。"

"我想问你一个问题。"维利说,他不想让斯卡德继续问那些所谓的科学问题了,"地图世界有高速公路吗?"

"当然没有。"平奇利说,"这一百万英里的路程几乎都是不着地的。所以我要把你的破烂旅行车改装成炫酷的巨轮卡车。"

维利生气了。"如果你想吐槽我的紫鲸车,你可以直接说,而且……"

突然间,平奇利再开口就变成了一种愚蠢的、生硬的荷兰口音,"等着瞧吧,维利和斯卡德·范·安特卫普。地图世界精彩极了。"

斯卡德突然意识到,不管平奇利用什么口音说话,在他的脑海中,这个外星人始终是傻乎乎的模样。但实际上,这家伙可不是土包子。

平奇利又从皮带里拿出两个工具。一个是一只橙色的小鸟,它长着珠子般明亮的蓝眼睛和黑色的喙。喙又软又湿,像狗的鼻子。另一个工具看起来像生日派对上用的淡蓝色水气球,长长的、摇摇晃晃的,上面有两只发光的红眼睛。这只气球在平奇利手中渗出黏液,还散发出一股恶臭。

"有点儿恶心,但它很好。"平奇利淡然地说,他把气球扔到地上。

"啪!"斯卡德大喊一声,感到很开心。但是,气球生物并没有爆炸。它像一条虫子一样在地板上扭来扭去,朝着紫鲸车的底盘爬去。

"它能引起量子减震。"平奇利说,"它光滑得像门把手上的鼻涕,我朋友说的。"外星人散发的甜胡椒味儿中,还带了点酒精的味道。

气球生物在车下发出了奇怪的声音:砰砰、嘶嘶、哐啷。紫鲸车的左前角以奇怪的角度慢慢上升,挡泥板比轮胎高出许多。现在,汽车的右前端也在上升,整个车身向后倾斜。

"这辆车可真像一匹脱了缰的野马。"斯卡德说,他已经被平奇利身上的味道熏得头晕目眩了。

又是一阵吱吱声和呼呼声,现在整辆车都升高了,就像山区乡下人开的小货车一样。气球从卡车下面爬了出来——它又湿又瘪,却是一副得意扬扬的样子。平奇利把它塞回蚁皮工具带中。

"气球里有什么?"斯卡德问。

"什么都没有。"平奇利说,"你可以叫它量子泡沫?它会吃掉车底下那些生锈的东西。现在你得到了力场。就是量子减震。这辆改头换面的紫鲸车就要翻山越岭了。"

"但我那小破轮胎可受不了……"维利说。

"看小鸟的吧。"平奇利打断了他,"它就像一个魔法记号笔,这有点像身体涂鸦,小伙子们。在轮胎上涂涂画画,它们就会膨胀起来。"

"让我来画!"斯卡德说,平奇利把标记鸟递给了他。

斯卡德在左前轮旁跪下,把橙色小鸟湿漉漉的喙按到车轮上。这只小生物剧烈地抽搐起来,它从斯卡德的手中挣脱出来,用爪子抓住了他的手。斯卡德大叫一声,甩开那只鸟。它跳上轮胎,开始自行涂鸦。

"它喜欢自己来。"平奇利说。

"你为什么不提醒我?"斯卡德呜咽着说。

"也许我喜欢听新手大喊大叫吧。"平奇利直截了当地说,"也许我不应该坦白?不管怎么样,我们还是会成为朋友。不要介意我的恶作剧,咱们的旅程还长着呢。"

标记鸟完成左前轮的涂鸦后,就移动到下一个轮胎上。第一个轮胎正在变化着、膨胀着,填补了高量子减震释放的空间。我的天哪,轮胎将近有六英尺①高了,重型波纹像齿轮上的锯齿一样伸出来。斯卡德用指关节敲击着变形放大后的轮胎。轮胎吱吱作响,紧绷绷的十分结实。

"这是镶嵌碳。"平奇利说,"石墨烯。这些轮胎相当好用。我曾在沙滩上,以每小时四千英里的速度跑过一圈。本来没事儿的,结果碾到一根牙签,摔个狗啃泥。幸好我头先着地了。"平奇利盯着斯卡德,动了动奇怪的、凹凸不平的下巴说:"开个玩笑,小子。"

"但是如果发生意外呢?"他很容易担心,尽管他知道,这样显得很懦弱,"速度这么快,要是撞车怎么办?"

---

① 英美制长度单位,1 英尺等于 12 英寸,合 0.3048 米。

"我们车内的空间已经用特鲁班惰性凝胶加固了一遍,如果发生车祸,你会觉得自己被包裹在泡沫里。也许你跳下车,朝对方大喊大叫。但是对方已经没法大喊大叫了,除非他也有特鲁班惰性凝胶。"

所有的轮胎都改造完了,标记鸟在紫鲸车的车顶行李架上休息,它几乎就要碰到车库的房梁了。标记鸟靠在门框上,发出一种哽咽的声音,然后喷出一根橡胶般的黑色绳子。它猛地一啄,把它系在了车顶上。

"你可以叫它蹦极绳。"平奇利说,"有了它,我们就能进出这辆车了,在地图世界我们要把轮子变得更人。"

在他们说话的空当,标记鸟在车顶上跳来跳去,给车的四扇门各挂了一条蹦极绳。然后,它像五子雀一样倒着移动,依次放下每根绳子,把四根有弹性的绳子固定在门框底部,让长长的末端垂了下来。标记鸟就这样完成了它的工作。

"好姑娘。"平奇利说。他拿出一点食物,把小鸟哄到自己手里,然后把它藏进工具带中。

"我还是不明白这么做对你有什么好处。"维利说,他看上去很不安。

"伟大的古波·古波雇用我和扬帕带回一些人类,这样我们就可以帮助你们为即将到来的宇宙大战做好准备。"平奇利说,"所以我们开了一百万英里到了新伊甸园——从这里穿越非空间只需要跳一下,再开车越过山脊——然后我们就和佐伊的妹妹梅茜联系上了。梅茜建议我们接上你和你的女友佐伊。她说你们俩天生就是星际英雄。"

"哦,得了。"维利说,"肯定还有别的,你能得到什么好处?"

"嗯,好吧。"平奇利说,"说实在的,你家有葛缕子的种子吗?"

"葛缕子的种子?"维利重复道,"这是世界上最复杂的笑话吗？黑面包里的葛缕子种子？"

"妈妈以前经常在炖猪肉里放葛缕子。"斯卡德惊呼道，他为自己记住这一点感到自豪，也很高兴有机会提到妈妈。他飞快地跑到厨房，四处搜寻，大约四十五秒后，他带回一罐弯弯曲曲的葛缕子种子。

平奇利欣喜若狂，他又提出了另一个请求："有巧克力吗？"

"上周我们是有一些。"斯卡德说，"但我吃掉了。"

"没关系。"平奇利说，"扬帕肯定会从佐伊那儿拿一些巧克力。扬帕和我爱死那东西了。巧克力让我们兴奋，而葛缕子种子让我们更健康。给我吧，斯卡德。"说完，他伸出了长着许多根手指的黄手。

"要不我先拿着这个吧。"斯卡德说着，把罐子塞进了裤子口袋。他想保留一些筹码。他担心平奇利和维利会嫌弃他，然后在旅途中把他扔下。在某些情绪的作用下，维利会变得很刻薄。以前，妈妈总是站在斯卡德这边。现在只剩他自己了，他就必须狡猾一点。

与此同时，维利爬到紫鲸车的方向盘后。他在驾驶座上激动不已，来回转动汽车巨大的前轮。他看起来很想马上起程，而且斯卡德的加入也让他无比开心。

"佐伊在等我们呢。"维利从车上跳了下来，对斯卡德说，"我们得收拾下，带一些旅途中需要的东西。你也应该和爸爸说声再见。"

穿过走廊，经过父母的卧室时，斯卡德第一千次希望妈妈还在房间里。虽然他在葬礼上，看到了那个装着她骨灰的可怕的小盒子，但万一她还在呢？一个人怎么能今天还在，第二天就完全消失了呢？

回到自己的房间后，斯卡德想到一些事，他愣愣地定住了。

也许在地图世界里，存在着另一个妈妈？也许斯卡德能再见到她。一想到这些，他就又难过又渴望。妈妈才是爱他、关心他的那个人。另一方面，如果地图世界里的那个妈妈是——有问题的，该怎么办？

斯卡德竭尽全力打消了这个诡异的想法。这次旅行应该是为了科学。这是他在学校里成绩最好的科目。他才不像维利那样，数学考试不及格。维利的手很巧，擅长打电子游戏，冲浪也玩得很好，学习却不怎么样，不过这方面是斯卡德的强项。

斯卡德喜欢科学，因为它合乎逻辑，这样他就不会遭遇可怕的惊喜。什么是可怕的惊喜呢？比如，妈妈因为臀部酸痛请假在家休养，结果两个月后，爸爸给了斯卡德一小罐带碎骨的骨灰，那就是妈妈？罐子太轻了，斯卡德真希望自己从没碰过它。

好了，别想了。他来卧室想要做什么？哦，对了，为了这次疯狂的旅行，收拾一些东西。带上他可以和外星人交换的东西。他有一块很喜欢的菱形响尾蛇皮和一盒外国硬币。也许他还能拿上视频无人机和配套的护目镜？几个月前，他用无人机看到邻居家的女士在泳池边赤身裸体。并不是说斯卡德对那个女人特别感兴趣，而是看到她的裸体可以让他在朋友面前夸耀一番。这就好像看到一只黑寡妇蜘蛛，或者找到一小块儿金子一样，他看到了女性的身体。

斯卡德在他的房间里翻来翻去，自言自语。他把一些东西塞进背包里，必须带的飞刀，运动衫，一套内衣——妈妈要是在，肯定会让他带。地球形状的卷笔刀——外星人看到这个肯定会无比惊奇。那些人怎么能生活在平坦无边的陆地上呢？他们的太阳在哪里呢？

斯卡德想带上他的望远镜，但他的望远镜像往常一样又不见了，所以斯卡德特别讨厌它。无人机和护目镜太大了，还是不带了，外国硬币太重了。但他打算带几块化石，这是他从海滩附近的悬崖搜集来的。这些化石就像光滑的有着白色图案的黑色岩石——原始贝壳、海百合茎和爬行的三叶虫。斯卡德很会找东西，除了那个可恶的望远镜。不管了，他拿了三个最好的化石，据说它们已经有三百万年历史了。

"我们得走了！"维利在外面客厅喊道，他的背包已经装好了，"你告诉爸爸你要走的事儿了吗？"

"咱们直接走吧。"斯卡德小声嘀咕，"爸爸才不在乎我做什么。"这话有些伤人，斯卡德说完觉得心里空荡荡的，痛苦中却夹杂着某种怨恨的满足感。

"随你便。"维利说，他似乎没心情沉浸在斯卡德的感情戏中。他瞥了一眼斯卡德的背包。"你要带那些没用的化石吗？"

"是啊，我赌你肯定带了那个没用的冲浪板。"

"是的，那是我的宝贝。"维利笑着说，"这次旅行肯定特别有趣，我都等不及要上路了，真想见识下加强版紫鲸车的威力。"

"一定要小心驾驶。"斯卡德说，"我还年轻，死了就太可惜了。"

"那你为什么不待在家里？"

"我一定要去！但我害怕。"

"我会照顾好你的，小家伙。"维利搂住斯卡德的肩膀，俨然一副哥哥的样子。他们沿着大厅走到车库。维利在门口停了下来，在家里的白板上给爸爸写了留言——他把斯卡德带走了。

"以防爸爸真的关心他小儿子的下落。"维利说，"虽然这个浑小子连再见都懒得说。"

"我们甚至可能都不会离开很久。"斯卡德说，他为自己避开了爸爸感到羞愧，但总体来说，他很高兴能加入这场不可思议的旅程。

尤尼隧道

佐伊

佐伊以为自己能在厨房找到烘焙用的巧克力,但今年妈妈没怎么做甜点。不过倒是有一大罐巧克力粉,几乎没怎么用。扬帕看到巧克力粉特别兴奋,她"咔嚓"一声,又拍下一张心灵照片。然后,她掀开罐子的盖子,坐在佐伊的床上,用纤细、灵活的手指一点点蘸着品尝。

"太好吃了!"外星人说着,高兴地颤抖了起来。"太幸福健康了。好滑,我觉得,太丝滑了。"

"你高兴就好。"佐伊一边不置可否地说,一边打包旅行用的行李。她带了一些珠子、线、充电线、牛仔裤、睡衣、鞋子、上衣、毛衣和她的小号。

今晚在去地图世界这个梦幻岛前,佐伊还是想和咆哮爵士乐团在才艺表演上一起演奏那首曲子。也许他们只是去墨西哥和中西部,但只要和维利在一起,去哪里都好。

为了佐伊的演出,妈妈挑了一件白衬衫和藏蓝色的裙子,但佐伊绝对不会穿,她可不想让自己变成跳梁小丑。她从她酷炫的衣服里挑了一套——来自二手店的黑色牛仔衬衫和橙色小脚牛仔裤。

只是为了好玩儿,佐伊让扬帕穿上了妈妈给她准备的衣服,然后递给扬帕一串她做的珠子项链——这是用海蓝色的玻璃珠子和仿银小球交替串在弹力绳上的。

扬帕在佐伊的镜子前得意地打量着自己，对自己的白衬衫、蓝裙子和项链特别满意。她给自己来了一张全息心灵3D自拍，"咔嚓"一声就搞定了。

佐伊觉得在平奇利眼中，扬帕是很性感的。即使这个女外星人长得就像小孩子的涂鸦，又干又瘦、歪歪扭扭的，脑袋大得不正常。说话的时候，下巴摆来摆去。当然，平奇利看起来也是这样的。佐伊希望扬帕没有看穿她的心思。

"我穿你的衣服很合适。"扬帕兴奋地说，"魅力服饰。我可以把它们都拖回家吗？"

"当然。"

"记得一定带上你的碟之珠。"扬帕说。

"在我口袋里呢。"佐伊说，"我的小号也在这儿。"

"完美。"扬帕说。

这个外星人的词汇和说话风格是从哪里学来的？佐伊刚想问，她就听到维利的车在门外了——哦，天哪，他直接开到草坪上了，车灯照进屋里。她暗自发笑，维利从不在乎别人怎么想，这也是她喜欢他的其中一个原因。

天渐渐黑了。紫鲸车的车身在十五英尺高的空中，车身下是四个大得吓人的轮胎，好像喷气式飞机的轮胎。太傻了——你需要借助绳子才能爬到车里。维利的车顶行李架上还带了两块冲浪板。他好贴心。他最喜欢红色的那个，蓝色的那个是给佐伊带的。

紫鲸车的喇叭还是一如既往弱得可笑，只能发出"嘟嘟"的声音。扬帕一下子从佐伊卧室的窗户跳到了草坪上，身上还穿着佐伊的衣服，看上去非常奇怪。这些衣服根本不适合扬帕，毕竟她的身体比人类的腿粗不了多少。衬衫挂在扬帕一边的肩膀上，她把裙子的腰部使劲别住,好让裙子不掉下去,但她还是得不停地把裙子向上提。扬帕手里还拿着一罐巧克力粉。

在最后一刻,佐伊决定不带手机了。他们要去的地方可能没有信号。而且她也想彻底放空一次。她锁上了空无一人的房子,拎着背包和小号,从前门跑向那辆滑稽的汽车。她一把抓住绳子,用力一拽,就把自己拉进了车里。扬帕和平奇利坐在后座,佐伊和维利坐在前面,背包和小号就放在脚边。维利微笑着,非常兴奋。他小麦色的皮肤和潇洒的长发,让他看上去非常迷人。维利和佐伊击了下掌。但是,等等,斯卡德在后座,坐在两个外星人中间。

"他在这里做什么?"佐伊问,她的声音非常紧绷。她受不了斯卡德,这孩子好像天生激素失调。他一看到维利和佐伊在一起,就会完全失控,而且他还会用尖锐嘶哑的声音说些"笨蛋!""大屁股!"之类的粗鲁的词。最不成熟的十年级学生就是他了。他还是个沉迷于无人摄影机的变态——有人看到他偷拍啦啦队队长做热身运动的视频,然后在午餐时间和他十年级的青春期朋友们一起对着视频流口水,倒不是斯卡德有什么朋友,但只要拍到女生的性感视频,比如塔娜·加维使劲弯着身子压腿,屁股对着天空,像一个奇怪的万圣节获奖南瓜,他就可以引来一群失败者的围观。

车里都是平奇利凛洌的外星人气味——也许就是因为这样,佐伊脑海中的图像才如此清晰。就像她和吸大麻的人一起骑行,和冲浪者一起驰骋一样。

佐伊表现出一脸冷漠的样子。"别有太多思想负担,平奇利。维利,你打算让斯卡德在哪儿下车,还是怎样?"

"我也要去旅行。"斯卡德说。通常他完全不能理解其他人的感觉,但这次他似乎感受到了佐伊的极度厌恶。这个男孩看上去犹豫不决,有点像条渴望被温柔抚摸的野狗。"维利和平奇利都说我可以去。"

"我要下车。"佐伊狠了狠心说,"我走着去才艺表演现场。"她伸手去开门把手,但紫鲸车已经离开了她的家,在车流中沿着洛斯·佩罗斯大道奔驰。天哪,他们离地面很远吗?而且,这辆巨轮卡车的引擎似乎一点噪声都没有。你只能听到一点轻微的吱吱声,像是火星上的悬挂装置和金星上的车轮发出来的,谁知道那是些什么外星设备。

"别丢下我。"维利对佐伊说着,瞥了她一眼。他的眉毛黑黑的,眼神十分温柔。维利拍了拍佐伊的手。

"但是,这应该是咱们两个人的事儿。"佐伊脱口而出,声音有点哽咽,"我的意思是,不对,我不是说咱们是一对儿,但我觉得这次旅程是为了开心、聊天、放松——但现在我们要带着两个外星人,还有你那个小……"

斯卡德立刻发出了一个怪声,他努力憋住,没傻乐出来。他是不是马上要大喊"性交"这种龌龊的词儿了?

"我要杀了你。"佐伊尖叫着,转身跪在座位上,瞪着那个十六岁的男孩——他看上去既害怕又惊讶。

"我背包里有把手枪。"佐伊咆哮着,其实她在骗他。"斯卡德,你敢说一句脏话,我就把你脑袋打开花,而且没人能查到是我做的。这些外星人可是吃人的,他们会把你的尸体吃得干干净净。"

"还会吃了他的化石当甜点。"维利喊道,"让他好好学学礼仪!"然后,维利和佐伊都笑了起来。一场伟大而疯狂的公路旅行就这样开始了,这场旅行本该如此。

只是现在,斯卡德开始哭鼻子,他把这一切都毁了。"真抱歉,我跟来了。"他哭着说,"对不起,我太闹了。我只是想有——有一次冒险经历。"斯卡德又高又瘦,个子已经差不多赶上维利了,所以看到他哭真的很奇怪。如果你和斯卡德聊聊天，就会知道他其实还是个孩子。

"我，我喜欢斯卡德。"平奇利说，"他是很好的调剂，维利。佐伊有点忧郁，好像她扛着整个世界的重量。而斯卡德是一个怪人，一个精神不正常的人。"

"别羞辱斯卡德。"维利说。他听到别人说他弟弟，就会变得急躁。但接着他自己也挖苦了一下斯卡德，他直接对弟弟说："难道你看不出别人在开玩笑吗？"

"对不起，斯卡德。"佐伊说，但她并不是真心道歉，"我们可以成为朋友的。"她不得不这么说，人生就是一连串无尽的牢笼。

"警报。"扬帕突然说，"飞碟，男性。他可恶的震动刮伤了我的皮肤。"

"平奇利刚刚也提到了飞碟。"斯卡德叫喊了起来，立刻恢复了他活跃、好奇的模样，"要是佐伊的爸爸和他新伊甸园的朋友在这里就好了。"他的眼泪不见了，佐伊觉得他刚刚是在装模作样。

"这个飞碟撬开了佐伊那颗珍珠的门。"扬帕说，"这可恶的家伙是来自地图世界的吸血鬼。他长得像个煎蛋，我们得马上干掉他。"

"我来放哨！"斯卡德一边喊，一边爬进了紫鲸车塞满行李的车尾。

"那我们还要去你的才艺表演吗？"维利问佐伊，"快到岔路口了。"

"当然要去啊。"佐伊喊道，她脸上的表情仿佛在说，不敢相信你居然问我这个。"那个表演是我高中最后一年唯一的亮点。除了这个，我就是个大学预科辍学生。"

"好，好。"维利说，"没问题。"

"而且我们还得再商量下旅行的事儿。"佐伊说，"自愿参与外星人绑架真的是个好主意吗?"

"真是个幽默的女孩。"扬帕说。

"这不是拍马屁。"平奇利补充道,"我们很高兴认识你们三个圆球世界的新人类朋友。飞碟马上要大规模入侵了,我们也许可以帮你们拯救地球。你们也会为地图世界带来一些好处。"

"再跟我说说拯救地球的事儿。"佐伊说,她非常想做大事。不需要事先计划,只要有大事发生,而且她是事件的主角就行。

"你们三个可能会赢得来自斯泽普城的扭动魔杖。"扬帕摆弄着衬衫说。

"亚里士多魔杖。"平奇利补充道,"你们必须向魔杖证明你们够格。"

"你确定那东西有用?"斯卡德问。

平奇利和扬帕面面相觑,扬帕耸耸肩说:"这是你们的最佳选择。"

"他们三个是被选中的,对吧,扬帕?"平奇利问,"这些孩子是当英雄的料。"

"哇卡嘟嘟哇姆。"扬帕一边蘸着巧克力粉吃一边说。她也让平奇利尝了尝。

"我完全听不懂你们在说什么。"佐伊严厉地说,"你们简直是在胡言乱语,异想天开。"

"我们不知该怎么表达。"平奇利说,"母鸡该怎么表达?"

维利问:"在百万英里的旅行中,我们会去冲浪吗?"

"会的,伙计。"平奇利说,"海浪是活的,有一英里高。"

"还有螺旋开瓶器海浪和迷幻金字塔浪。"扬帕补充道。

"我得去见识一下。"维利说,"你觉得怎么样,佐伊?"他给了她一个亲密的微笑。

"也许吧。"她说,她希望自己一直被示爱。至少,斯卡德没有大喊大叫。他正忙着从紫鲸车后窗往外看。"不过,维利,别忘了旅行之前,我要参加才艺表演。你要是不想看,可以在停车场等我。和紫鲸车上的其他男孩一起抽烟。"

"不,我当然想听你演奏了,佐伊。你是……"

"他来了!"斯卡德大喊。橡胶状的煎蛋飞碟砰的一声撞到紫鲸车的引擎盖上。他现在已经有四英尺宽了,好像一个鲜艳的黄色穹顶放在一个颤抖的白色磁盘上。迎面而来的汽车前灯一闪一闪地照在膨胀的飞碟上。天哪,他的眼睛是一个耀眼的红色球体,目光贪婪而卑鄙。

"我就知道他会变胖。"扬帕说,"奇味让他膨胀,快把窗户关上!"

"什么是奇味?"维利问。

"大概是一种意识幻想。"佐伊说,"我觉得就是嬉皮骗术。"

"不能这么说。"平奇利说,"意识不是虚拟的想象。奇味是真实存在的。意识是一种像原子或电流一样的物质,不过你们现有的技术太落后了,是不可能知道这些的。飞碟以奇味为食。像我们这样的人可以产生自己的奇味,但那些吸血鬼飞碟都是懒虫,他们会从人们的身体和大脑中吸取奇味。战斗预警!"

飞碟从引擎盖滑到挡风玻璃上,他可能想滑到维利那边的车窗上,那扇车窗还开着。虽然紫鲸车升级了,但那个车窗依旧关不上。

通过挡风玻璃,佐伊可以看到飞碟的底部,那里有一张恶心的小嘴,上面长着一圈尖利的牙齿,就像七鳃鳗或海鳝鱼的嘴一样,特别可怕。

维利看不清前面的路,所以他往佐伊那边靠了靠。同时,他也在减速。尽管跟在他们后面的司机像疯子一样按喇叭。

平奇利爬到前座上,把手伸到维利的车窗外,猛击飞碟,想干掉他。他把手指弯成一个锋利的钩子，但钩子碰到飞碟的皮肤就被弹开了。这时候，飞碟的圆顶向一侧倾斜，这样他发光的红眼睛就能看到车里的情况了。

马上就要向右转弯了，转过去就是他们的高中。佐伊看得出，由于维利看不清前面的路，车子转向不足，然后——哦，该死！他们马上就要撞上迎面而来的车了。一辆超级大的白色越野车打着车灯，朝他们开过来。驾驶员是一个紧张兮兮的洛斯佩罗斯女人，她丝毫没有减速的意思。不，不，她有权这样做，她才是正常行驶的那个。他们肯定要撞车了。佐伊太紧张了，没能一下子认出这个女人，原来她是……

"快吹你的小号！"扬帕大喊。佐伊眼前闪过扬帕说的话，鲜红明亮的文字，还有锯齿状的黄色光环。"快吹小号！带我们进隧道！"

佐伊一把抓起脚下的小号，用一种特别的、断断续续的震颤方式，演奏着梅茜那首充满活力的重复乐段。她的碟之珠真的可以变成尤尼隧道，大到让整辆车都通过吗？就在佐伊思考的时候，她口袋里的珍珠开始膨胀、变热，好像它知道自己该做什么。这个过程发生得非常非常快。佐伊吹得更用力了，珍珠从她的裤子里蠕动出来，悬在空中。

佐伊使出全身力气演奏。珍珠膨胀到篮球那么大，然后停了一会儿。还不够大。她的音符很快变得模糊起来，佐伊用小号的喇叭示意了一下，珍珠就从维利那侧的车窗飞了出去，悬在车前，逐渐变得透明。它变成了尤尼隧道的大门。车子靠近大门时，透明的碟之珠似乎还在膨胀，或是汽车正在缩小？不管怎样，隧道的大门有车库门那么大。镇定自若的维利直接开进了这个四维空间，这一切都发生在电光火石之间。

在尤尼隧道中，他们古老的圆球世界逐渐缩成一个扭曲的图像。在某种意义上，尤尼隧道是垂直于现实世界的。佐伊通过身后透明的大门，看着他们原来的世界。想必外星人的地图世界就在前方某处。佐伊还在吹着她的小号。整体被放大的紫鲸车和它的五名乘客——佐伊、维利、扬帕、平奇利和斯卡德，随着佐伊起伏颠簸的比波普爵士乐前进着。

佐伊的演奏特别流畅。正因为如此，她才能甩掉挡风玻璃上那个又肥又恶心的吸血鬼飞碟。那个寄生虫一样的飞碟没有跟着他们进入隧道，他还沿着预定的轨道飞行……

啪！

是的。佐伊回头看着她家乡世界的扭曲影像，她看到那个膨胀的飞碟冲进了白色越野车的前格栅，他喷出了什么东西？有点像水、黏液或者淋巴液一样的东西——这些清澈闪亮的有机液体蒸发成缭绕的薄雾。是奇味。这些原始意识消散在洛斯佩罗斯的夜空中。

紫鲸车很幸运，没有撞车，没有发生车祸，完全没有碰到白色越野车。他们一个急转弯，进入了非空间。在佐伊停顿、停顿、跳跃、跳跃的小号声中，他们正在前往另一个宇宙——地图世界。

"你现在可以休息一会儿了。"扬帕告诉佐伊，"我们已经在路上了，隧道不会缩小了。"

于是，佐伊放下了小号，大口喘着气。前方出现了一些灯光，来自洛斯佩罗斯的最后一丝微光消失在他们身后。在他们周围，也就是隧道中间，出现了一幅奇特的景象。

佐伊向窗外望去，她看到另一辆紫鲸车与他们同步前行，而司机也是维利，一模一样。她转过身，看看维利是不是还在开着他们的车。是的，他还在。但当她越过维利，从他那边的窗户看出去，她又看到一辆紫鲸车，而且在前座上，有一个黑发女孩，正在向外看。她像极了佐伊。佐伊挥了挥手，那个女孩也同步挥了挥手。佐伊转过头，看着他们右侧的紫鲸车，在那个开车的维利身旁，她看到了另一个和自己一模一样的女孩坐在前座上，她和佐伊有相同的发型，相同的衣服。不过，那个女孩也把脸转了过去，从车窗向外看。维利的车仿佛是在一面卷起来的镜子中行驶。

"看啊，前面有一座神像！"斯卡德突然说。

"是古波·古波。"平奇利平静地说。

佐伊仍旧能看到远处那些微弱的灯光，但在灯光前，有一个古老的身影，在盯着他们。她像一尊玛雅人的雕像，一位原始的女神。她有着卷曲的头发和弯曲的手指，仿佛是一个饱经风霜、有数百年历史的符号。但她充满活力，周身闪耀着超自然力量的光环。这尊庄严的神像张开一只手，指向前方，示意他们向地图世界前进。

"Amigos[①]，咱们要去参加派对了。"斯卡德得意地说，"Cerveza fria 是冰啤酒的意思。"

"我希望完事儿之后，古波·古波可以让咱们回家。"维利喃喃地说，他表情严肃，嘴巴抿得很直，缠绕在一起的金发遮住了他的眼睛。他使尽全力握住方向盘，指关节都发白了。

紫鲸车的镜像渐渐消失了。弯曲的道路恢复了正常。幽灵般的玛雅女神不见了。他们进入了一座城，一个闪亮的篮球般的东西一直跟在他们身后。是佐伊的碟之珠，它仍是透明的。她吹着小号指引着它。

碟之珠从车窗飞了进来，落在佐伊的大腿上。佐伊用小号吹了一小段曲子，它缓慢而平稳地缩小到原来的大小。佐伊又倒着吹了一遍梅茜的重复乐段，它就不再透明，整个过程结束，大门

[①]西班牙语"朋友们"的意思。

关闭了。佐伊把碟之珠塞进了口袋,这可是他们回家的路。

"终于到了地图世界!"扬帕说。

"咱们的收获可真不少。"平奇利说。

"你是说葛缕子的种子和巧克力吗?"维利问。

"他说的是你们呀!"扬帕说着,兴奋地笑了起来。"圆球世界的小可爱们。"

穿越范科特

维利

维利很庆幸自己开着车窗。现在是这个世界的夏夜,天空黑漆漆的。每个外星人都盯着维利的紫鲸车。他觉得很得意,坐在高高的车上,沉浸在脱离险境的喜悦中。再看看佐伊,她那活泼的脸庞,可爱的黑发,看起来棒极了。她东张西望,十分兴奋,想把一切都尽收眼底。尽管在某种程度上,她迟早会因为错过了自己的演出而沮丧。

他们在城市的街道上行驶着,周围都是怪异的流线型汽车。人行道上的外星人都生机勃勃的。路边的街灯把街道照得亮堂堂的,那些街灯都是活的、高高的马蹄莲,盛开的花朵中发着光。街上大约一半的外星人看起来像人类。他们穿着紧身上衣和宽松的裙子。服装材料竟然都是纯天然的大花瓣、树叶和蜘蛛丝。他们和对方打招呼时,总是要提起裙子前部,像舞蹈家一样踢腿。对方也会发出礼貌的尖叫,他们表现得很惊讶,然后发出"哦吼"或者"呜啦"的声音。

更引人注目的是那些看上去不像人类的原住民。有像扬帕和平奇利一样又黄又瘦的斯泽普人。有三四英尺长的蚂蚁,它们活跃又科幻。还有活泼的棕色小扁平人。这时候,一个蜥蜴人从他们身边走过,他好像正在啃一个巨大的炸鸡腿?这家伙尾巴非常粗，肌肉就像霸王龙一样健壮。他小小的前臂托着下巴。见鬼，他不是蜥蜴人，是恐龙人。

"是一只迷你桑德。"扬帕说，她自觉地担任起了导游的工作，"他在吃炸默默鸟呢。"

桑德用一只爪子抓着默默鸟的腿，用另一只手端着盛满粉红色东西的椰子壳。这只桑德的妻子拿着香脆的炸鸟翅，上面还连着一些鸟胸肉。她穿着蓝色的丝绸连衣裙，头上戴着一朵夸拉的木兰花。似乎也不是木兰，它比木兰还要大。他们的两个恐龙孩子跟在后面，互相撕打着，抢夺用叶子卷成的脆皮肉球筒上的碎肉。

"这里和地球不太一样。"斯卡德说，"不知道我们是不是能在这里找到另一个妈妈。"他短短的红发在城市的灯光下闪着光。

"这可不是什么好事。"维利说。

"也许吧。"斯卡德说，"但我真的很想再见到她，哪怕一次也好。"

"这是个全新的世界。"维利坚决地说，"我们不能总是走回头路。"

"大概是这样吧。"斯卡德说，"换个话题。你能想象，我们回去把这次旅行告诉大家会怎么样吗？所有这些外星人的事儿。我们会成为世界名人，好莱坞那些小明星都会和我做爱。"

"听听这个还没约会过的人说的话。"维利对佐伊说，像是在为他的弟弟道歉，"他就是个乡巴佬，没受过社会教育。"

"我真应该带手机。"斯卡德说，"这样我就可以拍照了。有人带手机了吗？"

"我觉得这里可能没有信号，"维利说，"也没有给手机充电的地方。我们就只能用眼睛看，用心记。"

"这个地方叫什么？"佐伊问扬帕。

"这个地方叫范科特。"扬帕说着,再次掀开了巧克力粉罐子。她和平奇利又开始用手指蘸着巧克力粉舔着吃。

"范科特是一个交易中心。"平奇利说,"各种各样的人都会来这里。"

"是我用碟之珠和小号把大家带到这里来的。"佐伊说,她看上去有些紧张,但很开心。

"你真棒。"维利笑着对她说,"你是独一无二的佐伊·斯纳普。今晚你在这个四维空间为大家演奏吧。"

维利希望佐伊和斯卡德可以好好相处。主要是斯卡德需要管住他那张嘴,如果维利和佐伊开始交往,他说话就更要注意分寸了。想到这里,维利抬起手来,轻抚着佐伊的脸颊。斯卡德立刻尖叫着起哄。

佐伊转身瞪着他。

"伙计,她的手感怎么样?"斯卡德这话一出,让气氛变得更糟了。

"我真没想到,他们这里居然也有汽车。"维利说,他想换个话题,"如果这些真是汽车,那他们确实有点奇怪。"

"你可以这样理解,这个盆地和地球的表面是同一事物的不同视角。"

"这就像一个巨型的拼图壁画。"扬帕说,"每一块拼图都有两面,一面是范科特这样平坦的盆地,另一面则是像地球一样的奇特星球。而且双方基本上是对应的。"

"如果你把拼图的一侧削下来,然后弄平,再把多余的部分去掉,这一面就会像地球了。"平奇利补充说,"拼图有无数片,每个拼图的一侧都是平坦的盆地,另一侧则有一个对应的星球。"

地图世界是由多个世界组成的蛮荒之地,像马赛克一样,又像个宇宙集邮册。"但盆地之间是什么呢?"维利问,"拼图的边缘又是什么呢？"

"每个盆地边缘都环绕着一座超级大的山脉。"平奇利说，"你们人类用闪烁的星星之间的光年、宇宙空间以及没有生命迹象的岩石来区分不同的天体，而在地图世界中，那些奇妙盆地周围的山脉有同样的作用。"

"范科特和斯泽普城之间有两百个盆地。"扬帕说，"隔着一百万英里，每个盆地都迷人。"

"其实，也不是每个盆地都迷人。"平奇利说，"有些盆地又大又臭，比如像臭屁飞艇王国。不过我们会绕开那些的。"

"在斯泽普城之外的地方，还有盆地吗？"佐伊问，"它们是无边无际的吗，就像一个无限的世界？"

"这个有争议。"平奇利说，"我本人确实觉得地图世界就像永远跳不完的布吉舞，或者一首永远都不会重复的歌。"

"这么说来，我就是独一无二的扬帕。"扬帕一边说，一边摇晃着她长长的胳膊。

"是的，宝贝。"平奇利说，"咱们再蘸点巧克力粉吃。"

"但是是谁让圆球世界和地图世界对应的呢？"维利问。

"古波·古波！"平奇利说，"你刚看到她了。小子，这些世界就像她的身体。"

"古波和姑婆[①]。"扬帕一边大笑着说，一边以最快的速度，狼吞虎咽地吃着巧克力粉。

"你是说隧道里那个女神，对吗？"佐伊问。

"我很少能这么清楚地看到她。"平奇利说，"她喜欢你们三个。"

"我拍了一张她的照片。"扬帕说，"我会把它贴在菲利帕夫人

[①] 原文为"Goob and goob"，"goob"在英文中还有雀斑的意思，此处为意译。

的衣服上。"

扬帕仍穿着佐伊妈妈挑选的女学生装——白色圆领衬衫和带侧拉链的雅致蓝裙子。这些衣服像稻草人身上的破布条一样挂在这个外星人身上。佐伊送给扬帕的项链已经丢了。巧克力粉让这个斯泽普人无所顾忌了。

"可以说,地图世界就是古波一号。"平奇利举起两根手指说,"你们的圆球世界是古波二号。这两个世界永远连在一起。明白了吗?明白了吧。"那家伙已经醉了。

维利前面那辆甲壳虫似的敞篷车突然减速,他差点儿追尾。维利突然意识到,那辆车真的是一只甲虫。

司机是一个长着花斑的外星人,鼻子非常长。他做了个手势,应该是在竖中指。也就是说,一个又矮又粗的生物,伸出了像钩子一样的爪子,朝维利挥舞着。

"太粗鲁了。"佐伊皱着眉头说。

"倒车,用力撞他。"热心肠的斯卡德说。

"不。"扬帕警告说,"那个坏家伙是食蚁兽。千万不要惹恼食蚁兽。他们是冷酷的杀手,赏金猎人,按蚂蚁触角收费。"

食蚁兽把他不可思议的长鼻子指向天空,又弹了弹他黑色分叉的舌头。他的皮毛大部分是黑色的,中间有一条像尿布一样的白色大条纹。他的甲虫车自动驶入一个停车位。甲虫汽车用六条腿前行,用生机勃勃的眼睛注意着路面交通状况。维利又仔细看了看周围的车,才发现他周围的汽车都是甲壳虫。

"看那个小吃摊。"维利还没来得及说自己的发现,斯卡德就抢先说道,"那些小扁平人在卖弯弯的彩虹玉米片,而且都放在水里?但……"

"那些迷你小人是扁平人。"扬帕插话道,"他们住在冲浪世界盆地。他们与生命海浪相连,他们是……"

"我还没说完呢。"斯卡德粗鲁地喊道,"我正准备告诉我哥哥,那些玉米片都湿透了。谁会吃这样的东西?"

"那些东西根本不是吃的。"平奇利说着,他已经恢复了理智。"它们是活生生的海洋生物,我们叫它们提普虫,它们有特殊的触角,你可以用它们进行心灵感应。你买一条提普虫放在身上,然后你就能读别人的心思了。这种提普虫生活在扁平人海里,它们会附着在它们的主人身上,吸取一点血液,或者一些奇味。我才不想要这玩意儿,我可不想知道每个人的想法。"

"弯弯的彩虹玉米片。"维利嘲讽着斯卡德,"你以为咱们是在圣克拉拉县逛集市吗?"

就在这时,两只闪闪发亮、齐腰高的蚂蚁聚在扁平人旁边,突然抓起一把五颜六色的提普虫。黑色的夜空下,盛开的花朵路灯明晃晃的,这一切都格外引人注目。两个扁平人大声呼救,他们似乎不敢直接追捕蚂蚁。扁平人的声音很高,他们说着奇怪的古代语言:"警报起,捉匪盗。"

食蚁兽从敞篷车里笨拙地走到扁平人身边,提前拿到了酬劳,然后以惊人的速度飞了起来,追赶蚂蚁。斯卡德兴奋极了,他大喊大叫,假装自己是体育节日主持人,在做详细的实况报道。他就喜欢干这种事儿。虽然扬帕和平奇利也很激动,但他们还是觉得斯卡德的行为特别有趣。

维利开着车前行,跟食蚁兽并驾齐驱。

"我简直不敢相信我们错过了我的演出。"佐伊说。

"我知道。"维利说,"一切都变得……"

"唉,算了。"佐伊叹了口气说,"我的精神状态每三十秒就会翻转一次。起初你和我一起逃跑,接着出现了两个外星人,然后我们差点儿在车祸中丧生,现在我们又进入了一个疯狂的平行世界。我就像……"佐伊瞪大双眼,做了个鬼脸,然后张开手指,举起双手,做出一副恐惧的样子。也许她的意思是说这一切又讽刺又无所谓,但事实并非如此。

"放松点。"维利有些担心她,"也许你应该再练练要演奏的那首独奏曲?这会让你冷静下来,而且我也很想听。"

"好吧。"佐伊说着,高兴了起来,"请听迈尔斯·戴维斯的《那又怎样》与梅茜·斯纳普变奏曲。"她的眼神变得温暖而活泼。

佐伊从箱子里拿出小号,身子探出车窗,朝路人吹起了悠扬的旋律。一个女人在微笑,一个桑德咕噜了几声,一个斯泽普人扭动了起来,一个扁平人做了个后空翻。

"这个范科特是个派对城。"平奇利说,"甚至我们在斯泽普城时就有所耳闻。"

"趁你还没把巧克力粉都吃完。"扬帕对平奇利说,"我们应该卖掉一些,你这个疯狂的坏小子。"

"你吃得更多。"平奇利说,"不过,这罐子挺大的,而且也没少多少。我们可以卖掉一些。"

"好啊。"扬帕说。

"夜市就在前面。"平奇利告诉维利,"我们把车停在那棵奇特的大树下吧,那树上的树枝好像彩色的蛇,下面还飘浮着黄色的幻形点。"

"那我给你那些葛缕子的种子呢?"斯卡德问,"你们也想卖掉吗?"

"我们会把种子带回斯泽普城。"扬帕说,"这可是大宝贝,他们会提升我们的报酬。"

"如果地球上普通的东西这么值钱,你们为什么这么着急赶回来?"斯卡德问这两个斯泽普外星人,"说真的,你们为什么不装满这辆车带回来?"

"因为平奇利是个狡猾的骗子。"扬帕一边说,一边得意地把她那件软塌塌的衬衫从一个肩膀拽到另一个肩膀上。

"这是因为,有个叫弗利普斯黛西的斯泽普人说,如果我们能把佐伊和维利带回去,就会给我们可观的奖励。"平奇利对斯卡德说,"带你回来,就是额外的奖励。再加上巧克力粉和葛缕子种子。一个聪明人在领先时要懂得取舍。况且,我们刚刚差点就和另一辆车迎头相撞了。"

"弗利普斯黛西?"斯卡德问。

"弗利普斯黛西就像是菲利帕夫人的女仆,菲利帕夫人和伟大的女神古波·古波在一起。"平奇利说,好像他说的这些都很有道理。

佐伊把小号从嘴边拿开。"有人看到开车的那个女人了吗?"佐伊问,"你们有没有注意到那个女人是我妈妈?"

"什么!"维利大叫。

"也许我们没能躲开我妈的车。"她的声音越来越模糊。"也许我们撞到了她,我们都死了,也许我杀了我妈妈,然后我们现在都在地狱里。"

"我们没有撞到你妈妈的越野车。"维利平淡地告诉佐伊,"别说这些傻话了好吗?我们从那辆车旁边滑进了多维空间,我是玩电子游戏的时候了解到多维空间的。"

"你看。"斯卡德急切地解释着,他伸出双手,手心对着手心,来回移动双手,手心之间有一英寸的距离。"平面,平面。"他对佐伊说道,然后他双手握拳,四处移动拳头,彼此不太接触。"多维平面,多维平面,看到了吗?"

佐伊被他逗得咯咯笑,好一会儿才停下来。

在人行道上,食蚁兽终于追上其中一只抢走提普虫的蚂蚁。这只蚂蚁身上闪着铬一般的光泽,长五英尺。她正活动着下颚,食蚁兽则用短粗的爪子攻击着她的身体。一群扁平人男女在他们周围欢呼。这些被偷走的提普虫都粘在蚂蚁优雅弯曲的尾部,其中一个扁平人已经从她身上剥下来一些被偷走的提普虫了。

"你不得不承认,这里太酷了。"维利对佐伊说,"你把我们带到这里简直太棒了。"

"也许吧。"佐伊说,维利看得出她镇定了些,又拿出了她一贯的态度——愤愤不平,却乐于以一种优越、讽刺的方式享受生活。

"葛缕子的种子有什么好的?"斯卡德问扬帕。斯卡德总是很执着地刨根问底,这很烦人。维利和斯卡德谈过这个问题,但斯卡德的回答总是他比别人更专注、更警觉。

"葛缕子的种子是地图世界中的一种药。"扬帕回答道,"一种灵丹妙药。斯泽普城的人会把我和平奇利当成公爵和公爵夫人一样欢迎的。"

"你的意思是他们会在公共广场上砍下咱俩的脑袋吗?"平奇利说,"就像他们对待菲利帕夫人的父母那样?"

"我的意思是像过去那段美好日子里的公爵夫妇一样。"扬帕说,"在那些飞碟出现之前,在斯泽普城陷入悲伤和诅咒之前。"

"斯泽普人会怎么对待我们呢?"佐伊打断了她,声音中带着几分尖刻,"像对待奴隶那样,还是动物园里的动物那样,或者像烤牛肉?"

"他们会用放射枪打死你们。"平奇利说,"或者说他们会尝试这样做。但是我们会迅速地、秘密地去找菲利帕夫人。她有一根亚里士多魔杖。如果你们表现得很酷,魔杖就会愿意与你合作。然后你们就会见到古波·古波。她很关心圆球世界。没想到吧,这就是为什么我们会在尤尼隧道里见到她。"

他们经过了一个灯火通明的桑德夜总会,几十对迷你恐龙随着风笛声翩翩起舞,那风笛是活的。维利放慢了紫鲸车的速度,新奇地看了看。

风笛有一头猪那么大,它看上去像一只加拿大鹅,不过它有两个脖子和两个头。一对鸟喙都张着,一个发出嘶嘶声,另一个在鸣叫。一只迷你桑德将巨大的脚踩在风笛上,好像是在帮它放气,好让它继续发出声音。他在认真地完成这项工作。不过,这里可能不是夜总会,而是教堂?其中一个桑德庆祝者向后倾斜,用尾巴保持身体平衡。他的伴侣用笨重的脚拍打地面,在黑暗中狂喜地挥舞着爪子。

跳着霹雳舞的外星迅猛龙向上仰视,维利顺着他的目光仔细观察了一下黑色的天空。虽然云不多,但也没有月亮、太阳和星星。天上什么也没有。他们好像在无边的地下室中,永远身处黑暗。

佐伊也注意到了这一点,而且维利看得出她不喜欢这样。他担心佐伊可能突然说他们得回家了。

"我想要这样开下去。"维利赶在佐伊开口之前迅速地说,"今天是我一生中最棒的一天,佐伊。我们接吻了,还和这些外星斯泽普人变成了朋友。他们还给我的车做了疯狂的定制升级。而且这个地图世界,就像一部复古卡通。还有……"

"我们不出一个星期肯定就死了。"佐伊哭喊着,陷入了恐慌的情绪。

"如果事情发展得不顺利,你可以拿出碟之珠,吹响你的魔法喇叭,然后你就可以回家了啊。"维利说,他对佐伊有点没耐心了,"可是,我会留下来。"

"但是,维利……"

"百万英里的公路旅行啊!"维利大喊,"来吧,佐伊。"

"也许我会离开你。"佐伊说,她脸色铁青,不去看维利的眼睛,"你可以独自完成这趟旅行,你和你那个宝贝弟弟一起。"

"如果佐伊离开的话,我就和她一起走。"斯卡德飞快地说。维利真想杀了这家伙,比以往任何时候都想。一想到佐伊要离开,维利就感觉自己的肠子上有了个洞,当然这和斯卡德在这儿也有关系。

"我需要你。"维利直率地对佐伊说,"否则,否则这一切都没有意义了。佐伊,这是我们的旅行。看着我,好吗?我是你的维利,我甚至带了避孕套。"

"甜言蜜语。"扬帕低声说,"佐伊,听你情人的话吧,学着点儿。而且,事先提醒你们,如果你想,或者你要回家的时候,你得……"

"不要每件小事儿都去烦她。"平奇利说,"这里就是夜市了!停车吧,维利。扬帕,你和我一起去卖巧克力粉。"

"然后,咱们就开启百万英里之路!万岁。"扬帕大喊,"佐伊,我们将穿越一个装着两百个盆地的糖果盒子。我们就是糖果中的虫子,每颗糖果都是大餐!"

夜 市

佐伊

佐伊喜欢这个集市广场——那些高大的，开着巨人花朵的马蹄莲把这里照得亮堂堂的。市场上几乎所有的汽车都是又尖又弯的甲虫，在广场的周围爬行。它们把头凑在一起，彼此嗡嗡作响，等待着它们的司机。甲虫在马蹄莲的灯光下泛着淡绿色、紫色、粉色、黄色、橙色和红色的光。大部分甲虫都有六条腿，但有些也有八条腿。这里唯一一辆机械车就停在维利的车旁，就在平奇利说的那棵奇怪的树下。这辆车是破旧的、满布灰尘的黄色敞篷车，有巨大的轮子和量子减震装置，和维利紫鲸车上的一样。它的引擎盖上有红色的P&Y字母图案。

"那辆烟雾弹是我们的车。"扬帕说，"我们从斯泽普城弄来的，英雄可不能坐那些无聊的甲虫车。"

"一百万英里啊。"维利再次强调，好像这是他的口头禅。现在，可能是想逗逗佐伊，他学着平奇利的荷兰口音说："我要和我的女人去你的城市。"

佐伊用胳膊肘碰了碰他，好像在说，差不多得了，但她似乎变得柔软了一些。佐伊已经摆脱了刚刚恐惧的情绪，也很高兴能离开洛斯佩罗斯。维利察觉到她有些松动了，便俯身吻了她的嘴唇，非常沉着、绅士。这是他们的第二个吻。

斯卡德又开始起哄了。佐伊回味着这个吻，在她和维利打破僵局后，她转过身，竖起大拇指，用一根手指对着斯卡德的脸，仿佛握着一把手枪。佐伊希望他能真正明白她的意思。

"别一直告诉别人你想开枪打爆他们的头，这样很不好。"斯卡德抱怨道，"这让人觉得很糟糕。"

佐伊根本不为所动，她现在明白了，斯卡德就是喜欢表达自己的感受，他觉得声音越大越好，表达的越多越好。他很善于利用别人的同情心，但这次他可失手了。

"你能闭上你的臭嘴吗？"维利对斯卡德说，他的声音不大，但语气强硬，"你能让我们消停会儿吗？"

"也许斯卡德可以开扬帕和平奇利的车。"佐伊喃喃地对维利说。她朝维利抛了个媚眼，希望她的计谋可以得逞。

这时候扬帕和平奇利已经站在停车场里了。三个孩子拽着蹦极绳荡到地面上。扬帕"咔嚓"一声，帮他们拍了一张下车时的心灵照片。

一个烦人的小飞碟开始在佐伊周围嗡嗡作响，就像一只准备咬人的马蝇。佐伊迅速而顺利地在空中抓住了他，用拇指和食指把他弹开了。

"干得漂亮。"扬帕说，"继续弄死这些嗡嗡作响的小东西，这样飞碟就会察觉到你是个难对付的目标。"

佐伊为自己感到骄傲。"我们就像第一批带着着陆器登月的宇航员。从来没有地球人来过这里。"

"哦，你错了，有人来过。"扬帕说，"像你父亲和梅茜一样的人。他们和一些好飞碟的关系还不错呢。"

"我爸爸？"佐伊问，"梅茜？"

扬帕已经准备好出发了，所以没再多说。她只对佐伊说了句："我们很快会团聚。"她瘦削的手臂挽着平奇利的手臂。"是时候去参加咱们的巧克力派对了,对吗?叫朋友们一起来玩吧。我要炫耀一下这套洛斯佩罗斯的休闲装。"

平奇利兴高采烈地摇晃着一大桶巧克力粉。"斯卡德还拿着我们的葛缕子种子。今晚这场派对会很疯狂的。"

这两个斯泽普人无比开心,像约会一样从容地离开了。平奇利带着他的工具带,扬帕穿着宽松的白衬衫和卷起来的裙子。

露天夜市有六十,甚至一百个摊位。每个摊位都有一棵巨大的蘑菇伞遮挡。一些摊位卖的是食物,一些摊位卖的是……嗯,真的很难说清——盘旋的蛋壳、毛茸茸的螺旋管、末端冒着火花的木棍、会抽动的软布、一锅油膏、发光的贝壳……

"你看见我们车旁的那棵树了吧。"斯卡德对佐伊说,他好像想要开始一段正常的对话。这个十六岁的孩子也不是故意惹人生厌。"平奇利说那些树枝像蛇。"斯卡德继续说。

"我喜欢深一点、丰富一些的颜色。"佐伊愉悦地说,"我很庆幸它们不会动。这里的一切似乎都是活的。比如那些树上发光的黄色水果,它们就在四处晃动。"

"有点像气球。"维利说,"我觉得它们甚至不是长在树上,只是住在那里。"

"它们有脸。"佐伊仔细望着说。她手里紧紧攥着小号,以防万一。

"那些圆球肯定是幻形点。"斯卡德说,"平奇利提起过它们。"他挥舞着自己又长又瘦的胳膊,提高嗓门大喊:"嗨,幻形点!"

其中一只突然靠近了,它就像一个摇摇晃晃的斑点。它的两只眼睛像是画在皮肤上的,白色圆圈里是卡通黑点。它嘴里没有牙齿,脸颊是黄色的,略带少许桃红色。佐伊注意到它的脸颊也可能是前额和下巴。她想象出一幅模棱两可的视觉人像,画中的人可能是一位戴项链的女孩,也可能是一个长着鹰钩鼻的老妇人。

那个斑点似乎正要对佐伊说些什么，但一个高大的陌生人突然从树后出现。他似乎是个斯泽普人。"你们谁有尤尼隧道？"他问道。他像平奇利和扬帕一样，轻盈又活泼，皮肤黄黄的，还戴着蚁皮工具带。

"我们只是来这里参观。"维利说，他并没有回答这个问题。他狠狠地瞪了斯卡德一眼，免得他弟弟说漏嘴。

"我们要去散步了。"佐伊对那个斯泽普人说，"对了，我们是扬帕和平奇利的朋友。"她希望这样可以让他们听上去多少有点势力。

"知道。"那个斯泽普人不屑一顾地说。他盯着佐伊看了好一会儿，不停摆动着自己的身体，像一条准备咬人的海鳝。然后他笃定地说："嗯，你口袋里有一个碟之珠，而且你知道如何打开它的大门。"他凝视着佐伊的眼睛说："我是伊拉夫。你应该抛下这伙人，让我做你的管理人。你的朋友会遭受一连串厄运。"伊拉夫笑着，扭动着身体，"大麻烦。"

佐伊感到一阵恐惧。她现在真想用小号吹奏"我要离开这里"的即兴乐段。她觉得这样就可以打开碟之珠的尤尼隧道，把她带回圆球世界。但她对自己所处的新世界又非常着迷，也好奇梅茜和她父亲来到这里的事。

况且一分钟前，维利还吻了她。他就站在她身边，镇定而警惕。维利是她见过最酷的男孩。如此帅气。她喜欢他头发上各种深浅不一的棕色和金色，也喜欢他的低腰裤和他屁股的形状。不，她还不能离开。

"你能把车锁上吗？"佐伊问维利。

"我们可以试试。"维利说着，纵身跳进了紫鲸车。他先关上三个没问题的车窗，然后使出了吃奶的劲儿才关上了驾驶员一侧的车窗。在下车前，维利锁上了四扇车门，好像这锁能阻止奇怪的外星人。

"我可以等着。"令人生畏的伊拉夫说。他爬上紫鲸车的引擎盖,身手敏捷,令人侧目。他把工具带拉到胸前,懒洋洋地躺在那里,靠着挡风玻璃。

佐伊、维利和斯卡德赶紧走了。

"真可怕。"佐伊说。

"平奇利和扬帕应该知道如何处理。"维利说。

"我觉得他们往这边走了。"斯卡德说着,带着其他人走向一个小吃摊。小吃摊在一个巨大的红顶蘑菇下面。

佐伊喜欢这个小吃摊的样子。柔软的白色柜台上摆着菠萝、木瓜、橘子等免费试吃样品。这个柜台其实是一个较小的蘑菇顶部。水果已经去皮、切块,是现成就可以吃的。令人安心的是,这个摊位是人类经营的——一个饱经风霜的农民和他的儿子。像范科特其他的男人一样,他们都穿着宽松的裙子。农民的儿子密切地注视着他们。

维利伸手拿起一片菠萝,一向谨慎的佐伊拍了拍他的手腕。但维利想炫耀一下,他咬了一口散发着香甜气息的菠萝,却突然弯下腰,把水果吐在地上。维利大声呻吟着,流着口水,大口喘着气。

"我的嘴在烧。"他含糊地说,"像……拉椒①,像硫酸。"

那位老农民觉得这很好笑,但他儿子递给维利一杯东西,佐伊希望是水。维利漱了漱口,然后想把东西吐出来。但他似乎做不到,一团巨大的黏液从他的嘴唇上滴了下来,杯子里的东西和维利的唾液起了反应。

"别担心。"农民的儿子说,"就得这样才行。"

---

①原文为"like' ot' epper",此处为维利被辣得说不清楚话。

斯卡德好像到了天堂一般，乐不可支。

"水里有一些当地的细菌。"佐伊头顶上传来一个粗哑的声音，"是益生菌。这对你有好处，它能够调整你的身体，让它适应范科特的食物。"

佐伊抬起头，看到了那棵树上的黄色球形生物。显然她一直在跟着他们。

"你叫什么名字？"佐伊问她。

"你叫我肉丸子吧。"这个立体斑点回答道。她的声音油滑沙哑，带有英国口音。"这个名字很适合女汉子。还有，我是一个幻形点。我们这个种族历史悠久，但我们的运气不太好。我喜欢快活、粗犷的笑声。我很乐意做你们此行的女管理人。"

"你管自己叫女孩吗？"佐伊问。

"咱们假装是这样吧。事实上，只要我们有碟之珠，就可以裂变繁殖。"

与此同时，维利已经吐光了嘴里剩下的黏液，他正在大口喘气，偶尔干咳两声。

"你一定要吐在地上吗？"佐伊说，"这太粗鲁了。"

"你再尝尝我的水果。"摊位上的男孩对维利说着，又拿出了一块新鲜菠萝。维利摇了摇头，但那家伙十分坚持。"你现在肯定会喜欢。"

维利的食欲占据了上风，他把水果塞进嘴里，小心翼翼地嚼着，然后他笑了起来。"味道很好。"他还吃了一小片椰子。

"水里的细菌是寄生的还是共生的？"斯卡德问，他就像个老学究。

"这些细菌是很友好的。"那个男孩说，"这些寄生虫是格伦控制的飞碟。他们越来越坏了。一场大战即将来临。你们三个刚从圆球世界跳过来，是吗？"

"是的。"斯卡德说。

"太好了。"这个年轻的农民说，然后他微微笑了一下。"我叫梅诺，我碰巧认识佐伊的妹妹梅茜。她一直在说让你们到这里来的事儿。她说你们三个是我们一直在等待的英雄。"

"英雄？我喜欢这个称呼。"斯卡德说，"我是斯卡德，这是我哥哥维利。"

维利炫耀般地吃着水果，然后递给斯卡德一杯掺着益生菌的水。"接种疫苗吧，弟弟。"

"你们可以吃个够。"幻形点肉丸子插话道，就像一个聒噪的英国人。"这些吃的是你们的了。"她从皮肤上弹出一个红色的小金字塔。这是地图世界的钱。农夫的孩子梅诺把红色的钱放进了柜台。

佐伊努力让自己笑了起来。为什么不享受这种疯狂呢？为什么不放纵一下呢？就像维利说的，这就像在动画片里一样。在动画片里，即使有个巨大的保险箱掉在你头上，你也不会死。况且，这些菠萝和橘子真的很诱人。

佐伊和斯卡德对视了一下，难得地表示相互理解。他们也要"接种疫苗"了，管他呢。他们喝了一口益生菌药水，反应开始了，他们刮掉舌头和嘴唇上的黏液，然后就可以大快朵颐了。

三个孩子吃了枇果、橘子和烤豆腐。肉丸子也吃了些东西。她的嘴唇有些松，一些食物碎屑从中落了下来。佐伊大口吃着山药，还用山药尖尖的头挑起一些喷香的椰子冰激凌。佐伊对着维利笑了笑，这正是她一直期待的旅行。

"愿古波·古波与你们同在。"梅诺在他们离开的时候说，"这场宇宙大战，我们就指望你们三个了。"

佐伊不想知道梅诺的意思，至少现在不想。这里有这么多人，这么多外星人，这么多选择。

隔壁摊位上，穿着宽松裙子的男子正在卖树枝和植物卷须，这些卷须被编织成立方体，上面有闪闪发光的浆果。浆果的形状各异，但它们似乎以某种方式激活了这些立方体。这些看似简单的小玩意儿上都有一个发光的球。每个球上都有一个像镜头的屏幕，显示着远处的风景。这些风景都是实时的，就像视频一样。它们会随着商家的移动发生变化。

维利一直很安静，不是因为他不高兴，而是他喜欢这样放松并融入一个地方。而且，佐伊讲话的时候，他总是愿意倾听。

当地一对年轻的夫妇刚好买了一台"显示器"。他们将用它导航，前往下一个盆地。那位男士穿着香蕉叶制成的裙子和蓝色的运动衫。这位女士穿着橙色的连体服，其中一个肩膀上有紫色的荷叶边。他们提着东西，去了另一个摊位。有个扁平人好像在那里卖一些彩色吊坠。那些东西像超大颗的泪珠，又像是约一英寸长的胶状液体。佐伊竖起了耳朵，她听到这种叫饱腹薄荷的东西，可以长期提供营养。你只需要像吃润喉糖一样，吮吸一下这个东西就饱了。

"你其实可以在这里为咱们的旅行储备点物资。"维利说，"其实，那俩外星人去办自己的事儿挺好，这就像咱们原本计划的那样。"

"但我不得不承认，要是平奇利和扬帕开着他们的车在我们身边，会让我觉得更安全。"佐伊说，"要不咱们会马上迷路的。"

"嗯，是的。"维利说，"我只是觉得，你说希望咱俩在一起是对的。"

"我说了吗？"佐伊装傻道，显得维利很有占有欲的样子。

他走过来，伸手搂住佐伊的腰。"我们可以让斯卡德坐在扬帕和平奇利的车里。要是有人坐我们的车，那咱们两个晚上就去外面睡。"

"我们要靠在一起。"佐伊说,"拥抱着。"然后,就这样,她给了他一个吻。

在佐伊内心深处,她想知道为什么斯卡德没有在他们接吻的时候起哄。哦,他正忙着吃椰子冰激凌呢。谁知道呢?也许他有点忘记她和维利了。他们的吻逐渐变成了拥抱,他们只是站在那里,拥抱着彼此。他们会不会已经进入了一个新阶段,公开秀恩爱已经是正常的了,就像男女朋友一样?佐伊已经准备好像妈妈为爸爸那样心碎了吗?她为什么总是想那么多,为了不表现得太明显,她松开了维利,走开了一些。

就在这时,佐伊注意到附近有一家杀气外露的露天肉铺,老板是一对灰色的海星。这对站着的外星棘皮动物的双腿又短又粗,或许你可以把它们称为手臂。海星的身体中央有一张松弛的、没有表情的脸。他们柜台上的连骨肉与人腿有相似的令人不快之处。

于是,佐伊在这一瞬间又开始回想,她到底来这里干什么。还是没看到扬帕和平奇利。他们可能要带着巧克力粉再狂欢一会儿。佐伊沿着集市迷宫般的道路转了一圈,看了看两侧的摊位,五颜六色的马蹄莲灯把它们照得亮亮的。她看到一个男人用破烂的布裹住自己,一只蚂蚁正在购买一罐蜂蜜,两只迷你桑德举着一只甲虫的幼虫,幼虫的眼睛闪闪发光,还有一对下颚。他们要么烤了它,要么把它养成一辆车。在停车场,维利的紫鲸车仍然在幻形点树下。那个油腻腻的斯泽普人还躺在汽车的引擎盖上,他注意到佐伊的凝视,就做出了一个"过来吧"的手势。

"那个蹩脚的家伙太讨厌了。"维利说,佐伊刚好也这么想。

那个叫肉丸子的幻形点在他们上方盘旋。"你了解伊拉夫吗?"佐伊偷偷指着远处的斯泽普人问。

"嗯,我听见他和你说话了。"肉丸子说,"我觉得他可能是个流氓,能打劫谁就打劫谁。我一般不和斯泽普人混。伊拉夫可能是那些坏飞碟的狗腿子。"

"你什么意思?"佐伊问。

"奴隶贩子。伊拉夫想抓住你,然后去飞碟大厅把你卖了。"

"飞碟要我做什么?"佐伊接着问道。之前平奇利和扬帕的话只能让她有大致的了解,但她想知道更多细节。

"你真的像你看起来的那么嫩吗?"肉丸子说。

"到底什么意思?"佐伊厉声问。

"我的意思是,希望你不要像你假装的那么幼稚。"肉丸子说,"飞碟是奇味小偷。吸血鬼。他们会把你吸干,可爱的佐伊。你变成一具空壳之后,他们会把你送回你妈妈身边,做飞碟的代理人。"

"这个飞碟大厅在哪里?"佐伊问,她现在非常忐忑。

"在繁华的范科特市中心。有点像城市精英俱乐部,是不是?在那里,你会发现有好飞碟和坏飞碟。坏飞碟从新伊甸园飞过来,聚集在飞碟大厅。他们就是想尽情享受范科特当地人身上的奇味,据说那味道无比美妙,还有更可口的东西——迷路的圆球世界小羊羔的奇味。"

"我可不喜欢。"斯卡德用妖精般的声音说。然后,他转身看着佐伊问:"你真的有枪?拜托你说有吧。"

"我没有枪。"佐伊心不在焉地说。她心里正想着肉丸子刚才提到的那个地方——新伊甸园。在洛斯佩罗斯,她的父亲曾经成立了一个飞碟发烧友俱乐部,就叫新伊甸园太空之友。原来疯疯癫癫的爸爸说的都是真的,太不可思议了。"你能告诉我更多关于新伊甸园的事儿吗?"佐伊问肉丸子。

肉丸子开始了她的科学课。"如果我没记错的话,新伊甸园盆地与半人马座比邻星附近的圆球世界相匹配,在……"

"哦,别跟我胡扯这些了。"维利打断了她,"这个集市上有卖武器的吗?"

"好吧,他们卖。"肉丸子说,"不过如果你身边有我这样一个幻形点,就不需要枪了。我会杀人,会变形,可厉害了。"

"可我觉得你看起来一点都不强大。"讨厌的斯卡德对肉丸子说,"你只是一个鼓鼓囊囊的黄色气球,满口空话。"

好像是想展示她的变身技巧,肉丸子把自己变成了一个龙头,足以以假乱真。她对着斯卡德大吼一声,吓得他倒退了一步,脚下绊了一跤,一屁股跌坐在地上。

"斯卡德,"维利说,"你一定要这样……"他抬头看着幻形点说:"肉丸子,你别生我弟弟的气。"

"真是个活泼的小伙子。"肉丸子说着,又变回又黄又圆的模样,像个服务员一样微笑着。

"我想要一把枪,这样我就能打死伊拉夫。"斯卡德一边说,一边重新站了起来。"做鬼脸吓人可没么管用,你这个肥肉丸子。"

"给我一粒葛缕子种子,我马上给你拿个喷雾器来。"肉丸子对他说,"喷雾器能让你变强,对吧?"

"你怎么知道我有葛缕子的种子?"斯卡德问。

"我躲在附近,听到你那个斯泽普朋友说的话了。你不知道吗?隔墙有耳。"

"你之前说什么?"佐伊插话道,"你要给斯卡德一个喷雾器?那是用来喷香水的。"

"那我是应该说雾化器吗?"肉丸子有些慌张地说,"还是应该说去质器?死亡激光!我对你们的行话不太精通。"肉丸子飘到离斯卡德很近的地方,她都碰到了他。"快点儿给我那个葛缕子的种子。"她咕哝道,"然后我会让那个可恶的伊拉夫闭嘴。有我为你们服务,你们会非常满意。要是不同意,我可不是吃素的。"

佐伊从肉丸子的最后一句话中察觉到了一丝威胁。她瞥了一眼维利,知道他可以保护他的弟弟。这时候,维利毫无预警地抓住肉丸子,手指深深地陷入她的肉里。

"嘿,这个可恶的家伙肯定疼死了。"他似乎认为这个幻形点逃不出他的手掌心了,"她在我手里震动呢,可怕,真可怕啊。"

"你最好放了我。"肉丸子说。

"你到底在耍什么把戏?"维利紧紧地抓着肉丸子,强硬地问。她已经变身成了沙漏的形状。"你和伊拉夫是一伙的吗?他在威胁我们,你打算帮他?你俩狼狈为奸,是不是?你以为这样就能把我们耍得团团转?"

幻形点的表情变得越来越阴暗、古怪。她皮肤的褶皱里有小火花在窜动。她把皮肤上的一个凸起变成一个尖锥。然后……

"小心!"佐伊大喊——太晚了。肉丸子身上的圆锥越来越大,她的身体一边痉挛,一边收紧。一道闪光、一阵巨响之后,他们就感受到臭氧带来的灼烧感。

维利发出一声尖叫,然后重重跌倒在地。他完全没有了声息、肌肉松弛、一动不动地躺着,双眼茫然、四肢歪斜。

"看到了吗?"肉丸子咆哮着,飞得更高了。她的眼神让人捉摸不透。"你们看到幻形点的能耐了吗?"她把注意力转向斯卡德,"小伙子,现在,能把种子给我了吗?"

斯卡德吓坏了,笨手笨脚地沿着摊位间的过道逃跑了,他撞翻了许多东西。斯卡德很快拐了个弯,消失了。

佐伊被吓呆了,独自一人站在那里,脚边是死气沉沉的维利。他死了吗?该死的斯卡德也不见了。她得赶紧离开。她把碟之珠放到她面前的地上,把小号举到嘴边。她的动作非常快,但奇怪的是,从她的角度来看,她觉得自己特别慢。

第一个音符倾泻而出,声音就像打哈欠时的震动。佐伊努力想吹快点儿,可她就像在沙滩上奔跑一样,艰难而缓慢地吹到了第二个音符,现在是第三个。当地人都在听,佐伊的重复乐段听起来就像疯狂的尖叫声。

  随便吧。碟之珠膨胀到李子般大小,在腰部水平位置盘旋,它准备启动了。碟之珠逐渐变得透明,这意味着隧道的门已经打开了。佐伊吹着小号,朝它走去。她越靠近,门似乎变得越大。

飞碟大厅

斯卡德

斯卡德急匆匆地走过那些花里胡哨的摊位,他随意地转弯,大脑一片空白。他不让自己去想维利。他发现自己身处夜市中一个极具异域风情的地方。这里的马蹄莲灯是红色和橙色的,蘑菇摊位是发光的。一个迷人的女孩在一个屋子般大小的马勃菌旁嬉戏,马勃菌上有一扇拱门,里面亮着薰衣草灯。她像一条扭动的蛇,缓慢地前进着,伸出的手臂像蟒蛇一样。她穿着扁平活体生物做的衣服,那衣服在她皮肤上爬行,像鼻涕虫,又像活体文身。她的妆容闪着磷光,舌头上有圆点花纹。她的额头上戴着一只扁平人的粉红色提普虫。

斯卡德吓坏了,他的目光无法从她身上移开,想知道她到底是什么样子。其实,除去这些妆容,她可能比斯卡德大不了多少。她大概也就十七岁的样子。奇怪的是,她却在夜市当舞蹈演员。斯卡德目不转睛地盯着她,于是她停了下来。

"你好!"她说,"我也是人类,你有名字吗?"

"我叫斯卡德。应该说,我——我是来自圆球世界的地球?我们穿过多维空间过来的。"

"真新奇。梅诺用提普虫给我发了一条关于你们的消息。不过这里有寄生飞碟,一场宇宙大战即将打响。如果你们圆球世界的人类可以和我们一起战斗，那就太……"女孩儿突然笑了，"信息超载了！我是伊珂拉。快点到我的温柔乡里来吧。我喜欢你的刺儿头。"她低沉地笑了一声，声音很悦耳，然后做了一个横扫的手势，好像要把斯卡德领进她的小屋。

"我——我倒是想去。"斯卡德说，他的喉咙发干，心脏跳得好像每分钟走了一英里。"但是现在，我的意思是我们刚到这里，而且我……"

"是一个偏执狂？怕女孩，还是处男？来吧，斯卡德。我可能是你今晚遇到的最重要的人。在宇宙的剧本里可没有偶然。"

"那——那我能吻你吗？"斯卡德脱口而出。

"我觉得不行。"伊珂拉说着，把一只手放在她的臀部，摆了个造型。"在这儿不行。"

斯卡德后退了一步，脸上的表情僵住了。他挤出一个尴尬的微笑说："对不起，伊珂拉，我得走了。"

"也许下次吧。"

斯卡德根本不知道自己要去哪儿，他讨厌自己这么害羞。他跌跌撞撞地走进集市，一个贩卖仙人掌的摊位吸引了他的注意。两个十几岁的地图世界男孩正在将一碗仙人掌捣碎，然后将黏液抹在对方的胸膛上。空气中弥漫着墨水和熏香般的果肉香。经营这个摊位的是个骨瘦如柴的女人，她用一把弯弯曲曲的喇叭吹着迷乱的埃及曲调。

斯卡德转身离开时，仍然想着伊珂拉。突然有个扁平人拽了拽他的袖子。那个小扁平人手里拿着一条提普虫，他想让斯卡德买它。这是一条柠檬黄的提普虫，边上有红色条纹，背面有一串绿色的触角。这个扁平人的胸部中间还有一条他自己的紫色提普虫。

"行行好吧，年轻的先生。"扁平人一边鞠躬一边说，"作为回报,我,谦卑的菲尔卡向您献上这只无畏的提普虫作为回报。我很荣幸遇到您这样的圆球世界的买家。"斯卡德甩开了他,但扁平人没有轻易放弃。在附近的摊位上,一群黄色的提普虫躺在一碗水中。这个摊位是由一个女扁平人经营的,她是菲尔卡的伙伴。他们俩一唱一和,劝说斯卡德买下那条边缘有红色条纹的优秀黄色提普虫。

在扁平人的怂恿下,黄色提普虫从菲尔卡手中飞出,在空中摇摆着飞向斯卡德的脸。它通过身体边缘的巧妙抽动在空中保持平衡,顺着几乎无法察觉的气流倾斜、滑行。它还没有一小片叶子大,却散发着大海的气息。

提普虫猛然地落到了斯卡德的脸上,有点刺痛,而且硬硬的,似乎是在采集他的血肉样本。然后它飞到斯卡德的头上,发出了又尖又细的声音,好像超声波歌曲。斯卡德感觉脸上有一个肿块,仿佛被蜘蛛咬了一样。这时,他突然把灵活的提普虫拍在地上,用脚踩它,或者说试图踩它,但是它速度太快太黏滑了。它一下子又飞了起来,继续在空中盘旋。女扁平人咒骂着斯卡德,但也无能为力。斯卡德有一种可怕的感觉,他想要疯狂地奔跑。在伊珂拉的小屋附近这样做,他觉得很惭愧。

斯卡德只想尽快离开,他从仙人掌和扁平人的摊位中间挤了过去,然后发现自己已经在集市的边缘了。天空完全就是黑漆漆的一片。即使如此,这个世界也并非没有一丝光亮,因为草会散发出一点光,而且从集市和草地那边的建筑物里也能看到一些光亮。

地图世界的一些当地人在闲逛聊天、做交易,有可能是性交易。在高空中,两个幻形点飘过。它们似乎对斯卡德没兴趣,但幻形点的意图本来就很难理解。

斯卡德独自一人在夜色中徘徊。眼前的景象有一种中世纪的味道,他很喜欢。这里没有机器,所有的一切都有生命,空气中弥漫着陌生的气味。如果可以的话，他不介意在这里住上一段时间，但是地图世界似乎是一个危险的地方。

这时，一个嗡嗡作响的迷你飞碟出现了，就像虫子那么大，似乎是为了证明这是个危险的地方。他落在斯卡德的前臂上，毫无预警地就咬了他一口，就像那个提普虫一样，该死！斯卡德狠狠地拍了下他，一下子就把他打爆了。

与此同时，斯卡德一直不愿想起的那个问题怎么样了？肉丸子可能已经把他哥哥给杀了。维利现在可能已经倒地而死了。斯卡德是一只落荒而逃的老鼠，不过老鼠一般都能活下来。它们会尖叫着跑向离它们最近的洞，做老鼠是挺好的。但是，维利太可怜了。

斯卡德在一棵大树旁找到了一个昏暗的地方，他靠在树干上，惬意地小便。他的身体还在正常运转，即使他吃了那些外星细菌和水果，还被黄色飞天提普虫和迷你飞碟咬了。也许他能挺过去。可能维利也没事，或许这时候，他正坐着，揉着脸，咒骂着。就像他每天早上起床时那样。斯卡德和维利回家后，要说些什么呢。

假设他们真的回家了，而且佐伊没有完全抛弃他们。就在斯卡德逃跑的时候，她好像正要举起小号。斯卡德当时吓得抱头鼠窜，根本没看到后来发生了什么。

也许他会回去找佐伊和维利。不过还要再等一会儿，看看这场危机能不能自行结束。等扬帕和平奇利回到他们身边，如果那时所有人都还活着，就可以继续这场旅行了。那么，到那时，他们都会等着斯卡德，对吗？那还着什么急？

斯卡德倚在树上向外望，他看到一只很大的飞碟从旁边经过。这个飞碟是金色的，边缘是淡紫色的。他肥嘟嘟的，却很机警，像一条直径六七英尺的圆形黄貂鱼。然后，一只又一只飞碟飞了过去，每一只颜色都不同，就像热带鸟返回栖息地似的。每只飞碟都有一只红眼睛或黑眼睛——这和人类飞碟爱好者经常提到的不同。估计人类也不知道飞碟的身体形态居然如此多样。

的确,大部分飞碟都是经典的草帽形状,但是他也看到一些奇形怪状的:一个像黄绿色金字塔形状的飞碟,一个像飞蛇一样的飞碟,还有一个像一小段楼梯的飞碟。飞碟似乎是个包罗万象的类别,形态各不相同。斯卡德很兴奋,也很高兴看到这一切。

飞碟的栖息地是集市对面一栋很大的旧楼。那栋建筑很壮观,甚至有些华丽,像美国的最高法院大楼,或者希腊的帕特农神庙。建筑上有带凹槽的圆柱,顶部有三角形的山形墙。山形墙上装饰着一些符号,它们散发着柔和的黄色、桃红色和淡红色彩光。起初,斯卡德认为这些符号可能是阿拉伯文字,或韩国的表意文字,或埃及的象形文字。但事实上,这些文字更加奇怪。

这座建筑物太大了,大楼上若隐若现的青铜大门就有一百二十英尺高。两扇门大敞着,里面散发出柔和的蓝色光芒,照亮了进出大厅的飞碟。斯卡德听到里面传出低沉、有节奏的声音,是音乐声。

这肯定就是肉丸子提到的飞碟大厅。山形墙上的装饰是外星文字。太酷了。即使其中有许多都是吸血鬼飞碟,或是吸魂鬼飞碟,但斯卡德还是特别想进去。斯卡德是个怪人,他觉得飞碟大厅还没有集市上伊珂拉的小屋那么吓人。对于飞碟大厅,斯卡德的问题很简单:他怎么溜进去呢?

集市上那个扁平人菲尔卡读懂了斯卡德的想法,便逐渐向他靠近。他胸口处戴着一条紫色提普虫,手中还拿着那条长着红色条纹和绿触角的黄色提普虫。但扁平人不是走过来的,而是从地面上滑过来的,他柔软的身体在草地上不停地起伏。

"我只求您给我一粒葛缕子的种子。"菲尔卡小声嘟囔着,扁平人停在斯卡德脚边一块潮湿的地方。"作为回报,我会把这只提普虫种在您身上,尝过您的奇味后,它就准备好了。您就能读懂别人的想法了。是的,您将学会制作隐形云。这样就没有飞碟会注意到您的存在了。"

另一群五彩缤纷、形状各异的飞碟从空中划过。斯卡德一定要去看看他们的巢穴。虽然菲尔卡的提普虫有点恶心,却能起到一定的作用。这有点像滑板艺术。但是……

"那我哥哥怎么办?"斯卡德必须问清楚,"我不应该回去帮他吗?"

"通过我的提普虫,我了解到您哥哥被一个幻形点打败了。"菲尔卡说,"而您选择像懦夫一样逃跑了。安慰您一下吧,一般来说,幻形点只会把人弄晕,但不会杀死他们。所以,咱们假设维利没事,您要怎么把面子挣回来呢?带着提普虫回去吧。"

斯卡德同意了。提普虫就像一个附件,或者一个能力升级工具。他从牛仔裤里拿出满布灰尘的香料罐,然后将一粒葛缕子的种子放在了扁平的菲尔卡身上。扁平人猛烈地颤动了一下,吸收着种子芳香的生化精华。他明显感觉好多了。

"十分感谢您,斯卡德大人。"扁平人开开心心地从地上爬了起来,"您的新传感器想种在哪里?"

"呃,这里?"斯卡德轻轻拍着左手腕说,"它能像手表一样吗?还是说它必须这么大?"

"提普虫会不断取悦它们的宿主。"菲尔卡说,"所以想想您想要什么。"菲尔卡用一种粗哑、低沉的声音念了一段口令。就像斯卡德想象的那样,提普虫变成了一个优雅的半球,直径只有一英寸多一点。斯卡德把它放在自己的手腕上。

这只提普虫将纤细的卷须缠绕在斯卡德的手腕上,与他的静脉和神经相连。斯卡德感觉到血管中有欢乐的歌声,前臂中有微妙的颤动。他周围的一切立刻不同了。黑暗中的人类、外星人、头顶上的飞碟和幻形点,每个生物都顶着一个缥缈的太空光环,每个光环的光晕都十分独特。即使他们在斯卡德的身后,他也能看见。

这情景让他想起来,有一次,他的科学老师让他假装两天盲人,蒙着眼睛到处走。斯卡德发现即使他看不见,他也能在脑海中建立一个完整的世界形象。通过触摸、记忆以及周围声音中丰富的线索,斯卡德拼凑出世界的模型。

现在,通过这只提普虫,即使在地图世界的晚上,斯卡德对周围的生物也形成了一种统一的整体意识。他知道他们在哪里,也知道他们在想什么。

"第六感。"菲尔卡的声音在斯卡德脑海中说,"到处都是线索。"

"我喜欢。"斯卡德说,他没有动嘴,甚至都没有去想这句话,更像是他在传播这种感觉。这感觉很好,他开始审视周围生物的思想。

扁平人距离他的家乡有一万五千英里,他的家在三个盆地之外,菲尔卡和他的伙伴,其实就是他的妻子,来范科特做生意。

不远处,两只狗一般大小的蚂蚁正通过气味和触须交谈。它们的思想具有几何性质,就像土堆里的彩色木块。这些木块代表不同的东西:糖、性、幼虫和气味。显然,蚂蚁像飞碟一样喜欢奇味,但它们并不以此为生。相反,它们会收集人类随意丢弃的奇味——被遗忘的想法、被放弃的计划、被抛弃的梦想。思想和情感一旦形成,就可以独立存在。蚂蚁自己有读心能力,它们会寻觅精神碎片,就好像寻找餐桌下的面包屑。

一对地图世界的男孩和女孩躺在几百英尺外的地上,他们穿着整齐,相互拥抱着。这两个人轻声聊天、接吻、咯咯笑着。斯卡德细品着他们的思绪,里面像有炽热的熔岩,风中的蕨类植物,还有内心的歌声。这是他们两个第一次一起偷偷约会。他们很快乐、很自豪。

一只迷你桑德正在一条沟里吃着一条狗的尸体，啃食着那死去动物的头骨和骨头。它对这顿饭十分满意。斯卡德还能看到这只桑德最近的记忆。就在几分钟前，桑德发现了这条狗，尸体腐烂的气味把它吸引了过来。

斯卡德尝试着把意识延伸到一个路过的飞碟上。这些飞碟好像有性别，这个飞碟是女孩，名叫努努。她很小，大约四英尺宽，是传统的飞碟形状。她的圆顶是绿色的，松软的边缘是黄色的，边缘上有一块较厚的地方。

努努的思绪就像一个由发光贝壳组成的同心圆巢，每个贝壳的颜色都不同，每个贝壳都轻柔地演奏着音乐，彼此之间十分和谐。她的圆顶上有一只卡通般的眼睛，一个可爱的黑点镶嵌在白色椭圆形中。她也可以阅心。心灵感应在这里似乎很常见。努努感应到了斯卡德的存在，她眼睛向下翻，评估着他的审视。

斯卡德结束了心灵探测，他蹲在树下掩护着自己。他有些出格了。真的，他应该用这项新技能探寻哥哥维利，而不是忙着研究飞碟。但斯卡德把注意力转向夜市时，他发现自己心灵感应的力量只能到达伊珂拉的小屋。那个迷人的家伙仍然在等人上钩看她跳舞，她在空中变换着姿势，双手像啦啦队长一样转动。

斯卡德一直在想，如果他真的进了伊珂拉的小屋，会发生什么事。她和他内心想象的狂热、奇怪的女人不太吻合。但也许她是呢？或者她只是跳一会儿舞，然后收取小费？又或者，她会一棒打晕你，拿走你所有钱，还是说，她只会把你卖给飞碟？好吧，也许不是那样。她说过要和飞碟战斗。天哪，维利怎么样了？

菲尔卡还在斯卡德旁边，监视着他的想法，并重申了他的观点——维利会好起来的。

"好吧。"斯卡德说,他选择相信这个扁平人。"那我怎么才能进飞碟大厅?"

"仔细听。"扁平人说。转眼间,他就消失了。

斯卡德用双眼和提普虫观察着周围的环境,却没有发现菲尔卡的迹象,按理说他应该还在这里。可斯卡德既没看到扁平人的踪影,也感知不到他的思想。但是,等等。斯卡德又仔细看了一遍,好像确实有点什么。扁平人刚才停留的地方出现了模糊的印记,斯卡德伸出双手,感受到了菲尔卡的身体——一个扁平的躯体。

"我穿着隐形云呢。"隐身的菲尔卡说,他仍然可以用心灵简讯将这句话输送到斯卡德的脑海中。然后,扁平人又现身了,他向斯卡德展示如何用隐形云遮蔽自己。这有点像用手指画画。你从外部审视自己,然后涂抹出自己的形象。

斯卡德照着菲尔卡说的做了,低头看着自己的手——太好了,手已经完全隐形,不光是他的提普虫感应不到,他也看不到了。

"这不可能。"他不安地说,"这安全吗?"

"你的血肉是你灵魂的影子。"菲尔卡说,但并没有解释清楚,"众生万物只是空气中的影像而已。"

"我也是宇宙奇味中的一个影像吗?"斯卡德问。

"您说得对,大人。您利用提普虫的超能力,扰乱了自己的思绪——用这种方式,您才能召唤出一片隐形云。它会吞没您和您的衣服,直到您放松下来。"

"但你还没告诉我,这是否安全。"斯卡德问,"我的意思是,我看起来像一堆黑色天鹅绒做的意大利面。"

"大人,不要犹豫,去您心里想去的地方。"菲尔卡指着飞碟大厅说,"而且,我想说,我很乐意接受第二粒葛缕子的种子作为额外奖励。"

"等我回来再说。"斯卡德说,"也许我会给你。"

穿上隐形云,斯卡德觉得自己很渺小。他爬上飞碟大厅的台阶,然后飞快地穿过宽敞的入口。他就像是一只入侵别人家的虫子,一只渺小的蚂蚁。飞碟从他头顶飞过,有些大、有些小,有些是多面体、有些很光滑,有些像圆盘、有些像椒盐卷饼。大多数飞碟的颜色都很鲜艳,而且每个都有一只明亮、敏锐的眼睛。和之前看到的一样,有些眼睛的瞳孔是红色的,另一些则是黑色的。整个大厅就像是一个大型动物园。

斯卡德觉得那些红眼睛的飞碟都是坏蛋,他喜欢黑眼睛的那些,他们的边缘十分灵活,就像草裙一样起伏。奇怪的是,斯卡德居然觉得他们很性感。有些飞碟的嘴并不在底部,而是长在边缘,这看上去也很性感。

总之,大厅里到处都是异国风情的、迷人飞碟——有数十种,甚至数百种不同的类型。但如果肉丸子说的是真的,那其中很多都是吸血鬼飞碟,就是那些红眼睛的。

音乐在大厅里回荡着。也许每个听众听到的曲调都不同。但对于斯卡德来说,这是一首流行的、动感的福音歌曲。一个沙哑的嗓音,一遍又一遍地唱着同一句歌词。

"我会带你去那里。我会带你去那里。我会带你去那里。"

斯卡德被歌声迷住了,在他的想象中歌声描绘了一个充满玩乐、性与力量的极乐之地。突然,他萌生了这样一个想法,那片天堂之地的守护者,就躺在飞碟大厅尽头那个盘旋的白色光球中。他在球体中看到一个黑暗的图像,可能是一个神圣的雕像,一个头部附近有奇怪投影的人物。斯卡德着迷地走向那个发光的球体。他欣喜若狂,却不小心弄掉了隐形云。该死!他就站在那儿,谁都能看见他。

"嘶嘶。"

这是他之前就注意到的那只飞碟。她有绿色的圆顶和黄色的边缘，卡通般的眼睛十分活泼，瞳孔是黑色的。她似乎叫努努？她朝他飞了过来，围着他的脑袋盘旋。如果斯卡德想的话，他完全可以搂住她。她的边缘一直在摇摆起伏，上面有一双红唇。她正在和他说话。

"小心点儿，要不坏飞碟会吸光你的奇味。"她说话的方式很奇怪，好像单词是表意文字或明信片上的文字一样，完全没有冠词、时态或变化。"快隐身，快！骑到我背上，不要害羞，我带你走。我一直想爱一个人类男孩。"

努努的独眼周围有一圈长长的黑睫毛。斯卡德不由得就相信她了。努努是来救他的，就是这样。他的思绪迅速运转，重启了隐形云。

这时候，努努飘落到低处，斯卡德扑到她身上，好像一个男人坐在一个儿童游泳筏上。努努发出咯咯的笑声。他们滑出飞碟大厅时，斯卡德感到一阵悲伤，因为他无法继续欣赏那音乐了。白色光球中那个隐约可见的剪影是谁？或者说是什么？

片刻之后，他们和菲尔卡夫妇在树旁碰面了。斯卡德收起隐形云，从努努身上滑了下来，站在地上。他将很多葛缕子的种子撒在努努、菲尔卡和他的妻子身上，好像一个恣意挥霍的游客。外星人们都很高兴。

"你知道你的朋友在哪里吗？"努努问，"我带你去找他们。"她说这句话的时候有一丝讽刺的意味。她是个活泼的家伙，斯卡德很确定她正在读他的想法。这意味着她知道斯卡德疯狂地想知道努努是否有可能做他女朋友。她的声音特别悦耳。而且他和一位真正的女孩在一起的机会非常渺茫。况且，她也没有退缩。

"我可以自己走。"斯卡德说，他不想让自己显得很虚弱。"不过如果你能跟我一起，我会很高兴。"

"好。"努努说,"我很好奇你。性感的男孩。再见,菲尔卡。"

"再见。"菲尔卡说,"谨慎些,斯卡德。"

这个世界是一个迷宫。斯卡德很高兴能重新回到他的团队中去。他可以炫耀自己拥有了一只提普虫,当然还有努努!

斯卡德还发现了一个额外的好处,每当那些讨厌的、像马蝇一样的迷你飞碟要咬他的时候,努努就会用小火花干掉他们。有个飞碟女友太棒了。

三个佐伊

佐伊

让我们回头看看佐伊发生了什么。

事情是这样的，肉丸子闪击了维利，维利倒下了，斯卡德跑了，佐伊演奏了那段魔法旋律。她的碟之珠变成了尤尼隧道的大门。她走了进去，然后……

佐伊握着小号，站在洛斯佩罗斯大道上，身后是碟之珠的大门。她通过隧道，回到了离开地球时的地点和时间，只是她不在紫鲸车里。她在紫鲸车之前所在的位置。车和其他人都在他们自己的尤尼隧道里，也就是之前他们进入的碟之珠。他们还在从地球到地图世界的路上。佐伊透过隧道的透明门可以看到之前那条隧道的内部情形。透过之前那扇碟之珠的大门向里看，就像在看水晶球里面的景象。

而且，是的，佐伊可以看到之前的自己还坐在紫鲸车的前座。也就是说，她看到了那个人的后脑勺——一个女孩疯狂地吹着她的小号。紫鲸车朝着之前大门的中心前进，车子越来越小，直到消失不见。然后，那颗珍珠变得不再透明，也消失了，只留下佐伊一个人在柏油马路上。在这个洛斯佩罗斯春天的夜晚，碟之珠仍然飘浮在她的身后。佐伊仰望着天空，她看到了云朵、星星和月亮。天空本应如此。

突然间这些都消失了，但现在有个十万火急的问题——一辆倾斜的白色越野车，前灯亮着，轮胎发出刺耳的声音，喇叭疯狂地响着。它朝着我们的佐伊逼近，它的引擎盖上有一点闪闪发光的奇味，这些奇味正化为烟雾。是的，妈妈的脸在挡风玻璃后，妈妈目瞪口呆地看着她爱闯祸的女儿——二号，也就经历稍微丰富些的佐伊·斯纳普，她现在正拿着小号站在街上。

佐伊本该躲到马路边，但她就呆若木鸡地站在那儿，尽管她的大脑在飞速运转。她不应该抛下维利的，他甚至可能还活着。她根本不应该来这里。佐伊不再介意从开着越野车的妈妈面前逃走了，她会直接回到地图世界。

好了，碟之珠到底在哪里？找到了。佐伊的碟之珠就悬在她身后的空中，它仍然是一扇透明的门，只是已经越来越小了。佐伊感觉世界好像在慢速播放，她举起小号，就像个刚睡醒的、笨拙的爵士演奏家。她的演奏时间到了。她对着碟之珠，吹响了第一段旋律。来吧，宝贝。这颗奇妙的珍珠膨胀并闪烁着——它又变成了一扇大门。佐伊一边吹小号，一边走进大门。在尤尼隧道中，她很安全。佐伊回过头去，她看到了洛斯佩罗斯扭曲的全景以及打滑的越野车。

佐伊停下来整理了一下思路。她以前的那个自己，佐伊一号坐在之前的紫鲸车里，进入了一条不同的尤尼隧道，再次前往地图世界。好吧。

但是等等，有个佐伊三号拿着自己的小号进入了洛斯佩罗斯，这下事情变得更加复杂和夸张了。这个多出来的佐伊身后还有一个男人，他们从第三个尤尼隧道门里出来。他们全速奔跑，腿都是模糊的。他们迅速穿越了街道，及时躲开了那辆要撞到他们的越野车。显然，佐伊三号来自未来，她从隧道里返回的时候就预想到会发生这一幕。

佐伊三号身边那个男孩是谁？信不信由你，现在的佐伊，也就是佐伊二号，已经被这疯狂的时空穿梭搞晕了，所以她根本没有认出那个男孩是谁。他跑得太快了，天又黑。佐伊二号把大部分精力都放在了蓝调小号独奏上，这样才能让尤尼隧道一直开着。

现在佐伊二号只想着：不管了，我要走了。再见了，越野车。

她回到隧道中，然后再次回到地图世界。途中，她又看见了像玛雅人的古波·古波，她是地图世界的女神。这次，古波·古波看上去既像一座被藤蔓覆盖的金字塔，又像一个饱经风霜、令人难忘、超尘脱俗的女人，但出于某种原因，她对佐伊的一举一动都非常感兴趣。

这时候，佐伊回到地图世界的夜市中，同样的时间，同样的地点。她放下小号，隧道的门又逐渐缩小，变成珍珠。佐伊吹奏起锁门的旋律，把乳白色的珍珠放进了口袋。

昏倒的维利还躺在地上，那个可恶的幻形点还在他的头顶上。幻形点还在和佐伊抱怨，她甚至没有注意到，佐伊刚刚从他们共存的现实中闪退了一刹那。

"那不是我的错！"肉丸子说，她的语气很委屈，还在自我辩解。好像她把维利打趴下是对的。"这是他自找的。"

"你这个蠢货。"佐伊咆哮着，她跪在维利身边，准备做嘴对嘴人工呼吸。她之前没想过要这样做。维利亲切、英俊的面庞毫无血色。佐伊深吸一口气，把嘴唇贴在他的嘴唇上。

"嗯？"佐伊的嘴唇刚刚碰到维利，他突然就喃喃地开口了。他呻吟着坐了起来，揉着自己的脸。

"哦，维利。"佐伊说着，拥抱了他，"你太虚弱了，亲爱的。"

"发生了什么？"

"那个肉丸子刚刚电了你一下。"佐伊告诉他，"她鼓得特别大，然后用巨大的电火花电了你。"

"暗能量。"肉丸子说着，逐渐靠近他们。"这是来自绝命点的能量。维利当时在虐待我。我得保护我自己，这是理所当然的。而且我也会照顾我的朋友。"

"你才不是我们的朋友。"佐伊说，"你只是想要葛缕子的种子。这下好了，死胖子，斯卡德带着种子跑了。"

"斯卡德跑了？"维利问，他想把事情理清楚。

"我们当时都以为你死了。"佐伊说，"你弟弟跑了，而我想着怎么救活你。"

"你也跑了。"肉丸子说，"你骗不了我。我注意到，有那么一瞬间，你不见了。"

"你胡说。"佐伊说。

"你怎么这么狡猾？"肉丸子说，"我真佩服你。"

"我想给你们个惊喜。"佐伊说。

"你到哪里去了？"维利问，"狡猾什么？"

"没什么，我待会儿告诉你。"佐伊瞥了一眼幻形点，"现在你开心了？"

"我很高兴咱们有这么激烈的争论。"肉丸子说，"如果未来有更多，我也不会觉得奇怪。别管葛缕子的种子了。我很高兴能加入你们的旅行，一起去斯泽普城。为什么就到那儿呢？也许我会继续往前走，去草地辽阔的幻形点农场。"

"也许这个幻形点还不错。"维利迷迷糊糊地说，他又想到了斯泽普城的事儿。维利站了起来，"我承认，我掐你掐得太紧了，肉丸子。我没想到，你也像人一样有感情。但是，没错，咱们还是做朋友好，我们需要你的帮助。"他举起手，要和肉丸子击掌。肉丸子用她橡胶般的身体拍了一下他的手。

佐伊拍了拍肉丸子，然后拥抱了维利。接着，恢复如初的维利开始跳舞、唱歌、踢腿、摇摆手臂，他很高兴自己还活着。佐伊和他一起跳舞,她扬起了小号,吹了一段欢快的旋律。

地图世界是个疯狂的地方,但也很有趣。

不过,有一个新问题困扰着佐伊。和佐伊三号在一起的人是维利,还是其他人呢?

离开小镇

维利

维利有点担心斯卡德,不过也没那么担心。毕竟,斯卡德把维利留在那里等死。让那家伙自己找回来吧。维利碰到了许多奇怪的人和外星生物。尽管他刚刚在跳舞,但经过之前的电击,他的大脑已经一片空白了。

"要回到车里等吗?"佐伊问他。

"好啊,抱歉我这么虚弱。"

"你是最棒的。"佐伊说,"别担心。如果你还能再多站几分钟,我还挺想再买些东西的,毕竟是长途旅行嘛。"

"我请客。"在旁听他们聊天的肉丸子搭话说,"亲爱的,我很有钱,就像多春鱼的鱼子那么多。"

"咱们就买之前看到的那对夫妻的东西吧。"维利建议。

"好啊。"佐伊表示同意,"比如那些扛饿的饱腹薄荷。"

"你最好买五个。"肉丸子建议道,"你们人类用三个,那两个斯泽普人共用一个,还有一个给我。它们有七种奇妙的味道:原味蔗糖、腌鲱鱼、机油、海参、烤甜菜、素食蔬菜和汤姆火鸡。"

"那我要蔬菜和火鸡味的。"佐伊说。

"我不建议你买蔬菜味的。"肉丸子说,"在某种意义上,蔬菜味的对幻形点来说还不错,但可能会反噬像你这样受伤的小孩子。"

"好吧,好吧。那我们就要一个蔗糖和两个火鸡味的。"维利说,但佐伊瞪了他一眼。她不吃糖。"那就要烤甜菜味的,不要蔗糖的了。"维利说,"我还想要一个视觉球,就是放在摇摇欲坠的立方体上的那个,那个立方体还是树枝、藤蔓和浆果做的。"

"买那个就是浪费时间。"肉丸子说,"你们有我啊,幻形点永远知道自己的方位。"

虽然幻形点不让他们买视觉球,但她并不是个小气鬼。他们逛了一个又一个摊位,幻形点付了一大堆红色的金字塔。他们买了丝绸毯子、新鲜水果,还有一盆水仙花,那其实是一盏灯。他们手上提满了东西,连肉丸子都拿了一些,然后他们回到了车上。

"有什么礼物给我吗?"那个斯泽普小偷伊拉夫问,他从紫鲸车高高的引擎盖上滑了下来。

"你可以走了。"肉丸子说着,放下了毯子和一把香蕉。她看上去透着一股杀气。"再见啦。"

"是我先看到他们的。"伊拉夫说着,从他的工具带里拿出一只锥形蜗牛,它的壳上有错综复杂的人字形图案。灵活的触角从壳里伸出来,上面有一对宝石般的眼睛。它还有一个管状的小鼻子。

"捕鲸蜗牛!"肉丸子说,"这对我可没什么用,伊拉夫,看好了!"幻形点猛烈地尖叫着,那是她的作战口号。能量在她的身体表面闪闪发光,她聚集出一个电锥,发出了像手臂一样粗的火花。闪电刺进了伊拉夫的胸膛,并且在那个位置至少停留了三十秒。

维利很同情伊拉夫的遭遇,那肯定很疼。但伊拉夫从容地应对着肉丸子的攻击。他后退了几步,还在嘲笑肉丸子。真是个卑鄙的家伙,现在他准备用捕鲸蜗牛进攻了。

捕鲸蜗牛的鼻子里射出一个小东西,那是一支小飞镖,它像一个自由飞行的鱼叉，扎进了肉丸子身体的一侧。幻形点中镖的地方立刻变成了病态的绿色。勇敢的肉丸子面不改色地把受损的地方拧了下来，扔到地上。

维利觉得这场决斗有些蹊跷。肉丸子和伊拉夫好像是职业摔跤手，他们在演绎一套事先安排好的动作。维利决定加入战局，对抗伊拉夫。这家伙近在咫尺，而且他似乎有点晕眩。

维利迅速伸手从伊拉夫手上夺走捕鲸蜗牛。为了帮助维利，佐伊猛地吹了一声小号。维利把蜗牛壳的顶端对准了伊拉夫。蜗牛珠子般的眼睛闪烁着，鼻子弯曲着，好像在瞄准伊拉夫的胸口。但维利不知道如何让蜗牛发射。

一声尖叫打断了他们。"维利！嘿，维利！你还好吗？"

是维利的弟弟斯卡德，他正一路小跑穿过停车场，跟在他身后的是飞碟吗？维利根本没空仔细看。他稍后才能和斯卡德上演兄弟团聚的戏码。但现在，他只希望捕鲸蜗牛不要反过来对付他。他把它从身边拿远了一些，就像举着罗马蜡烛一样。这时候，他的手指发现蜗牛壳侧面有一个凸起的地方。那是不是扳机？

"你敢动一下试试！"伊拉夫说，"马上把蜗牛还给我。"

维利按下了扳机，捕鲸蜗牛马上向伊拉夫的身体发射了一支飞镖，插入了他纤细的腹部。伊拉夫似乎受伤了，他摇摇晃晃地倒向一边，撕开了衬衫。他的腹部是绿色的。但是，我的天，伊拉夫就像肉丸子一样，他做了一个特殊的动作——这个外星人居然拧掉自己一两磅肉，就这样治愈了自己。

维利不想把捕鲸蜗牛放在口袋里，就让斯卡德拿走去研究。

"要打架，是吗？"斯卡德说着，把目光从蜗牛身上移开。"我打赌努努能帮上忙！她不是吸血鬼飞碟，所以不用担心。她是我的新朋友。"

努努在他们上方盘旋，维利打量了一下她。她是个可爱的小飞碟,边缘上有一双红唇,就像电影明星的嘴。显然,她想帮助斯卡德和他的朋友们。但维利能感觉到努努可以洞察他的内心,这可不太好。

努努向后倾斜,她的下腹部发出一束弯曲的绿光。这是另一种绝命射线,虽然不如肉丸子的强烈,但覆盖面更广。努努用射线穿过伊拉夫的身体。伊拉夫退缩了一下,他感到有些不舒服。努努用她的射线驱赶了那个外星人,让他离维利的车远一些。伊拉夫向前跑,向努努扑了过去,想要反击。努努一下子就躲开了,她的射线似乎不够猛烈,无法击倒伊拉夫。

"他很强悍。"斯卡德喃喃地说。

"恐怕他要绑架咱们中的一个人。"维利说。

"要不我和肉丸子来一个射线组合吧。"努努建议道。

维利不明白努努的意思,于是努努给他发送了一条图像感应信息。在维利的脑海中,他看到了肉丸子和努努朝对方互发射线,肉丸子猛烈的黄色火花射入了努努散开的绿色光束中心。

"让我试试。"肉丸子说,她也接收到努努的信息。肉丸子看上去有些褶皱,可能因为她对伊拉夫的进攻毫无结果而显得有点泄气。"如果有必要,我可以和飞碟并肩战斗。过来点,努努。"

伊拉夫对这个形势感到十分不安。"你跟我来。"他对佐伊喊道,"马上。"这欺负人的家伙在做最后的挣扎:"只要佐伊过来,我就放过你们其他人。"

作为回应,佐伊举起了小号,吹奏了一首活泼的小调,旋律不断重复着,像是一段童谣或跳绳时哼的小曲。肉丸子和努努在半空中相距六英尺。满是斑点的肉丸子居高临下,努努迫不及待。她们相互向对方发出了射线,但都没有太用力,黄色的火花和摇摆的绿色光束融合在了一起。

正如努努预测的那样,合并后的光束产生了协同作用。复合射线发出了一种高亢的声音,听上去像电锯,或像一根震动的金属丝,又像暗能量绞刑架。

"见鬼去吧,你们这些怪胎。"伊拉夫说着,假装要走开,"别废话了。"

这时候,努努和肉丸子下降到腰部的高度,然后向前冲。肉丸子在伊拉夫的左边,努努在右边。伊拉夫似乎可以躲开射线,但是他没有。

咚!

斯泽普人的上半身松动了一下,然后砰的一声掉到了地上。肉丸子和努努成功地把他切成了两半。哦,不,是三半。因为在最后一刻,伊拉夫的右臂挥向了光束,他的右手腕也被切断了。他死了吗?他可没那么走运。伊拉夫的双腿仍然直立着,保持着平衡,他的上半身四处滚动着,希望恢复到以前的样子。他的手像一只敏捷的蜘蛛,用手指在行走。伊拉夫都没有流血,也许他以某种方式封闭了身体上切开的伤口?或者他根本没有血。

"这太出乎意料了。"肉丸子说,"一个斯泽普人不会这样的,伊拉夫估计是个冒牌货,他可能是另一个物种——只是恰好把自己伪装成斯泽普人。"

伊拉夫夸张地大喊大叫,他的上半身爬回到他的腿上。他的双臂抱住腿,开始往上爬。上半身在双腿上努力保持着平衡。伊拉夫不停地喊叫着,他的手在周围跑来跑去,但很难追寻它的踪迹。这个外星人强得可怕。

伊拉夫的两条腿摇摇晃晃地、努力地保持着身体平衡,然后走向平奇利和扬帕的汽车,那辆车就停在几码①外。这是一辆又脏又破的老爷车,车子是黄色的,上面有红色的字母:P&Y,代表

---

①码:英美制长度单位,1码等于3英尺,合0.9144米。

平奇利和扬帕。车子很高，辐条轮甚至比紫鲸车的还大。尽管车顶有结实的防护杆，但顶部是敞开的。车里有豪华的蚂蚁皮革座椅，很多瓶水和一些叠在一起的被子。伊拉夫的双腿仍然保持着身体的平衡，他站在这两个斯泽普人的车旁，好像想要打开车门坐进去。

佐伊加快了演奏的节奏，提高了音调。这声音刺激了肉丸子和努努，让她们再次发起进攻。努努点了点头，边缘上的嘴唇微笑着，好像十分享受这个致命的游戏。她和肉丸子在伊拉夫上方越飞越高，然后像断头台上的刀一样俯冲下去，刺穿了伊拉夫的躯干。

咚！

伊拉夫的双腿居然避开了"断头刀"，但他的上半身被切成了两半。一半是他的头、肩膀和没有手的右臂，另一半是他的胸部、肚子和左臂。他的双腿在原地转圈，那只迷途的右手靠着兴奋的手指还在到处乱跑，伊拉夫还没死。

"对不起！"努努大喊着，"我们搞砸了。"

伊拉夫的双腿和躯干共同合作，居然挤进了平奇利和扬帕的汽车前座。他们启动了引擎，然后……

"抓住那只手！"斯卡德尖叫道，"它偷了葛缕子的种子！"

是的，那只毛骨悚然的手爬到了斯卡德的腿上，翻开了他的口袋。现在，拇指和另外两根手指将手高高撑起，另外两根手指把一整瓶葛缕子的种子攥在手心里。更糟糕的是，伊拉夫的小蜗牛正骑在这个无赖的手背上，就像亚哈船长①乘着他的船似的。那只可怕的手也把捕鲸蜗牛带走了。

维利冲过去，却没能抓住那只手。它飞快地跑向平奇利和扬

---

①亚哈船长：美国小说家赫尔曼·梅尔维尔的代表作《白鲸》中的主人公。

帕的敞篷车，惊人一跳，飞身跃入了车里的安全地带。

被大卸八块的伊拉夫发动了偷来的太空老爷车，让它在沙地上疯狂地打转。伊拉夫的头部和上半身撑在方向盘后面，咯咯地笑着，欣喜若狂。他用肉丸子所说的斯泽普话尖声叫骂着。

肉丸子和努努追在车后。只不过，这个被分成四半的伊拉夫比想象中的更狡诈。伊拉夫自由的手解开了他的工具带，像薄纱似的蝶网一样的生物从逃逸的汽车中飞了出来，缠绕在幻形点和飞碟身上。

包裹着她们的网状物嘶嘶作响，散发着神秘的能量。肉丸子和努努费了很大的力气才摆脱了束缚。她们不愿继续去追那个狡猾、残缺的伊拉夫了。她们躺在停车场的灰尘里，好像在舔自己的伤口。

"闻所未闻。"肉丸子说，"太奇怪了。"

这时平奇利和扬帕出现了。才过了这么一会儿，扬帕的衣服已经不知所踪，但平奇利还戴着他的工具带，手里拿着巧克力粉罐子，里面只剩一半了。尽管如此，两个疲惫的斯泽普人还在不停地蘸巧克力粉吃。

他们听说自己的汽车被偷了，并没有特别沮丧。大家也没有马上告诉他们葛缕子种子也丢了的事儿。这两个斯泽普人坚决不相信被大卸八块的伊拉夫还能活着。他们似乎认为孩子们在编故事或开玩笑。

"平奇利蹲下的时候，还会一分为二呢。"扬帕说着，嘴里发出粗鲁的声音，"照你们这么说，可能连屎[1]都有意识。"

"所有人都在向'特真实的朗普'[2]的追随者致敬。"平奇利补

---

[1]原文为"kac"，是屎的意思。
[2]原文为"One True Rump"，意为"一个真实的屁股"。外星人在吃了巧克力粉之后十分兴奋，前言不搭后语，此处有影射特朗普之意。

充道,他深深地鞠了一躬,摔倒在地上,但他没有把珍贵的巧克力粉撒出来。

"我们可是支持特鲁班巨人的。"扬帕说着,把平奇利扶了起来。显然,这两个家伙从可可派对上大赚了一笔。他们靠在一起,相互支撑着,像一对无精打采的小丑。

平奇利的脸扭曲着,做出一副沉思状。"你告诉我,"他对维利说,"大便有奇味吗?"

"你根本没听我们在说什么。"维利说,"这个叫伊拉夫的斯泽普强盗可以分成四半。"

"我们以为我们杀了伊拉夫,但他没死。"努努说。

"我还得告诉你,伊拉夫偷走了所有葛缕子的种子。"维利向平奇利和扬帕坦白道。

"搞什么鬼?"平奇利大喊,他精神一下子集中了。这个斯泽普人好像患了脑卒中一样,整个人变成了红色。"被那个垃圾抢走了?"

"葛缕子的种子对菲利帕夫人至关重要。"扬帕说,"你们这么浪费种子,简直太愚蠢了。"

平奇利指着佐伊咆哮道:"去找葛缕子的种子!去洛斯佩罗斯,多弄点过来!"

"我不。"佐伊说,"我今天回过地球一次,然后又回到了这里。我不确定自己能不能再这样来回了。我可不想被困在地球上,不能去旅行。"

这是维利第一次听说佐伊回去过,但他还是坚定地站在她这边。"平奇利,如果你想要葛缕子的种子,为什么不抓住四分五裂的伊拉夫,然后……"

"把他们杀死。"肉丸子说。

扬帕斜眼看着肉丸子和努努,好像这会儿才注意到她们。"你们是多余的。"她生气地说,"跟我们无关。我们为什么需要一个胖墩墩的幻形点,还有一个傻乎乎的飞碟?"

"她们俩想和我们在一起。"维利说,"你看行吗?我觉得她们能帮咱们一起追伊拉夫。"他清晰而缓慢地说着,希望这两个精神恍惚的外星人可以理解他。

"我觉得一个幻形点我还能忍。"平奇利想了一会儿说,"只要她不是双面间谍就行。但是飞碟?你难道不知道有一半飞碟都是我们的敌人吗?"

"可努努的眼睛是黑色的,不是红色的。"斯卡德说,好像这件事儿已经定了。

"你可说不准。"扬帕说着,一把抓住努努的边缘,使劲向下弯。她非常夸张地低下头看着飞碟的底部。"下面没有牙。"她说,"没有吸食奇味的功能,她是安全的。"但是扬帕顿了一下,盯着斯卡德和努努,然后得出一个结论:"斯卡德喜欢她!"

维利大笑了起来。这个情形太符合斯卡德了。十六岁的男孩终于有了一个女朋友,而她还是个飞碟。斯卡德现在绝对不会再拿佐伊的事儿嘲笑维利了。

"我担心紫鲸车装不下我们所有人。"佐伊插话道,她想提醒维利,他们一直希望能有两辆车,这样佐伊和维利就能单独待在一起了。"有没有办法再弄一辆车?"佐伊问平奇利。

"告诉你了。"恍惚的平奇利说,"范科特根本没有真正的汽车。在这里唯一能开的就是甲虫、甲虫、甲虫。但甲虫没办法行驶一百万英里,他们会蛹化,或者做类似的事儿。"

"只有幼虫和毛毛虫才会蛹化,"斯卡德纠正道,"成年的甲虫不会。"

"你真是我们的宠物教授。"扬帕对斯卡德说着,微微鞠了一躬,"卵、幼虫、蛹、成虫,菲利帕夫人的民间时尚也是这样变化的。"

"随你们的便吧。"平奇利大声说,"说不定甲虫车会产下一大堆卵,然后就四脚朝天地死掉了。这些卵会孵化成幼虫,它们会吃掉你们这些乘客的肉。如果你们傻到开着甲虫车去公路旅行的话,那简直就是自作自受。"

"说得好。"扬帕说,这会儿她又有点上头。她跟跄着走到紫鲸车边上,拉着蹦极绳,疯疯癫癫地跳进车里,然后在车后座上倒头大睡。

"太棒了。"维利盯着四仰八叉的斯泽普人说,"至少我们还有前座,和后面的一小块地方。"

"猪圈。"斯卡德说。他和维利小时候就这么叫爸爸旅行车上的后备厢。"咱们四个都要坐在猪圈里吗?"

维利看着努努和肉丸子说:"你们两个真的打算坐在车里吗?难道不能跟着我们的车飞吗?"

"我可以盘旋、跳跃,也能飞一千英里。"肉丸子说,"但我从来没去过斯泽普城那么远的地方。让努努跟着车飞吧,如果她要去的话。"

"我的父亲和叔叔都非常大。"努努说,"他们的碟之珠也都很大。像我这样的小飞碟,碟之珠小,飞不高。我想搭车。是的,我可以和斯卡德一起进猪圈。"她眨了眨眼睛。

斯卡德笑了,然后又开启了十万个为什么模式。"努努,如果你身体里有珍珠,是不是意味着你可以进入圆球世界?"

"如果我从体内的珍珠穿过去,我只会从里到外翻出来。"

"哇。"斯卡德说,深深地为之着迷,"有关拓扑学[①]的知识我都喜欢。"

[①] 数学的一个分支,研究几何图形在连续改变形状时还能保持不变的一些特性。(编注)

"我们觉得所有人都在猪圈里也挺舒服的。"

"这种含糊其辞的废话我可不买账。"肉丸子说,"我不信任努努。"

努努咯咯地笑着,好像被肉丸子的无礼弄得有些尴尬。

"你还不知道我绝杀射线的威力吧。"肉丸子对努努说,"如果你敢吸斯卡德的奇味,我就让你变成炮灰。"

"我不是个坏飞碟。"努努说,"如果我亲了斯卡德,我就能得到一丁点奇味,那对我来说就足够了。没必要担心。"她真诚地上下摇晃着她的边缘,好像在点头。

"你自己决定吧。"维利对弟弟说。斯卡德微笑着,和努努同步点了点头。维利看得出,对斯卡德来说,最重要的是努努想吻他。

平奇利同意让努努加入他们。"看来我得升级一下这个紫鲸车了。"他含糊地说。"让她的车厢更大一些,变成一个大陆游艇。相信我,我能做到。"斯泽普人摸索着蚁皮工具带。不过他还是先盖上了巧克力粉的罐子,把它藏进了皮带。然后他把手伸进工具带拿出了一个深绿色的甲壳动物。它的外壳有些斑驳,上面有深深浅浅的红色、蓝色和绿色。

"这是龙虾?"维利问,"但是,它背后怎么是个手柄,没有尾巴呢,而且它的爪子上还有毛?"

"这是可伸展小龙虾。"平奇利说,"等它在空地上站稳了,我就去拉它。就像做馅饼皮一样。维利,你也跟我一起使劲,我们就像拔河一样使劲拉它。"

他们两个上车之后,平奇利把可伸展小龙虾扔进车里。这只小动物用它毛茸茸的爪子抓住了紫鲸车内部的空隙,然后悬在了半空中,古怪地抖动着它的触角。平奇利一脚踩在门槛上,一只手抓着蹦极绳,另一只手抓住了龙虾尾部的把手,维利伸出双臂搂住平奇利的腰,和他一起拉。一开始特别费力,就好像是从木板上拔钉子一样。但突然之间，车里的空间一下子变宽敞了，就像一块口香糖突然被拉开了似的。他们从车里跳出来，进一步拉伸了车内空间。

"弄完了。"几秒钟之后，平奇利说。他把一些肉干喂给他的可伸展小龙虾，然后把小龙虾放回了工具带。

从外面看，紫鲸车还和以前一样。但是维利走到车边，从敞开的门往里看时，内部仿佛是一个扭曲的球形鱼缸，就像透过一个奇怪的镜头看似的。汽车内部大了很多。

是的，与汽车内部相比，后座看起来很小，睡着的扬帕也很小。但是座位和乘客本身的大小没有改变。他们如同固定大小的硬币，黏在了一个膨胀的气球表面。汽车内部空间变大后，座椅两侧都有很宽的过道，前座和后座之间的空间也很大。

至于现在的猪圈，已经有一间卧室那么大了。而且车顶很高，他们完全可以在里面走动，绝对不会撞到头。肉丸子和努努急忙飞进了猪圈，像派对气球一样在软软的车厢顶部晃动。

维利坐在驾驶座上，再次握紧了方向盘。

"这车和之前的还一样吗？"他问平奇利。

"没问题。"这个斯泽普人说着，拿起了毯子，然后舒舒服服地坐在前座后宽阔的地板上。"要是我们碰到偷车的四半伊拉夫就叫醒我。"

"我们应该朝哪个方向开？"维利问。

平奇利疲惫地指了一下。"朝北走吧，扬帕和我不是从那个方向来的，但据说，你可以在阿拉斯加左转，穿过几条河。然后，你就到了盆地的山脊。那里有个边境大满贯通道，咱们可以从那儿过去。"平奇利打了个大大的哈欠，瘦小的黄脑袋向后倾斜，好像随时都会掉下来似的。"具体的稍后再说。"

"多久以后？"维利追问道。

"几个小时后,等你到了边境大满贯海峡再说。我们一出城,就加速,每小时五百英里或者一千英里。你完全可以相信我们的减震装置和轮胎。扩容版的紫鲸车根本不需要道路,所谓的路也就是选择一个前进方向的想法而已。"

维利按了按喇叭,声音还是那样微弱。他们开车离开了夜市的停车场。维利对他这辆扩容、升级版的紫鲸车感到非常自豪,而且他旁边的前座上还坐着性感的佐伊·斯纳普。

佐伊兴奋极了。扬帕睡得昏天黑地,平奇利也睡着了。斯卡德、努努和肉丸子在后面。幻形点一直说个不停,对努努冷嘲热讽。努努却仍表现得温顺、谦逊。

有件事儿,维利觉得有些不安,就是努努有心灵感应的能力。他可以感觉到她的思绪快速从他的脑海中掠过,不断地检查着一切是否正常。行,就这样吧。

斯卡德在猪圈里铺了一些被子,做了一个舒适的躺椅。努努像毯子一样覆在他身上,她的边缘盖住了斯卡德的身体,红唇亲吻着他的脸颊。斯卡德从来没这么快乐过,他知道哥哥维利正盯着他,但他不在乎。

维利开着车在范利特的迷宫中前行,佐伊在旁边不停地提出驾驶建议。维利现在知道了,佐伊就喜欢指挥他。这或多或少就是她默认的交流方式,倒不是说大部分人都会听她的。

"换一条平行的路走吧。"佐伊说,"我看前面有一场街头派对,有一群迷你桑德。你看他们仰着头咆哮的样子,为什么人类就没办法那么开心呢?"

"我就可以。"维利说,"尤其是冲浪的时候。"

"我很高兴你带了两个冲浪板,你可以教我怎么冲浪!"佐伊微笑着看着他,满心欢喜。"维利,在这里右转,然后左转。"

维利喜欢听她的声音。"你太机警了,"他说,"声音也很洪亮。"

"我很高兴能和你在一起。"佐伊说,"肉丸子把你打昏了的时候,我慌了,就逃回了洛斯佩罗斯。"

"到底发生了什么?"

"我穿过碟之珠,回到了咱们离开时的同一时间、同一地点。可以说,有点像回到过去,但我并没有留在那儿。"

"我不在乎以前的事。"维利高兴地说,"因为我不愿意总活在过去。"

"我只想要和你在一起。"佐伊说。

维利踩着紫鲸车的油门,看着一栋栋灯火通明的范科特大楼不断倒退。他们在佐伊说的那条平行的街道上开过了大约二十个街区。这时候,他看到街上又有另一群人。那个四半伊拉夫会在这里吗?要不要准备伏击?长着胳膊和脑袋的肩膀,只有一只胳膊的躯干,一双腿,以及一只迷路的右手。这敌人太可怕了。如果伊拉夫不是普通的斯泽普人,那他到底是什么生物呢?

为了安全起见,维利一直靠右行驶,而且已经有点开到人行道上了。紫鲸车轰隆隆地从几辆停在路边的甲壳虫汽车身上开了过去,又迅速经过一群人,他们在昏暗的光线中开派对,这似乎一点也不危险。

"拜拜喽!"佐伊假装成十几岁孩子的口音对那群人说。她和维利大笑着,重新回到马路上,加速前进。

范科特很大。维利的车速已达到每小时一百英里,这从改装后车速表上细细的指针就能看出来。佐伊靠在他身上。城市的街区不断闪光。像这样在城市里开车太疯狂了,但到目前为止还没有问题。大部分的甲壳虫汽车都从他们身边疾驰而过,对于那些状态不好的,维利只需要从他们身上开过去就行,就像他之前那样。他现在对车子的量子减震装置已经驾轻就熟了,也许他都不会给甲虫和司机造成任何伤害。一切都很酷,一切都很顺利。

朝着范科特北部前进的过程中，街道变得越来越暗，因为这里没有那些高高的百合路灯了。但是街道、房屋和空地本身也会发出微弱的光。肉丸子说它们身上粘着荧光粒子，维利他们也不知道那到底是什么。不管怎样，维利已经打开了紫鲸车的前灯。

最后，他们来到了开阔的乡村。那里有高低起伏的山丘，它们也发出微弱的光。在左边远处有一片海洋，偶尔会有地图世界的人在那里定居。维利什么也没说，专注地开车，心里只想着佐伊。这场旅行本该如此。

突然，遥远的前方出现了一个亮点，隐隐约约地向他们冲来。维利怕撞车，又担心碰到伊拉夫，于是他就把车开到了路边的草坡上。紫鲸车很平稳，他没有减速。原来是一只开着远光灯的甲壳虫车，从他们旁边呼啸而过。

维利再次开着车回到主路上，他把时速提到了每小时七百英里。两侧的风景一片模糊。他们再次开到一个山坡的顶部，从斜坡上滑下来时，好像在空中飞了一会儿。佐伊大笑着，有些歇斯底里。

着陆很平稳。紫鲸车重新上路的时候，轮胎发出了一些摩擦声，但一点都不刺耳。维利又提速到每小时八百英里。这速度太疯狂了，他必须集中精力瞄准前方远处的昏暗地带。只要他的视线稍有偏离，他的注意力就会被两边如瀑布般涌出的朦胧的田野吸引。

"你开车开得太疯狂了。"佐伊说，她试图让自己的语气轻松一些，但她控制得不是很好，"你想想在学校的时候，咱们看的驾驶安全视频里那些瘾君子的样子。维利，你开得太快了。"

"如果我们出车祸死了，至少吸血鬼飞碟就不会折磨你了。"维利说，他想用黑色幽默逗逗佐伊。

"慢！点！开！"

"别担心，亲爱的。"肉丸子插话道，"你们非常安全。"她沿着车厢的天花板爬行，身体变得长长的，像蛇一样。她身体上一个黄点吸在维利和佐伊之间前排座位的靠背上，那上面有一个小小的眼斑和窄窄的嘴巴。"你的量子减震器有一个光环。"肉丸子补充说，"无论发生什么，我们都可以克服困难、通过难关。你们是不是管这个叫'无处原则'？"

"我觉得你说的是'不确定原则'。"佐伊非常疑惑地说。

"是的。"肉丸子说，"这意味着我们不会撞上前面的树！"她说最后一个字时声音突然提高，但这时候，那些黑暗的红杉林已经在他们身后了。"有了量子减震器，每小时一千英里都是小菜一碟。"肉丸子坚称，"我们挥一挥手，完全不用担心。"

"听到了吗？"维利说，"佐伊，我不会放慢速度的。"

"你的如意算盘得逞了。"佐伊不喜欢专横的幻形点，"我们没撞到那些，是因为你根本没朝着树开。可如果我们撞到了石头，那就真撞到石头了。"

"我觉得没必要瞎想。"肉丸子说，"但请记住，我们可要行驶一百万英里呢。"

维利继续前进，他被以前没见过的风景吸引了。森林、山脉、湖泊、一望无尽的田野不断地从他眼前掠过。一切都闪着微光，好像是冬日的雪景。车顶上的冲浪板震动着，发出了协调的高音。

一群很大的飞碟从他们头顶飞过，大约有五十只。他们形状怪异、色彩斑斓。这些飞碟是要去附近的盆地吗？维利有一种独特的感觉，他觉得这些飞碟知道他和其他人的存在，包括此时此刻在猪圈里和斯卡德卿卿我我的努努。

哦，算了，还是专心开车吧。

此时此刻，维利只是很庆幸天上的飞碟没有靠近紫鲸车的意思。他继续向前开，佐伊靠在他肩膀上睡着了。他们真成了一对情侣了，这趟旅行值了。

奇怪的梦境

佐伊

佐伊做了个奇怪的梦，这也难怪，毕竟这是她一生中最奇怪的一天。

起初，她梦到黑暗的风景从身边流过，其中伴随些许色彩——随意的面孔、闪亮的汽车、飞行的飞碟，接着她闪回到与妈妈的车迎头相撞的那个瞬间。切换！

佐伊一下子又站在了爵士表演的舞台上。她本应该表演小号独奏，可此时她一丝不挂，在她身后有个白痴正用一支恶心的长号碰撞她。那是她同父异母的妹妹梅茜，梅茜也是赤身裸体的。佐伊看到梅茜腰部有些皮瓣，就像一条裙边。原来这就是多年来，梅茜藏在上衣里的东西。

梅茜的皮瓣上有个像乌贼一样的图案。上面还有英文字母，写着"你好，佐伊"。佐伊有一种从悬崖上向后退的感觉。砰！她的腿上感到一阵电击。

也许这不是梦。梅茜十分专注，她把长号的喇叭搭在了佐伊的肩膀上。

大家都很安静。佐伊本应开始演奏了，但她大脑一片空白。梅茜轻哼着曲子催促着佐伊。她哼的就是昨天她教佐伊的那个重复乐段。佐伊举起小号，她看到自己吹出的音符，像一个个小小的折纸飞机一样。它们飘了出来,摇动着翅膀,想飞到人群中去,却被梅茜如饥似渴的长号吸了进去。

梅茜跟着佐伊来到了这里,她正在给她发送心灵简讯。这是真的,而且……

"啊啊啊!"

佐伊呻吟着醒来。她侧躺在座位上,维利拍着她的腿。

"你没事儿吧?"

"嗯,没事儿,我只是看见……"佐伊渐渐不作声了,她还没准备好把这个可怕的梦说出来。汽车轮胎发出了嗡嗡声。除了肉丸子,其他人都睡着了。佐伊默默地望着车窗外,凝视着她和维利来到的这个不可思议的地方。

"我们应该聊聊梅茜。"她最终开口说道,"我们还没说过关于梅茜的事儿。"

"聊什么?"维利说。

"她给了我那颗神奇的碟之珠,还教了我那个重复乐段,那首曲子可以打开通往地图世界的隧道。扬帕还说她在这里见过梅茜?她说梅茜告诉她,在哪里可以找到我打开的隧道之门?"

有那么一瞬间,佐伊甚至不知道维利是否听到了她的话,他凝望着前方模糊的风景,轻轻地控制着方向盘,继续向前行驶。

"不知道我们能不能在这里找到她。"这时候维利开口道。

"梅茜时常会到地图世界来。"佐伊说,"她不是普通的人类。还记得她腰间那个肿块吗?那是一块卷起的皮瓣。"

"你怎么知道的?"维利问。

"我刚刚看到梅茜了,在我的梦里。我们马上要在咆哮爵士乐团的音乐会上演奏了,但一切都出问题了。我们光着身子。我根本不知道要吹什么,梅茜告诉我该演奏些什么。乐曲的音符从我的小号飞到她的长号中。"

"那只是个噩梦。"维利说。

"比噩梦更糟糕。"佐伊说,"我觉得这是梅茜发给我的心灵简讯,是一条消息。"

维利瞟了佐伊一眼,然后笑了。"冷静点好吗?梅茜的事儿我们待会儿会弄明白的。我的意思是,现在这已经是有史以来最疯狂的旅行了。"

"你和我。"佐伊说,"你介意我坐在你旁边吗?你会不会觉得我是个讨厌、绝望又爱依赖别人的女生?"

"我才不会这么想。"维利说,"我喜欢在你身边。"

他们在沉默中前行,两人之间的气氛很不错。佐伊的腿贴着维利的腿。他们并不担心没系安全带会怎样,因为平奇利安装了某些安全系数更高的装置。佐伊不太了解,但平奇利说这很管用。随着佐伊对梦境的记忆逐渐褪去,她的心率也稳定了下来。她真的在这里了,她真的要和维利开始一场伟大的公路旅行了。她能把维利当成自己的真爱吗?好吧,当然,她自己知道就行了。

"天开始亮了。"佐伊说。

"是啊。"维利说,"昨天我们来的时候天刚黑,我感觉自己开了整夜的车。你看到太阳了吗?我现在不能分心看别的地方。"

维利让紫鲸车保持着每小时八百英里的速度,但佐伊根本没有察觉到。至少这条路又直又平坦。估计他们是在加拿大北部,或类似的地方。天越来越亮了,田野一片翠绿,上面点缀着野花。她看见地平线上有锯齿状的山脉,闪亮的海浪在他们左边的远方。但天上什么都没有。

"没有太阳啊。"佐伊对维利说,"我的意思是,如果这个世界是平坦无边的,太阳如何升起、降落呢?阳光可以穿透地表吗?在这样一个宽广的世界里,肯定需要很多阳光,就像仓库里的长明灯一样。"

维利还是没有马上回答。有时，当他沉默时，佐伊总想知道他脑子里到底在想什么，不知他是不是有些迟钝，可之后他总会说些有趣的事儿。是的，他意识的溪流一直在流动，就像一条地下河。

"也许光本身就在空气中。"维利这时候说，"好像我们在霓虹灯管里一样。"

"我喜欢这个说法。"佐伊说，"还记得肉丸子说的荧光粒子吗？我觉得它们是光的粒子，像磷光浮游生物。荧光粒子整天飘在空中，到了晚上就落在地上变暗了。"

佐伊打开车窗，呼吸着黎明的新鲜空气。气流让汽车中的纸片沙沙作响，搅动着佐伊的衣服，弄乱了她的头发，让她把梅茜的事儿抛诸脑后。

佐伊感觉好多了，她朝维利笑了笑。"我能像个淑女一样欢呼吗？"

"这是我们特别的公路之旅。"维利亲热地说。佐伊像小猫一样依偎着他，这太令人愉悦了。显然，维利很喜欢这样。佐伊正让他一点点陷入自己编织的情网。

"马上左转。"肉丸子说，她那个爱管闲事的灯泡头再次出现在椅背上方。

"下个盆地里有什么？"维利问幻形点。

"我也不清楚。"肉丸子说。

"我记得你说过我们不需要地图，因为你永远知道自己在哪里。"佐伊说。

"我那是在给自己树立威信。"肉丸子说，"自卖自夸，我总是不自觉地那样做。"不知道为什么，肉丸子的坦白倒是让佐伊更喜欢她了。

"那你们幻形点在人类的盆地里做什么？"佐伊一边问，一边摸着肉丸子的黄皮肤,把她推来推去,和她闹着玩儿。

"想找点残羹剩饭。"肉丸子说,"谁不想从宇宙大战中捞点好处。"

佐伊摇了摇头说:"你们这些外星人总是说些沉重的、意味深长的话,但是……"

"但是我们根本不知道你在说什么。"维利一边盯着路面,一边说,"还是说你其实一直都在骗我们?"他们现在身处群山之间,有些山顶上覆盖着积雪,这里简直就是地图世界身处的阿拉斯加。

"请容我解释一下我说的话。"肉丸子说,"寄生飞碟计划升级他们对地球的突袭。他们想在两个世界之间开辟一条巨大的尤尼隧道。隧道的一扇大门靠近飞碟大厅,另一扇门就在你们的洛斯佩罗斯。动机是什么?他们的统治者格伦希望能够移民到你们的地球上,所以他策划了一场全面入侵。我分享这些最新消息,以示我的诚意。"

"入侵地球?"维利说,"平奇利和扬帕也这么说来着,那我们应该阻止他们入侵。"

"但让我奇怪的是,你们现在正朝着错误的方向行驶一百万英里。"肉丸子笑着说,"远离了即将到来的战争。这也许不完全是愚蠢的。那些斯泽普亚里士多和古波·古波的关系很密切。"

佐伊回头看了一眼努努,想知道她对这次谈话的看法。但她闭着眼睛,像一件大衣一样贴在斯卡德身上睡着了,或者是在装睡。

"我又听不懂你在说什么了。"维利对肉丸子说,"现在我只想抓住那个四半伊拉夫,拿回我们的葛缕子种子,找到扬帕说的那些巨浪。"

"真是死脑筋的家伙。"肉丸子快活地说,"继续前进吧,没必要每场战斗都参加,对吗?你最好能挺到宇宙大战结束。我们可以经过斯泽普城去幻形点农场。"

"你以前去过那里吗?"佐伊问。

"我得承认,我是个来自贫民窟的幻形点,一个第三代移民,就出生在夜市旁边那个肮脏的停车场里。就像我说的,我是被迫去乞求别人的施舍。我只是个地位低下的幻形点,但只要我把你们从宇宙大战中救出来,我就会扬名立万。如果没有……"幻形点顿了一下,好像很尴尬,"否则,就像平奇利和扬帕说的,你们注定会成为星际英雄。"

这时候,佐伊突然意识到,肉丸子并不是他们的朋友,但维利没有意识到这一点。他有点困,却又被逗乐了。他说:"你净说些沉重的假话,都是些胡言乱语。"

就在这时,肉丸子的眼斑凸起,她的声音变得尖锐刺耳。"左转!左转!左转!"他们正朝着前方道路上一个很陡的岔路口驶去,那里有一块坚硬的楔形岩石。

维利用力转动着方向盘,紫鲸车开始打滑,它几乎没有左转。佐伊紧紧贴着他,想要保命。冲力让紫鲸车在光秃秃的岩石悬崖表面滑行,狠狠地撞到了石头和路边的矮松上,车子腾空飞起了一百英尺。车里面的所有人都被离心力固定在了座位上。

所有人都醒了,大家惊叫了起来。尤其是扬帕和斯卡德。但佐伊的尖叫声最大,她居然感觉很爽。她的内心早就憋着许多尖叫,特别是那场奇怪的梦之后。不过,扬帕用指关节敲了敲佐伊的后脑勺,她立刻就闭嘴了。

维利退回到路上,他们在两个悬崖间急速前进,从缺口处可以看到大海就在那里,还有一个弯弯的小岛。在小岛的另一边,有一座高耸的大山直入淡蓝色的天空。

"我们要开到那座大山上去吗?"斯卡德问。他从猪圈里爬出来,走到扬帕和平奇利身边。每个人都有足够的空间。斯卡德把肉丸子圆形的卷须推到一边,把自己的头挤到前座。"我的天哪,维利,你开得真快。休息一下吧,也该停停了。"

"还不行。"维利说,他不愿意也不能把视线从路上移开。佐伊以前看他玩电子游戏的时候也是这样。

佐伊转过身来,想看看其他人都在做什么。那个软软的、鬼鬼祟祟的努努现在黏在车顶上了。平奇利和扬帕揉着脸,看起来有点宿醉未醒。斯卡德看起来却异常开心,他昨晚和努努在一起做什么了?真恶心。她突然放声大笑起来。

"你有什么问题吗?"斯卡德突然厉声问,可能他用提普虫读取了佐伊的想法。"开慢点儿,维利!"

最终,维利慢了下来。轮胎疯狂的轰鸣声减弱了。真是如释重负啊。紫鲸车从峡谷中驶出,开到一个开阔地。前面是个疏疏落落的边境小镇,有很多旅馆和装备店。那里有一片深绿色的大海,寒冷、波涛汹涌的海面上有蕾丝花边般的白色浪花。小岛把海峡分为两个通道,一条宽、一条窄。小岛的另一边山麓和峭壁连绵起伏、高耸入云,这是佐伊见过的最高的山峰。在她视力所及之处,山脉向南北两个方向绵延不绝。这是他们和下一个盆地之间的一堵墙。

维利又行驶了四分之一英里,才把紫鲸车停了下来,停车的时候溅起一堆沙砾。旁边是一家名为边境大满贯的旅馆,旅馆破旧不堪,门廊上也没有人。长途旅行让维利有些头晕,但他仍笑着看着佐伊,还帮她从高高的车座上爬下来。这里冷得出奇。但佐伊呼吸着稀薄、干燥的空气却觉得鼻腔和肺里很舒服。

努努和肉丸子在车旁盘旋,她们的皮肤可以抵御冰冷的海风。肉丸子一直对努努很冷淡,倒不是说肉丸子冷血。扬帕和平奇利像海盗一样拉着蹦极绳从车里跳出来。他俩骨瘦如柴,就像一对刚挖出来的树根。虽然这两个斯泽普人从未见过这个特殊的山脊,但他们并未感到很兴奋，毕竟他们以前穿越过很多盆地山脊。他们一起吃了一个腌鲱鱼味的饱腹薄荷。也许佐伊应该找出那个烤甜菜味的来。这时候，斯卡德想在车旁的空地上小便，但平奇利警告他不要这样做。

"有消息说，经营边境大满贯旅馆的人都不好惹。"这个斯泽普人对斯卡德说，"可能是泽克和露西尔？边境大满贯通道里的三教九流都会来到这里。最好不要惹他们。礼貌一些，使用室内设施。还可以在里面购买食物。我们就在外面等着。"平奇利给了三个孩子一些红色金字塔，这就是当地的货币。"昨晚，我和扬帕的巧克力粉销售得太成功了。"

"我受不了飞碟了。"睡眼惺忪的扬帕说着，瞟了一眼努努，好像她从未见过努努一样。"在何处？去何处？为什么？"她完全忘了昨晚的事儿。

"努努是我的好朋友。"斯卡德再次说道，"而且她不是冲着我的奇味来的。"说着，他独自跑进了边境大满贯旅馆。

"那个飞碟是斯卡德的好朋友，他们已经亲热了好几个小时了。"佐伊告诉扬帕，"就在车的后备厢里。"八卦的感觉真好。

"你别这么说。"努努边说边用皮革般的边缘撞了撞佐伊。佐伊再次注意到，这个女飞碟的嘴巴就在她的边缘上。她丰满的嘴唇像涂了口红一样红润。"我和斯卡德现在就结婚。"努努补充道。

佐伊傻了，我的天哪。难道努努是认真的……

"我弟弟还是值得依靠的。"维利叹了口气说。显然，他也看到斯卡德在车后面亲了努努。看得出，他很沮丧。他假装要检查两块冲浪板在车顶行李架上是否牢固。然后，他凝视着小岛、平坦的海面，和眼前高不可攀的山峰。

佐伊根本看不到前方还有其他山峰，难道他们的公路之旅在这里就要结束了？另外，她看到天空中闪着光，是两个重型飞碟在高空盘旋。佐伊想知道他们是不是认识斯卡德和努努。接着，她立刻就知道答案是肯定的。她感受到飞碟冷静和非人的思绪。他们认识斯卡德、努努、佐伊，还有梅茜。

佐伊脑海中突然闪过了梅茜在她梦中的样子。她的皮肤像一条僵硬的裙边从她的腰上凸出来，就像飞碟的边缘。

"我最好去边境大满贯旅馆里休息休息。"佐伊说，所有的欢乐都不见了。

边境大满贯旅馆

斯卡德

在旅馆里,斯卡德看到一个酒吧,一些装着商品的货架,一个公用餐桌和一个烧烤架。一个又高又瘦的男人在烧烤架旁,一个留着深色长发、长相甜美的女人照看着酒吧。一个长着突出喉结的长发山地人坐在公共餐桌旁,吃着油煎肉。和范科特那里的人不同,这些人都穿着普通的牛仔裤。

还有个外星人站在吧台旁,让整个场景更有冲击力了。他的身体由七八个粘在一起的肥皂泡泡组成,就像蜈蚣一样,彩色的气体在气泡中旋转。一个卡通般的黑色眼睛飘浮在充满蓝色气体的顶部球体中。第二个球体上长着一对细长、灵活的手臂,但如果不仔细看就会忽略它们。外星人正小心地摆弄着一杯绿色肥皂水?事实上,他并没有喝,而是把那杯液体滴在自己的泡泡上。不管他了。

斯卡德走向烤架旁的厨师。这个男人厚厚的衬衫上绣着他的名字——泽克。"有冰激凌?"斯卡德问。

"没有。"泽克说,"要不试试吐司。"

"法式吐司加糖浆?"

"你说对了,我的朋友。再来点咖啡吗?"

"好啊。"斯卡德说,他觉得自己很男人。虽然斯卡德只是个高二的学生,但他正在遥远的北方冒险。其实,他也快高三了。昨晚,他和努努亲热了好久,他深深地亲吻了她的嘴。虽说不是失去童贞了,但这也是个开始。在此之前,斯卡德只被亲吻过脸颊。不过,努努在他腿上的感觉非常好。

斯卡德不喜欢佐伊刚才嘲笑他的样子。好管闲事的野蛮女。斯卡德的手腕上还戴着他的提普虫。他快速读取了佐伊的想法,她居然觉得他已经和努努发生了关系,这有点过头了。但长时间亲吻可爱的飞碟,为什么不呢?但也许他不会向朋友炫耀这件事儿。

在卫生间,斯卡德觉得他要好好检查自己的脸和脖子。他有点担心努努对他做了奇怪的事情,比如咬他,或者给他文了疯狂的飞碟文身。但是什么都没有,他看起来和以前一样。如果说有什么不同的话,那就是他看起来比以前更成熟了。他蜕变成一个顶天立地的男人了,更加结实、坚韧,就像科幻小说里的特工。他歪着头,冷静地盯着镜子里的自己。他就是那个男人。

斯卡德从卫生间出来时,看到了佐伊和维利。他们用奇怪的眼神打量着他,好像在想一些不好的事儿,比如他是个恶心的变态。佐伊的心情似乎特别紧张,她飞快地从斯卡德身边跑过,直奔卫生间。维利在酒吧旁拦住了斯卡德。

"你和飞碟,"维利说,"是真的吗?"

"我,我的意思是,谁说的?佐伊吗,她完全是……"

"努努说的。"维利嘶嘶地说,"你知道你在做什么吗?努努说你们现在结婚了,你的小脑袋能不能理解。"

"听我说。"斯卡德心烦意乱地说,"我没有和努努做爱,根本没有。我只是亲了她一会儿,仅此而已,没别的了。如果努努觉得和我接吻就要结婚,那她就错了。"

"芬礼①?"那个泡泡外星人突然说,"你应该沁祝②!开香冰③,露西尔!"

"不,不,不要香槟。"斯卡德说,"我要的是咖啡。"

"我也要咖啡。"维利对厨师泽克说,"还有炒鸡蛋。"

"没有鸡蛋。"泽克说。

"牛排?"

"好的。"

"你不要香冰吗?"外星人问维利。"我觉得你们可能在想我是什么,我为什么要和你们说话。我是泡泡人,我叫贡纳尔。"他的嘴巴是不可见的,他通过振动头顶的气泡来讲话,像扬声器一样。

"贡纳尔,谢谢你想为我们开香槟。我是维利,但我整夜没睡,太累了,我希望今天可以开过边境大满贯通道。"

"露西尔,还是开一频④吧。斯嘎德会埋单。然后来一条毛巾。泡泡人要洗泡泡澡,为什么不呢?你要去哪儿,维利?"

"要去一百万英里之外的斯泽普城。"斯卡德说,试图找回佐伊和维利进来之前,他那种大摇大摆、神气活现的感觉。

"那里会有麻烦的灰碟⑤。"泡泡人说。

"我们会拯救他们的。"斯卡德自信地说,"我哥哥开了一辆大马力的车。我可能也会开。"

"比起你,我更相信佐伊的车技。"维利说,"你连驾照都没有呢,斯卡德,这真让人难以置信。显然你的判断并不完全是……"

"别烦我!"斯卡德喊道。他无法忍受他哥哥脑海中对他的蔑视。"我是个男人,不是个呆呆傻傻的小孩子。"

---

① 泡泡人有时说话发音不准,此处原文为"vedding",原意为"婚礼"。
② 原文为"zelebrate",原意为"庆祝"。
③ 原文为"Tchampangne",原意为"香槟"。
④ 原文为"open bottle anyvay",原意为"还是开一瓶"。
⑤ 原文为"zaucer",原意为"飞碟"。

"还和飞碟有一腿。"维利迅速接过话茬。

"灰碟都很坏。①"泡泡人贡纳尔说,"我们很庆幸他们从不进犯我们的泡泡荒地。"

他把香槟洒在自己的泡泡上,还用毛巾擦拭,好像在清洗窗户。他的每个泡泡里都有一种柔和的气体:粉色、柠檬黄、黄绿色、丁香紫。"都是些高贵的元素。"贡纳尔说,"氙、氩、氖、氪。我的脑子里也充满了这些旋转的气体。"

"接着说说飞碟吧,我看到斯卡德的女朋友在外面。"吧台后面的露西尔说,"还有一个幻形点和两个斯泽普人。你们人可够杂的。如果他们愿意的话,都可以进来。边境大满贝旅馆欢迎所有人的到来。一个小时前,一个装满奇怪生物的车经过这儿,车里有三四个东西,而且有点畸形。他们没有停车,直接往通道去了。他们是在躲避你们的追捕吗?"

斯卡德想聊聊这件事,但维利根本不让他开口。"我们的朋友还在外面等着呢。"维利说。

佐伊从卫生间走出来,她看上去神清气爽。轮到维利去卫生间了。

"我们要在这儿吃饭吗?"佐伊欢快地问斯卡德,好像她是一名社工,正在和一个缺乏自理能力的人说话。

"真谢谢你散布我和努努的谣言。"斯卡德说,"这么阴险、刻薄的感觉如何啊?"

"我可不想跟你吵架。"佐伊说,"我们都知道你是个白痴,但就让我们假装咱们还是朋友吧。全当是为了维利。"

"为什么不能为了我呢?"斯卡德说,"我也有感情啊。而且,别忘了,我能读懂你的想法。这让一切变得更糟。"

---

①原文为"zaucer trouble there",原意为"飞碟都很坏"。

"我，我很高兴看到你们三个。"山地人端着一盘肉说，"我叫亨格福德。我负责从山顶往山下运送星石。我在边境食品库储存了许多野味。你应该尝尝这个牛排，小姑娘。你是佐伊？"

她点了点头。

"那是迷你桑德的肉。"厨师泽克说着，把食指放到微笑的嘴唇上。"别说出去啊，这可是本店的特色菜。"

"我们只吃死了的迷你桑德。"亨格福德笑着说，"要不然就太不人道了。他们还是有些智力的。幸运的是，很多迷你桑德在来边境大满贯通道的路上死掉了。"

"亨格福德负责宰杀他们，然后再大卸八块。"泽克邪恶地笑着说。

多亏有提普虫，斯卡德才知道他们只是在和这些初来乍到的人开玩笑。

"我朋友斯卡德点什么，我就点什么。"佐伊小声说。

"法式吐司。"泽克耸耸肩说，"但我得告诉你，我做吐司用的是蚂蚁果冻，而不是鸡蛋面糊。要不顺便再来点熏斯泽普人肉？美味、多汁，味道令人难忘。做成培根再好不过。真希望你们其中一位斯泽普朋友能进来，这样亨格福德就能给我补充点新鲜的肉了。"

佐伊似乎有点蔫了，这会儿斯卡德又有点可怜她了。

"别吓唬佐伊了。"他对泽克和亨格福德大喊。在他的脑海中，他把自己想象成了一个好斗的新人，就像之前那部关于淘金热的电影《克朗代克》里的人物一样。这一次，斯卡德渴望给佐伊留下好印象。说实话，他很喜欢她。"承认吧，你们在撒谎！"斯卡德又说。

"听听这小伙子说的，"亨格福德说，"他胆子可不小。"

"这男孩说得对。"房间那头露西尔好心地说，"别理泽克和亨格福德，佐伊。这两个小丑太无聊了，但他们觉得自己很风趣。我们不吃斯泽普人，也不吃桑德。我们用的是如假包换的鸡蛋。"

"过来，坐我这儿。"亨格福德对斯卡德和佐伊说，"你们已经通过了边境大满贯旅馆尊贵的拓荒者故事大王的入会仪式。"

"你能给我看看你提到的那些星石吗？"斯卡德坐在亨格福德身边问，"那是什么？我车里有些从圆球世界带来的化石，已经有数百年的历史了。也许咱们能做笔交易？"

"圆球世界？"露西尔从吧台后面走出来，拉起椅子，大声说道，"真是值得庆祝的一天，是谁找到了过来的路？"

"我。"佐伊骄傲地低声说。

"但我可能也学会了。"斯卡德说，

"怎么了？"维利说着，从卫生间里走了出来，"我好像听见斯卡德大喊大叫了，还是老样子。"

"现在每个人对我都很好。"斯卡德对哥哥说，"我是个全新的英雄牛仔了。"

"随便你。"维利说，这时泽克放下了三个盘子，"那是我的牛排吗？"

"是桑德的肉。"佐伊说着，朝斯卡德使了个眼色。然后两个人哈哈大笑了起来。他们现在也是尊贵的拓荒者故事大王了。

他们开心地吃了一顿早餐，大胡子亨格福德对他们说了一些边境大满贯通道的事儿。在盆地边界的山上有特殊的岩石，尤其是在通道里，那些就是星石。星石中有数光年的空间。这就是在地图世界中，相距甚远的行星可以彼此紧邻的原因。所有多余的光年都装在山脊上的星石里了。

维利转移了话题，他想知道他们穿过边境大满贯后会到哪里去。原来在通道的另一侧有两个不同的盆地。也就是说，这里有三个盆地，形成一个 Y 字形的拐角。第一个盆地就是他们目前所在的，像地球一样的范科特盆地。第二个盆地是新伊甸园，那是飞碟的大本营。第三个盆地是一片被称为桑德大陆的原始森林。据亨格福德说，一只成年的桑德可以长到四十英尺高。亨格福德还说，一只巨型桑德会吃任何他们认为是肉的东西，包括人类和斯泽普人。善良的露西尔证实了亨格福德的说法，但是通往斯泽普城最快的路线就是穿过桑德大陆。

精瘦的泽克说，新伊甸园盆地和桑德大陆盆地分别与距离地球十五光年和二十光年的球形行星相匹配，这事儿越发神奇了。为了弄清楚这一切，斯卡德走到泡泡人贡纳尔身边，想从他嘴里套出更多信息。

"下一个盆地里都是螃蟹。"醉醺醺的泡泡人说，"又大又聪明的螃蟹，没有桑德。"不过，他顿了一下，用他的单眼盯着他那杯绿色的肥皂液。"哦，等等，螃蟹坑在扁平人通道附近，离我住的地方很近，不在边境大满贯通道这里。"

"你住在哪里？"斯卡德问。

"在泡泡荒地盆地，那是冲浪世界盆地的另一端。我马上就要回家了。我不远千里来到边境大满贯就是为了给我的妻子莫妮卡买颗星石。我不敢自己去收集星石，左以①我用一把泡泡枪和亨格福德换了一块。但我的意自力太落了②。昨天我自己把星石吃了，度过了一段疯狂、快乐的时光。现在我什么也米有了③。所以才要斯嘎德来付香冰的钱。"

这时，维利已经连喝了四杯咖啡，精神一下子就充沛了起来。然后他们到外面和努努、肉丸子、平奇利、扬帕会合了。外面冷极了，但四个外星人似乎都不在意。他们正坐在旅馆破破烂烂的

---

① 原文为"zo"，原意为"所以"。
② 原文为"But my vill vas veak"，原意为"我的意志力太弱了"。
③ 原文为"I got nuttin"，原意为"我什么也没有了"。

门廊上晒太阳。扬帕给他们展示着她拍的照片。图像出现在半空中，都是 3D 立体的。就像拼接的空间一样。其中有一张照片是昨晚这两个斯泽普人在派对上拍的，扬帕把她的衬衫扔到房间的另一边。扬帕说，她可能会把这张照片放在菲利帕夫人的枕套上。

斯卡德还是担心旅行的事儿。他绕过扬帕的全息动画照片，去找平奇利。"你知道边境大满贯通道，对吗？"

"这个嘛，我跟你说过，我和扬帕是从另外一条路去的地球。但是我们从集市上确实听到了一些流言。以前我们也穿越过一大堆通道。"海峡上正狂风大作，平奇利指着海峡对面的陡坡。"看到那条模糊的锯齿形的线了吗？那就是我们的路，或者只是一个糟糕的借口。昨晚有只迷你桑德告诉我，那条路的尽头是一个岩石滑坡。我们必须让紫鲸车冲上滑道，然后穿过一片巨型星石。你知道星石吗？"

"我正准备找里面的人弄一块呢。"斯卡德说，他可是个地质迷。

"很好。"平奇利说，"就这么定了。盆地之间的山脊其实是被挤压的空间。这里面有恒星的部分会膨胀成星石。你腿那么大的岩石里就有成千上万颗恒星。那些是巨型星云，光年大小的空间。"

"那些星石是活的吗？"斯卡德惊讶地问。

"倒不是说它们会四处跑动，做俯卧撑。"平奇利说，"不是那种活着的意思。但是你能感觉到它们，在关注你。你不觉得吗，扬帕？"

"那些都是古老的黄金灵魂。"扬帕说着，她正在研究她拍的那张佐伊房间的照片。"多种奇味集结在一起。"

"下一个盆地什么样？"斯卡德问，"那里真的有很多巨型桑德吗？"

"那儿的桑德比房子都大。"平奇利说,"树像摩天大楼,我们就像小虫子一样,小伙子。我们得快速前进。旅馆老板说伊拉夫来过了吗?"

"来过,他从这开过去了。"斯卡德说,"那个四半的伊拉夫。你还记得我们把他切成了四半,而且每块都活着吗?"

"如果你把一个斯泽普人切碎了,那每个碎块都是死的。"平奇利狐疑地说。

"所以啊,伊拉夫不是斯泽普人。"斯卡德说。他一直在考虑这个问题。

两个人许久都没再说话,斯卡德猜不到平奇利的想法。斯卡德的提普虫无法很好地探测出外星人深藏的思绪。这就像盯着墙上移动的象形文字一样。

"看到那些碎块复活的时候,努努觉得惊讶吗?"平奇利问。

斯卡德摇了摇头。"努努,她很少说话。我们现在可以问她。"

"那是浪费时间。"平奇利说,"我只是在想,努努和伊拉夫是不是里应外合。也许她和伊拉夫的打斗只是做给你们看的。"

"那肉丸子是哪边的呢?"斯卡德说。

"很难说她的立场是什么。"平奇利说,"大家都知道,幻形点都是为飞碟工作的。我不确定我们是不是应该让肉丸子和努努一起去。她们可能会搞破坏。"

这时候,骨瘦如柴的亨格福德从边境大满贯旅馆里跑了出来。手里拿了一大块美丽至极的星石。它是透明的、光滑的、圆润的。在它黑暗的中心里有许多明亮的光点。那是一个宽广、空旷的空间——原始宇宙。多亏了提普虫,斯卡德在脑海中听到了星石的声音。它发出了一种低沉、缓慢的声音,就像永不停止的风琴音。

一声无尽的唵①。

"等等。"斯卡德对亨格福德说,"我去拿我的化石。"然后他在紫鲸车的后备厢里翻来翻去,从背包里取出了化石标本。

"来吧,亲我一下。"努努对斯卡德低语,她再次把自己黏在车顶上。"我们确定我们要结婚了。"

佐伊坐在前排,看着他们偷笑。肉丸子也在看着他们。斯卡德感到极度不安,更糟糕的是,他感到很羞愧。

"我不想再和你亲热了。"他对努努说,"这是不对的,这不是人类应该做的。我是说,你很好,但是……"

"好吧,明白了。"飞碟轻快地说,"我确定昨晚已经足够了!"

什么足够了?斯卡德不愿意去思考这个问题,他也不想潜入努努神秘的头脑中寻找线索了。

他急匆匆地从车里出来,想和亨格福德完成交易。这对于一个尊贵的拓荒者故事大王来说再合适不过了。斯卡德的化石是腕足类动物的壳,那是他在洛斯佩罗斯附近一个遍布碎石的海洋悬崖底部发现的。亨格福德非常喜欢。

"成交!"斯卡德说着,把化石交给了山地人,他拿到了那块漂亮的星石。然后他跳回车里,坐在平奇利和扬帕之间的后座上。他非常了解每个人的想法,所以他觉得如果这时候他还和努努坐在猪圈里,就太尴尬了。

"祝你们穿越通道时好运。"紫鲸车出发时,亨格福德喊道。

"他为什么这么说?"他们前进时,斯卡德问其他人。

"这种大的星石可能会变得有点暴躁。"平奇利说,"如果它们不喜欢你的长相,就不会让你通过。但首先我们得穿过水面,爬上那座陡峭的山,同时还要注意那个被切成四半的伊拉夫。"

---

①原文为"Om"。(编注)

他们朝着冷峻的大海和山脉之间的通道前进时,佐伊说:"有个问题,这里没有桥,我们不会沉下去吗?"

"别想太多。"平奇利说,"维利要做的就是快速把车开过去。"

维利一直踩着油门,他们飞速向前行驶时,暗能量奇味引擎发出越来越响亮的呜呜声。紫鲸车一跳一跳地穿过海峡——啪、啪、啪,像一颗被巧妙地扔过水面的石子。他们到达了小岛中央,然后飞快地穿了过去,惊起一大群尖叫的鸟儿。他们呼啸着驶向岛的另一边,却陷入了沙质浅滩。

当紫鲸车终于行过浅滩,他们就落入了又深又冷的海水。紫鲸车放慢了速度,巨大的车轮让车子漂浮着前行,海水从车窗灌了进来。

"见鬼。"维利说着,然后使劲开动发动机,机器发出巨大的轰鸣声。旋转的轮胎甩出巨大的急流。紫鲸车开始上升,像水上飞机般在海面上滑行了半英里,向远方的海岸前进。接着,他们开始攀爬。

在开始第二次水上滑行前,他们看上去似乎要淹死在冰冷的海里了。斯卡德滑到车后,和努努在一起。她扑倒在他身上,把他压在车厢底板上。斯卡德感到很安全,很快乐,而且有些生理反应了。不过,他也觉得自己有些被困住了。努努确实很强壮。她使劲晃动着飞碟底盘,把自己紧紧地裹在他身上。把斯卡德固定好后,努努眨了眨眼睛,噘起红红的嘴唇,又开始亲吻他。

斯卡德和努努在一起亲热了半个多小时。他们也有惊无险地穿过了海峡,并沿着蜿蜒的砾石路稳步前行,这条路一直延伸到山的侧面。事实上,他们快要到山顶了。似乎又可以继续以前那样正常的生活了。努努开始暗示性地在斯卡德的胯部扭来扭去,现在他觉得应该让她停下来。

"不要。"他小声对努努说,"这是不对的。"

"昨晚你不开心吗？"努努说，"我们在做好事。"她翻动着大大的黑眼睛，看着车厢顶部，然后调整了一下斯卡德身体的角度，让他可以看到她在看什么。斯卡德还不太确定那是什么，但紫鲸车摇晃了一下。啊，他的后脑勺撞到了车厢底板。随着"砰"的一声，他突然明白过来，努努今天早上在汽车的顶棚上做了什么。

她是在产卵。

是的，那里有一堆白色的卵囊，像蜂窝一样排列在一起。大约有三四十枚。它们光滑、湿润、闪着光泽，半透明的表皮下面有不明显的深色图案。我的天哪，别告诉我它们在抽动。

"我们的孩子。"努努小声说着，又吻了一下斯卡德的嘴，这个吻暖暖的、黏黏的。现在，他特别想逃走。但是努努像斗篷一样，紧紧地用飞碟底盘把他包裹住，又像个紧身衣。现在，她的深吻再次使他陶醉，他们的身体随着紫鲸车狂野的颠簸而抖动。

"不要和别人说这些卵的事儿。"斯卡德悄声对努努说。

"你不为我们的孩子骄傲吗？"飞碟喃喃地说。她一边撒娇，一边做出嗔怪的样子。

"拜托你不要说出去。"

飞碟咯咯地笑了。

努努的父亲

维利

"你看见斯卡德和努努在后面干什么了吗?"佐伊问维利,"他们又开始亲热了,太恶心了。"

"斯卡德是个与众不同的家伙。"维利说,"妈妈的死让他很难过。随他去吧。帮我看着点路,要是看我快要撞上大石头了,就大声告诉我。这里几乎没路了。"

"你真应该开慢点。"佐伊提醒道,她其实不是个爱唠叨的人,"你的时速为每小时两百英里。事实上,我们已经到山顶了。"

维利没有减速。他喜欢这样开车,就好像在玩电子游戏。但这比游戏更爽,因为这是在现实世界,危险都是真实存在的,而且也更加刺激。多亏了量子减震器,宽大的紫鲸车开起来就像跑车一样。维利利用漂移绕过了弯道,他像个疯子一样在直道上飞驰。紫鲸车扬起了阵阵尘土,尘土在地图世界的微光中闪烁着。

范科特盆地在他们身后伸展开来,大概有五千英里宽。仿佛他们在飞机或宇宙飞船上一样。

"开吧,伙计。"平奇利在后座上说,"继续前进。所有的通道都是这样的。穿越盆地的时候很难。有时候,到了山顶,那些巨大的星石可能就是不让你通过。"

"在边境大满贯通道上,星石阻止了那些愚蠢的桑德过来捕杀范科特的人类。"扬帕说,"确实是一件好事。"

"亲爱的,别吓着这些孩子。"平奇利说,"一样一样来吧,首先是岩石滑坡。"

尽管维利知道他的眼睛不应该离开崎岖的道路,他还是回头看了一眼这两个斯泽普人。平奇利叫扬帕亲爱的?他们舒服地靠在一起,胳膊环抱在彼此的肩膀上,腿搭在前座上。他们身上散发出一种辛辣、安心的气味。

肉丸子再次把卷须挂在前座上,上面有嘴巴和眼睛。在他们身后的猪圈里,黄绿相间的努努把斯卡德像个卷饼一样包裹起来,只有他的头露在外面。他们现在并没有接吻。飞碟恰好打了个哈欠,这让维利注意到,努努的上颚有一些可伸缩的尖牙,像响尾蛇一样。努努的红唇凑到了斯卡德的脖子边,可能只是……

"嘿!肉丸子!别让努努咬斯卡德!"维利大喊。

肉丸子紧紧抓住努努,好像想把飞碟从斯卡德身上剥下来。维利全神贯注地盯着他们,尽管这时候紫鲸车还在横冲直撞地向前开,然后……

佐伊尖叫了起来,车底重重地撞了一下。方向盘像活了一样,不停地扭动。一种奇怪的潜意识突然出现——车内窘敞的空间一下子就灌满了特鲁班惰性凝胶。就像一个沉浸式的量子安全气囊,把每个人都固定在自己的位置上。明亮的风景开始倾斜,而且越来越斜。挡风玻璃撞到地上一块凸起的石头,一下子就出现了像蜘蛛网一样的裂痕。很多石块砸在汽车的侧面和车顶。紫鲸车翻滚着,一次又一次,居然滚上了坡,然后车子又立了起来,向前滑着。随着一声致命的巨响,紫鲸车猛地撞在一块坚硬的巨石上。

车内的空间被释放了,所有车窗都布满裂纹,但没有一扇破碎了。紫鲸车的小喇叭被卡住了,不停地发出嘀嘀声。维利没事,佐伊也没事,她死命抱着自己的小号,仿佛抱着她在这个世界上唯一的希望。

"要是我们被困在这里怎么办？"她问维利，"也许我们应该在一切都不可收拾前回家。"

维利现在想不出一个答案。其他人在车里爬来爬去，就像跌落在地的蜂巢中的黄蜂。

肉丸子总算把努努从斯卡德身上撬下来了，飞碟又黏在了猪圈的顶棚上。斯卡德也没事儿，也许努努不是真的打算咬他。两个皮糙肉厚、饱经风霜的斯泽普人打开了其中一扇后门，前门完全被卡住了。紫鲸车被困在两个十五英尺长的巨石中间，仿佛被卡在一扇倾斜的楔形门中，引擎盖也歪了。发动机中涌出浓烟，那是暗能量。

"这车修起来肯定很有趣。"平奇利说着，将左后门推开一点。"让我们来看看。"

两个干瘦的斯泽普人挤了出来。肉丸子领着斯卡德从车后舱出来了，维利和佐伊也从那儿爬了出来。至于努努，她一直贴在猪圈的顶棚，正合维利的意。就算她不是吸血鬼飞碟，他也受够她了。维利一下子把后门关上，把飞碟独自留在了车里。

这里风很大，而且特别冷。佐伊站在一边，手里仍然拿着她的小号。紫鲸车的两个车胎瘪了，车身也被凿了个窟窿。红色的那块冲浪板裂成了两半，那是维利的最爱。他把碎片拿下来，希望能把它们重新拼起来。他把蓝色的冲浪板也拿了下来，这样方便他看管。

这里的光线很暗，仿佛整天都是黄昏一样。也许这个高度的荧光粒子比较少。紫鲸车距离边境大满贯通道的山顶不到二十码，再往斜坡上走一点，就可以看到天空了。

这里有许多尖尖的巨石，有点像复活节岛的石像。这些都是星石，它们东倒西歪、纹丝不动地躺在那儿，仿佛历尽沧桑。这地方有种神秘的氛围。

维利走到佐伊身边，张开双臂抱住她问："你还好吗？"

"如果我失去了把碟之珠变成尤尼隧道的能力，该怎么办？"佐伊说，"也许我们一直、一直、一直向前开，距离地球太远，就超出了隧道的连接范围。我觉得我想回家了。维利，我看看咱们能不能现在就回去。"

"求你了，佐伊。我们得看看边境大满贯通道另一边有什么。你和我，我们才开始，给彼此一个机会吧。"维利去吻她，但她扭过身子躲开了。即使这样，她的身体也没有之前那么紧张了。佐伊站在维利身边，静静地看着眼前发生的这一切。

汽车修理工平奇利已经在忙着修车了。他打开引擎盖，把喇叭切断了。

"我们还能再开紫鲸车吗？"维利喊道。

"伙计，你搞砸了。"平奇利说，然后他笑了。其实就是他松开了下颌，然后来回摆动。"还好我有工具带，半小时后我们就能开着这辆破车上路了。"

"我要投票甩掉那个小飞碟。"肉丸子说，"她说她不是吸血鬼飞碟，但她可以随时改变效忠对象。飞碟就是这样，天生的寄生虫。我们把她解雇了吧。如果她赖着不走，我会用电击把她炸成灰。"

"我没意见。"维利说着，转身看着斯卡德。可怜的孩子。"你觉得呢？"

斯卡德很沮丧，几乎要哭了。他低声说："维利，肉丸子，谢谢你们想要帮助我。但我……我很喜欢努努吻我的感觉。我没有……我并没有觉得她是个恶魔。她对我很好，没人对我这么好过。尤其是女孩。我不知道自己做错了什么。我真的很希望你们别再觉得我是个失败者了。"斯卡德顿了一下，连呼吸都颤抖着。

"还有一件事，努努在紫鲸车顶棚上做了些事儿。她，她……"

斯卡德话音未落，两个飞碟飞了过来。他们超级大，一个像轿车那么大，另一个像大卡车那么大。一个飞碟长着绿色的圆顶，还有像努努一样的黄色边缘；另一个是深紫色的，颜色丰富鲜亮。飞碟发出了低沉、复杂的嗡嗡声，一种内部有微妙花体式空气动力的嗡嗡声。他们在撞毁的紫鲸车上空盘旋。他们心灵感应的卷须穿过了维利心灵的缝隙。

"别逼我杀了你们。"肉丸子对那两个飞碟喊道，她想让自己听上去强悍一些。她的表面聚集了暗能量，但也许力量不够。肉丸子在这两个家伙身旁，就好像一条狗对着鳄鱼狂吠。

"我要我的女儿。"绿色的飞碟震声说，"他们都叫我飞碟老爸。"他没有明显的嘴，低沉的声音来自他自身的震动。他有二十英尺宽，体重绝对超过一吨。他还是两个飞碟中较小的那个，至少他的独眼是黑色的，说明他是个好飞碟。

"你的女儿？"斯卡德尖叫着问。飞碟老爸特别吓人。

"努努。"飞碟咆哮着。

维利听到一声鸣叫。是藏在紫鲸车里的努努，她说了几句回应的话，但他听不懂。维利也不敢走过去打开车门。如果他走错一步，场面可能会变得更糟。

另一只飞碟，就是更大的、紫色的那个。他在紫鲸车上方盘旋，用心灵感应告诉大家他叫博尔多格。他的独眼是红色的，这可不好。维利觉得博尔多格有可能要叼走紫鲸车，就像猛禽叼走羊羔一样。

但他没有这么做。这个青紫色的飞碟稳住了自己的身体，用自己宽厚结实的边缘，抵御着持续不断的风。然后他发出一道光束，不是像小努努那样可爱的、摇摇摆摆的绿色光束。不，天哪，这个四吨重、像卡车一样大的飞碟发射出了一束刺眼的白色激光，好像工业激光，维利几乎无法睁开双眼。

随着红眼飞碟迅速、高效地移动，激光在撞毁的紫鲸车车顶上切割出一个圆，就在原来放冲浪板的地方。仿佛是接到了信号，努努从洞里飘了出来，她仍然是倒立着的，托着像盘子一样的圆形车顶。然后，她翻了过来，用她像吸盘一样的边缘，把车顶吸附在自己身下。

"您好，亲爱的父亲，尊敬的博尔多格叔叔。"努努端庄地说。

"我们回飞碟大厅。"飞碟老爸咆哮着，"努努，你跟哪边？"

"我爱她！"出于某种原因，斯卡德觉得自己不得不大喊大叫，就和以前一样，维利真想让他闭嘴。然后，他突然想起斯卡德可以窥探他的想法，一下子就觉得非常内疚。为什么可怜又绝望的斯卡德就不能得到一点爱呢？

飞碟老爸身上的绿色逐渐变暗了，笨拙的博尔多格向后倾斜，好像要发射激光射线了。

"我产卵了！"努努突然爆发道，"因为他的吻，才有卵！我不回飞碟大厅。我要去新伊甸园孵卵。咪喵妈妈知道会很开心的。亲爱的父亲和尊敬的叔叔，你们允许吗？"

三个飞碟降了下来，努努露出了吸在身下的车顶。她的父亲和叔叔看了之后，不停地惊叹。他们非但不生气，还很兴奋，甚至心满意足。这些卵很健康。

维利走近前去看个究竟，佐伊跳到一块石头上，斯卡德也爬上一块石头。他紧紧握着从亨格福德那里得到的那块光滑的星石。好像这能有什么用似的。放过那个孩子吧，维利。

维利、佐伊和斯卡德默默地看着这些又脏又软的卵。它们在切割下来的圆形车顶上左右摇摆。

"斯卡德牌飞碟鱼子。"佐伊说，她想开个玩笑，但没有人笑。孩子们都很害怕。这可是外星人的地盘，山上寒冷阴暗，山脊的顶端有巨型星石，还有硕大的飞碟和努努的卵。卵有几十个那么多。

"你觉得他们孵化后会怎么样？"斯卡德问维利，"这些宝宝会跟着我到处走吗？"

"我希望我们现在可以把这些卵解决掉。"维利说，"它们太恶心了。"

"别这么说。"斯卡德抗议道，"我的意思是，从某种意义上说，他们很可爱。他们是我的。"

佐伊发出一声刺耳的、紧张的笑声。

"你们小点声。"平奇利说，"别惹恼了这些大飞碟。我们得小心行事，不然他们会杀了我们。就是这样。"

维利决定随机应变。他清了清嗓子，朝着努努的父亲说："那些卵很漂亮，我想咱们是亲戚了。"

飞碟老爸没有回应。

"你和我。"维利说着，朝这个庞大的、球形父亲迈了一步。"亲人。"他大幅度地挥动着手臂，指了指那些卵、佐伊、斯卡德、努努和两个巨大的飞碟。"都是一家人。"

"你想去看看新伊甸园吗？"飞碟老爸问，仿佛突然对这些人类热情起来。他说人类的语言说得比努努好。"我们可以载你们一程。还有一些地球人住在一个叫博奇的村庄，就在范科特的山脊上。如果你们愿意，我和努努可以和你们一起住。我们是好飞碟，我离婚了。但我的前妻咪喵住在附近。努努的妈妈，在博奇附近。我们为了自由而工作，不像我那个笨蛋弟弟博尔多格。"

"自由是祸害。"博尔多格嘟囔着，"这是对伟大统治者格伦的侮辱。"

"格伦就是垃圾。"飞碟老爸说，他的声音非常清晰，"他使唤飞碟就像使唤奴隶！"

"哦，是啊，你和我们一起去博奇吧！"努努喊着，扑向斯卡德的脸,"人类在那里很好。如果你们追伊拉夫,就太危险了。"

维利看着斯卡德,斯卡德微微摇了摇头。而佐伊强烈反对这个邀请。

"不可能!"她大喊,"你们离我们远点儿!"她将小号举到唇边。她再次准备回到洛斯佩罗斯。

努努的叔叔博尔多格向后仰起身子,显然是想把佐伊变成白热的等离子体①。但如果佐伊回去得够快,她就能躲开他。她会把飞碟的事儿告诉地球上的每一个人。她吹起了小号,小号的嘟嘟声吹出了大致的旋律,开启了魔法咒语。

也许他们可以回去。毕竟,佐伊已经穿越尤尼隧道三次了。第一次是她把他们带到这里来,第二次是她惊慌失措地从夜市回到洛斯佩罗斯,第三次是她再次回到范科特的时候。也许她只需要稍微用一点力气,碟之珠就会从口袋里弹出来,打开门,她就能离开了。维利感觉飞碟老爸和博尔多格也在想这件事,而且他们不喜欢这样。他们不想让佐伊回家,警告所有人提防他们。

"我们现在就走。"努努的父亲从这场对峙中退缩了,他严肃的声音在石头荒地间回荡,"我们不应该阻止他们的任务,博尔多格。如果他们成功了,那是好事。"

努努再次紧紧吸住切下来的圆形车顶,那些卵安全地藏在她的边缘下面。她向斯卡德噘起了卡通般的红唇,仿佛在送出一个充满希望的飞吻。

"再见,努努。"斯卡德说,"我会想你的。"

"快滚吧。"佐伊大吼道。

"你就像那种小狗,大狗一走开,你就开始狂吠。"维利微笑着对她说,想逗逗她。

---

① 由正离子、自由电子组成的物体,是物质的高温电离状态,不带电,导电性很强,太阳等大多数星体都存在等离子体。(编注)

三个飞碟升到了阴暗的天空中，努努坐在她父亲宽阔的边缘上，搭起了便车。这些飞碟没有回范科特和飞碟大厅，他们飞越边境大满贯通道后，向左转了。大概是去新伊甸园盆地了。

"你会想念努努的，对吗？"维利对他弟弟说，"即使她可能盘算着吸干你的奇味，有一群危险的朋友，而且她的叔叔还想闪击佐伊。"

"努努很好。"斯卡德重复道，"我相信她。"

"我看到了她的尖牙。"维利说。

"随便吧。"斯卡德说，"我已经感应到你那些俗不可耐的想法了。事实是，努努没有理由咬我。她只需要吻我就能得到她想要的。要知道，人的嘴里全是易脱落的皮肤细胞。努努得到了我的DNA，那才是她需要的。"

"DNA？"维利不明就里地问。

"为了让她的卵受精。"斯卡德说。

"哦，哇哦！"佐伊大喊，"所以其实，你不需要和她发生性关系。"

"我根本没和她发生性关系。"斯卡德说，"你那个小脑袋能明白吗？"

佐伊喜欢开玩笑，她的心情又好了。"那些大飞碟看到努努的卵都激动极了。有人要参加宝宝送礼会①吗？"

"也许飞碟和人类的结晶很少见。"维利说，"也许没有那么多人类男性像你一样不走寻常路。这些卵孵出来的时候，你就像个十六岁的乡巴佬，要养大概四十个孩子。"

"我还是希望能见到我的飞碟宝宝。"斯卡德说着，沉浸在他自己的世界里。"他们会长得像我吗？我想知道新伊甸园是不是

---

① 送礼会：原文为"baby shower"，指为了迎接即将诞生的宝宝，以及为准妈妈送去祝福和礼物的派对。

很好。"

"那个盆地里到处都是飞碟。"平奇利说,"不是我的菜,但如果你一定要去那里,记得要住在伯奇。那是个农场小镇,那里的飞碟都是好的。还有来自圆球世界的邂逅人类。都是怪胎和来探险的。"

"这太诡异了,我以前听说过伯奇。"佐伊慢吞吞地说,"我那个疯子老爸不仅把他那个飞碟俱乐部命名为'新伊甸园太空之友',还说起过伯奇,好像那里是座圣城。他穿过一件T恤衫,上面写着:情人和飞碟/思念/分享幸福的地方。/来伯奇吧。我们就像掉进了一个老鼠洞,来到我爸爸曾提到过的地方,他那些胡言乱语原来都是真的。"

"你爸爸现在就住在伯奇。"这时候平奇利对佐伊说。

"你怎么知道?"她大喊道。

"地图世界非常非常大,但言语都有翅膀。"扬帕说,"你爸爸知道你在这里,他很高兴。"

"我们都希望你们三个能阻止格伦和他的奴隶破坏地球。"平奇利说。

"我讨厌每个人都这么说。"佐伊说着,耸了耸肩。

有那么一瞬间,维利忘记了所有疯狂的争吵,他看着佐伊。微风拂过她的秀发,露出了额头。她的额头又高又圆,充满了想法。她的声音甜美,略有点拖沓,但充满力量。他仍不敢相信,她站出来反抗了努努的叔叔。

"你们正在经历一场史诗般的探险。"平奇利继续说,"我们是你们的帮手。"

这些打气的话,让维利觉得很奇怪,不靠谱。就好像他在一个游乐园中,里面有很多镜子,但又不是镜子。刚才的车祸,也让他觉得有点不对劲。而且,他还整夜开车。他的红色冲浪板也破了，维利很沮丧。他坐在一块大石头旁，整理自己的情绪。佐伊的父亲住在地图世界里一个真正的飞碟聚居地？

维利这辈子从未觉得如此疲惫。

亲爱的佐伊走了过来，坐在他身边。她看上去坚强、敏捷又干练。她的耳朵像精致的贝壳。他爱她。

梅 茜

佐伊

佐伊、维利、扬帕和肉丸子在一块巨石的背风处休息,而半奇利还在修理汽车。他向他们保证,他可以让紫鲸车恢复原样,也许还比以前更棒,这样他们就可以穿越桑德大陆,继续旅行了。这时候,他们带的枕头和毯子派上了用场。维利枕着佐伊的腿睡着了。当然,这一幕让扬帕拍了下来。

至于斯卡德,他和平奇利一起在修车。他似乎与这个斯泽普人很搭,平奇利从蚁皮工具带中拿出的酷炫的动物工具,让斯卡德惊叹不已。

爬行的煎饼再次把引擎修好了。一个巨大的舌头舔了几下玻璃,满是裂纹的车窗就修好了。还有一只闪亮的绿色蜘蛛,它在车顶的大洞上编织了一个紧实的盖子。瘦小的水气球生物又出现了,它让量子减震器的强度增加了一倍。这样一来,紫鲸车的车身离地面就有整整二十英尺了。长着黑喙的鸟重新改造了轮胎,轮胎不断扩大,比它们的头还高。连接车门的蹦极绳也被加固、延长了。一个六足的泥铲在紫鲸车表面爬行,它不仅修补裂口,还抛光车面。惊喜的是,这把泥铲居然修好了维利破损的红色冲浪板。现在,紫鲸车真的是史上最棒的旅行车了。

佐伊微笑着,低头看着她的维利在熟睡。到目前为止,笑声和乐趣还远远不够多，亲吻也不够多。从什么时候开始，他们原本散漫的公路旅行，已经变成了一场疯狂的拯救世界之旅了？因为那些飞碟吗？但这些飞碟已经威胁我们好几个世纪了，对吧？只有老人才会担心威胁，他们总是顾虑重重。

对了，他们还为了伊拉夫和葛缕子的种子疯狂赶路。这太傻了。我是说，区区葛缕子的种子？

为什么不放松一下？就往前开一百万英里，谁在乎他们是否晚了一百万天到达？老师们、老板们，尽情把这个写在你们的迟到报告里吧。佐伊·斯纳普比计划晚一百万天。她无所事事地瞎琢磨着，一个人是不是能活一百万天呢？也许不能。她不想算下去了，放学了。

"看看那块石头。"肉丸子说，她躺在佐伊旁边的地上。她说的是一块企鹅形状的巨石，大约有三十英尺高。"它在看着我们呢，而且它不是唯一盯着我们的石头。"

肉丸子说得没错。佐伊完全可以想象那些肚子里满是恒星的石头，正在看着他们。感觉就像是那些星石伸着脖子，寻求更好的视角。一旦你接受了这个山脊上满是散落的、团起来的光年空间，一切似乎都有可能了。

到目前为止，还没人有力气走上边境大满贯通道的山顶，看看另一边是否真有新伊甸园和桑德大陆两个盆地，对吧？佐伊决定试一试，她太兴奋了，根本坐不住。她在维利的脑袋下面塞了一个枕头，在自己的肩膀上裹了一条备用毯子，然后拿着小号，朝着企鹅巨石走去。它的底部比顶部更宽阔，而且呈一定角度翘了起来。顶部是完全透明的，就像水晶一样，里面有恒星旋涡。

"你会说话吗？"佐伊问。

星石没有回答，但它发出了一种非言语的心灵简讯。一开始，佐伊觉得这是一个热情的问候。像是"你好"或者"你们很重要"，甚至可能是"你们就是我们在等的人"。

就好像，整个银河系都在为这三个特别的地球人打气？地球人会支持三个孩子吗？这些石头的氛围宁静又冷漠，平和又空虚。这些只是佐伊的解读，但就让她这样解读吧。

她回头看了看其他人——斯卡德和平奇利在修理汽车，肉丸子在到处闲逛，维利和扬帕睡着了。这是她的团队。她感到了自己对他们强烈的爱。这一次，就在这个鬼地方，她终于有了归属感。

佐伊继续往山上走，她遇到了越来越多的星石。每块都有一个或多个透明的水晶斑块，里面有许多恒星。好像她正透过星际飞船的舷窗向外看似的。

但当佐伊到达山脊顶端时，她就把星石抛诸脑后了。她站在三个点的交汇处。地球的盆地在她身后，左边是新伊甸园盆地，右边是桑德盆地。桑德盆地看起来可能比新伊甸园小一点。

新伊甸园盆地的光线昏暗、冷峻。比较像办公室里的光线。桑德大陆盆地的光线则是温暖的，带有一丝绿色。也许荧光粒子会调整某些盆地的光线，让它与圆球世界的光线相匹配。因此，范利特的光与地球的光相匹配，新伊甸园的光与比邻星附近的行星匹配，等等。

新伊甸园有海洋、城市和绿色的田野，有点像地球。与人类建造的方方正正的建筑不同，新伊甸园的建筑物就像是垂直的停车场，或多层鸟舍，是由很多开放式的架子组成的。这种架子搭起来的建筑顶部是高耸的塔尖，上面绑着一些飞碟。山脊将新伊甸园和范科特隔开，顺着它望过去，在新伊甸园那边，佐伊可以看到一个像是人类居住的农场小镇。那里一定是伯奇，就是飞碟老爸想带他们去的地方。据说，佐伊的父亲失踪后就一直住在那里。这太奇怪了。

新伊甸园最主要的特色当然是那里的飞碟居民。成千上万的飞碟挤在新伊甸园的天空中，他们的形状和颜色千差万别，难以形容。这感觉就像是世界上所有会飞的昆虫都聚集到你眼前。把他们统称为飞碟只是为了叫起来方便。他们有球形的、哑铃状的、甜甜圈状的、立方体的、蛇形的、之字形的，等等。他们在城市中筑巢，在田野间游行，在大海里洗澡。一下子看到这么多密密麻麻的飞碟，佐伊觉得有点儿恶心。平奇利和扬帕坚持认为，许多飞碟都是好的，但此时的佐伊看着新伊甸园，只觉得像看到了腐肉上密密麻麻的蛆，十分恶心。

佐伊仔细研究了飞碟们的行动路线后，注意到新伊甸园上方有一条弯曲的带状区域。那是一条空中河流，像一个满是飞碟的空气通道，又像是一股不知道从哪里流入新伊甸园的急流。在急流冲击地面之处，飞碟不断向外飞腾。奇怪的是，也有一些飞碟不断地往里涌入，很难弄清其中细节，但可能是急流在吸进旧飞碟的同时，也喷出了新的飞碟。佐伊盯着双向飞碟河看了几分钟，开始想象她听到了一首奇怪的曲调——一阵时隐时现、绵延不断的笛声。

佐伊把注意力转向桑德大陆盆地，这里潮湿氤氲、气氛怡人，让她松了口气。盆地中的景象十分原始，薄雾缭绕，树木高大，花朵娇艳。光线特别特别好，就好像在盛夏时节，来到了一个长满蕨类植物的小溪旁。高耸的藤蔓蜿蜒着刺破天空，依靠茎上比空气还轻的豆荚飘浮着。长着皮革般翅膀的爬行动物成群结队地旋转着，它们在树木与卷须中发出嘶哑的叫声，这声音汇成了一首刺耳的奏鸣曲。在远处，佐伊看到了一个巨大的粉红色飞碟，一个来自新伊甸园的入侵者，她有一英里宽，她的下部表面有一只发光的红眼。这个怪物拖着无力、摇摆的手臂在丛林中晃来晃去，从植物和动物上汲取奇味。更远处还有一只庞大的蓝色飞碟，可能是那个粉色飞碟的伴侣。

突然，一条巨大的、长着牙齿的蛇快速俯冲而过，好像一列空中特快列车。胖胖的绿恐龙走入森林，它们的脖子足有百码长。还有一只看不见的猛禽咆哮着，喜悦的吼叫声佐伊内心深处震荡。史前猛兽似乎总有好日子过。

一条宽阔的土路向下蜿蜒着通往桑德大陆，从寒冷、多风的山脊通向丛林、腐烂、绿光、咆哮声以及重重迷雾。道路黑暗、土壤肥沃，有新的车辙——说明伊拉夫就在前面。

在这条诡异、冷峻、布满星石的道路上，风就像冰锥一样。佐伊开始转身下坡，向紫鲸车走去。佐伊觉得她每走一步，都是在原本的圆球世界中穿梭了无数光年的虚无空间。她小心翼翼地走着，用毯子紧紧地裹住自己。她已经准备好和朋友团聚，继续旅行了。

就在这时，有一颗星石闪烁起来，好像有佐伊的电话打进来了，是一个对地图世界了如指掌的人打来的，来自梅茜的电话。

佐伊研究着石头中梅茜如幽灵般的影像。她不再是裸体的，而是穿着黄色紧身裤和露脐上衣，拿着一个小小的女士手提布包。梅茜泼黄色的金发梳成了马尾辫。十十岁的她身体柔美，在星星的映衬下显得轮廓分明。她裸露的腰间还有一圈突出的皮肤，软绵绵的，就在紧身裤上方。梅茜用一只手握住她的那圈肉，轻轻地上下扭着它。好像她在等着佐伊接受暗示，但暗示是什么？那圈肉开始出现了一些圆点图案，然后是佩斯利泪滴图案，随后又恢复成了普通的皮肤。

梅茜微弱的声音在石头上震动着："你好啊，佐伊，你、维利和斯卡德要继续向前走。"

"你在哪里？"佐伊坚决地问，"你在跟着我吗？"

"我现在在新伊甸园。"梅茜说，"和爸爸在一起。你穿过隧道几分钟后，我也从隧道过来了。就在我们的演出开始之前。现在，我在给你传心灵简讯。我很擅长心灵感应。飞碟教我的。"

"你为什么打给我？"佐伊说，"你想干什么？"

"宇宙大战就要来了。"梅茜说，"你、我还有那两个安特卫普家的男生要一起战斗。那两个斯泽普人——扬帕和平奇利，那天来到新伊甸园寻找可能成为英雄的人类。然后他们问了我和爸爸，我们想到了你们三个。所以我才给了你那颗碟之珠，还教你打开它的重复乐段。我把平奇利和扬帕带到范科特，在你的隧道出现的地方等着。"

佐伊问了三个她最关心的问题。"爸爸真的在新伊甸园吗？你是怎么和他在一起的？你怎么从没告诉过我？"

"我不想惹你不高兴。"梅茜说，"至于他为什么住在新伊甸园，你确定你想知道吗？"

"不确定。"佐伊不安地说，也许，可能，她已经想到答案了。但不可能。她瞥了一眼山坡下的队友们。维利醒了，坐在扬帕旁边的地上。肉丸子正看着佐伊，斯卡德在紫鲸车的车轮后面，开心地发动着引擎。这辆车比以前高了一倍，而且车身闪闪发亮。平奇利在做最后的检查，佐伊现在就想去紫鲸车里待着。

"你爸爸的第二任妻子桑妮·韦弗，她并不是我妈妈。"梅茜说，"这点你必须了解。我真正的母亲，她和地图世界有一些联系，所以我在哪边都可以。所以，我们在这次宇宙大战中才这么重要。你们要加快速度，快去斯泽普城拿到那根魔杖！"

这信息量太大了，其实佐伊还有很多事情想和梅茜说。但佐伊已经受够了她这个同父异母的妹妹孤独的声音给她带来的罪恶感。她觉得被限制的时候，就会大发脾气，大喊大叫。虽然这样不太好，但佐伊就是这样。

"别总是叫我快点儿！"她总是时不时地大喊着，"我真受够了,还怎么快点儿!"

不等梅茜回答,佐伊就转过身,背对着那颗发光的星石,小心翼翼地走下斜坡,去找她的男朋友了。维利现在就是她的男朋友,对吧?即使他们还没有机会明说。他看向她,好像在想她刚才在叫喊什么。

"走吧!"佐伊大声说,试图让自己的声音听起来乐观而热情。她在空中挥舞着自己的小号。"咱们继续这场疯狂的旅行吧!"

在她上方的山坡上,梅茜的影像暗了下去。

桑德大陆

斯卡德

他们几个人用一种类似反向绳索的东西跳回到车里,这时平奇利说:"轮到斯卡德开车了。维利你需要休息。而且,你别忘了你刚刚才把车撞得稀巴烂,我可不想再经历一次了,尤其是咱们的车如此闪亮的情况下。"

"好的,我来开。"斯卡德兴奋地说,他终于可以驾驶这辆巨型紫鲸车了。"虽然我还没拿到驾照,可我们在学校也都上过交通安全课。你和我坐在前面吧,平奇利。"

"这辆车之所以这么闪闪发亮,是因为我给它刷了一层超级闪滑涂层。"平奇利说着,坐了下来,"我们再也不会听到气流拍打的声音了,因为我们的车像丝绸一样顺滑。而且,我们还能偷听到我们经过路段的一些声音。比如幽会、争执或吵闹声。"

"是不是有点像我们开着一辆电动车,穿过一个会说话的立体模型。"斯卡德说。

"差不多吧。"平奇利说,"紫鲸车经我一改装,它几乎可以自行驾驶了。但请记住,立体模型有牙齿。幸亏我把驾驶员一侧的车窗修好了,现在关起来就很容易了。"

维利和佐伊坐在后座,扬帕从他们中间爬到车的后面去了。

"我又得坐在这又脏又差劲的猪圈里了。"她说,"扬帕和肉丸子——性感的复仇女神组合。"

"我更像你们说的那种有弹力的圆团子。"她说着,发出一点火星。她用一个伪足猛敲盖在车顶上的紧绷的蜘蛛丝,"我们把这盖子打开怎么样,扬帕?这样我就能当个弹出式尾炮手了。"

"现在不行。"扬帕说,"天气太冷了。"

"我在通道顶部看见了桑德大陆的丛林。"佐伊说。斯卡德看得出,佐伊很高兴能和维利一起坐在后面。"那里肯定特别热,又多雨。我和梅茜谈过了,但是去她的吧。我想要前进,前进,前进!我希望你比你哥哥开得好,斯卡德。"她朝着维利眨了眨眼睛,可他并不觉得好笑。

"撞车也不是我的错。"他嘟囔着,"我会分心还不是因为我以为努努要咬斯卡德。"

"好了,好了。"佐伊说,她在戏弄维利的同时还得照顾他,"把你聪明的脑袋靠在我肩上,再睡会儿吧。"

"不用了。"维利强忍着哈欠说,"我想看着点。"他转过身看着扬帕。"你有什么法子能让我精神点吗?"

"我可以撒点儿斯泽普鼠油。"扬帕说着,伸出一根粗糙的、怪异的手指。顿时,车里弥漫着刺鼻的麝香味,所有人都精神了起来。

多亏了平奇利的可伸展小龙虾,紫鲸车里的空间才能如此宽阔,以至于斯卡德不得不调低座椅才能踩到油门。不过他从挡风玻璃看出去的视野仍然很好,他慢慢地开上石坡,来到山口。他们翻过一块高耸的巨石,然后又翻过另一块。多亏了巨大的轮胎和顶级配置的量子减震器,紫鲸车几乎没有倾斜。斯卡德格外小心地绕过通道顶部那些较大的、如哨兵般的星石。

斯卡德把他从亨格福德那儿得到的星石放在控制板上,希望能得到好运。现在,他正开车经过一块庞大的星石,这块石头里面闪闪发光。他放慢了车速,紧盯着那个东西,他对这里面有恒星、光年、星云的疯狂想法有些欣喜若狂。他注意到岩石光亮的表面上有个瑕疵,好像少了一小块东西。然后,传来一阵疯狂的咔嗒声。

是他的星石发疯了。它在封闭的车里跳来跳去,像一只寻找出路的小鸟。小星石撞到挡风玻璃上、座椅上、车顶棚上,从斯卡德头部一侧落下。在它变得更加疯狂之前,斯卡德用双手抓住了它,把它塞进了裤子的口袋里。

"那个星石想回家了。"平奇利说,"它们就是这样的。你很难长时间留住一块星石,尤其是在穿越山脊的时候。斯卡德,抓得好。"

好了,又恢复正常了。他们继续前进。丛林盆地让斯卡德十分敬畏——这是他见过最好的地方。这里有会飞行的巨齿爬行动物,它们非常原始。有像活坦克一样的装甲生物,它的尾巴末端有一根尖尖的棍子。有会飞的绿色蝠鳐。一朵闻着很臭的花正在吞噬一头狂叫的猪。好吧,有点像猪。可能更像貘。它有个短而灵活的象鼻。

"看着点路。"平奇利警告道。

他们沿着黑色的土路一直向下开,朝着桑德大陆前进。万岁!现在是斯卡德开车了。经过一系列的调整,紫鲸车变得非常智能。司机几乎不用转向,斯卡德的速度也很快。棕榈树、蕨类植物、高大的藤蔓在头顶形成拱顶。在桑德大陆的灯光下,树叶像彩色玻璃一样闪闪发光。

"留心伊拉夫的踪迹。"佐伊在后座上说,"我觉得他离我们没那么远。看到那些车辙印有多新了吗?"

前方的地面上确实有两道蜿蜒的车辙印。这时候,他们已经把车顶棚上的洞和车窗都打开了,多亏平奇利对汽车做了超级闪滑涂层处理，他们根本感觉不到风的拍打与喧嚣。郁郁葱葱的丛林仿佛在对他们说话——盛开的生命清晰地合唱着。潮湿的空气中弥漫着浓郁的芬芳。有栀子花、肉桂和无花果的味道，还有腐烂、粪便和血液的味道。

桑德大陆上有各种行走、爬行、飞行的动物——六条腿的鹿，拳头大小的蜘蛛，微小的飞虫，没有皮毛的啮齿动物，有条纹的猪獏，蹒跚的恐鸟，有喙的蜥蜴，皮革蝴蝶，还有一种食肉的马勃菌，像一堆骨头旁倒塌的房子。

"真恶心。"佐伊说，"但我喜欢。"

"在圆球世界的某处，也有一个像这样的星球。"平奇利说。

"你们不是说，是古波·古波让你们的盆地和我们居住的星球相匹配吗？"斯卡德问，他希望得到一个直接的答案。

"没人能让所有事儿对每个人都没影响。"扬帕说，"地图世界和圆球世界其实是同一张面孔的两个视角。"

"天哪——"佐伊拖长了音说着第二个字，有点嘲笑扬帕。维利也嘲笑着那个斯泽普人。这三个孩子受够了永远弄不清这里到底发生了什么，但是他们能做什么呢？这是旅行的一部分。

斯卡德连续驾驶了几个小时，竭尽全力保持着良好的速度。这些装着减震器的巨大轮胎真是太刺激了。现在，这辆笨重的车像兔子一样敏捷。多亏了他的提普虫，斯卡德可以感知到每个人的感受。对他来说，这是个很大的变化。平奇利心急如焚地想让紫鲸车开得再快点，而佐伊则担心他们的速度太快了。

其实，佐伊也不是特别担心，她现在兴奋得睡不着觉，她的关注点都在维利身上。佐伊和他在一起很幸福，他们手牵着手，但斯卡德不会再取笑他们了。因为努努的事，他没有任何资格这么做。他一直想知道他和努努的小孩是什么样子。

与此同时，斯卡德听到一阵持续的汩汩声，现在变成了水花轰鸣声。那是一条丛林河,大概有一百英尺宽。沙洲和多石的急流将河水分成许多深深浅浅的支流。水流湍急,强劲有力。斯卡德把车停在岸边,不知道该如何是好。

"咱们休息一下,泡个澡吧!"佐伊说,"我觉得咱们有点辜负这趟旅行了。我们难道不能放松一下,忘记那个四半伊拉夫吗?"

"我有种不好的预感,四半伊拉夫不会放过我们的。"平奇利说,"但确实应该休息一下。不过,游泳并不是个好选择,那河里肯定有会咬人的东西。"

"知道了。"佐伊说。

在河的下游可以看到一群脾气暴躁的恐龙,它们蹲在那里,似乎随时准备冲锋。靠近河边,可以看到水下有东西在游动,水面上泛着涟漪。在提普虫的帮助下,斯卡德看清了水里的东西——长了腿的鳗鱼,有鳍的水蛭,带触手和壳的鹦鹉螺状菊石。这时,水中探出一个皮革似的乌龟头,捕捉了一只空中的蜻蜓。那只乌龟不完全是乌龟,更像是长了腿的比目鱼。那只蜻蜓也不完全是蜻蜓,有点像会飞的蠕虫。蠕虫在死亡时发出了可怕的、微小的尖叫声。

"真开胃,是不是?"佐伊说,这是她一贯的黑色幽默。"咱们别游泳了,去野餐吧。"维利殷勤地拿出他们的饱腹薄荷,递给佐伊一个烤甜菜味的,他自己拿了一个汤姆火鸡味的,又把另一个火鸡味的薄荷糖递给了斯卡德。斯卡德把薄荷糖放进嘴里糖的表面就融化了,变成了黏糊糊的果冻。但是,果冻的味道更像肉,很容易吞咽。斯卡德又吃了一层薄荷糖,然后把剩下的和他的星石一起藏在口袋里。

一群带翅膀的小爬行动物尖叫着掠过河面,它们的喙发出咔嗒声,吞噬着小飞虫。离它们不远的地方,有东西从溪水中探了出来——两个硕大的触角和一对巨大的眼柄。不,这的确不是个游泳的好地方。

斯卡德集中精力感应着水下的生物，了解它的思想——缓慢、扭动、无情。它的视野是黑白的。它正想从水中爬出来，爬进他们的车里——沐浴在灰色血液中的原始幻想。

在上游，河边的树木开始摇摆。

"是个大家伙，"平奇利说，"咱们最好撤。"

"桑德大陆一点都不文明吗？"斯卡德边说边用心灵感应探测，但他不清楚是什么在摇晃那些树。"范科特的桑德和人类差不多啊。他们穿着衣服，有家庭，还会交谈。"

"他们是迷你桑德。"平奇利说，"就像我告诉你的，就好像是商人和外交官，他们是不同类型的生物，真的。没人能和巨型丛林桑德说上话。他们胃口超级大。说真的，伙计们，上车吧。斯卡德，咱们继续沿着小溪前进。如果我们遇到麻烦，你就拼命加速。无论如何，都不要停下来。

"又在催我了。"佐伊一边抱怨，一边和维利坐进了后座，"今晚，等我们走出这片丛林，就别再这样了，好吗？"

"我们可以悄悄拥抱呀。"维利向她保证，"我们会有办法的。"

"我并不是说我们要做爱。"佐伊小声警告他，斯卡德不得不用提普虫来偷听她讲话。"我可不是个随便的人。"

"没人说你是个随便的人，佐伊。"维利累得筋疲力尽，但即使这样，他也不敢放松警惕去睡觉。斯卡德看得出维利不愿意让他开车。维利就是个蛮不讲理，觉得自己什么都懂的人。

斯卡德狠命发动了汽车，然后他们朝着河边的溪水中等待他们的生物冲了过去。这个生物扭动着，从水里甩出一条超大的蝎子尾巴，然后在一阵汩汩声中消失了。斯卡德把车开进了溪流中，水越来越深，逐渐没过了他们高大的轮胎，但并没有从窗户灌进来。

斯卡德对自己的表现满意极了。紧接着从上游的树丛中，冲出来一个怪物，但并不是桑德。那是一只长着巨型喙的长颈鹿，它的身体和长长的前腿之间长着一对皮革翅膀，就像一只飞鼠。这个生物走了几步，弯着膝盖，沿着河流低低地滑行，一下子扑到了紫鲸车前面。

此处的音效是：扑通，还有巨大的、不和谐的呱呱声。

斯卡德本能地、愚蠢地无视了平奇利的忠告，他并没有加快速度，绕过那个偷袭者，而是把车停了下来。车子熄火了。这只猛兽的喙有划艇那么大。他顺势在紫鲸车的挡风玻璃上狠狠一啄，玻璃碎成了无数片。数不清的玻璃碎片散落在斯卡德和平奇利身上，这种安全的玻璃片像慢动作的瀑布一样翻滚着。

"干得漂亮。"维利懒洋洋地坐在后座上，嘲笑着斯卡德。

斯卡德是热衷研究恐龙科学的业余爱好者，在他看来，这种笨拙的攻击者类似一种鲜为人知的地球恐龙——哈特兹哥翼龙。斯卡德以前就总想着遇到这种恐龙是什么感觉。就是这种——不，这更好！这是一只外星哈特兹哥翼龙！怪物的尖喙就在他和平奇利之间的前座上，闻起来有股腐烂垃圾的味道。

肉丸子加入了战斗。她像橡胶熔岩一样朝着这只飞行的恐龙冲去，包裹住它喙的尖端，并注入一股暗能量。这个庞然大物突然就倒下了，它摔倒在紫鲸车的引擎盖上。肉丸子第二次发射了绝命点。现在，这只哈特兹哥翼龙侧身躺在河里，可能已经死了，周围那些多腿的食腐动物已经开心地准备用它们的钳子和触角工作了。

"继续开吧，伙计。"平奇利说着，做了个放轻松的手势，他看上去就像个坐着豪华轿车的亿万富翁。"不要在这里逗留，傻看着这些东西了。我们必须在天黑前离开这片丛林。"

"嗯，到下一个通道还有多远？"斯卡德一边问一边从那个可怜的哈特兹哥翼龙的脖子上碾了过去。

"也许还有三千英里。"平奇利说,"他们管那个通道叫银河通道,因为那里有很多星石。小伙子,你要不要让我来开车?或者,我们也可以让维利来开,或者让佐伊开也行。"

"我可以的。"斯卡德坚持道,他能够感觉到,维利渴望继续开车,但是不行。这是斯卡德大显身手的机会。他颠簸着穿过岩石密布的河流,溅起许多水花,终于回到了原先简陋的土路上。然后,斯卡德让紫鲸车加速到每小时三百英里。他迅速用提普虫对所有乘客进行了心灵探测。除了佐伊,所有人都觉得他的驾驶技术不错。但大家都想往前赶路。

然而,斯卡德的腿上到处都是歪歪斜斜的玻璃碎片,风从挡风玻璃上的洞灌了进来,实在是太烦人了。飞虫不断地撞到斯卡德的脸上,然后爆裂开,留下恶臭的毒液和血渍。

"咱们不能一直这样下去。"斯卡德说。

"我这就修复。"平奇利平静温和地说,"没必要放慢速度,小伙子。我有个豪华版的玻璃甲虫。比你哥哥撞车的时候,我用的修复舌头还好使。"

平奇利从他的皮带中拽出另一个工具,就像一个透明的玻璃蟑螂,但是腿特别多——这甲牛物都这德行。它在汽车座位和地板上跑来跑去,吞掉了每一块玻璃碴儿。慢慢地,它变成了保龄球那么大,那样子有点吓人,就像是饱餐一顿后变肥了的扁虱。玻璃甲虫爬到仪表盘上,然后……

"修复吧!"平奇利说。

叮——甲虫移动的速度快到几乎看不清。它弹出一把结实的透明小雨伞,顶着风快速转动雨伞,雨伞像抛在空中的比萨饼面团一样展开。它的边缘紧贴着挡风玻璃的边框,薄薄的伞像鼓面一样来回振荡。然后又是叮的一声,通过模拟计算机得出了最佳表面曲度,锁定了最终的形状。玻璃甲虫做了一个比之前更坚固、更清晰的挡风玻璃。平奇利让这只玻璃甲虫饱餐一顿后，把它放回了工具带。

斯卡德继续快速前进，他用提普虫感知到丛林中无数的思绪。同样重要的是，他能感觉到前方道路相对来说比较空旷，他觉得自己肯定没问题，甚至闭着眼睛开都没问题，不过他不会真的闭眼的。斯卡德可不想吓到其他人，尤其是在他以每小时四百英里的速度疾驰时。

斯卡德的心灵感应能力还有一个人性化的好处——他可以用心灵感应警告路上的小生物，比如笨手笨脚的六足小鹿和无处不在的飞行蠕虫，但并不是所有的虫子都能听到。

"为什么会有长着翅膀的蠕虫？"佐伊这时候问。这些蠕虫越来越多，虽然斯卡德努力让它们避开，但它们还是会扑到挡风玻璃上，速度还越来越快。"恐龙时代为什么会有这种会飞的蠕虫？"佐伊追问道。

"你要知道，这里并不是史前地球。"斯卡德说，"这是桑德大陆，它和横跨银河系二十光年的一颗外星行星相匹配。"

"哦。"

平奇利还补充了另一个事实："我们在山脊上看到的那两个巨无霸飞碟，他们并不是桑德大陆的原住居民。他们来自新伊甸园，我记得他们叫波和皮泼？"

"是泼泼和波波。"扬帕纠正道，"他们是格伦的狗腿子。从新伊甸园过来收集奇味的。他们的嘴里会流出炽热的黏液。"

平奇利又说道："不管怎样，泼泼正在附近进食，就是她在搅动这些飞虫。我希望你们杀了格伦、泼泼和所有的吸血鬼飞碟。我恨死这些飞行的寄生虫了。"

"请记住，飞行的幻形点都是善良的、高尚的。"肉丸子说。她将身上凸起的部分从车顶棚的洞里伸了出去，她还把冲浪板稍微分开了一点才挤下。"泼泼在我们的右边,越来越近了!"

"粉红色的泼泼会从我们头顶飘过去,和蓝色的波波会合。"扬帕说,"或许我们应该躲起来。"

"见鬼。如果我们总是走走停停,继续这么胡闹下去,等这些孩子把斯泽普城的魔杖拿到手再赶到范科特,格伦早就入侵成功了。"平奇利说。

"如果你那个著名的魔杖真那么神奇的话,不管我们什么时候赶回来,它都能解决问题。"佐伊突然插话,"就我而言,我想好好看看泼泼。停车吧,斯卡德!"

就在这时,泼泼一只湿漉漉的、摇摇晃晃的触手从灌木丛中伸了出来,盲目地拍上了紫鲸车。肉丸子冲了上去,闪击了她的嘴,这个庞然大物却毫不在意。她触手上的黏液很黏稠,紫鲸车从地面上被拉了起来,又落到地上。斯卡德及时踩了刹车,紫鲸车打滑着停了下来,差一点撞到树上。

"那边有块空地。"维利俯身靠在前座上,指着说,"看到那棵茂盛的树了吗?我们可以躲在那里,等这个怪物走了再说。我可不希望她对我们产生任何兴趣。"

"好吧。"斯卡德说,竭力装出一副勉强的样子,虽然他很高兴找个地方躲起来。他慢慢地把车开到大树下的沙地上。他们下了车,伸展着身体,享受着时速数百英里的旅行中的短暂休息。

这棵树枝干繁多,像是榕树。这里现在看不到多少动物了——几分钟前还无比活跃的小动物,已经被邋遢的巨无霸飞碟用口腕吸干了奇味。同时,他们可以追寻到泼泼的位置,因为她在唱歌。她的声音异常甜美,就像一部以彩虹和独角兽为主题的儿童动画片的配乐。诡异的是,这首歌却是从一个流着口水的死亡飞碟口中唱出来的。她在天空中,底盘上的红眼睛清晰可见。

这棵枝干很多的树有一个巨大的树冠,有些地方还滴着灼热的飞碟黏液，这意味着，你走路的时候得多加小心。这里的光线是一种甜美的黄绿色。这附近有些奇怪的小花和蘑菇，还没有被那个贪婪的飞碟摧毁，研究研究它们还是很有趣的。

斯卡德走到树干后去小便。就在这时，他发现了一株奇怪的伞菌。它齐腰高，泛着一种闪闪发光的浅橙色。而且伞菌的伞面上有一堆发光文字，就像有演职员表的屏幕似的。这太奇怪了吧？

"嘿！"斯卡德朝其他人大喊，"看这个！"

他们看到了这些文字：

> 宇宙大战
> 主演
> 佐伊·斯纳普、维利·安特卫普和斯卡德·安特卫普
> 对战
> 格伦和他的飞碟
> 联袂主演
> 梅茜·斯纳普
> 扬帕和平奇利
> 肉丸子和四半伊拉夫
> 还有数十万演员
> 导演和制作人
> 古波·古波

一滴巨大的、像鼻涕一样的飞碟黏液从树上滴到伞菌上，然后它就枯萎了。上面的文字也消失了，一时间大家都沉默了，他们的头脑在飞速运转。

"这是真的吗？"佐伊说，"一个扭曲、诡异的屏幕上，写着我

们的演出信息,而这个屏幕居然是在一株平行世界丛林中的发光伞菌上?"

"也许这个世界在自导自演。"斯卡德说,"也就是说,我们在一个虚拟现实中,就像在一部电影里演的那样……"

"别说我们是在一个游戏里这种陈词滥调的鬼话了。"佐伊大叫着,"快看!"她撕下一大块伞菌,这块没有沾到飞碟黏液,因此没有枯萎。佐伊把那个菌片掰开,在蘑菇肉的空洞里,有三条带条纹的小虫子,它们正围着一颗浆果吃。虫子盯着他们,抽动着潮湿的触角,但并没有过度惊慌。

"这并不是什么无聊的廉价电子游戏。"佐伊继续说,一副这些虫子能证明她说得对的样子,"这可不是在一台无聊的电脑上编写的愚蠢代码,然后画出一堆彩色方块。"

"说得对,佐伊。"维利说,他还挺享受佐伊的咆哮。

佐伊指着他们周围的空间,让他们看那些粗壮的树木,宝石般的花朵,以及那些刚刚出现的胆小的飞虫。附近的天空藤蔓悬挂在空中,离诡异的泼泼不远,那飞碟就像云一样飘走了。

"这就是我真实的生活。"佐伊说,"我正在经历着一场百万英里的旅行,还是在一个外星人的世界。所以斯卡德,你别跟我说一堆废话,让我相信这是什么无聊的游戏世界。"

斯卡德心灵感应了一下四周的情况,检测了佐伊所说的感觉。这个世界充满各种奇味,稠密得简直无法分辨,而且很奇怪。周围到处都是大大小小的思绪,像散沙一样。"也许你是对的。"他说,"但是,仍然……"

"你说了两次'无聊'。"扬帕对佐伊说,不知道为什么她会关注这个,"为什么不是'狗屁'?"

"无聊是比较文雅的词。"佐伊飞快地说,"这个词很普通,没那么粗俗。"

"听听这个乡下姑娘说的话吧。"维利用乡下口音说。

"好的,行吧。"斯卡德说,他向佐伊投降了。"假设这都是真的。那我们为什么会在蘑菇上看到那些字呢?如果我们不是在电子游戏里,事情怎么会变成这样呢?"

"很简单。"平奇利说,"是那个变态伊拉夫在伞菌上写的。"

"你不应该只说那个伊拉夫。"维利说,"是四半伊拉夫,好吗?我们把他给切碎了,但他的其他部分都还活着。明白了吧。"

"好的,四半伊拉夫。"平奇利说,"但也许他仍然只有一个头脑,只不过由四个部分共享。不管他是什么,他都不是个斯泽普人。"

"也许他是个飞碟?"维利问。

"我觉得他和那些吸血鬼飞碟应该是一伙的。"平奇利说,"但是,他不是飞碟。你要是把一个飞碟切开,它会立马死掉。他们有内脏,他们的正中间有一颗碟之珠,能帮助他们飞行。这个被砍成几瓣的伊拉夫是某种特殊的变形外星人。"

"好吧。"维利说,"那为什么伊拉夫或者说四半伊拉夫要在伞菌上写下这些虚假的演出信息?"

"为了激怒我们。"扬帕说,"这样,我们才会拼命去追他们。"

"他们为什么想让我们追他们?"斯卡德问,他总是一个问题接一个问题地问。

平奇利叹了口气说:"我想他们是设好了陷阱,趁我们远离家乡的时候,他们或他们的朋友吸血鬼飞碟会伏击并杀死我们,但我们不会让他们得逞的。"

"如果那些坏飞碟想杀我们,那他们完全可以在我们踏上范科特的那一刻,就把我们干掉。"佐伊抗议道,"或者在通道那里也能杀了我们。又或是让泼泼现在就过来把我们灭了。为什么要拖拖拉拉地和我们玩猫鼠游戏呢?"

"因为他们不确定你有多快。"平奇利说,"他们不希望佐伊·斯纳普在最后一秒逃脱,然后回去警告圆球世界的人。"

"虽然我不想这么说,但我确实不知道我是不是能从这里打开隧道回家。"佐伊说,"我们已经走得太远了,如果你是这个意思的话。"

"也许你可以,也许不行。"平奇利认可道,"你的碟之珠太小了,像这样的珍珠也没办法变出特别长的尤尼隧道。也不太适合悬浮,但谁说得准呢。"

"要怎么才能悬浮呢?"佐伊问,"除了马上要出现的灾难之外,咱们能不能聊点别的。"

"如果你能找到一颗像样的碟之珠,我就能教你飞。"平奇利说,"但咱们现在得开车走了。"

"坐上欢乐的紫鲸车,像疯子一样继续前进吧。"扬帕叫道,"在扬帕死前,要及时行乐!"

就在这时,他们听到一阵鸣笛声。是那个四半伊拉夫,在前方一个转弯处盯着他们。四半伊拉夫一直在偷来的车里等着。显然,这个四半外星人想看看他们看到伞菌上的字会产生什么效果。他们渴望刺激这些人追上来。

斯卡德看到,伊拉夫那双被截肢的大腿上长出了一双眼睛,胯部长了一张嘴。就叫他伊拉夫腿吧。带有一条手臂的躯干,在胸部长出了一张狭窄的嘴巴和一双眼睛。就叫他伊拉夫胸吧。还有一块躯体有一半肩膀,一条胳膊,没有手,还连着一个头——他就是伊拉夫头。那只被切掉的手也在这里,也就是伊拉夫手。他看起来相当粗壮。也许伊拉夫手上也长出了眼睛和嘴巴?但是他移动得太快了,就像一只疯狂的狼蛛,在偷来的斯泽普人敞篷车的仪表盘和座椅上爬来爬去,所以根本看不清。

斯卡德真的很想很想把那只手干掉,就是那只伊拉夫手偷了葛缕子的种子。这些种子本来应该是他们到斯泽普城之后为他们铺路的。现在还有很长的路要走，他们最终能否到达真的是个未知数。

和之前一样，四半伊拉夫又做出了粗鲁的手势。这时候，他们正在大喊着什么，一定是骂人的话。他们的声音特别高。

"他们说的是斯泽普语。"平奇利抬起头说，"但他们的口音很奇怪，他们在骂脏话。"

斯卡德运用心灵感应，想破译平奇利刚刚听到的四半伊拉夫的那些话。原来他们在对平奇利说，他是一只趴在新鲜粪便上的寄生肠虫。

"斯库克！"平奇利大喊，失去了理智，也开始用斯泽普语还击。"开车，斯卡德！肉丸子，准备好，闪击那些丝尼福！"

"为什么我们没枪，平奇利？"扬帕问他，"没有丝尼福枪，为什么？"

"我倒是带了一只毒蟾蜍。"平奇利说。

"枪更好。"扬帕伸出她的一根手指说，"砰！我们为什么要对他这么宽和？"

"这样更有——挑战性。"平奇利说，"就是要不带武器进行这百万英里的公路旅行。这样我们才能更狂野。我喜欢。"

"不负责任、古怪又难以抗拒的白痴。"扬帕说，"不愧是我的另一半平奇利。"

他们又坐进紫鲸车里，发动了汽车。四半伊拉夫又在路上拐了几个弯。那个巨大的飞碟泼泼不见了。汽车穿过一片草原，直行了好几英里。在前面很远的地方，四半伊拉夫停了下来，耀武扬威地做了几个下流的手势。斯卡德可以感应到他们头脑中狡猾和下流的想法，但他也搞不清楚他们究竟在谋划些什么。

肉丸子已经准备好帮助这些孩子了——她体内充满了暗能量，

肉丸子胖胖的伪足从车棚顶洞中伸了出来。她已经准备好闪击任何攻击车子的东西了，当然是比巨型飞碟小的东西。他们一路追着伊拉夫。斯卡德火速前进，伊拉夫不停逃跑。道路两侧的丛林渐渐浓密了起来。

这时候，一只巨大的丛林桑德出现了。他从前方路边的树蕨丛中走了出来。他的双腿高大，不安分地甩着粗壮的尾巴，挑剔的前肢高高地叠在胸前。这只桑德的脑袋像一辆拖车那么大，长着剑齿虎大小的鳄鱼牙齿。他向后仰着头，咆哮着，好像正期待着美味的猎物。

斯卡德大力踩着紫鲸车的油门，在这个桑德把道路完全堵塞之前，从他身边呼啸而过。"甩掉他了！"斯卡德这话说得有点为时过早。

"这里的动物移动速度超级快，你可别惊掉下巴。"平奇利说着，从后车窗向外看，"在这儿，我们有自己的自然法则。"

然后，他们开始了长达五小时两千英里的逃离。临近尾声的时候，已经是深夜了。一些荧光粒子落在泥土和植物上就变暗了。丛林和广阔的大草原本身就是苍白的幽灵，唯一的色彩点是树上、藤蔓上、灌木丛中、大草原上各种生物明亮的眼睛——有黄色的、深褐色的和紫色的。

斯卡德在很大程度上是靠他的提普虫来导航。他避开路边生物的思想，瞄准了逃跑的四半伊拉夫的思绪。倒不是说他可以看透他们的想法。斯卡德现在意识到，他们的思绪好像有种镜面反射的特质。这让他想到了肉丸子的思想。伊拉夫会变身吗？能变成幻形点吗？但是伊拉夫不会飞，肉丸子会。事情总是变得越来越邪门。

尽管如此，斯卡德的主要任务还是拼命甩掉后面那只无情的桑德。那怪物通过声音和气味引导自己，也许他还有些夜视能力。

但他不时地跌倒，发出巨大的撞击声和懊恼的咆哮声。他每摔倒一次，斯卡德就可以和他拉开些距离。偶尔经过一小片草原，为了扩大领先优势，斯卡德以每小时数千英里的速度疯狂又鲁莽地前进，至少是短暂地冲刺。紫鲸车几乎是在空中，一路颠簸地驶过树丛、小山丘和沼泽。

但是桑德总会追上来。他就像噩梦中的怪物，像那个笨拙的弗兰肯斯坦似的，从不需要睡觉。这个桑德简直迷上他们了，就像一只怪兽从纽约到旧金山一直追着你的车。由于斯卡德有提普虫为他工作，维利最终放宽心睡着了。但是佐伊和其他人都时刻保持着警惕。刚刚桑德抓住车尾的时候，真是太惊险了。多亏肉丸子从车顶棚的洞中穿过冲浪板射出一股黏液。这次她的攻击达到了预期的效果。桑德砰然倒地，痛苦地惨叫着。那声音可太美妙了。但半小时后，外星恐龙再次撵了上来，只有肉丸子有力的闪击才能让他们活着。

佐伊忍无可忍，她拿出了碟之珠，把小号举到唇边，吹起了她的特殊曲调。斯卡德用提普虫感应了一下，他感觉到碟之珠并没有连接成功，珍珠没有变透明，也没有变出尤尼隧道的大门。他们真的走太远了。斯卡德感受到了佐伊的绝望。就在这时，一群疯狂咆哮的猪貘把桑德绊倒了，这头巨兽停下来吞食它们。也许命运还是眷顾他们的。

最终，他们沿着桑德大陆最后的陡峭路段前行，这条路通向银河通道。斯卡德希望那里能比这儿好些。那只桑德仍然紧随其后。肉丸子再次从车顶洞中伸出伪足，发射了更多暗能量。但这些闪击似乎没起多大用。肉丸子的能量不足了，斯卡德唯一能做的就是开得再快点儿。

斯卡德主要是靠本能开着紫鲸车穿过了一堆巨大的星石，驶入了银河通道的山鞍。巨大而笨重的桑德，腾空而起，冲向他们，仿佛准备进行最后的致命一击，然后……

斯卡德撞到一堵隐形的墙上，发出美妙的嘎吱声，他发出一声暖心的痛吼。原来是星石形成的力场。它们不仅仅是一团繁星。就像这两个斯泽普人和边境大满贯旅馆里那个家伙暗示的那样，星石和俱乐部保镖差不多，它们可以把最吵闹的客人拒之门外。

"真是谢谢你们！"斯卡德说着，把紫鲸车停了下来。他有些麻木，浑身发抖。在他们前方，疯狂又可恶的四半伊拉夫已经开往另一个盆地了，那仿佛是一辆装满小丑的汽车，他们邪恶又坚不可摧。斯卡德只能盯着他们，他的身体像泄了气的皮球，已经累垮了。他眼中满是丛林风光。虽然不愿承认，可他再也开不动了。他用提普虫叫醒了他的哥哥，维利已经睡了大概五个小时了。

维利说的第一句话就是："今晚停车歇一歇吧。"这正是斯卡德想听的话。"我需要静静地睡一会儿。"维利说，"我们可不想在黑暗中闯进另一个该死的盆地，对吧？"他伸了个懒腰，环顾四周。空气稀薄而寒冷。"你干得不错啊，是不是，斯卡德？"

"下一个盆地里有什么？"斯卡德问那两个斯泽普人。

"外星蚂蚁。"扬帕嗅着空气说，"你们闻到了吗？像醋的味道，外星蚂蚁、蚜虫和有着白色补丁的食蚁兽，那补丁像尿不湿一样。"

"不过，我们要走另一个盆地。"平奇利说，"这是一个三岔路口，你懂的。一个猴子山鞍。"

"猴子？"维利问。

"他指的是形状。"斯卡德说，"这是数学。一个有三个凹槽的山鞍，就像一条猴子的尾巴。"

"等等。"维利说，"咱们不是要去追伊拉夫，抢回葛缕子的种子吗？"

"先别管那个伊拉夫了。"平奇利说，"关键是要到斯泽普城去。走第三个盆地是条捷径。而且,我也不喜欢蚂蚁。你也知道,那个四半伊拉夫一心想要我们。咱们肯定会再见到他们的,到时候我们再取回葛缕子的种子。"

"第三个盆地里到底有什么?"佐伊问,"不是蚂蚁是什么。"

"明天你就知道了。"平奇利说着,像平时一样傻乎乎地装神秘,"你男朋友肯定会特别激动。"

"谁说他是我男朋友了?"佐伊说着,看了维利一眼。

维利并没有特别上心。"佐伊和我睡紫鲸车前座。"他说,"平奇利和扬帕睡后座。斯卡德和肉丸子睡车尾。快去吧,斯卡德。"

"我不去猪圈。"斯卡德咆哮道,"没有努努,我睡在那儿会难过的。不管怎么说,我开了一天的车,前座应该归我才对。"他知道自己在犯浑,但他不想任人摆布。

"我的天哪。"佐伊说,"维利,那咱俩睡外面地上,可以吗?"

"背包客风格啊。"维利说,"这很酷,但别忘了,这些通道就跟西亚拉山区一样。狂风呼啸,气温超级低,我们只能躺在尖锐的石头上。但是没关系,只要我们的大宝贝斯卡德开心就行。"他顿了一下,"不知道平奇利是不是能……"

"没问题。"平奇利说,好像他读懂了维利的心思,"我带了工具包。我的水球虫可以给你做个量子减震垫,我那个工具蜘蛛可以给你织个篷布做帐篷。我们可以靠在那些哨兵星石上,一分钟就能搞定。而且你们还可以欣赏星石里面马头星云发出的光芒。"

"浪漫啊。"佐伊一脸期待地笑着说,"是时候了。"

"玩得开心点。"斯卡德说,试图让自己听起来像是理解别人的感受。他手腕上那条提普虫让这个过程变得更加容易,不过斯卡德自身的舒适感还是第一位的。"能给我一条毯子和一个枕头吗,扬帕?"

斯卡德在前座上进入了梦乡,梦里都是努努。

冲浪世界

维利

山脊上漆黑一片，只有星石发出璀璨的光芒。太令人激动了。在远处左侧，维利可以听到……

"是海浪？"他问平奇利。

"你懂的，兄弟。天亮的时候，你就可以行动起来了。"

"巨浪吗？"

"整个星球都是，我的兄弟。那儿的巨浪高达一英里。"

维利有点想跟跄着到海边去，但佐伊伸出双臂抱住了他的腰，好像她正拖着一个僵尸。刺骨的风又刮了过来。

"可以搭帐篷了吗？"佐伊对平奇利说。

"没问题。"斯泽普人友好地说，他在最雄伟的石头旁蹲着，维利瞥见了那个水球虫和绿蜘蛛。

不一会儿，平奇利就搞定了。佐伊带着维利走进了刚刚搭好的帐篷。他们躺在隐形的量子减震垫上。星石和异形蜘蛛丝为他们挡住了寒风。他们从车上拿了被子。马头星云温柔的光照亮了帐篷，或者你想怎么称呼水晶岩石里的幻影都行。量子减震垫坚固、温暖。太加分了。

"你真好看。"佐伊对维利耳语，她在他的怀里朝他微笑。但和往常一样，她有些狡黠。等待着他的行动。佐伊总是比维利的计划超前几步,但是不要紧。

他吻了她一会儿,感觉很好。他的手滑到她的衬衫下面,这没关系。他们把牛仔裤脱掉的时候,佐伊依旧没有反对。直到他把手放到她两腿之间时,她拒绝了。

"我们有的是时间。维利,别扫兴。"女孩就爱这么说,别扫兴?她温热的呼吸喷在他耳边。

"要是我们明天就死了呢?"维利说,"比如飞碟把我们炸了。"

"那样就更无所谓了。"

维利并不介意被拒绝。显然,他必须尝试一下。他明天会再试一次。但现在,还是转移下注意力吧。

过了一会儿,佐伊说:"这次旅行比我想象的要刺激得多。"

"确实。"维利说,"我以为咱们会在堪萨斯吃玉米和炸猪排。悠闲地在河边露营。"

"也许我们现在应该掉头回去?"佐伊说,"我们已经满足了你的心愿,穿过了边境大满贯通道。今天我们还看到了整个桑德大陆,但这难道……"

"我不想放弃。"维利说,"我的意思是,我这辈子已经放弃过很多次了。明天还要去冲浪,不是吗?而且,从某个角度来说,我们或许能拯救地球。还有……"

"可这里太危险了。"佐伊说,"如果我们要疯狂地开一百万英里,去斯泽普城,就意味着我们这一路还要经过两百多个盆地。"

"而且,咱们在前两个盆地就差点儿挂了。"维利说,"我明白你的意思。但你终归可以救我们,对吗?用你的小号和珍珠呀!"

"这么远肯定不行了。"佐伊说,"我在桑德大陆试过了,当时你睡着了。在那个桑德就快追上我们的时候,我想打开尤尼隧道,但根本没用。我其实根本不想自杀,以前都是装腔作势。希望你可以理解我。"

"如果你当时能从隧道回去,你会带上我吗?"

"当然会。但是现在,我们根本没得选。我们已经走了太远。所以我在想,也许咱们应该开回范科特?"

此时,又一波倦意像沉重的窗帘一样向维利袭来。"别说了,抱抱我。"他说。佐伊扭动着身子,侧过身去。维利把身子贴在她背上。"至少得去冲浪世界盆地看看。"他说。

"再说吧。"佐伊说。最后她的声音提高了。显然她很高兴他俩能睡在一起。"我们是两只坏老鼠。"她低声说,"我们在一个可爱的玩具屋里,把看到的东西都咬碎。"

"吱吱。"维利说着,就睡着了。

当他醒来时,荧光粒子正在发光,苍白的日光倾泻在银河通道上。佐伊站在帐篷外,用小号吹奏了一段比波普式的起床号。维利站起来,和她一起站在斜着的蜘蛛丝帐篷旁。佐伊停了下来,递给他一个饱腹薄荷。

"看,那个是蚂蚁谷。"她指着右边说,一副活泼的样子。看来她似乎把之前的恐惧抛到脑后了。"你想去那里吗?"

维利看到了成百上千只颜色鲜艳的蚂蚁,它们在泥泞的巢穴中爬行。有些蚁丘的形状像沙堡,有些像哥特式大教堂——这些"教堂"带有阳台、藏身洞和花边通道,全是泥巴做的。蚁丘中长满了褐色的苔藓和真菌花园,周围是成群的暗褐色蚜虫。蚂蚁谷中传来一阵疯狂的叽叽喳喳声,还有泡菜的味道。

"有褐色的光吗?"维利问佐伊,"蚂蚁光。"

"但这些蚂蚁本身就像是用珍贵宝石制成的胸针。"佐伊说。

"它们会咬人。"维利说,"四半伊拉夫还在那儿等着我们呢,我不会去蚂蚁谷的。"

佐伊笑了,果然不出所料。她现在的心情绝对很好。"不去蚂蚁谷吗?好吧,这意味着你赢得了今天KFJC电台的梦想冲浪之旅!"她模仿着大学生电台主持人的声音,庄严地向左边示意。"来自加州洛斯佩罗斯的维利·安特卫普先生,你将进入冲浪世界。"

是的。冲浪世界盆地的边缘是巨大易碎的悬崖,还有一个宽阔的海滩。从那里开始,整个世界就是一片汪洋,海面上满是诡异的、不自然的海浪。高大、闪亮的浪,像小帐篷一样的浪,从各个角度涌来。远处还有像金字塔一样的浪,两侧还有楼梯。如果平奇利说的是真的,那么在地平线的另一端,他们会发现超级高大的水墙,它们薄薄的、摇晃着,像特快列车一样冒着蒸汽前进。

"这么说,你要和我一起去那里冲浪?"维利问,仍然不确定佐伊是否真的要参与他伟大的计划。

"我——我会一直待在车里。"佐伊说,"该轮到我开车了。但是你,维利,你就去冲浪吧。这就是你,这也是你来这里的原因。"她看起来相当认真。

"是啊。"维利说,用一副脑残冲浪爱好者的酷炫表情来掩饰他的恐惧和兴奋。"迷人的海浪。"

他们一行人正准备出发。在悬崖边,扬帕拍了一张斯卡德和平奇利的照片,他们站在面目一新的紫鲸车下面。汽车的车架离地面近二十英尺。

斯卡德骄傲地告诉维利,他的星石还在。今天早上,他让它在一个闪闪发光的长辈星石旁坐了好一会儿。斯卡德说,他的宠物星石做了一个"私人"决定——暂时留在斯卡德身边,它应该很喜欢他。

肉丸子一说起要穿越冲浪世界也是无比兴奋。"这可比蚂蚁谷好多了。"肉丸子说,"冲浪世界是最好的。"她在高空中盘旋,弯曲着身体对抗着不断刮来的风。巨喙鸟排成一排飞过,就像摩托车帮在飙车。"

"这些海浪前进的方向是反的。"佐伊观察到,"有人注意到吗?"

嗯,是的。大部分海浪是从海岸向外翻滚到海面上。这真是太恐怖,太奇怪了。一旦被其中一个卷走,你就别想再回来了。

"没问题。"维利低声说,掩饰着他的恐惧。"这样更好,毕竟我们是要去冲浪世界的另一端,对吗?"

"看看我们做了什么。"车下的斯卡德大喊,"平奇利做了一个船舵,我让他把它弄成船尾的形状,像不像冲浪板上的尾鳍?"

"真希望它能旋转。"维利说,"要是我们能操纵就好了。"

"平奇利知道怎么做。"斯卡德说,"他以前来过这里,过来看吧,维利。"

维利知道他的弟弟急于受到表扬,为什么不成全他呢?为什么总要做个浑蛋呢?尤其是你可能快要死了的时候。船舵其实很漂亮,它就像半个回旋镖。一个闪闪发光的十五英尺长的方向舵,从紫鲸车下面向后掠过。量子涡流管将它连接到汽车的转向系统中。

"太棒了。"维利说。

"我们以前沿着这条路穿过了冲浪世界。"斯卡德身边的平奇利说,"但我们当时不是从银河通道过来的。"

"你喜欢冲浪世界吗?"维利问,"你冲浪吗?"

"原来在家的时候,我会乘风飞行。我们斯泽普城的上空总是刮大风。在我们和几千英里高的云层之间形成了一个疾风层。在那里,你可以乘着大风冲浪。你还可以观赏大风上面的云,那是古波·古波住的地方。"

"一次一场怪咖秀,别着急。"维利说着,挥手和这个健谈的斯泽普人告别。

他费了好大的工夫才爬到紫鲸车的车顶架上,然后他检查了一下两块冲浪板。平奇利用泥铲在维利红色的冲浪板上留下一块不规整的补丁，看上去倒也挺新潮。他用力按了按补丁，想试试它的强度。

"那是夸克黏合剂。"平奇利在车下说，"是最好的。"

"希望我这块冲浪板的灵魂没有漏走。"维利半开玩笑半认真地说。"我经常乘着它冲浪，我觉得它是有生命的。"

"我来帮你确认。"平奇利说，"我从鼻子里抠了些奇味，擦在你冲浪板的补丁上。这红板子的灵魂肯定完整。"

冲浪世界的光是一种甜蜜的金色。就像圣克鲁斯日落前一小时的光线一样。至于冲浪——海浪看上去越来越大，不过从这里很难判断它们真实的大小，因为它们的形状太奇怪了。

这里的海浪不都是朝一个方向前进，海浪相互冲击，没有明显的物理规律。维利盯着这些海浪看了一会儿就觉得脑袋有些不舒服。在这个奇怪的时刻，他觉得每个人的声音都变得又高亢又微弱，就像他用望远镜看到的东西，方向都反了。

"觉得太危险了？"平奇利说着，摆动着他的下巴，露出了粗鲁的斯泽普式笑容。"知道这海的秘密吗？它们是活的。"

"你的意思是，从广义上说所有东西都是活着的吗？"维利说，尽量让自己的语气显得既讽刺又冷静。

"冲浪世界的海里有百分之十的奇味，所以才说它是活着的。"平奇利说，"就像一杯有意识的鸡尾酒，伙计。一份奇幻菜单。"

佐伊坐在驾驶座上，看起来娇小可爱。"咱们走吧。"她叫道，"肉丸子发现了一条通往海滩的小路。"

"嘿，我才是司机！"斯卡德大喊。

"今天不是。"佐伊平静地说。

"我想拍一张男孩们拿着冲浪板的照片。"扬帕说，她把手放在头上，前后摇晃着她瘦削的身体。"要拍冲浪照片了。斯卡德，拿着蓝色冲浪板,和你哥哥站在一起。"

他们照做了。咔嚓。

"斯卡德要去冲——浪啦!"佐伊在车里大喊。她用甜美的声音说着,尾音还一直在颤抖。她又在嘲笑维利的弟弟了。"今天将是载入史册的一天。"

"我才不要冲浪呢。"斯卡德对着维利嘟囔着,"我不想学,我来导航吧,我和我的提普虫。"他把维利的蓝色冲浪板随意地扔在地上,然后爬进紫鲸车前座,坐在佐伊旁边。

"我觉得我也不会去冲浪的。"佐伊对维利说,"尤其是不会在这种混乱的时候。"

"那我去。"扬帕说着,好奇地弯下腰看着蓝色的冲浪板,"要站在中间吗?哎呀,我还要虚拟眼前的视觉。"

"你是说要拍视频?"维利说。

"用提普虫跟踪摄影。"扬帕说,"给菲利帕夫人的地毯用。"

维利把冲浪板放回车顶,和平奇利、扬帕一起坐进了后座。至少他还能靠窗坐。肉丸子挤进了猪圈里。斯卡德居然很高兴和佐伊坐在前面。与其说高兴,倒不如说是胜利的喜悦。维利想从后面掐死他。

沿着悬崖蜿蜒而下的道路并不算难走,毕竟这是一个高达两千英尺的悬崖。不过其他人以前也走过这条路,而且紫鲸车巨大的车轮在路面的附着力还不错。他们开过一系列植被带——地衣、草、灌木、蕨类,和类似冰叶日中花的肥叶多肉植物。

从海滩上看,海浪大得吓人。比维利在悬崖顶上估计的要大得多。他觉得是帐篷大小的海浪,实际上像谷仓那么大。这些长浪有一百英尺高。而阶梯状金字塔形的海浪有村庄那么大。海面上,还有马勃菌状的海浪——好像巨大的球体在海水上翻滚。但他还没看到平奇利提到的浪墙。波浪挤在一起,推搡着,商量着,奔向大海。

维利和他的伙伴打开车门。声墙就涌了进来。悬崖上回荡着碰撞的声音，这让声音加倍响亮。比摇滚音乐会的声音还吵。大家必须喊叫着才能相互交谈。

"我们距离目标通道还有两三千英里。"平奇利告诉他们，"我们不会直接穿过这个盆地中央，所以这不是最远距离。我们要去的地方是扁平人通道，因为扁平人在那里有个村庄。你们在冲浪世界盆地这边很少看到他们。因为太接近新伊甸园了。我要再调整一次轮胎，把它们四个都做成桨轮。就像我们上次那样，是不是，扬帕？"

扬帕唱道："前桨轮，后桨轮，就是水轮胎。"

他们站在荒芜的海滩上时，平奇利拿出了一个工具生物，像一个长着黑边的大蛤蜊壳。它穿过轮胎的胎面，石墨烯的架子就冒了出来。维利并没有关注这些，他正忙着凝视大海。

他从未见过眼前这种景象。海浪看起来是有生命的，它们古怪、任性。而且每个海浪都不同——形状、颜色、速度、大小，什么样的都有。这些海浪可以随心所欲。

"我正在用心灵感应联络他们。"斯卡德大声说，"他们什么也没说，只有感觉和动作，就像一些身体的姿态。他们能感应到紫鲸车和我们的冲浪板。他们想要我们。"

"太棒了。"维利回答道，"我将会像鲨鱼池里的金枪鱼一样。"他越来越兴奋，上蹿下跳的。扬帕也很兴奋，她一下子跃入空中，还翻了两个跟头。肉丸子飞回悬崖顶上，巡视着四周的情况。

佐伊站在维利身边，手里握着珍珠，吹奏着小号。大海的咆哮声几乎掩盖了小号的声音。显然，她正在测试自己是不是能打开尤尼隧道。显然，她不能。她摇了摇头，瞪了维利一眼，看了看大海，又把目光移到维利身上。

"别去。"她大喊道,"就到此为止吧,我们回家,重新规整一下,然后开车去爱荷华吧。"

"去吃苹果派。"维利心里已经有一半同意她了,"还有冰激凌。"

"紫鲸车已经准备好了。"平奇利大喊,他可以鼓起自己的喉咙,就像牛蛙那样。这家伙身上的怪癖简直多得数不清。现在,平奇利把所有的轮子都装上了鳍。"这些海浪还没那么糟糕。"他嚷道,"他们是好男孩、好女孩,他们之前表现得那么粗鲁,只是因为害羞。"

"这话听上去很耳熟。"维利把嘴凑在佐伊耳旁说,波浪声在他脑海中逐渐堆积。平奇利的最后一句话,让他想起了去年他母亲去世后的糟糕时光。他唱了一首小曲,想让自己开心点,他还即兴创作了歌词。

学校里的孩子欺负我,老师说他们只是害羞。
他们说我是个妈宝男,只是因为看到我哭了。
可怜的妈妈去世才一个月,那个月又短又长。
我并没有揍那个家伙,因为那不是我的风格,我沉默又孤独。
但眼下我在荒芜之地,准备去冲浪了。
妈妈去世一年了,我和女友也挺好的。
我即将面对死神,助我的伙伴们狂欢。
我是个名垂青史的冲浪者,即将拯救全宇宙。

维利停下来喘了口气。他兴奋地颤抖着。

"你不需要证明什么!"佐伊对他大喊,"你已经是我的英雄了!"她笨拙地抱了抱他,他们亲吻了对方,只是嘴巴没有对准对方的嘴唇。

这时候，肉丸子从悬崖边跳下来，开始散播恐慌。"上面有飞碟！"幻形点咆哮着，"还有那头巨大的桑德，也从星石那边过来了！我们别无选择，只能快点向前走了。要么继续前进，要么死。"

"我们会穿过这片海的！"维利对佐伊喊道，"我们可以做到，我们会到扁平人通道的。然后，我们沿着山脊开回范科特，再跳回家。我保证！"

波涛声盖住了佐伊的回答，维利什么也没听到，但她的表情已经说明了一切。佐伊是站在他这边的，她已经把恐惧变成了激情和勇气。就像维利和佐伊正在被眼前的混乱驱使着，产生了灾难理论人格转变——这不是维利从科学课上学到的，而是从电子游戏里学到的行话。佐伊露出狂野的笑容，用双手做了一个转向的手势。她来开车。

他们全都上了车，关闭了车顶棚的洞，窗户也紧紧地关了起来。关于怎样让桨轮紫鲸车驶入汹涌的海浪中，平奇利向佐伊提供了一些深思熟虑后的建议。"要疯狂地前进，佐伊。"

佐伊高声发出长长的尖叫，并将暗能量引擎加速到极限夸克这一档，这使他们飞快地穿过海滩，冲进大海。他们在海浪中冲出一道沟壑。紧接着，一个帐篷大小的海浪一下子扑了过来，就像卑鄙的轮滑比赛中的一个野蛮杀手一样，突然袭击了他们。他们就快翻车了，但佐伊脸上挂着淡淡的、心不在焉的微笑。她转动着"船舵"，仿佛她生来就是个水手。她很好地掌控着这艘船，也即是掌握好了紫鲸车的方向。接着，他们快速穿过一片摇摆、鲜活的马勃菌状海浪。然后，紫鲸车开到了一个巨浪的背面，这浪离海岸越来越远。

"开到浪尖上，直接冲下去，乘浪下滑。"维利从后座探过头来说。

"好啊，好啊。"佐伊说着，笑着摇晃着她的脑袋。她看起来像狐狸一样疯狂，完全进入了狂野女孩模式了，而且感觉还很好。

"要开始了。"维利大喊，"冲浪吧。"

佐伊翻腾到了一百英尺高的浪尖，在顶端摇摇晃晃的，然后滑到了海浪清透、光滑的表面上。发动机空转着，紫鲸车不停地从循环的水丘上滑下。好像她骑在达拉斯小牛队的巨人身上，在这里根本看不到岸。太棒了。

霎时间，一切都变得柔和了，巨浪吞噬了它所触及的一切。在鲜活的大海中出现了一条路。在冲浪世界金色的光芒下，海洋呈现出美丽的绿色和蓝色。紫鲸车在波浪中行驶了近两个小时。如果调整过的时速表准确的话，那他们正以每小时五百英里的速度前进着。他们已经开了一千英里了。

斯卡德坐在佐伊身边，把车窗摇了下来。他就像一只耷拉着舌头的狗，开车的时候经常能看到的那种。"呼，呼，吼！"斯卡德大喊着，也想成为一位酷炫的冲浪者。"这里有个金字塔浪，上面好像覆满了阶梯。"

的确，这是一个巨大的印加神塔海浪，一种金字形水塔，塔身两侧有阶梯。它比刚才的巨浪高五倍，移动速度也快得多。金字神塔海浪向他们所在的巨浪袭来，旋涡也来势汹汹地向紫鲸车扑来。海面波涛汹涌，仿佛布满坑洞。

佐伊熟练地调整着船舵，摇动着桨轮。看啊！她巧妙地带着整车人从逐渐消退的巨浪中逃脱，又开到雄伟的金字塔上升的阶梯上。

肉丸子在猪圈里对佐伊说："啊呀，干得漂亮，小姐！"表示对她的赞赏。

"我们是冠军！"斯卡德兴奋地尖叫着，整个人仍然探到车窗外，"我们是驯浪高手。"

"沿着阶梯往上开,一直到顶峰。"维利在后座上建议佐伊,"然后从另一边俯冲下去。"

"真刺激。"佐伊说着,迅速回头看了维利一眼,给了他一个漫不经心的微笑。好的,没问题。佐伊没有自杀倾向,但她确实有鲁莽的一面。这也是她和维利在一起的原因之一。

"你准备好和我冲浪了吗?"扬帕问维利,"我们会爬到车顶,在冲浪板上玩一把刺激的。"

"还没准备好。"维利说着,感到一种发自内心的恐惧。"这太……太刺激了。等我们看到平奇利说的那些巨大、清亮的浪墙再说吧。终极冲浪。"

金字塔加快了速度,吞噬了一排猛扑过来的巨浪。大教堂般大小的帐篷波浪涌了出来,顺着金字神塔的阶梯蜿蜒而上,佐伊也顺着阶梯不断向顶峰攀爬。

"加油,加油。"平奇利赞许地说,"顺便说一下,各位,有了这些宽宽的轮胎,无论我们沉到多深的地方,都可以浮上来。但是一个海浪打过来,就能把一个傻瓜从车窗冲出去——尤其是他蠢到大敞着窗户,还把身子探出窗外。说你呢,斯嘎德。"平奇利老是把斯卡德叫成斯嘎德。他总是喜欢用乡下口音找乐子。

斯卡德立刻关上了窗户。他们到达金字神塔的顶端时发现,顶端的方形是一个洞,就像那种疯狂的悬疑电影里的电梯井,一直延伸到金字塔昏暗、汹涌的核心。维利瞥见那里有鲸鱼之类的东西,每个都长着长角——是独角鲸。

"跳起来吧!"佐伊尖叫着,踩下油门,反应灵敏的暗能量引擎转动着桨轮,像电锯一样。紫鲸车像火箭一样冲上天,然后在空中呈弧形穿过神塔的中孔……

然后,紫鲸车一头扎进金字塔浪另一边的阶梯里,他们在水下待了整整两分钟,在激流中翻滚。紫鲸车浮上来的时候,他们在同一个阶梯上,就像站在自动扶梯上一样,以平稳的速度向海平面下降。

肉丸子说:"我要出去看看外面的情况。"她把维利的车窗摇下来一半,然后飞了出去,高高地飘在空中。

在维利视线范围内,前方的水域中什么都没有。这一带有洛斯佩罗斯那么大,而且平静得出奇。在这片水域的边缘,潜伏着一群活生生的波浪,像饥饿的动物一样窥探着。水域黑暗而神秘的表面布满了褶皱。水下一定有什么东西。是大乌贼,还是原始海妖?

水下的东西仿佛被他们的到来激怒了,慢慢地浮出水面。哦,该死!是一只吸血鬼飞碟,这个飞碟几乎和泼泼、波波一样大。这是一只会飞的、绿色身体、红色眼睛的像水母一样的吸血鬼飞碟。他摇摇晃晃地向他们靠近,一边向后倾斜,一边发出白热的射线,把紫鲸车周围的水都变成了蒸汽。飞碟不再控制自己了,他知道佐伊不可能从这里跳上去。

佐伊既恐惧又愤怒,她尖叫着。也许飞碟马上又要再开火了,但此刻他只是漂在那里,半个身子冒出水面,无法保持平衡。他似乎因为整天一直进食而有些浮肿,大概是吸了太多奇味有些恍惚。他有点不协调,所以这些孩子们还是有机会进攻的——一线生机。

"杀了他,佐伊!"维利尖叫着,"撞死那个飞碟!"

那些外星独角鲸居然像飞碟伸出援手,他们游向那个半沉半浮的飞碟,把他高高地举了起来。

佐伊再次启动桨轮。紫鲸车掠过金字神塔的阶梯,在空中短暂地飞行了一段,以每小时两百英里的速度冲向飞碟。

在撞击那一刻,乘客舱内的空间再次变硬,就像维利在边境大满贯通道撞车时一样。他们在特鲁班惰性凝胶的缓冲液中很安全。一旦他们安全了,空间会再次变回原状,这太酷了。

佐伊现在使出了浑身解数,在吸血鬼飞碟身上快速转着圈,或走八字形,尽可能多地碾轧飞碟表面。飞碟的淋巴液到处都是,空气中弥漫着一股鱼腥和霉菌的味道。独角鲸也在其中。它们像两吨重的虫子一样在怪物的肉中觅食。

受到致命伤害的飞碟痉挛着、扑腾着。他飞到二十码高的空中,颤抖着,接着无力地坠入海中。佐伊开着紫鲸车远离了飞碟的遗骸。与此同时,金字神塔海浪已经呼啸而过,留下空空荡荡的海面。一个帐篷大小的海浪,不知从哪里冒了出来,冲上车顶棚和引擎盖,掠过冲浪板,把车上飞碟的血冲掉了。

一群独角鲸啃食着飞碟的肉,撕扯下一块块肉和脂肪。成群的小鱼在清澈的水中闪闪发光,吃着凝结的血丝。数百只肥大的螃蟹在飞碟中间忙碌着,用它们的下颚和爪子吞噬着飞碟的组织。

在即将被蚕食殆尽的飞碟上,升起一股闪烁的奇味,释放出充满生机的雨水。巨大的尸体喷出最后一团气体。那残骸向一边倾斜,带着一种邪恶的威严,慢慢地沉入深渊。

这个令人恐惧的怪物在海面上留下的唯一痕迹,就是一个垒球大小的乳白色的球,在海面上浮浮沉沉。那是这个生物的碟之珠。肉丸子之前一直在安全区飞翔,此刻像猎鹰一样从天上俯冲下来,想要抢夺那个战利品。但独角鲸更快,一只背上长着斑点的巨大独角鲸用嘴叼住白色的碟之珠,把它整个吞了下去。

然后,诡异的事情发生了,独角鲸升到空中,失重般地盘旋着,兴奋地拍打着尾巴。一颗大珍珠居然能赋予它悬浮的能力。独角鲸的同伴们鸣叫着表示赞赏。它扭动着,转过身,然后潜入了蓝色的大海深处。其余的独角鲸也都转身跟随。

维利和他的同伴们留在大海中,周围有生命的海水在翻滚。佐伊疲惫地瘫坐在座位上,让紫鲸车的引擎空转着。

"佐伊动物园区！"扬帕说，毫不在意自己说的话有没有意义。

"亲爱的，看吧。"平奇利一边对扬帕说，一边摇动着下巴，像个愉快的老头子，"没有枪，也很有趣。"

肉丸子从车窗飞了进来，回到车后面。

"你刚刚到底在干吗？"平奇利问幻形点，"对那个飞碟发号施令吗？"

"谨慎起见，我退到一边去了。"肉丸子说着，装出一副漫不经心的口气，"我承认，我对这场对抗的结果有疑虑。我承认，没能拿到那颗大碟之珠，我太不甘心了。"

维利不怎么关心肉丸子。在他看来，此时的佐伊是如此美丽、聪明、强壮。她的眼睛充满活力。维利探到前座上吻了吻她。"你是个女神。"他对她说，"我爱你。"

也许现在这样说有点不合时宜，但他是认真的。

"所以，碟之珠真的是用来飞行的吗？"斯卡德问平奇利，他像往常一样想成为人们关注的焦点，"还可以变成尤尼隧道？"

"嘿！"维利说着，把斯卡德从前排座椅上拖了下来，然后爬到了他的位置上。"轮到我坐前面了！"

"这不公平！"斯卡德大吼道。这时，佐伊和维利又拥抱在了一起。

"你刚才问的碟之珠。是的，它们可以变成隧道，可以用来飞行，还可以闪击别人。"

"我在哪儿才能弄到一个？"斯卡德问。

"飞碟一死，你就能拿到了。"平奇利说，"就像刚刚你看到的那样。而且，人们可以在洛斯佩罗斯的某个地方收割碟之珠，信不信由你。它们像马勃菌蘑菇一样，生长在泥泞的地面上。或者，如果你当飞碟的代理人，他们也有可能会主动给你一颗珍珠。"

扬帕转动着她奇怪的脖子，盯着猪圈。"或者成为飞碟的雇佣兵，肉丸子也许就是。"

"如果你不干涉我的私事，我将感激不尽。"肉丸子尖刻地说，"至于你，扬帕，我很怀疑你是否有足够的能力让碟之珠展示任何高级功能，如果你有一颗碟之珠，你就会像一只狗那样去啃书的皮封面。"

"哦，伟大的狗屁皇家大小姐，我会竖起我最长的手指向你致敬。"平奇利对肉丸子说，"出门的时候，小心屁股被门挤。"

"不好意思。"肉丸子冷冷地说，"我还没准备好离开。我想搭便车到岸上去。但是，如果你们觉得我很烦，我可以保持沉默。"

"那个大飞碟怎么会在这里？"斯卡德问平奇利，他再次进入机器人般的提问模式。

"这些吸血鬼飞碟从新伊甸园偷偷溜进冲浪世界，他们想在扁平人的海里觅食奇味。"平奇利说，"他们在水里游来游去，灌了大量的水。各种奇味也让他们晕头转向。扁平人说等他们想飞回家时，就是将他们撕成碎片的好时机。"

"为什么？"斯卡德追问道。

"醒醒吧，小鬼。每个人都讨厌这些寄生虫飞碟。"

维利和佐伊错过了大部分的对话。维利盯着佐伊的脸，入神地看着她。佐伊捧起维利的脸，吻了吻他。

"我真不希望我们俩死掉。"她说，"尤其是在咱俩才刚在一起没多久。"

"懦弱的人永远赢不了！"车后的肉丸子突然插嘴，这也叫保持沉默？"振作起来，佐伊·斯纳普。"

"这太荒谬了。"佐伊对维利说，她甚至都没有回头看幻形点，"肉丸子说，这里比山脊上安全得多。她还说，悬崖上有飞碟和桑德。"她的声音越来越高，"知道吗？我觉得这都是在胡扯。而且，那个大吸血鬼飞碟准备炸我们的时候，肉丸子飞得多高啊，这也太巧了吧。"

这时，肉丸子对维利说："年轻人，你的甜心有点神经质，冒出来好多怪念头。让她安静会儿吧。"

"你的口音可真可笑。"维利对肉丸子说，"而且我讨厌你。"车里一下子安静了下来。

过了一会儿，佐伊说："这句话将收录到《剑桥最佳回复纲要》里。我的维利，他太厉害了！"

这时候，紫鲸车仍然漂在平静的海面上，海里早已没了飞碟的痕迹。

"去扁平人通道要往哪边走？"维利问大家。

"那边。"斯卡德说着，指了指右边，"我能感应到一些扁平人的村庄在那边。离得很远，但我的提普虫在这里比在范科特灵敏多了。这里有更多奇味。"

"太棒了，伙计。"维利说着，把手伸到后座，想跟他弟弟击掌，"对不住，把你的座位给占了。"

"你才不觉得抱歉呢。"斯卡德说，"不过没关系，你们注意到海里有提普虫了吗？它们有触角，像彩色蜡笔似的，有些还特别大。"

"冲浪世界就是它们的家。"平奇利说，"所以在范科特会有来自冲浪世界的扁平人卖这些提普虫。"

"你和扬帕为什么不像我一样戴着提普虫呢？"斯卡德问。

"平奇利忍受不了我的沉思。"扬帕说，"他是想保护他自己。"

"那你为什么不戴提普虫呢？"斯卡德追问道。

"狡猾、有诱惑力的女士总有性秘密。"这个满身硬皮的斯泽普人甩了甩瘦削的头说。对维利来说，很难想象这样的她会陷入诡秘、激情满满的爱情中。

不管怎样，金字塔浪和飞碟都消失了，海浪在平静的紫鲸车周围涌动，这片海域富含奇味。碎浪、帐篷浪、马勃菌浪、金子塔浪,还有……

"那是螺旋形的开瓶器吗?"佐伊说,"看那个啊。就像一个倒在一边的开瓶器。这些倾斜的波浪就是它的旋转叶片。这真的都是水吗?"

"开过去吧!"平奇利说,"那些弯曲的吸盘可以让你驰骋千里不减速。加速吧,佐伊。趁那个开瓶器旋转的时候,开到叶片那儿去。"

"好啊,听你的。"佐伊说,"尽管我总冒出一些怪念头。"

肉丸子还是一言不发,她在生闷气。维利倒是很高兴。

开瓶器海浪一半都淹没在海里,中心轴在水面上。开瓶器浪花的中心轴上有一个低凸起,就像轮船螺旋桨的轴,螺旋结构就像螺旋桨的螺丝。强大的水下洋流将这些倾斜的旋转面连接起来,叶片可见的部分形成了长达数英里的波列。

佐伊想把车开到其中一个叶片上,却困难重重。突然,紫鲸车又被完全淹没,像个冲浪者那样随意翻滚。

维利渴望再次握紧方向盘,但他没有让佐伊停下来。况且,谁知道呢,他也许不会比佐伊开得好。最后,佐伊终于找到一个最合适的位置。紫鲸车不断从玻璃般的水面上滑下来,浪花上的旋涡使他们上升和下降的速度一样,就像在上升的扶梯上向下小跑。佐伊让桨轮空转着,他们漂了三四个小时,向前走了一千多英里。

"那个疯狂的男孩准备好冲浪了吗?"扬帕最终问了这句话,"浪墙要来了。"她在后座上向前倾着身子,将脸正对着维利的脸。她模仿着维利谈论冲浪时惯用的字眼。像往常一样,她身上散发出咖喱和汽油的味道。

"差不多准备好了。"

"咕咕嗒。"扬帕模仿着鸡叫声。

这时，维利看到了巨大的浪墙。就是它了。"好吧。"他对扬帕说，"我们可以的，佐伊可以把我们带进去。"

"说得对。"扬帕说，"准备好绳子，我的平奇利。"

平奇利掏出他的绿色蜘蛛，这只不知疲倦的工具生物旋转着射出两条线，平奇利把线卷成两卷，每一卷的一端都有一个蜘蛛编织的手柄。

"还需要脚绳。"维利说。

平奇利用来制造轮胎的标记鸟从工具带里伸出头，咳出四根带粘扣的软垫脚绳，质量非常棒。完全可以和达金牌冲浪装备媲美。

他们正迅速接近那些高耸的海浪。事实上，第一个浪墙就占据了整个地平线。尽管它已经远离他们了，但开瓶器的速度更快。的确，在他们前面，开瓶器螺旋波浪的最前端已经钻过了第一道浪墙。

维利制订了一个计划。他和扬帕会在浪墙前跳入水中，紫鲸车可以把他们甩到浪墙上。他们将向上冲击，汽车会跟着开瓶器螺旋波浪穿过浪墙的底部。

"一会儿，浪墙前会出现一个管道。"维利说，"我们从浪的顶端，也就是它向下弯的位置俯冲，然后冲进那个隧道。行吗，扬帕？那里奇味满满，能看到那道神之光。"

"没问题，伙计。"扬帕说着，把蜘蛛绳甩到肩上，然后用一只骨节粗大的手抓住脚绳。她拥抱了平奇利一下。然后，打开了她那侧的窗户。她身手矫捷，出人意料地带着冲浪板爬上了车顶。

与此同时，佐伊在开瓶器螺旋波浪的斜坡上平稳地开着。只需要几分钟，他们就能穿过浪墙底部了。

"那么，嗯，咱们暂时别过。"维利对佐伊说，"你穿过波浪之前，一定要转弯。所以你就可以像弹弓一样，把我们弹开？"

"你们会从那个巨浪上掉下来的。坡度太陡了,你们上不去的。"她紧张地咯咯笑,"你们会像冰上的猪一样吓个半死。"

"波浪中会有暗流。"维利说着,期望这是真的,"而且,表面有张力,我们将成为逆流瀑布上的嬉戏者。而且波浪有生命,它为了找乐子,会想带着我们的。"

"还是别去了吧。"

除了唱他自己的歌,维利想不出别的更好的回答了:"我即将面对死神,助我的伙伴们狂欢。我是个名垂青史的冲浪者,即将拯救全宇宙。"

佐伊再次咯咯笑了起来。

"太老套了吗?"维利说。

"不知道。"佐伊说,"我的脑袋要爆炸了。"她眨了眨眼,看着维利和附近的浪墙。"之后我们怎么找到彼此?"

"没关系。"平奇利在后座上说,"扬帕和维利要尽可能迅速地冲过那些摇摆的海浪。同时,佐伊和我们其他人跟着开瓶器旋转波浪上岸。咱们在扁平人的村庄碰面,参加沙滩派对。"

"我可以用提普虫定位每个人。"斯卡德说。

"万一出了什么事儿,扁平人可以赶过来帮我们。"平奇利说,"他们扁平人才是冲浪高手,波涛汹涌也能驾驭。"

"我可以变成观察飞艇。"肉丸子说,"一个观察员。"她发出欢乐的笑声,但没有人回应。"维利,我原谅你粗鲁的言语。"肉丸子过了一会儿补充道,"如果这是结局的话,不欢而散也不太好。"

"随便吧。"维利说,他对肉丸子的智力游戏完全不感兴趣。他爬到窗外,最后看了一眼佐伊,她的脸上满是悲伤。

"嘿。"他轻声说对她说,"我能驾驭这些浪,今晚我们还会一起进入梦乡,真的。"

"但愿如此。"佐伊紧紧盯着他说,她的头发随风飘动,"我的维利。"

这时,扬帕抓住维利的手,把他拽到车顶上。这个狡猾的斯泽普人比她看起来更强壮,更有条理。她已经把脚绳系在冲浪板上了,并且将两条拖线系在紫鲸车车顶的行李架上。浪墙很快就到了。

斯卡德探出窗外,向他的哥哥告别。"你很勇敢。"他说。

"谢谢你,斯卡德。"

维利把脚伸进脚绳中,抓住一个蜘蛛编织的牵引把手,然后——嗖——他从倾斜的车顶跳了下去。

水在他飞驰的冲浪板下发出嘶嘶声。他弯着腰,左右摇摆,寻找着冲浪的最佳路线。他在陡峭的开瓶器螺旋波浪上滑行,紫鲸车还在他前面。在他身后,扬帕发出狂喜的叫声。

即使在这种紧张时刻,冲浪世界的灯光也让一切看起来柔和而怀旧。仿佛这一幕是多年后,他四十多岁的时候,在家回忆这一场景的样子。这是我一生中最棒的冲浪,维利低头看了看自己的脚,发现一个很大的提普虫刚刚固定在了他的脚踝上,它是橘色的,长着淡紫色的触角。随它去吧。

他们的计划是让紫鲸车的拖绳将他们从螺旋叶片的边缘快速甩出,让他们迅速滑行到浪墙上。这时,巨大的浪墙发出令人毛骨悚然的声音——一种低沉的、无休止的咆哮,就像恐怖电影中,某些毁灭心灵的怪物出现前的配乐。但那只是声音而已。另一方面,那个提普虫还挺有用的。

多亏了他的新提普虫,维利在精神上与海浪建立了联系。原来,开瓶器螺旋海浪有自己的目的,它很开心可以穿过巨大的浪墙。至于浪墙本身,它止吟诵着一个单一音节"唵",或类似的神圣音节,就像星石一样。而且维利感觉到,浪墙听着这反复的吟诵，也被逗乐了。就像一个女人注意到她光滑的脚指甲上有两只小蚂蚁一样。蚂蚁的触角几乎细不可见。

集中精神！维利一边告诉自己，一边紧紧抓着牵引把手！

就在这时，拖绳突然松开了，甩下无数水珠。佐伊正在加速，努力穿过浪峰。维利竭尽全力抓住牵引把手，感觉就像是从插座中把他的胳膊拔了出来。

佐伊正从车里回望着他们，维利瞥见她坚定的脸。他无法挥手，只是点了点头。他不敢相信自己会这么做。佐伊正冲过开瓶器螺旋海浪的陡坡，逐渐远离了轴线。在她身后，海浪如喷泉般浇在维利和扬帕身上。

现在，维利他们正滑向螺旋波浪的边缘——那个由十万条波涛编织而成的尖端。突然，佐伊朝着浪花的中轴开了回去。这就好像她在甩鞭子，那鞭子是维利的牵引线，尖端是他。维利到达浪尖时，弯着膝盖，带着冲浪板跳跃。他松开了拖绳，扬帕也这样做了。现在他们要靠自己了，就好像投石机里投出去的石头。

维利在空中飞行了一百码左右，然后啪的一声落下，在高耸入云的浪墙前，掠过一片平静诡谲的水域。

"到我这里来。"巨大的海浪说。

维利蹲了下来，他看不清前方，一些水雾刺痛了他的双眼，但提普虫帮了他。他感觉到并听到海浪在冲浪板表面快速击打的声音，扬帕的冲浪板上也回荡着海浪的拍打声。

然后他们在幽灵般的"唵唵"波浪的垂直面上。正如维利期待的那样，它有自己的流向，表面也有特殊的张力。海浪的内流将他不断地抬起来，就像母亲举着她的孩子那样，扬帕还在他身边。

在他们的下方，佐伊和紫鲸车穿过隆隆的浪墙，消失了。

沙滩派对

佐伊

佐伊不安地看着咆哮的浪墙把维利扫向大空。几秒钟的工夫，他就被卷到摇晃的、奇高无比的浪墙上，变得只有苍蝇那么大了。但她现在不得不把目光移开，调整路线，顺着开瓶器螺旋海浪穿过巨浪底部的洞穴。

他们浮出水面，看到前方几英里处又出现一道巨浪。两堵浪墙间的空间出奇的宁静，仿佛一个自然保护区，水面平滑如镜。除了螺旋海浪，其他地方都很平静。大海中有五颜六色的提普虫和银色的鱼。鹈鹕等鸟儿不断盘旋和俯冲。外星独角鲸把它们的头伸出水面，还吹口哨。它们成群结队地聚在一起，把角也聚在一起，看着螺旋海浪上奇异的紫鲸车。

"你来开车吧。"佐伊对斯卡德说着，把方向盘让给他。所以现在是佐伊和斯卡德坐在前座。他在左边，她在右边。平奇利一个人坐在后座，肉丸子在后面的猪圈里。

佐伊从右前方的窗户探出身子，盯着他们身后的浪墙，希望能瞥见上面的维利。长长的水平线上有汹涌的浪花。佐伊斜眼看它，风拍打着她的后脑勺。然后，她看到左边有两个彩色斑点——红色和蓝色，是维利和扬帕的冲浪板。他们俩可能处于海平面以上一英里，在佐伊身后两英里——还在不断落后，离得越来越远。

"你们觉得我们能绕回去吗?"佐伊问其他人,"我想在维利滑下那个巨浪后去接他,还要去接扬帕。"

"不行。"斯卡德说,他完全进入了十六岁的浑蛋模式。

"从开瓶器螺旋海浪上滑下来就行了。"佐伊说。斯卡德表现得好像他没听见佐伊的话。也许他害怕尝试。可能他不懂怎么驾车冲浪。他之前从未用过冲浪板。

"如果我们从巨浪上滑下来,我们将滑到第二波浪墙上。"平奇利说,他恼火地赞同着斯卡德的观点。

"妈的。"佐伊说着,专注地看着前方。的确如此,下一个该死的浪墙就要袭来。它的底部有一个很大的开瓶器螺旋孔。斯卡德拼命握住方向盘,他的指节都发白了,脸上毫无血色。他带着一车人,瞄准了一个错误的角度。他会错过这个洞的。

佐伊抓住斯卡德的肩膀,把他从方向盘上拽开,重新控制了局面。她在保证不翻车的情况下,努力改变着紫鲸车的前进方向,然后她拼尽全力转动桨轮。即便如此,他们还是差点儿错过了它。他们进入隧道后,汽车沿着螺旋海浪滑出,滑上隧道的拱形水顶。表面张力和离心力让他们动弹不得,但严格来说,他们是颠倒的。

"该死,斯卡德。"佐伊嘀咕道。

"你生气的时候看起来很性感。"斯卡德说。仿佛维利不在,他想用花言巧语来为自己开罪,他就像个色眯眯的二年级变态。

佐伊厉声说:"我才不管你觉得什么性感。"

然后,她叹了口气,开过了这段险峻的隧道。后面还会有多少呢?他们穿过了另一个平静的自然保护区,这个地方是在第二面和第三面诡异的浪墙之间。结果,他们发现这样的浪墙共有七面。

好了,现在他们正从第七面浪墙中穿出来。这会儿,佐伊已经不那么生斯卡德的气了。开瓶器螺旋海浪逐渐消失了，周围的海浪也没有之前那么大了。现在已经黄昏了，但在他们前面不远处有一个非常高大的、黑暗的东西……

"拜托，那可千万别再是海浪了。"佐伊说。

"是悬崖。"平奇利安慰地说，"通往扁平人通道的。"

"希望我们能在海滩上开车。"佐伊说，"这种冲浪的感觉太糟糕了。"虽然海浪不大，但还是和之前一样，不断从海岸涌来。佐伊掌控着方向舵，轻踩着加速器，希望能穿过这逐渐黑暗的迷宫。同时，她也一直担心着维利。

"我感应到那边有些扁平人。"斯卡德指着右边宣布。显然，他很高兴自己不用开车了，但他很享受领航员的角色。

"做幻形点很危险。"肉丸子突然说，好像她想道歉似的，"这就是我特立独行的原因。"

"特立独行并不恰切。"佐伊说，"叛徒还差不多。你和吸血鬼飞碟是一伙的。"她目不转睛地盯着海浪。要是天色变得更暗，他们就完蛋了。

"也许看起来是这样，但我的行为并非我的本意。"肉丸子说，"幻形点有时确实会充当雇佣军。但除此之外，我们很快乐，我们很善良，而且……"

"闭嘴吧，肉丸子。"平奇利打断了她，"已经告诉你了，滚远点。我们车里最不需要的就是吸血鬼飞碟间谍，我预感你还会再次攻击我们。"

"这不公平。"肉丸子说，"我……"

"我说蠢货！"平奇利突然暴跳如雷地喊道。他从工具带中拿出了一只新的小动物，放在他的手掌上。佐伊迅速瞥了一眼，这是一只眼睛发光的蟾蜍。它的嘴半张着。佐伊有种预感——永远别让那只蟾蜍的舌头碰到你。平奇利向肉丸子伸出手。

肉丸子缩在猪圈最远的角落，身上的一个凸起变成了圆锥形的绝杀点。她和平奇利互相怒目而视。

"小心！"斯卡德立刻大喊。

一道凶猛的金字塔浪撞上了紫鲸车的引擎盖，那道巨浪有胡夫金字塔那么大，把他们都卷入了漆黑的旋涡深处。他们浮上来的时候，有什么东西抓住了他们。微微发光的乳白色触手，紧贴着车窗，拖着他们不断向下。佐伊的耳膜鼓了起来，水从门窗周围渗了进来。

"巨型外星乌贼正在疯狂攻击我们。"佐伊说。她累得头昏脑涨，已经顾不上担心了。

肉丸子敏捷地移动着，把自己压在后车窗上。试图透过玻璃发射闪击。虽然她没有那么大的能量，但足以让乌贼退却。可乌贼还是抓着紫鲸车不放，它恶臭的嘴在挡风玻璃上刮来刮去，好像要把玻璃弄碎。它巨大的眼睛凝视着他们。紫鲸车下沉得更深了。汽车里的空气变得浓重而寒冷。

肉丸子在车内四处游走，透过挡风玻璃和侧窗发出闪击警告。这些攻击都比较弱，但确实干扰了乌贼。它的嘴里噼啪作响，眼睛斜视，触手不断扭动。闪击，闪击，继续闪击。最终，这只深海巨怪厌倦了肉丸子频繁的攻击，放开了他们。紫鲸车悬停了一阵子，那简直令人发狂。最终，它开始缓缓上升。佐伊总算觉得自己还能再见到维利了。

"干得漂亮。"平奇利对肉丸子说，他把毒蟾蜍放到了一边。

但这一切还没结束，他们周围的一切都逐渐变暗了。仿佛有块裹尸布从海底升起，向他们逼近。

"海王星的桌布！"平奇利大喊，"快，佐伊，向上开！"

佐伊再次转动桨轮。一张巨大的、有弹性的海藻状薄片正从下方向他们逼近。这是一个两边有褶皱的巨型圆盘。圆盘的边缘在他们上方，已经开始收缩闭合。仿佛一块方巾正要包住一个甜瓜，又像一条有生命的床单正在变成一个钱袋。

可我们的宇宙英雄总能幸运地逃脱：在海藻状薄片合拢前，紫鲸车的桨轮将他们从那里推了出去。现在，紫鲸车那些奇怪的有鳍巨型车轮正搅动着起伏的海面。经过了神经紧绷与混乱，佐伊前倾着身子，在双脚间呕吐。

"扁平人！"经过一阵专注的心灵感应，斯卡德开心地大喊道，"在那边的碎浪上。他们知道我们在这里！"他打开窗户大喊。

在昏暗的光线下，佐伊很难看清扁平人。他们很小，而且都躺在海浪表面。这些小家伙不用冲浪板，他们本身就是冲浪板。但是现在，其中一个扁平人沿着碎浪，像飞盘一样飞向空中，然后从斯卡德那侧的窗户滑进了紫鲸车，优雅地降落在前排座位上，这是一个三英尺高的扁平人。

"先生、女士好，我名为麦德克劳。"他鞠躬说道。

"他是在说古代语言吗？"佐伊问。

"他们就是这样。"斯卡德说，"地图世界的外星人一个比一个奇怪。"

"你能帮助我们登上海岸吗？"佐伊对眼前这个扁平人说，"拜托了，我快要抓狂了。我们还有两个朋友在海上。"

"不知您的芳名，我很难听到您的声音。"麦德克劳说。

"你是对礼仪有要求吗？"佐伊叫道，"另一个亿万吨重的金字塔海浪就要拍到我们身上了，咱们能不能先别说那么多废话？我是佐伊，我旁边的白痴是斯卡德。后座上的是平奇利和肉丸子。肉丸子是个叛徒，尽管她刚刚救了我们。"

"我们一上岸，我马上离开。"肉丸子插嘴说。

"那正好。"佐伊反驳道。她又扭头对扁平人说："我们少了两个人，一个是我的男友维利，另一个是平奇利的扬帕——我猜你会说她是你的妻子?"

"别把信息说得太复杂。"平奇利把头伸到前座旁,警告着佐伊,"扁平人都很傻。"

扁平人狠狠瞪了一眼斯泽普人。"我不欣赏你的语气,你是个虚伪、油嘴滑舌之人。"

"拜托,别吵了。"佐伊说,一只手放在麦德克劳的胸口,另一只手狠狠推了下平奇利,把他推回后座。扁平人上车后,他们周围的海浪平静了很多。

"您的触摸温暖、有力。"麦德克劳说着,用一只像爪子一样的手拍了拍佐伊的手,"您和您的随从将是今晚宴会上的贵客。"

"贵客意味着我们会和你坐在一起吃饭吗?"斯卡德插嘴说,"我心灵感应到的影像是真的吗?我有点迷惑。你们扁平人不是想把我们杀了然后烤了吃吧?我觉得我好像也预见到这一幕了。"

"哦,胆怯的年轻人呀,不要烦恼。"麦德克劳庄重地说,"朦胧的面纱总在臆想的头脑中翻腾。"他用短粗的胳膊做了一个命令的手势,指挥佐伊驶向海浪中的缺口。"前进,女士。听我指挥,魔幻的海浪将允许我们通行。一切都会好的,一切都会好的,一切都会好的。"

"我的维利呢?"佐伊在离开大海的时候问,"你也会救他吗?"

"女士,现在有一个人正在寻找你的伴侣。她是一个像你一样的女人,却又不像。维利很快就会回到你身边。现在,听我指令,前进。"

"好吧。"佐伊说,"抱歉这里有点脏……"

她冒险迅速打开了车门,用脚把大部分呕吐物扫了出去。这时,一股海浪喷了进来,彻底把车里洗干净了。这真是太好了,她的胃又好起来了。她喜欢麦德克劳给人的感觉。这里的海浪就像友善、好动的狗,但不受控制。此刻平奇利沉稳了许多,斯卡德也更像个人了,他们马上就能摆脱掉肉丸子了。前进。

麦德克劳那种庄严的讲话方式,让佐伊觉得即将看到一座有三角旗和锯齿城垛的炮塔城堡,但实际上扁平人的村庄简直是垃圾场。四英尺高的小屋由被冲走的漂浮物组装而成——发臭的独角鲸皮和巨大的蟹壳,都用鱿鱼的触手绑在一起。篝火用干燥的紫菜茎点燃,火堆噼啪作响。男男女女的扁平人在闪烁的灯光下雀跃着。

"真是甜蜜的家啊。"佐伊说,她把紫鲸车开到紧实的沙滩上停了下来。

所有人都精疲力竭,双腿发抖,佐伊和斯卡德、平奇利都蹲在沙滩上。肉丸子几乎是立刻就无声地消失在天空中了。她会一去不复返吗?佐伊希望如此。

火是温暖的,扁平人是快乐的。他们中的几个正摆弄着两个烤肉扦子,那上面串着一些笨重的东西。天哪!佐伊的血压瞬间飙到了一千。"他们在烤扬帕和维利!"她哭喊道,但她只是看到了斯卡德看到过的短暂幻觉。

"这是两只大螃蟹,女士。"麦德克劳在她身边平静地说,"开心一些吧,我恳求你!"他大步走向火堆,加入了他的同伴。

"那些绝对是螃蟹。"平奇利向佐伊保证,"你只是让螃蟹的提普虫给耍了。它们只是在和你玩心灵游戏。向你展示这真是一场食人盛宴。看看那些大螃蟹,简直和爱因斯坦一样聪明。如果你抛开顾虑,那些螃蟹是真的很好吃。事实上,螃蟹也和飞碟一样,从另一个盆地偷偷溜过来觅食。扁平人认为非本地生物都可以视作猎物。"

"换句话说,扁平人会吃掉我们!"佐伊惊呼道。

"不。"平奇利说,"他们不喜欢斯泽普人的肉,也不喜欢人类的肉。他们说我们吃起来像油腻的破布,而你们的味道像猪——

这可并不是恭维。"

"猪肉很好吃。"斯卡德抗议道,声音一下子高了八度。"培根、火腿、猪排……"

"如果我是你,我会把嘴闭上。"平奇利说,"惹怒扁平人不是个好主意。"

至少他们现在是在陆地上,而且看不到红眼飞碟的踪影。天啊,他们马上就要举行全蟹宴了。在火堆旁,麦德克劳用手势、歌声和心灵感应进行了讲话,介绍了他们。

"如此丰富,且有文化气息。"佐伊说,她觉得很自在,说话又开始讽刺起来,"就像文艺复兴时期的集会。"

"我打赌维利迷路了。"斯卡德说,"我打赌他已经死了。"

"我还真是谢谢你啊。"佐伊厉声说,"我才刚高兴了那么一纳秒。"

她转过身,凝视着大海,用意念去寻找维利。这个地方因为地图世界的心灵感应变得如此古怪——就像在一个派对上,所有孩子都在吃致幻蘑菇。佐伊正在学习心灵感应。她能够感知到海浪在思绪中翻滚,扁平人的兴奋,还有刚刚进入她视野的是她古怪的妹妹梅茜吗?维利和扬帕紧随其后?

"是的。"平奇利说,他们的心灵感应同步了。

一个完美的海浪打了过来,磷光浮游生物照亮了它的内部,清晰地勾勒出两个冲浪者的轮廓——维利和扬帕。飞在他们前面的是一个发光的女人,穿着一条圆盘裙,好像飞碟的边缘。她还带着一个手抓包。

浪花拍到岸上,变成无数轻柔的泡沫。维利和扬帕扛着冲浪板,大步走上岸。领路的那个女人已经不见了。那真的是梅茜吗?她藏起来了?不管了,今天简直是奇迹日,有太多未解之谜了。

佐伊跑向维利,他们拥抱了很长时间。他的皮肤很凉。

"别再离开我了。"佐伊说,"不要走。"

"我哪儿都不去了。"维利说。虽然没有莎士比亚的情话,但他的拥抱胜过了一切。佐伊与维利拥抱了很久,她很高兴自己的身体正在温暖着他。

然后,她带他去了扁平人的篝火晚会。扁平人们都欢呼起来。对他们来说,这是一个盛大的娱乐活动。斯卡德也在欢呼,平奇利抱着扬帕走了过来,他把她横抱在怀中,就像新郎抱着新娘跨过门槛一样。别总想着结婚了,佐伊。

是她自己这么想,还是别人?在有心灵感应的情况下,一切都很难说。

佐伊和维利在靠近海岸的大螺蛳壳上找到了座位,扁平人给他们送来了大块的熟蟹肉。

"太好吃了。"维利说,嘴里塞满了东西。

"E 等于 MC 的平方。"佐伊边吃蟹肉边说。

"什么?"

"没什么。你冲浪……精彩吗?"佐伊说这话的时候很自责,因为她有点讽刺。她为什么要这么说呢?

"这是最好的一次。"维利玩世不恭地说,"无以言表。"他用心灵感应给佐伊传输了一段冲浪的画面。就像佐伊通过维利的眼睛看东西一般。维利的胳膊和脚在她的视野边缘,粗糙的扬帕在前面,在浪墙顶端的空心浪中冲浪。空心浪中充满了苍白的光,还充斥着嗡嗡声。一切都是慢动作,周围有一种超自然的存在,他们的思绪合一了。

"好棒啊。"佐伊喃喃地说,她看了很久。

扁平人正在提供某种饮料,馥郁香甜。他们管这个叫哒咚。斯卡德和两个斯泽普人都想尝尝,但佐伊和维利拒绝了。这些扁平人正从一个巨大的彩虹色皮囊中舀出一些东西。那是海藻漂浮物,还是鱿鱼墨汁袋?不知道这种饮料到底是什么,也不知道它有什么作用。

尽管一路不断犯错,但佐伊差不多决定了,今晚就是她和维利的夜晚。还有维利,她确定他也是这么想的。他们牵着彼此的手。从某种程度来说,双手紧握与心灵感应差不多,都是交换思绪的丰富渠道。

就在这时,两只独角鲸从鹅卵石上翻滚而来,加入了派对。实际上,其中一只并没有翻滚,而是飘浮在空中。他们呼哧呼哧的口哨其实是一种语言,麦德克劳在和他们说话,似乎达成了某种协议。漂浮的独角鲸咳嗽了一声,在沙滩上吐出一个闪闪发光的彩虹球,它砰的一声摔在地上。

"那是之前那个飞碟的碟之珠。"维利说,"我也认识那条独角鲸。背上有豹纹对吧?看麦德克劳多兴奋,他正把碟之珠放进他的体袋中。他腰间有个小袋,像袋鼠的袋子一样。天哪,他已经飞起来了,那感觉一定很棒。我想知道独角鲸得到了什么作为交换。"

答案很快就揭晓了。麦德克劳回到沙滩上,拖出一只仍活着的巨蟹。他被绑住了,躺在阴影里。他有活跃的眼柄和斑驳的绿壳,看上去很强壮,比普通的螃蟹要大得多。他一直发出叽叽喳喳的声音,好像在说话。那声音非常复杂、深奥。佐伊想起平奇利曾说过:那些大螃蟹,简直和爱因斯坦一样聪明。

天哪,他们在这里做什么?让情况变得更糟的是,螃蟹正向他们传送心灵感应,传递着他复杂的情感和绝望的心情。维利有自己的提普虫,因此感觉比佐伊还要强烈。麦德克劳不愿意目睹眼前这一幕的高潮,他飘到空中,朝篝火飞去,像蝠鲼一样扭动着他的小身体。

两只独角鲸攻击了螃蟹,用角刺他,扭断了他的腿和蟹螯。

螃蟹的尖叫声无比惨烈。维利和佐伊正在共同经历一个敏感的、高度进化的生物被无情的捕食者撕裂的精神体验。

维利把他的提普虫剥了下来,远远地扔了出去。螃蟹可怜的哭声持续了很久。但是最后,这个高贵的生物死了,大部分尸体都被分食掉了。饱餐一顿的独角鲸跃入海中,海浪卷走了螃蟹的内脏。

篝火旁的人们并未注意或关心这件事。他们正在唱一首祝酒歌,扁平人的声音就像青年合唱团,斯卡德用沙哑的声音和约德尔唱法①加入了歌唱,扬帕和平奇利发出外星人的笑声。一些扁平人摇摇晃晃地拿着一个巨大的像长长的贝壳制成的阿尔卑斯长号,他们还让斯卡德吹响它。呜……

"天哪。"维利说着,一本正经地盯着一片吃剩的蟹壳碎片。"佐伊,这就是我们刚刚吃的东西?你是知道的,这就是为什么你要开爱因斯坦的玩笑吗?"

"对不起。"她说,"我不知道这到底是怎么回事。我总是努力变得坚强和冷静。我想变成更好的人,维利,真的。"

"这……我不知道。"维利说,"我没有怪你。这里的规则完全不同。"

"至少在洛斯佩罗斯,没有东西想杀我。"佐伊说,"没有飞碟、恐龙、伊拉夫、巨型乌贼……"

"如果大螃蟹有机会,他们可能也会杀死并吃掉我们。"维利说道。

"刚才那只不会。"佐伊说,"他是一位温柔的哲学家。比我们高贵,比我们高级。我的意思是……如果把他和斯卡德、斯泽普人和那些扁平人相比。他们又醉又蠢。"

---

①约德尔唱法:瑞士一带一种民间小调唱腔,用真假嗓音反复变换地唱。

扁平人叠成一个金字塔形，麦德克劳在最顶端，他的身体像火焰一样飘动。参加庆典的扁平人唱着"哦哦、哦哦、哦哦"，节奏稳定，仿佛有人在做爱。与此同时，平奇利和扬帕把巨大的哒咚皮囊挂在了他们的肩膀上，他们正在向扁平人喷射一股泡沫液体。两个斯泽普人还不停地摆弄着他们装着巧克力粉的罐子。斯卡德则像大猩猩一样号叫。

"这也许是斯卡德第一次喝醉。"维利说，"还记得咱们十六岁的时候吗？"他摇摇头。"我们走吧。"

但他们还没站起来。要从精神上摆脱螃蟹的尖叫声，还需要一些时间，需要几分钟让他们混乱的头脑平静下来。佐伊慢慢地、有些犹豫地摸了摸维利的脸颊。他温柔地看了她一眼。吻她，是的。就是今晚。

"去车上？"佐伊喃喃地说。不管怎样，在车上总能享受一段私密时光。但对恋人而言，这也不是最好的爱巢。那里太脏了，佐伊之前吐在了车里，斯卡德也可能突然冲进来，说些什么。然后佐伊就会真的想要杀了他，再把他的尸体喂给独角鲸。

他们还有其他选择吗？

"请住在我的庄园中吧。"麦德克劳边说边虚情假意、彬彬有礼地向他们滑去。他喝了哒咚，动作有点摇晃。显然，他一直在监视他们的想法。

"他指的是他的小屋！"维利惊呼，"我们可以借住。"

"蟹壳与独角鲸皮。"佐伊说，"太棒了，尤其是听了那些尖叫之后。"

"有床吗？"维利问麦德克劳，"另外，我们能单独占用你的房间吗？希望你不会觉得这太无礼。"

"我可以提供一袋干蕨类植物做褥子。"麦德克劳说，"再配上一床被子。我的住所很适合秘密幽会。我会和我的同伴以及您的同伴一起跳舞,直到入睡。无比美妙。"

"太好了。"佐伊说,她对着飘浮的麦德克劳微笑,"话说,你是怎么用碟之珠飞行的?"

"心中默念一个特定的咒语即可。"麦德克劳说,"这里的人都知道。上上下下里里外外。"

"这也太简单了。"维利说,"不过,咱们还是先说说小屋的事儿吧。在哪儿呢,伙计?"

"跟我来,先生。"

他们经过扁平人的派对时,斯卡德斜睨着他们。这个男孩正领着一队人跳康加舞①,舞队像蛇一样扭来扭去。斯泽普人在空的哒咚皮囊上打着拍子,仿佛那是个低音鼓。几个扁平人仰面躺在地上,一动不动。他们喝得烂醉如泥。

麦德克劳的小屋离海滩只有几百英尺远。他领着佐伊和维利进去,迅速打开了腹部的体袋,让碟之珠的光照亮整个房间。然后就让这对年轻的恋人独处一室了。

维利倒在沙沙作响的干蕨袋上,佐伊躺在他身旁,侧身搂住他,脸颊贴在他的胸口。这里一片漆黑,派对的喧闹声与海浪的拍打声融为一体。床的味道还不错——咸咸的泥土味和些许肉桂香。

"我喜欢这次旅行。"维利说着,用手抚摸着佐伊的头发,"我从未想过会有今天这样的冲浪经历。"

"对我来说,今天也是神奇的一天。"佐伊说,"开车冲浪。谁能想到我竟然可以做到?而且我还没告诉你关于巨型乌贼的事儿呢。"

"明天吧。"维利说,"我太累了,不想说话了。"

---

①康加舞:一种源于古巴的舞蹈,20世纪30年代至50年代在美国开始流行。

"但是,有些话我必须说。"佐伊说,"我们已经穿越了三个盆地,对吧?今天早上,你保证说这样就够了。就像我之前说的,穿越两百多个这样的世界——是不现实的。我们肯定会死的。"

"但是……开一百万英里,"维利再次开口说道,"我对此很着迷。"

"我对你也很着迷。"佐伊说,"但这也许有点过头了。"

维利转过身来,与佐伊面对面。他吻了她一会儿。"我们做爱吧。"他说,"让我们的关系更上一层楼。"

"我也想要。"佐伊说,"但是我们能谈谈明天的去留吗?"

维利深吸一口气,又长长地吐了出去。他叹了口气,打了个哈欠,然后放开了佐伊。

"累到不想说话了吗?"她说,语气有些酸。

"我冲了一英里高的浪。"维利说。

"我知道,那太壮观了。但在知道明天我们能否回家前,我不太放心……"

"别说了。"维利说,"说太多了。我要睡觉了。"他翻了个身,蜷成一团,然后就睡着了。他的呼吸深沉、稳定,偶尔还有些鼾声。

没有做爱,也没有甜言蜜语。维利就是个自私的巨婴。如果可以的话,佐伊现在就想独自回洛斯佩罗斯。也许她不该把维利逼得这么紧?但要是一个人想把自己身体的某个部位深深插入你的身体的话,那个人起码得愿意制订一些计划。唉,这本该很有趣的。说实话,这本该是佐伊的第一次。可她的唠叨毁了这一切。这就是她。但难道维利不明白他们必须回家吗,还有其他那些事儿?

佐伊辗转反侧了几个小时,在蹩脚的外星床上总归不舒服。她时不时地狠狠戳一戳维利,但他根本没有醒。她完全睡不着,脑子里想的事儿太多了。努努产卵，桑德恐龙追赶他们，浪墙和巨型螃蟹的可怕场景，还有海洋中的吸血鬼飞碟。它一直在那里等着伏击他们。

飞碟的行为和佐伊离范科特的距离之间肯定有关联。她走得越远，他们就越有攻击性。为了弄清楚这一点，她在脑海中生成了一张地图，但似乎有些理不清。于是，她走了出去，打算在海滩上画个图。

天还没完全黑下来。一些荧光粒子散落在周围，像刚下的雪。海洋发出微弱的光。在沙滩上，扁平人的篝火闪着余烬的火光。

狂欢的人们躺在地上睡着了——斯卡德，两个斯泽普人，还有一大群扁平人，他们喝了太多哒咚，都醉了。佐伊心血来潮，打算一会儿再画那个地图，她悄悄靠近了睡在地上的人。麦德克劳躺在中间，躺在一位女性扁平人身上。佐伊朝麦德克劳走过去，像翻一块法式吐司面包那样，把他翻了过来。他体袋上的裂缝露了出来。她把手伸进去，找到了那颗巨大的碟之珠，她想把它偷走，但是没戏。麦德克劳虽然睡着了，但他下意识地紧紧捏着体袋的裂缝，导致佐伊觉得自己的手都麻了。他绝对不会让她拿出那颗大珍珠的。佐伊只能做到让手"全身而退"。该死，麦德克劳在睡梦中咕哝了几句，翻了个身，继续睡觉。

海浪噼啪作响。也许他们可以看到佐伊，也许他们正讨论着她在做什么。在这里一切皆有可能。她突然想到，如果她吹奏那首特殊的曲子，那么麦德克劳体袋中的碟之珠很可能会在原地打开一条尤尼隧道。也许她可以把麦德克劳带进隧道，然后自己穿过去。但不知为什么，她还没准备好尝试这么做。仔细想想，麦德克劳那颗从海里收获的碟之珠延伸出来的隧道可能根本不会通往地球。它很可能会通向半人马座阿尔法星之类的地方。

佐伊瞥了一眼海滩上的小屋，那个她和专制冷酷、虚荣又毫无价值的维利·安特卫普一起待过的地方。她叹了口气，在海边的沙滩上发现了一片干净潮湿的地方。佐伊蹲下来，借着荧光粒子的柔光，她画了五个六边形。像一小片蜂窝。

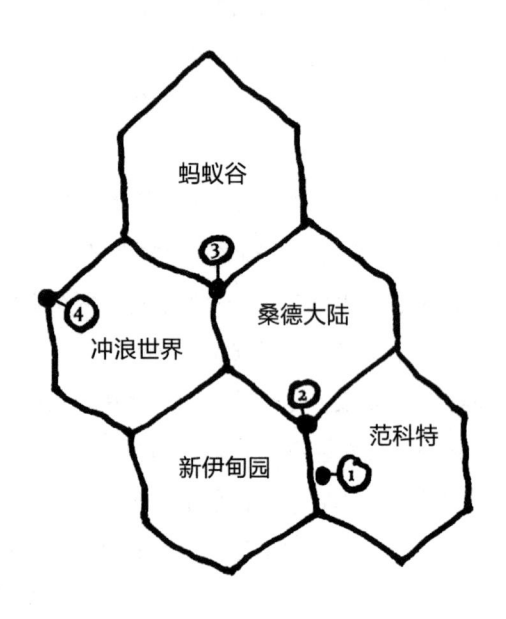

佐伊绘制的当地盆地地图

每个六边形都代表一个他们已经穿越或路过的盆地。他们从范科特出发，那里是地图世界版的地球。范科特旁边是新伊甸园，也就是飞碟的基地。然后是桑德大陆、蚂蚁谷和冲浪世界。佐伊用四个带编号的点表示他们在这里度过的四个夜晚。

她有三个假设。

在范科特，她很容易就能通过隧道回到地球。如果她的力量更强一些，或者她的碟之珠再大一点，就更可能从毗邻范科特的盆地回到地球。但想用隧道从比那里更远的盆地回地球是完全不可能的。

　　这里的飞碟往往只出现在新伊甸园盆地或与之毗邻的盆地。

　　飞碟想杀死佐伊，但只有当他们确定佐伊没法躲过他们的死亡射线，并且无法回家的情况下才可以。

因此，她得出了结论。

　　当佐伊处于毗邻新伊甸园的盆地且不毗邻范科特的盆地时，飞碟最有可能对她发动闪击。

而碰巧的是，冲浪世界就是这样的盆地。肉丸子非常希望他们来冲浪世界，她就是个叛徒。从飞碟的角度来看，冲浪世界就是一个可以自由开火的区域。佐伊的确设法杀死了潜伏在海洋中的那个大飞碟，但是另一个很快就会到来。

　　佐伊抬头凝视着，看到了让她恐惧的东西。在大约两千英尺的高空中，有一个闪烁的黄色信号灯。是那个该死的肉丸子，她发出了飞碟攻击的信号，真可恶。虽说下一个邪恶飞碟可能需要几个小时才能飞到这里，但是，没错，他很快就会来。也许就在黎明之前。

　　不知为什么，佐伊很平静。逻辑思考能力太重要了，她已经不再纠结或情绪化了。除了尝试通过麦德克劳的碟之珠打开不知道通往哪里的隧道，她看到了两种选择。

　　维利的选择：继续前往斯泽普城。一路走来，他们应该能相对安全地逃离沿途的飞碟。到了斯泽普城后，也有很多不确定因素，但是如果幸运的话，他们可以在那里找到抵抗飞碟的魔杖。

　　佐伊的选择：尽快返回洛斯佩罗斯。他们可以沿着山脊绕回桑德大陆，然后穿过丛林到达范科特，使用佐伊的碟之珠打开隧道回家。

不管怎样,佐伊都需要在下一个飞碟到来之前,把他们从海滩上带到扁平人通道。她只希望他们在那里是安全的。除了行动别无他法,又该上路了。

佐伊对自己笑了笑。她要干大事了,史诗般的壮举。她会在燃尽的篝火旁唤醒那三个神志不清的白痴,带上蠢维利,把紫鲸车开上悬崖。她会保持镇定,指挥一切。维利、斯卡德、扬帕和平奇利会发着牢骚,满腹疑惑,但最终他们会感激她的。他们会喊着佐伊·斯纳普万岁。应该是这样的。

佐伊朝紫鲸车走去。车的剪影让人很安心,两个冲浪板放回了原处。你猜谁站在那儿等着?是梅茜,她穿着薄T恤衫和薄纱裤,身上有一圈凸起的肉。她仍然拿着她的小手抓包,还拿着两片折起来的大海藻?

"你好。"梅茜说,"我在等你。"

"我要离开冲浪世界。"佐伊说。

"没错。一个大飞碟正在来的路上。我从新伊甸园飞到这里的一个原因就是要给你提个醒。"

"你会飞?"

"我像飞碟一样飞。"梅茜说,她意味深长地看了佐伊一眼。但是佐伊不确定那是什么意思。

"太多秘密了。"佐伊说,"跟我说说,那个追赶我们的飞碟是什么来头。"

"是努努的叔叔博尔多格。"梅茜说着,放下了海藻。"就是傻傻的、深紫色的那个。他想把你们都杀掉。那是他小脑瓜里唯一的想法。飞碟老爸想阻止他来着,但博尔多格……你和他说什么都没用。"

"要是我们能通过悬崖到达山脊,是不是就安全了?"佐伊问,她并不是很确定。

"这是个好问题。但很遗憾,不会。虽然新伊甸园的飞碟不太可能飞过冲浪世界盆地。飞过盆地的边缘要花大力气。格伦也不想让他们离他的音乐太远。我们不太会听到那种音乐,格伦用一种喷射流将他的歌声传入新伊甸园。也许你当时在边境大满贯通道看到了那股喷射流?伴随着那恐怖的音乐,那里到处都是来回飞的飞碟。格伦的奴隶喜欢待在新伊甸园,或待在毗邻新伊甸园的盆地,这样他们就能一直听到主人的声音。"

"等等,那是什么样的音乐?"佐伊问。

梅茜咯咯地笑了。"当然是风笛。这种乐器的声音,比你一生中听到的任何声音都更加刺耳和可怕。那声音太让人讨厌了,听了就一直想吐。"

"这根本说不通啊。"佐伊说。

"为什么一定要说得通?"梅茜愉悦地说。她似乎很高兴和佐伊谈心。"不管怎样,格伦的奴隶飞碟不会跟着你们进入下一个盆地。但是如果他们在山脊上发现了你们,还是会向你们发动闪击。你们一到那里,必须马上离开。"

"扁平人通道的另一侧是什么盆地?"佐伊问。

"是螃蟹坑和泡泡荒地。不管是哪个,都有不少麻烦。最好沿着这两个盆地之间的山脊行驶。虽然这条路颠簸曲折,但只要走一小段路,飞碟从冲浪世界就看不到你们了。"

"我一直在想我可以沿着冲浪世界周围的山脊,回到桑德大陆,然后再开车从桑德大陆回范科特。"佐伊说,"然后我就可以回家了。"

"别这么做。"梅茜说。

"我需要一些令人信服的理由。"佐伊说着爬上车。她要去接斯卡德和那两个斯泽普人。"快上车，梅茜。来车上，你再和我说说。就是……我就是很好奇……你为什么要拿着那两片巨大的海藻？"

"这些是海王星的桌布。"梅茜说，但她站在原地没动。"它们是生活在冲浪世界海洋中的掠食者。它们都是些大圆盘，会绕着东西弯曲，然后它们的外边缘会逐渐收紧，变成一个小袋。"

"我听说过它们。"佐伊说。

"我刚刚潜入海底，摘了两片。"梅茜说，"它们可以延伸到一公里宽。它们的边缘就像麻袋上的抽绳，对吧。"

"谁在乎这些？说重点。"

"我们可以用这对海王星的桌布来困住格伦。"梅茜非常紧张地说，"在洛斯佩罗斯发生宇宙大战时，可以用上。其余的我以后再告诉你。"

"这里到底什么情况，我就没搞清楚过。"佐伊抱怨道，"每个人都匆匆忙忙的……我就像跟着兔子奔跑的爱丽丝。你明明还比我小一岁，为什么知道这么多？"佐伊愤怒地猛拍了下车门外侧。"该死，快上车。"

"我只能待一分钟。"梅茜说着，坐在了佐伊旁边的座位上。"我们要行动了：巨型飞碟博尔多格已经在路上了。他准备把我们所有人都炸死，包括我。顺便说一句，我跟飞碟的关系有点复杂。我的意思是，好吧，我自己也是半个飞碟，但是……"

"等等，等等，等等，"佐伊说。事情渐渐明朗了。"你妈妈是飞碟，你是这个意思吗？"在某种程度上，佐伊已经怀疑这一点了，但这是她第一次认真思考这个问题。"你是说我爸爸跟飞碟发生过关系？你就是这样来到这个世界的吗？"

"一个吻就可以让飞碟怀孕。"梅茜说，"就像努努和斯卡德。但其实，我们的父亲和咪喵确实什么都做了，还做过很多次。而且,他们现在还会这样做。"

"哦。"佐伊发出震惊的笑声,"咪喵?好个名字啊。"她仍然没有发动紫鲸车,"咪喵很性感吗?我的意思是……在飞碟里算性感的吗?"

"别冷嘲热讽的。"梅茜说,"咪喵是一位好妈妈,她不是格伦的奴隶,她很坚强、很独立,还离过婚,她只不过恰巧是一个飞碟。咪喵是爸爸的真爱。爸爸之前跟桑妮·韦弗的婚姻只是个障眼法。没错,是的!我是半个飞碟。我的父母是飞碟咪喵和我们共同的父亲柯克兰德·斯纳普。我们可以不说这些了吗?"

"不好意思。"

"顺便说一下,咪喵也是努努的妈妈。"梅茜说,"努努是咪喵和她的前夫飞碟老爸生的孩子。"

"所以努努是我的亲戚?"佐伊叫道,她又大笑了起来。"很抱歉,梅茜,但我已经完全失去理智了。快把我关进小黑屋,给我穿上紧身衣。"

"努努是你同父异母的妹妹的同母异父的姐姐。"梅茜平静地说,"所以你还是血统纯正的,没有污点的,好吗?你是完美的佐伊·斯纳普。至于我的母亲咪喵,我不许你嘲笑她还有另一个原因。她有残疾。两年前,她在冲浪世界度假的时候,一些独角鲸攻击了她。虽然没有杀死她,但留下了疤痕。她在飞行的时候总是歪歪扭扭,这太遗憾了。"

"真抱歉发生这样的事。"佐伊说。

"爸爸仍然爱她,我也爱她,飞碟老爸也喜欢她。先别管这些了,你最好快开车。我已经感知到博尔多格叔叔了。他离得很近。顺便说一句,我非常讨厌他。他故意把自己卖给格伦,只是为了得到更多奇味。如果你和扁平人能把他杀了,那也挺好的。但是我不想你们在这儿杀死他。要不然我会被指责的。"

"扁平人有能力杀死博尔多格吗？"

"他们可以靠独角鲸和金字塔浪来对付这种飞碟。博尔多格应该知道这一点，但是他太笨了，可能不记得提醒自己。你有没有注意到，愚蠢的人从来不会怀疑自己？"

"我倒是非常怀疑自己。"佐伊说，"尤其是，我一直在想，我是不是应该放弃这场百万英里的公路旅行，回到范科特，然后通过隧道回到洛斯佩罗斯的家。"

"听我的，去斯泽普城吧。"梅茜催促道，"去吧！快开车吧。"

"为什么每个人都催我去斯泽普城？"佐伊抱怨道。紫鲸车的暗能量引擎突然启动了。昨晚，平奇利忘了把桨轮拆下来了，但这也没什么。她沿着海滩，悄悄地开着车靠近那群瞌睡虫，他们正躺在扁平人熄灭的火堆边。

"我不知道为什么我要一遍又一遍地解释这个。"梅茜说，"古波·古波说，如果你们去见菲利帕夫人，她有一根特殊的魔杖。菲利帕夫人是亚里士多人，特别厉害。据说，亚里士多魔杖可以对付飞碟。我不确定那些是什么魔杖。但我知道他们都是有生命的。那种魔杖只有看到你们，认可你们，才会帮忙。另一件大事是，在斯泽普城你们要和古波·古波取得联系。有了古波·古波的支持，我们才真正有机会。"

"到底是什么机会？"佐伊强忍着没有朝梅茜尖叫，"不好意思，我有点儿反应迟钝。但你们没告诉我的事儿，我真的猜不出来啊。"

"你又来了。"梅茜说，"佐伊，别人跟你说话的时候，你要学会倾听。格伦想让成千上万的奴隶飞碟入侵地球，然后他想自己占领地球——他就是个贪婪、肮脏、恶心的风笛。地球将变成一个僵尸星球，被没有智慧、没有爱的种族占领，甚至比现在还冷血。"

"好的，我记住了。"佐伊说，"但我还是想说去斯泽普城太危险了。"

"你不会死的。"梅茜说，"你、维利、斯卡德和我都是宇宙英雄。我们不能输。我们就是活生生的神话。"

"还包括斯卡德？"佐伊抗议道，虽然她很满意自己将是神话的说法。

"他就在那儿呢。"梅茜轻声说。他们到了斯卡德附近，平奇利和扬帕睡在他旁边。两个斯泽普人像一对藤蔓一样缠绕在一起。

"我觉得那两个斯泽普人很可爱。"佐伊说。

"斯卡德也很可爱。"梅茜说，"虽然他比我小一岁。"

"我很不喜欢重复说同样的话，但是——斯卡德？"

"斯卡德在某些方面跟我很像。"梅茜说，"他完全是个局外人，而且我们都喜欢化石。"

"我不知道你喜欢斯卡德。"

"啊………你，"梅茜说，"关于我的很多事情你都不知道。你只考虑自己，从不考虑家人。"

"我可以假装考虑一下。"佐伊说，"你刚才说，爸爸还活着。他现在住在新伊甸园，和一个叫咪喵的飞碟在一起。那个飞碟性感但残疾。咪喵是我同父异母的妹妹的母亲。"然后佐伊又咯咯笑了起来。

"我们的父亲正在和好飞碟一起，为一场革命而努力。"梅茜坚定地说，"这一点都不好笑，佐伊。"

佐伊大大咧咧地推了梅茜一把，梅茜也放松了下来，跟她一起大笑。

过了一会儿，佐伊说："你刚刚告诉我这么多疯狂的事儿，让我觉得自己好像在十秒钟内看了一部两小时的电影。"

突然，梅茜一把抱住佐伊。"我很高兴能把这些告诉你。我长这么大,仿佛一直都是隐身的。现在我有姐姐了。"

"我也很开心。"佐伊说,"那现在呢?你还有其他建议吗?"

"你们必须杀了肉丸子。"梅茜转身说道,"如果博尔多格叔叔没能杀死你们,那么肉丸子肯定会的。那是她的任务。她和伊拉夫是一伙的。你必须把他们都杀了。"

"平奇利可能会有办法。"佐伊凝视着熟睡的斯泽普人说,"他很强的。"

"还有,对斯卡德好点。"梅茜说道。出乎意料的是,她跪下来吻了吻熟睡男孩的脸颊,然后又吻了他的嘴。斯卡德动了动,笑了笑,喃喃自语着,又睡了过去。

"我想这么做想了一年了。"梅茜说着站了起来。一个心形在她腰间的皮肤边缘闪烁。"你不觉得斯卡德很可爱吗?"

"斯卡德?他也太年轻了。"

"别那样说。他都快高三了。就算比我小一岁,那又怎么样?"

"行吧,是斯卡德也好。"佐伊说,"我尊重你的决定,妹妹。"虽然打心眼里,她还是不确定要不要对斯卡德好一点。

"我们要在这里分别了。"梅茜说,"博尔多格快到了。我们在新伊甸园或者范科特再联系吧。我很高兴终于发挥了一次重要作用。虽然我是半个飞碟,但我完全站在地球这边。我告诉你佐伊,如果你拿不到那根魔杖,地球就要完蛋了。"

"明白了。"

佐伊仔细看了看梅茜,她的头发是灰褐色的,神情专注,说话谦和。她很奇怪,但是梅茜和佐伊很像,她希望可以融入社会,渴望得到爱情,想做正确的事。她对即将到来的高三也充满了期待。

"很抱歉我在学校对你那么冷淡。"佐伊补了一句。

"我比你想象的更了解你。"梅茜说,"你并不像你希望别人认为的那么坏。很多时候，你对我都很好。"

"妹妹。"佐伊说。

"姐姐！"梅茜用自己特有的口音回应了佐伊。她举起手。"击个掌吧！"

她们击了掌，梅茜继续上路了，她像一只神秘的飞蛾在昏暗的海浪中低飞，她抓着那对折好的海王星桌布放在胸前，手里还拿着她的手抓包。佐伊突然意识到，那里面应该有一颗很大的碟之珠。

穿越山脊

斯卡德

有人在摇晃斯卡德。他的眼睛里进了沙子。头很痛。昨晚，他跟一群扁平人和斯泽普人跳了舞。他喝了很多哒咚，斯泽普人吃了巧克力粉。麦德克劳拿着他的碟之珠。麦德克劳还教他怎么用碟之珠飞行——上上下下里里外外。就像看着一个旋转的立方体并翻转它的角度。除此之外，还有更重要的事。在斯卡德的梦中，一个女孩吻了他。

"快醒醒，白痴！"

是佐伊，正在用脚踢他。这个贱人。为什么她不喜欢他？天还黑着。平奇利和扬帕也站在他旁边。

"斯卡德！"气味怪异的扬帕俯下身子，趴在他眼前，看起来很担心的样子。她拉着斯卡德的胳膊问："你能站起来吗？"

这是个好问题。经过一番努力，斯卡德四肢着地，然后在沙滩上吐了。他的胃痉挛了两次，然后就吐空了。

"把他弄上车！"佐伊说，"那个杀手飞碟就快到了。"

平奇利和扬帕带着斯卡德朝装着巨型轮胎的紫鲸车走去。

"我自己能走！"斯卡德说着，挣脱了束缚，和斯泽普人爬进了后座，离佐伊远远的。他的脉搏在大脑中跳动，发出"哒咚、哒咚、哒咚"的声音。扬帕递给他一袋水。真是太感谢她了。

紫鲸车咆哮着前行，又停下来。佐伊跑进一间小屋，尖叫了一会儿，然后带着维利回来了，后者显然心情不好。他荡到了佐伊旁边的前座。佐伊一声不吭地开了车，一个急转弯，把车开到一条类似消防道的山路上。

"慌什么？"斯卡德问大家。

"佐伊说有个大飞碟要飞过来杀我们。"紫鲸车轰鸣着驶过第一个弯道时，维利说，"好像是努努的博尔多格叔叔？也许他会放过你的，斯卡德。因为你已经是他们家的一员了。小心点儿，佐伊。这儿的悬崖很危险。别像个疯子一样开车。"

"浑蛋。"佐伊说，"我为什么还要救你？"

"因为你觉得你欠我的。"维利冷冷地说。

"你一点也不爱我，对吧？你这个愚蠢的数码控冲浪手挂科王。"

由于桨片还在轮胎上，紫鲸车开起来震得厉害。斯卡德觉得佐伊开车开得非常好：在直道上加速，在急转弯时四轮滑行，从碍事的巨石上猛冲而过。但是他没告诉维利。

在他们的下方，扁平人村庄像一团可爱的光，就像从飞机上俯瞰的样子。发光的大海向地平线倾斜。它是浅绿色的，上面有许多小碎浪，金字塔波浪，还有……那个紫色的光点是什么？

"博尔多格叔叔。"平奇利说，他也发现了飞碟。"再快点儿，佐伊。"

虽然他们以每小时几百英里的速度前进，斯卡德还是打开了窗户。在车轮不断的震动声中，他听到了村庄里扁平人的声音。他们吹响了巨大的贝壳号角，"呼呜"！他们知道博尔多格逼近了。

就在汽车即将到达山顶时，博尔多格发动了闪击——这一击嘶嘶作响、威力巨大，散发着白光。射线似乎对准了佐伊和维利过夜的小屋。闪击光束嘶嘶地响了三十秒，释放出巨大的暗能量，破坏力超强。天哪！一块巨大的、一千英尺厚的石头在他们行驶的悬崖上摇摇欲坠——那块石头正好支撑着紫鲸车前行的土路。

佐伊尖叫着踩下油门。桨轮在松动的底座下猛烈震动。紫鲸车像山羊一样敏捷地向上奔跑着,桨片在岩壁上撞了一下又一下,终于开过最后六十英尺,到达了悬崖的顶部。他们以一个怪异的角度停在那儿,几乎要从边上掉下去。持续不断的崩塌引起了巨大的轰鸣声。所幸,石头的崩塌发生在悬崖的另一侧,大多数扁平人的村庄都幸免于难。

这时候,紫鲸车超速运行的引擎熄火了。那个无耻的叛徒肉丸子出现在右上方,闪烁着她的光芒,发出了攻击的信号。他们来了!博尔多格叔叔瞄准了他们,毫无疑问,他再次校准了他的绝命射线。射线击中紫鲸车的前端时,颤抖的斯卡德捂住了眼睛。即便如此,那闪光还是过于刺眼,好像都射进了他的脑子里、皮肤下、肉体中,甚至深入骨髓。经过这致命的一击,斯卡德好像变透明了,像一个注定要死的、无足轻重的微生物。

但是,然后,光线消失了。好像有什么东西让那个巨大的紫色飞碟失去了平衡。是什么?没时间看了。斯卡德是第一个从毁坏的紫鲸车里爬出来的人,他直接手脚并用地像只史前鬣狗一样奔跑,屁股高高地翘着。

紫鲸车前轮在燃烧,照亮了肇事现场。斯卡德的眼睛还看得见。看来博尔多格的闪击炸掉了车里的引擎,连车顶都烧了个大洞。感谢老天爷,博尔多格没击中后座。维利珍贵的冲浪板都烧焦了,熔成一堆废料。

斯卡德发现前方不远处有个陡坡,这个山脊的宽度不超过三十英尺。他很怕博尔多格再次发动攻击。他仅用了三秒钟,就蹿到了山脊的远处。

斯卡德根本不敢往下看,摇摆着双腿,大喊着从陡坡上跳下去了。尖叫声有没有越来越小?并没有。斯卡德直接跌到了五英尺以下的岩壁上。他的牙齿发出了巨大的碰撞声。现在他的头只能勉强露出山脊，就像在战壕里的士兵。这太完美了。

圆鼓鼓的博尔多格还没离开，他身上的颜色好像拉斯维加斯的紫色霓虹灯，似乎有东西在折磨他，让他不能继续攻击。博尔多格身下的海洋发着光。突然，有东西窜进了他的肚子里。

斯卡德看着他的同伴。"嘿！我在这里！快过来啊！"维利牵着佐伊的手，她整个人恍恍惚惚的。扬帕握着平奇利的手臂。四个人都有点茫然无措、摇摇晃晃。

对斯卡德而言，他觉得现在自己非常敏锐。也许这是宿醉的好处？好像他周围的世界都在慢动作播放。他钻上山脊，帮其他人爬到他这个角落，然后他们五个人在岩壁上排成一行。

平奇利真是个名副其实的机械修理工，他已经迷上了修车。他在自己的工具带里翻来找去，然后把一对两英寸长的消防员甲虫派到燃烧的前轮胎上，甲虫一路嗡嗡作响。它们放出了某种生物纳米级粉尘，把火扑灭了。

同时，扁平人还吹着巨大的阿尔卑斯长号。现在斯卡德才知道博尔多格发生了什么。附近的一小片海水闪着明亮的黄绿色光芒。那是海岸边的巨型金字塔海浪。扁平人召唤了海浪。

"他们在向他射击！"维利惊呼道，他才搞明白状况。"金字塔海浪把独角鲸射向空中，看到了吗？就像潜艇发射导弹一样。独角鲸像挥动翅膀一样挥动着他们的鳍。他们在……"

"射穿博尔多格，钻到他身体里，把他撕成碎片！"斯卡德喊道，"太棒了！"

博尔多格发出一声迟钝的、亚音速的呻吟，然后他的身体向一侧倾斜，摇摇晃晃地向海边飞去。他猛地冲进海滩，爆炸了。博尔多格的暗能量迸发出白色的火花，在他黏糊的肉体上跳跃。面对死去的飞碟，胜利的独角鲸把角扎在他的尸体上，它们互相喘着粗气,挥舞着长牙。现在它们来回拍打着死去飞碟的碟之珠。斯卡德希望能拿到那颗珍珠。

"快来帮我修车。"平奇利说,他打断了男孩的遐想。斯泽普人已经回到通道平坦的部分。斯卡德摇了摇头。他不想大声说出来,但他觉得平奇利疯了。这辆车明明已经报废了。

这时候,他们周围的天空开始变亮了。天亮时,肉丸子不见了。她溜走了。这个叛徒还准备再次伏击他们吗?该死的家伙。

"我们吃早餐吧。"维利说着,从陡坡上爬了上来。"平奇利,把我们的行李从车上扔给我们吧。"

就这样,他们五个人——三个人类和两个斯泽普人,很庆幸他们都还活着,但不知道接下来将会发生什么。扁平人通道是另一个三岔点,又是三个盆地的交汇处。当然,这三个盆地其中一个就是冲浪世界,另外两个应该是螃蟹和泡泡人的家。这条山脊小径沿着冲浪世界延伸,两个新盆地之间还有另一条新的分岔路。

"我们得去这里。"佐伊指着那条小路说,"我们要在另一个飞碟到来之前,离开冲浪世界的山脊。我原以为我们可以留在这条山脊上,但这样恰好成了他们的活靶子。"

平奇利已经把维利和斯卡德的背包扔了过来,维利正在翻他的行李。"你要这个汤姆火鸡味的薄荷糖吗,佐伊,还是烤甜菜味的?"

"我想说'好的',"佐伊说,"但我不会和你说话了。"

"为什么?"维利说,听起来非常困惑。

"我,呃……我忘记了!"佐伊说着,大笑起来。"因为我们在车里朝对方大喊大叫?因为昨晚我们没有做爱?因为我们争论要不要放弃旅行回家?"

"听着,如果你真想回地球,我们就回去吧。"维利说着,将双手高高举起。"谁知道呢,伙计。也许你是对的。我们为什么要完成自杀式任务呢？昨晚我膨胀了，冲浪的骄傲让我冲昏了头。"

佐伊将脸像朵花一样转向他。荧光粒子黎明的光辉照在她脸上，显得相当甜美。斯卡德站在那儿，只是静静地看着。他很乐意整天看着佐伊。要是有个女孩这样爱他，他也会很开心的。

"我改变主意了。"佐伊告诉维利，"我觉得我们应该去斯泽普城。找到菲利帕夫人。拿到那根亚里士多魔杖。跟古波·古波取得联系。阻止飞碟。"

"是啊。"斯卡德说道，他非常渴望加入他们的对话。"去创造历史吧。"

"昨晚我跟梅茜聊过了。"佐伊对他们说，"她几乎说服了我。她说我们注定会成功。还有斯卡德，你知道梅茜喜欢你吗？你睡着的时候，她还深情地望着你。"

斯卡德闪现出他醒来时脑海中的梦境。梦中一个女孩吻了他。原来是梅茜！他站在那儿微笑着。

佐伊盯着斯卡德看了一会儿，她的表情几乎可以算得上和蔼了，但她马上又变得刻薄起来。"梅茜腰上有个肿块，你想过那是什么吗，斯卡德？"

"我不知道。"斯卡德嘟囔着，"我对女孩的衣服不是很了解。"

"那个肿块是个飞碟的边缘。"佐伊说，"梅茜是半人半飞碟。梅茜和我是同父姐妹，但是梅茜的母亲咪喵是飞碟。你可能会说我的父亲柯克兰德和你一样是变态。"

"我不是变态。"斯卡德无力地说，他十分困惑。而且，佐伊刚才是说咪喵吗？那个名字难道不是……

"咪喵也是努努的母亲。"佐伊在斯卡德的眼中看到了疑惑，她看起来很开心，就像一只折磨老鼠的猫。"我和梅茜是同父异母的姐妹，梅茜和努努是同母异父的姐妹。懂了吗？"

"别再折磨我的弟弟了。"维利打断了她。"我们去看看平奇利能不能把车修好吧。"他们两个在炸毁的紫鲸车前找到了平奇利,紫鲸车又要升级了,比之前的还要厉害。斯泽普人跪在报废的车前,从工具带里拿出一只弯曲的小蚂蚁。他正在和蚂蚁说话,告诉它紫鲸车要如何改造。

"现在就等着吧。"平奇利对维利和佐伊说,"这是一只分形蚂蚁,可以帮汽车记住它过去的样子。解决这个问题要花点时间。"

与此同时,斯卡德和扬帕正盯着离得最近的新盆地。斯卡德面无表情,试图以此掩饰佐伊对他的伤害。

"那些是泡泡人。"皮肤粗糙的黄色扬帕指着那边说。

现在光线充足,可以很好地看到泡泡荒地。这是一个由尖塔和河谷构成的迷宫,有点像西部荒野,但被侵蚀的状况比那儿更严重,尖塔也更尖。有些五颜六色的小动物在塔楼间晃动,或者在平顶山上聚成一群。

"泡泡人。"斯卡德说,他努力把注意力对准眼前的一切。除了梅茜、努努、咪喵和愚蠢的老柯克兰德,还有别的事情可想真是太好了。专心点,斯卡德。别胡思乱想了,忘记佐伊讨厌你这件事情。

这些新奇的外星人和边境大满贯旅馆中那个自称为贡纳尔的泡泡人很像。那些迷你泡泡人像小气球动物,大一点的像中国的龙风筝,每只由十几个或更多的气泡组成。每个气泡里面都有彩色气体在旋转。每个泡泡人都有一个"脑袋"泡泡,里面有一只眼睛。两个较大的泡泡人飘向了扬帕和斯卡德。天哪,其中一个居然是贡纳尔。

"斯科德!"贡纳尔大叫,"这次你要交易啥米[①]?"和以前一样,他头部的泡泡里有淡蓝色的气体,还有摇晃的眼睛。他的声

[①]泡泡人有时说话吐字不清,原意为"什么"。

音十分洪亮。

"真的是你吗?"斯卡德说,"贡纳尔?你怎么这么快就到这里了?"

"梁子①,快。"贡纳尔说,"这是我的茄子②莫妮卡。"莫妮卡头部的泡泡是粉红色的,闪闪发光,像一个巨大的鲑鱼卵。她的眼睛比贡纳尔的更柔和,更仁慈。

"用什么换什么?"斯卡德介绍了扬帕之后问,"在边境大满贯旅馆,你说交易过一种叫泡泡枪的东西?"

"得有把枪。"扬帕说,"砰、砰、砰。"

"泡泡枪!"莫妮卡大叫,她的声音比贡纳尔高了八度。"我举脑③里奏④有把泡泡枪。母能⑤相信我老公。"她摇晃身体,身后的泡泡里好像确实有什么东西在来回移动,像敲手鼓一样敲打着她紧绷的身体。她向斯卡德眨了眨温暖的眼睛。"左以呢?想交易吗?你有什么?"

"我有个圆球世界的化石……"

"我们峡谷里有很多化石。"贡纳尔打断了斯卡德说,"有鳍足类、龙类、角龙、蹲龙,还有许多恐龙骨头。别香⑥化石了。你肥常⑦清楚我们虾耍⑧啥米。"

"星……石吗?"斯卡德说,他特别不想把他的星石交出去。

"星石!"莫妮卡尖叫道,"我特别几欢⑨,是的,你太好了,

---

①原意为"量子"。
②原意为"妻子"。
③原意为"主脑"。
④原意为"就"。
⑤原意为"不能"。
⑥原意为"想"。
⑦原意为"非常"。
⑧原意为"想要"。
⑨原意为"喜欢"。

我虾要。"

"你们为什么不去山脊上捡呢?"斯卡德说着,环顾四周。他看了一圈才发现,这里似乎没有任何星石。

"窝们① 都吃光了。"贡纳尔说,"窝们分狂② 地迷恋星石很多年了。是吧,莫妮卡?我已经告诉过你了,斯卡德。我介周③ 本来要从边境大满贯通道那里带回新的星石。我从一个长胡子的猎人那里得了一个,但是,窝把整个星石都吃了。还吃了里面所有的台阳④。"

"真是个肥常贪心的男孩。"莫妮卡说,"但是现在,有了斯卡德的星石,窝们可以像以前那样开派对了。"她快乐地扭动着自己的泡泡。

就这样,他们好像达成了某种协议,然后一大群更小的泡泡人从附近的平顶山飞来,围着莫妮卡高声尖叫、吵闹,围着她旋转,抚摸着她,好像要让她喂奶。他们有点像马戏团小丑做的那种玩具气球雪人。真是一群可爱的小家伙。

但是,贡纳尔对他们非常严厉。他摆动着尾巴,重重地打了其中一个小泡泡人,可怜的小家伙应声而倒。大多数小泡泡人惊恐地尖叫着逃跑了。但其中有一个紧紧地抓住母亲莫妮卡,用力压住她,以至于她的皮肤发出嘶嘶的声音。然后那个小婴儿泡泡人进入了莫妮卡的一个泡泡球里,他闷闷不乐的声音穿过泡泡里淡淡的黄色气体透了出来。

"爸爸坏!"小泡泡人尖叫着。

"太多孩纸⑤ 了。"贡纳尔说,他抽动着分节的身体,好像是在

---

① 原意为"我们"。
② 原意为"疯狂"。
③ 原意为"这周"。
④ 原意为"太阳"。
⑤ 原意为"孩子"。

耸肩。

"你忒可怕了。"莫妮卡对他说,"为啥米我要跟你在一起?"

"把你的泡泡枪给斯卡德吧,然后他把他的星石给你,绝配。然后你就开心了,对吧,莫妮卡?只要你香,生再多的小人儿都某问题①。"

"但刚才你打的四② 斯文七十七号。他总师③ 摇摇摆摆的,那么可爱。"

"斯文七十八号也很好啊。"贡纳尔说,"你奏把泡泡枪给斯卡德吧,好吗?"

"好吧!"莫妮卡大叫,她对贡纳尔很生气。她像蝎子一样向前甩动尾巴,泡泡枪径直飞向斯卡德的脸,时速约为六十英里。幸运的是,他兴奋得在半空中就接住了枪。

这是一把圆润小巧的大口径短筒手枪,很像一个玩具,非常适合他的手。它由柔软的黄色材料制成,就像软塑料一样,上面有五颜六色的圆点花纹。斯卡德把粗短的手枪对准泡泡荒地,挤压了一下。一团气泡呼啸而出,大约有三十个,发出炽热的光,像罗马焰火筒喷射出来的焰火球。在下落的过程中,一个气泡碰到了下面的悬崖,一下子爆炸了,剧烈的震荡让斯卡德站立不稳。斯卡德和扬帕担心悬崖再次坍塌,赶紧爬回了山脊中间。

"该让我玩玩了。"扬帕说着伸出手。佐伊也在看着。五十英尺外的山脊上有一块巨石,扬帕瞄准它开了一枪。喜庆、明亮的泡泡把岩石炸成了粉末。

在此期间,维利和平奇利一直站在车旁。报废的紫鲸车车厢内部都烧焦了,巨大的后轮完好无损。引擎、引擎盖和前轮都不

---

① 原意为"没问题"。
② 原意为"是"。
③ 原意为"总是"。

见了。那只被大肆吹捧的分形修复蚁正坐在平奇利的手上思考。

爆炸的巨石引起了维利的注意。"哎呀,太好了。"他大声说,"要是那个肉丸子再来,她有得受了。我也能试试泡泡枪吗?"

平奇利说:"你们这些家伙别打得到处是土,又吵又闹的。这只蚂蚁在思考她的具体行动。"

"啊……"

"你们介些人应该知道,一个泡泡枪只能射五次。"莫妮卡插话道,"你们还剩三发子弹。"

斯卡德迅速把枪从扬帕手里抢了回来。

"现在把星石交给我茄子!"贡纳尔对斯卡德说,他甚至还用尾巴推了斯卡德一下。泡泡人的触碰让人不适——他的身体好像带电,刺痛了斯卡德的皮肤。

斯卡德从背包里摸出星石,他非常舍不得这个闪闪发光的鹅卵石,它实际上是个百万光年的空间,里面满是星光。它被包成一个小包裹。但正在他犹豫的时候,莫妮卡已经从他手里拿走了星石——似乎直接就把它塞进了自己头上的褶皱中。可以说,无须牙齿咀嚼就把它吞下去了。

"你会用它做什么?"斯卡德问,"当首饰吗?"

"哈!"莫妮卡用她的共振膜说,"窝们直接把它吃了,像吃大杂烩一样。我们享受这种快乐。"

莫妮卡做了一个很难理解的手势,就好像她把星石从里到外翻过来了一样。一瞬间,整个广阔的泡泡荒地都充斥着浮动的太阳。小小的太阳。幸运的是,一种仁爱的地图世界力量正在控制一切。也就是说,这些释放出来的太阳并没有那么大,也没有那么热。每个太阳大约都有斯卡德那么大,它们相当容易控制。太阳至少有一千个,像沙子一样分散在各处,装点着整个泡泡荒地。

维利、佐伊和扬帕站在斯卡德旁,眼睛瞪得大大的。而平奇利还在忙着和那个弯曲的蚂蚁商量。

泡泡人从泡泡荒地的各个缝隙中冒出来,简直就是泡泡人大军。他们加入了这场狂热的飨宴,冲向星石中的太阳,从那些富有弹性的球体中汲取能量,让他们变得更圆润、更明亮。贡纳尔和莫妮卡也置身其中。

被吸干的太阳一个接着一个地萎缩、变暗,然后消失不见。斯卡德想知道这些事件对他的家乡——地球周围的宇宙环境会产生什么影响。大量的恒星会不会因此变成黑洞?星云会溶解成黑暗尘埃吗?

星石里的太阳一消失,泡泡人就切换了状态,开始了疯狂的交配狂欢——有的两两结合,有的三人一组,有的多人交配。闪闪发光的卵从多情的泡泡人群体中散开,组成了成千上万的新"孩子"。泡泡人的激情逐渐消退后,斯卡德发现贡纳尔和莫妮卡靠在附近的平顶山上休息。莫妮卡懒洋洋地挥着手。

佐伊说:"看起来派对结束了。"

"等等。"斯卡德说,"我有一个问题。"他提高声音问贡纳尔:"你之前说你在边境大满贯旅馆独自吃了一块星石?"

"四啊,这就四为啥米我当时那么累。"

这一切发生的时候,平奇利那弯曲的蚂蚁一直站在他的指尖,用它的六条小腿保持平衡,抽动着它的触角,让它的复眼在紫鲸车的残骸上反复扫视。

"现在怎么样了?"维利问平奇利,"那只蚂蚁什么时候才能开工?"

"你要理解,这是一个完善量子感应的问题。"平奇利对他说,"这就像——现在到底缺什么?你看,这只蚂蚁正在用心灵感应与我和汽车物质波的灵魂交流。它正在查阅我们之间纠缠在一起的量子空间历史。哇哦,奈莉,开始了!"

小蚂蚁发出叽叽喳喳的叫声，古怪地扭动着身子——它的触角开始变粗，变成一些小小的二阶蚂蚁。二阶蚂蚁的触角再次进化，变成了一些三阶蚂蚁，然后它们的触角更加丰满，变成许多四阶蚂蚁，然后这些蚂蚁就开工了。

几秒钟之内，一只蚂蚁仿佛变成了一棵分形树——虽然没有分出无数只蚂蚁，但数量已经很多了。这些蚂蚁连在一起，就像一把摇摆的扫帚。平奇利用拇指和食指，小心翼翼地捏住了最初那只蚂蚁的尾部。蚂蚁倍增的分触角就像一个小笤帚。平奇利现在拿着它扫过紫鲸车毁坏的前端。平奇利仿佛握着由量子打印蚂蚁制成的魔术画笔，这是一种有目的性的分形体。

几分钟后，引擎再次轰隆隆、轰隆隆地运转起来，就像回到维利和斯卡德的车库一样，一切都完好如初了。独角鲸杀死了博尔多格叔叔，斯卡德得到一把还剩三发子弹的泡泡枪，泡泡人吃掉了一个银河系分区的恒星，拥有巨型轮胎的紫鲸车显得无比骄傲，它已经准备好奔向山脊了。平奇利甚至清理掉了轮胎上那些让车子非常颠簸的桨轮，还拆除了他在紫鲸车下面安装的远洋舵。

斯卡德、平奇利和扬帕回到后座。还是佐伊开车，维利和她一起坐在前座。他们两个又恩恩爱爱了。佐伊沿着山脊那条狭窄的、远离冲浪世界的路一直开，右侧是一片节日气氛的泡泡荒地，左侧是螃蟹盆地。巨大、沉思的螃蟹在那里拖着木头和石头徘徊，把它们按照复杂的螃蟹逻辑堆起来。螃蟹们散发出低潮期的咸味，还有轻微的腐烂味。

"我们别和那些家伙产生任何瓜葛。"佐伊说，"我担心他们会知道我们昨晚吃了两个他们的同类。"

"螃蟹们什么都不知道。"斯卡德说，他心情不好，只想跟佐伊唱反调，"他们都没有脑子。"

"大错特错。"维利说，"斯卡德，你当时喝得太醉，都没注意到,其实这些特殊的螃蟹极为高级,而且很聪明。我们就像野蛮的食人族一样把他们吃了。这件事我连想都不愿意想。"

"见鬼,所有东西都很聪明。"平奇利漫不经心地说,"你只能抓到什么吃什么。"

"我都不知道该从何说起那种……"佐伊傲慢地说,但是她突然停了下来,凝望着前方的山脊。"前面那个是什么?"

斯卡德向前探身,看到一个人站在路边。看起来是个女人,有种似曾相识的感觉。她在朝他们挥手。她想让他们停下。她的脸温暖、疲倦、友善。

"不。"维利说,"不可能。"

斯卡德感觉好像有颗炸弹在他脑袋里爆炸了。"妈妈!"他大喊,"是妈妈!"

不是妈妈

维利

维利非常怀疑。也很害怕。这整个场景——就像一部恐怖的超现实电影。荒凉的山脊，平淡无奇的天空，巨大的螃蟹和会说话的泡泡人，粗糙的斯泽普人，会闪击的飞碟——现在还有一个外星生物正在冒充他死去的妈妈。

佐伊从驾驶座上瞥了一眼。"我要停车吗？"

那个像妈妈一样的东西指着维利，呼唤着他。可她的脸不太对劲——眼睛周围很僵硬，头奇怪地倾斜着。

"这是个陷阱。"维利说。

但是斯卡德不停地呼喊，佐伊放慢了速度。车还没停稳，斯卡德就从车上跳了下来。他重新站稳后，去拥抱了那个——"女人"？现在紫鲸车停了下来。"妈妈"外星人正在和斯卡德说话，拥抱他，并时刻注意着维利，显然她希望自己的情感巫术也能对他奏效。

这个生物的声音真像妈妈的，欢快又兴奋，充满了爱意。那声音触动了维利的心，引起了他情感上的共鸣。他深深地叹息了一声，几乎是抽噎了。

"扬帕和我弄明白了一些事情。"后座的平奇利说，"肉丸子和伊拉夫——他们都是幻形点，他们在为格伦和他的奴隶飞碟卖命。

在范科特，这些飞碟用一颗碟之珠收买了肉丸子，分裂的伊拉夫也想要碟之珠。幻形点会变形，记得吗？这不是你们的妈妈，维利。是肉丸子。"

"我们新拿到的那把枪在哪里？"佐伊问。

"在斯卡德那儿。"维利说。

"我会从他那里拿过来。"佐伊说，"斯卡德喜欢我。他会把枪给我的，没问题。"

维利看着佐伊，她很聪明，镇定又美丽。她是他在这个世界上最重要的人。"待在车里吧。"维利对她说，"你才是他们真正要找的人。"

"佐伊和我待在车里。"平奇利命令道，"维利去斯卡德那儿拿枪。扬帕去帮维利。"

佐伊同意。"别动摇。"她告诉维利，"那个冒牌妈妈必须死。很抱歉这听起来很奇怪。我永远也不会这样说你的亲生母亲。但是……"

"知道了。"维利说，但他并没有动。那个冒牌妈妈一直在对他微笑。这是他经历过的最可怕的噩梦。但如果这是一场噩梦，他可以醒来。但是他没有醒。他们为什么还在这里呢？

扬帕戳了戳他。走吧，维利。维利和扬帕跳下车，用力关上车门。

"我亲爱的维利。"冒牌妈妈说，但她的表情完全错了。那个白痴斯卡德怎么会上当呢？"你看起来很沮丧。"她说，"你见到我一点也不高兴吗？"

"我——"维利一句话都说不出来，他的心情五味杂陈。爱、怀念、悲伤、怜悯、孤独，还有恐惧。

"太像她了！"斯卡德大叫，好像他希望自己的话是真的——尽管他知道其他人不相信他。斯卡德凝视着那个冒牌妈妈的眼睛。

他开始像十岁小孩那样含混不清地问她问题："妈妈，你是怎么起死回生的？你是像去天堂的灵魂那样飞到这里来的吗？还是你一直都在这里，甚至死之前就来了？你怎么知道要在这条路上等我们？我们可以带你回家吗？"

维利慢慢地、稳稳地靠近斯卡德。扬帕默契地配合着他——就像他们一起冲浪时那样。

维利看到斯卡德裤子左边的口袋里有一个凸起的东西，泡泡枪。他要做的就是冲上去，抓住枪。但要是他太慢怎么办？肉丸子会发动闪击把他们都干掉。也许把他们五个都杀了。她还没开始行动的唯一原因，可能是她不确定他们是否有武器。或者她有点担心佐伊还能引出隧道，从这里回到地球。

"呀！"扬帕尖叫着，像坍塌的梯子一样突然翻倒在地。这是一个典型的分散注意力的举动。说时迟那时快，维利已将那把黏糊糊的小泡泡枪拿到手中，他把枪紧紧抵在冒牌妈妈的胸口。斯卡德含着眼泪开始疯狂捶打维利，但是扬帕抓住了斯卡德，并以惊人的力量把他甩了出去。此外，扬帕还用外星人柔道让那个冒牌妈妈失去了平衡。维利扑倒在了倒下的冒牌妈妈身上。

就这样，他跪在那个冒牌妈妈的胸口上，用粗短的圆点花纹泡泡枪顶着她的头，想鼓起勇气扣动扳机，无情地杀死她。

"开枪啊！"佐伊大叫着，走下车。

冒牌妈妈或者说肉丸子开始哭闹。"不能怪我们幻形点。"她说，"我们需要碟之珠，有了它我们才能闪击和飞行。过去，我们可以买碟之珠，但是我们的资源已经用完了。现在……现在我们成了飞碟统治者格伦的奴隶。我生来就是奴隶。维利，你和我，我们不是敌人。我这么开朗，你那么可爱。我会想办法推迟杀掉你们的任务。"

维利几乎要动摇了。肉丸子（冒牌妈妈）向佐伊恳求般地伸出手。"你跟这小子谈谈，你也是女人……"

维利注意到她张开的手指周围有东西在动。就像炎炎夏日，马路上翻涌的热浪。那是闪击前聚集的暗能量。老天保佑，时间到了。他握紧枪，扣动扳机。

维利被烟雾、火花和爆炸的泡泡球包围了。肉丸子的尸体着火了，他从火焰旁滚开，趴在地上呻吟着。

一分钟后，肉丸子（冒牌妈妈）只剩下一撮灰烬和一个垒球大小的闪亮球体。维利不禁想起他真正的妈妈火化后的骨灰，他觉得好像有人在挤压他的心脏。

"看那儿。"平奇利说着，加入了他们。"那个碟之珠是肉丸子在范科特出生时，吸血鬼飞碟给她的。我们开朗的伙伴。扬帕一直知道肉丸子的底细。"

"那个碟之珠是我的了！"佐伊人喊着，冲上去捡起了那颗彩虹色的球。它摸起来很热，她不得不来回倒手，最后佐伊用衬衫一角把它包了起来。

维利有点生佐伊的气。也许他会喜欢那颗碟之珠。现在斯卡德开始像疯子一样对着他尖叫。"你把妈妈杀了！"好像这一幕还不够糟糕。

扬帕和平奇利劝了斯卡德好一会儿，最后他冷静了。他们五个站在车旁，既疲惫又沮丧。这时候，佐伊拿出小号，蹲在肉丸子的碟之珠旁，轻轻地吹奏起来。珍珠的表面仿佛变成了薄纱，然后变透明了。

"你到底在做什么？"维利突然问，"你要离开吗？"他的声音冷淡而空洞。他现在一点同情心都没有了，他刚刚杀死了自己的"母亲"。他想死。

佐伊说："我从没说过我是世界上最勇敢的人。"她的表情很痛苦。"是的，我也希望自己能完成这个伟大的使命，梅茜昨晚说服了我。但是现在,我经历了一个外星人假扮你死去的母亲,她还想杀了我们,而且……"

"那你走吧。"维利说。尽管,他特别希望佐伊留下来。但现在他的情绪不太好。"进你的隧道吧。谁在乎啊。我受够你总这么闹了。"

佐伊沉默了很长时间,好像很失望。她在等维利求她。她俯下身去研究,看到碟之珠已经变成了尤尼隧道大门。佐伊拿着她的小号,仔细看了看隧道的入口。然后,她突然吹奏了一段降调音乐,碟之珠再次变成乳白色。隧道大门又关上了。佐伊瞥了维利一眼,她的表情难以捉摸。

"又怎么了?"维利说道。

"这个尤尼隧道——通向一个不好的地方。"佐伊颤抖地说,"那里有红眼睛的、带尖刺的东西。其中一个正准备过来。我不能用这颗碟之珠回家了。我被困在这里了。而且你还讨厌我。"

"我不讨厌你。"维利说着,心情再次明媚了起来。"我爱你,佐伊。我爱你胜过世界上的一切。"

"这样就足够了。"佐伊笑着说。维利张开双臂抱住她,久久不放。

斯卡德说:"我们还是可以用碟之珠来飞行。"他刚刚吓坏了,脸憋得通红,声音嘶哑,但他还是想继续和大家在一起。"我可以用这颗大碟之珠让我们的车飘起来。我知道诀窍是什么。"

"你是说'上上下下里里外外'。"维利说,他想起了麦德克劳的话。

"是的!"斯卡德说,"是我梦到的。或者,哦不,我当时在和麦德克劳用心灵感应交流。"

"你当时是哒咚喝多了。"维利挖苦斯卡德说。母亲去世后,他一直很难过,其中一些情绪变成了对斯卡德的不满。这家伙让刚才的情形雪上加霜。

"我觉得不应该只说上上下下里里外外。"斯卡德说着，思绪飘到了数学的魔法世界。"麦德克劳给我看了一个立方体的线条画。你可以在脑海中来回翻转它，改变着视角。就好像你看到一个立方体的立体线稿，你问你自己——哪个是最近的角落？你的感知来回翻转，每次翻转，就像在脑海中旋转第四维度的立方体一样，这就是碟之珠的飞行方式。"

"什么？"

"在你思维的多维空间里旋转那个立方体。上上下下里里外外！"

"听听这只博学的猪说的话。"维利说，他拖长音说着那个形容词"博学的"，那腔调像是旧时代在嘉年华里吆喝的人。"跺跺你的蹄子，博学的——猪，三加二等于几？"

"我恨你，维利。"

"但是，我爱你。尤其是你差点把我们都害死。尤其是你逼我朝我妈妈开枪的时候。"虽然这样指责斯卡德有点不公平，但这就是维利的感受。

"你们两个别吵了。"佐伊插嘴道。"我们还有很长的路要走。"至少听起来，她又再次加入这次旅行了。

"把碟之珠给我吧。"斯卡德对佐伊说，"这样我们就能飞起来，不用开车了。"

"欢迎啊，圆球世界的人类。"一个沙哑的声音嘶嘶地说。

"糟糕。"扬帕惊呼道。

"是一只巨型螃蟹！"平奇利惊叫道，"比我们的汽车还大。准备好泡泡枪，维利。但不到万不得已不要开枪。我们只能再开两枪了。"平奇利大声说着。"嗨，易怒的螃蟹先生。我们会成为朋友吗？"

螃蟹的下颚不停地运动，就像一个男人在咀嚼他的胡子。他的蟹螯有独木舟那么大，眼柄像保龄球。他的长腿又细又尖，踮着脚尖，好像在跳摇摇欲坠的芭蕾舞。螃蟹全身散发着一股低潮期的气味，还带有强烈的碘味。

"我的名字不是易怒的螃蟹。"他嘶嘶地说，"我叫科拉克托维德斯德斯坦恩①。把那颗碟之珠给我。"

"门儿都没有。"佐伊说。

"我得用它来飞。"斯卡德天真地说。

"我对此表示怀疑。"螃蟹嘶嘶地说，然后居然学起了维利调侃斯卡德的话："博学的——猪。"

"不许你这么叫我！"斯卡德大吼大叫，又快要失控了。"我不是白痴！我数学很好，还知道四维空间！"

"快走吧，野猪。"维利说，他又找回了一些家的感觉。他和他弟弟都是疯子，对吗？他拍了拍斯卡德的肩膀。

"回车里吧，伙计们。"佐伊坐在驾驶座上说，"快点儿，还来得及。"

"没必要害怕我。"螃蟹科拉克托维德斯德斯坦恩说道，"我不暴力。我以海藻和死尸为食。"但孩子们和两个斯泽普人仍躲在车门紧闭的紫鲸车里。

佐伊有些犯傻，她觉得自己必须卸下良心的包袱。"我很内疚，因为我们吃了你的两个兄弟或者姐妹。"她透过开着的车窗对螃蟹说，"就在昨晚。"

"在扁平人的海滩派对上吗？"螃蟹嘶嘶地问。从他那闪闪发光的眼柄中读不出任何表情。

"没错。"维利靠在佐伊身上，对着窗外说，"而且，扁平人让

---

①原文为"Klactoveedsedstene"，这是著名萨克斯演奏家查理·帕克自造的单词，并以此命名了他的一首曲子。他表示这个长长的单词没有其他含义，仅仅是一个声音而已。

独角鲸杀了第三只大螃蟹。你打算怎么办，吃屎的螃蟹？"维利在害怕的时候，觉得激怒螃蟹特别有意思。大家干脆打开天窗说亮话，对吗？"你应该听到第三只螃蟹的鬼哭狼嚎了吧。"维利补充道，他想看看面前的螃蟹会作何反应。

"在被折磨致死时，我们的确会尖叫。"科拉克托维德斯德斯坦恩温和地说，他表现得非常公正，富有哲理。"世界就是如此，不是吗？大自然有着血红的爪牙。"他拿出了一条长长的海带干，小心翼翼地啃着。他的下颚一刻不停咀嚼着，构造复杂，还很恶心。他踮起脚尖走近，把他的嘴贴在车窗上，对着佐伊的脸。

佐伊说："你快要把我逼疯了。"

"你的恶意在作怪。"螃蟹用催眠的口吻说，"你担心我会像你一样，是个冷酷无情的杀手。"

"快踩油门，"平奇利在后座对佐伊说，"这只螃蟹正准备暴击我们。他们就是这样。"

"等等。"佐伊似乎还想说话，"我知道你很聪明，科拉克托维德斯德斯坦恩。就像查理·帕克①或爱因斯坦。你能告诉我，地图世界是真实的吗？"

"有趣的问题。"螃蟹饶有兴趣地说，他的壳撞到了紫鲸车上。

"把枪给我。"斯卡德哀求着维利。"这是我从泡泡人那里拿到的，所以该由我射杀这只螃蟹。"

"人类的思想就像蛇的巢穴。"螃蟹说着，将一只蟹螯放在汽车上。"蛇吞噬了它们的故事。"他非常迅速地搅动着下颚，发出了呜呜的震动声。

"快走吧！"平奇利恳求佐伊。

"等我回答你的问题。"螃蟹单调地说，"地图世界是真实的

---

①查理·帕克（1920—1955）：美国中音萨克斯演奏家。曾与小号手约翰·伯克斯·迪兹·吉莱斯皮共同创立比波普爵士乐。

吗？圆球世界是真实的吗？对与对，对与错，错与对，错与错。我这样证明这些命题……"

螃蟹用巨鳌的尖端插入了紫鲸车车顶，像开沙丁鱼罐头一样把它打开。佐伊瞬间回过神来。

"哎呀！"她沿着山脊呼啸而去。

科拉克托维德斯德斯坦恩站在那里，疯狂地挥舞着蟹鳌。所有哲学超自然的表现，都消失得干干净净。

"你吃了人家的亲戚，人家不记恨你才怪。"平奇利对佐伊说，"特别是你还跑去说你很抱歉。"

他们继续前进，穿过另一个三岔路口。他们的左侧出现了一个新盆地，扬帕称其为跷跷板森林。广阔的泡泡荒地仍在他们右侧，但附近一个泡泡人都没有。

"让我拿着那颗碟之珠吧。"斯卡德又说了一遍。

"还是我和维利拿着吧。"佐伊说。事实上，闪着光泽的碟之珠正放在维利的腿上。他有点爱上这颗小球了。它流光溢彩，不轻也不重，还十分顺滑。他觉得他能想出让它悬浮起来的方法。

"碟之珠不能给你。"维利对斯卡德说，"但我可以把泡泡枪还给你，好吗？而且我们要谨记，杀死伊拉夫的机会只剩两次了。"他把那杀人的东西从座位上递了过去，他很高兴摆脱了这把枪。

跷跷板森林的树木在不停地运动，它们弯曲着树枝，左摇右摆，通过活动的树根四处游荡。树干上长着眼睛，看上去很友好。其中一棵红杉还向他们招手，但佐伊专注开车。她把巨轮紫鲸车的时速提高到每小时近一千英里。不知怎的，她已经克服了对高速的恐惧。

至于维利，之前累积起来的压力快把他压垮了。他瘫坐在座位上，好像全身都没有骨头了。"我好像脖子套着绞索，从绞刑架上掉了下去。"他对佐伊说，"然后被腐臭的油炸了一遍。"

"放松点儿。"佐伊看了他一眼,拍了拍他的手,"你安全了。"

佐伊碰到维利的时候,他就笑了。"也许吧。"他说,"但是,你不是说咱们这次旅行注定要失败吗?而且每次情况刚变好一点,就总有人想害死我们,对吧?这是真的。"

"我改变想法了。"佐伊耸耸肩说,"你知道的。此时此刻,我不断告诉自己——我们是不可战胜的。梅茜告诉我,我们是神话中的宇宙英雄,是注定会赢的。"

"也许她只是顺着你说。"维利说,"树立你的信心,谁知道为什么。我是说,梅茜甚至不是人类,不是百分之百的人类。"

"你是不是想太多了?睡会儿吧,维利。"

他们一路平稳地向前开。幸好这辆车做了流线型的超亮处理,维利才能听到外面所有的声音。跷跷板森林里飘动的树叶就像一阵抚慰人心的欢呼声。他腿上的碟之珠就像一只发光的、舒适的猫。他开始打盹儿了。

维利醒来时,紫鲸车已经停了,其他人都在外面。已经是傍晚了,那些荧光粒子变成了温暖的黄色。空气中飘浮着尘埃微粒。蚊虫在嗡嗡地叫着。维利已经睡了一整天了。他们停在两个盆地之间,左边是跷跷板森林,右边是一个叫鸟园的新盆地。

鸟园中仿佛播放着叽叽喳喳的交响曲,是那些停留在低矮、结实的橡树上的大鸟"演奏"的,橡树长长的树枝相互缠绕。这些鸟长六英尺,种类繁多,颜色斑斓。它们坐在树枝上,这让维利想起五线谱上的音符。

佐伊、斯卡德、平奇利和扬帕站在车旁,跟一只六英尺长的知更鸟和一棵两百英尺高的红杉交谈,后者依靠柔韧的树根保持平衡。斯卡德居然设法拿到了碟之珠,他把它抱在肚子上。

"嗨,维利。"佐伊说,"来见见这两位。这只知更鸟叫啄啄,这棵会说话的树是法克图斯。啄啄好像有点悲观。他们警告我们说，伊拉夫就在山脊前方，离这里可能有五百英里。"

"伊拉夫还开着平奇利的车吗？"维利问，"他的身体还是被切成几半的样子吗？"

"听说他们还开着我的车。"平奇利说，"他们的形状还是那么怪异，也没有融合在一起。可能他们觉得这样看起来更吓人。"

"我……我担心我们没法打败伊拉夫。"维利说，肉丸子假扮他母亲的事让他失去了信心。

"法克图斯和啄啄可以教我们用碟之珠飞行。"佐伊说，"那样的话，我们就可以让紫鲸车飞起来了。"

"为什么这只鸟和这棵树想帮我们？"维利问，"他们想要什么吗？"

"巧克力粉。"扬帕说，"可可。那罐东西太棒了，谁吃了都开心。"

"我还说要给他们一些葛缕子的种子。"平奇利说，"等我们把那个小罐子从该死的四半伊拉夫那里抢回来。"

"你倒是很乐观。"维利说。

啄啄尖声疾呼着她对伊拉夫问题的简要看法："浑蛋躲起来了！"她一边说话，一边抖动翅膀、摇头晃脑。她的脚上长着橙色的爪子，有四个鳞状多肉的脚趾——三个在前，一个在后。维利觉得，这双脚像变态杀人犯的双手。他忍不住一直盯着它们，觉得她像个偏执狂，破坏者。但啄啄玻璃般的眼睛是黑色的，看起来又有些友好，这要归功于她淡黄色的虹膜。她胸前的羽毛是柔和的红色，非常柔软。

"大爱可可。"啄啄说。维利不知道她是不是必须这样说话，可能她只是用地图世界奇怪的方式，在讲一个日常的笑话。或者，像佐伊说的，也许她没那么聪明。毕竟，她只是一只鸟。

"我们应该为斯泽普城留一些巧克力粉。"斯卡德反对道，"不用向这两个人打听。不需要向鸟和树打听。我告诉过你,在海滩上的时候我已经和麦德克劳用心灵交流过了。所以,我已经知道怎么用碟之珠飞行了。"

"但你不确定啊。"佐伊说,"我让你拿着碟之珠,而你只是站在地上说话。如果你知道怎么飞,你早就飞了。"

"我知道飞行的原理。"斯卡德说,急切地想为自己解释,"稍后我准备好了,会把理论付诸行动的。你让珍珠做四维旋转,就像把它由内而外翻过来。这样的4D旋转就会让引力场发生扭曲,然后你就能骑在这种扭曲的引力上。"

"或者扭曲的引力会骑在你身上。"维利说,他并不完全是在嘲笑斯卡德。

"斯卡德以为他有了大致的解决方案,"法克图斯迅速说,"将感官淹没在科学符号是愚蠢的。这个秘密很简单,就是要在空中航行。我建议让强壮的维利试试飞行的强大力量。"法克图斯的脸在满布沟壑的树皮上,两个眼睛圆圆的。也许他是在笑。

维利伸出手说:"斯卡德,把珍珠给我。"

"不给。"

斯卡德又要发疯了。说实话,两个男孩在遭遇冒牌妈妈事件后都有些崩溃。斯卡德紧紧抓住这颗七彩的珍珠,好像这是他在世界上最后的财产。但是现在,啄啄用她黄色的喙轻快、精准地戳了戳它——那颗碟之珠就弹到了维利手中。

这太好了。但还没等维利准备好,啄啄就用爪子抓住了他的双腿,把他拎到空中。虽然她没挖他的肉,但她确实紧紧抓住了他,把他倒挂了起来。啄啄扇动翅膀向上飞时,至少维利成功地紧紧抓住了葡萄柚大小的碟之珠,啄啄把维利带到法克图斯的高度,经过一个超大号的鸟巢,这个鸟巢位于树顶浓密的分叉树枝上——然后他们又继续向天上飞。

维利晃来晃去，血液涌向他的大脑，但他仍用双手紧紧握住碟之珠。他知道即将发生什么。就是那种残酷的老套路的另一个版本：把他扔到水里，他就学会游泳了。

离他非常远的地面上，佐伊正在斥责啄啄。斯卡德喋喋不休地谈论着多维空间。扬帕伸出双臂，来回小跑，左右摆动，也许是为了鼓励维利飞翔。平奇利很现实，他从万能的工具带中拿出了一个自动充气的、垫子状的生物。它现在已经变得很大了。它在来回移动，好像希望维利坠落地面时，它能出现在正确的位置。

"飞吧！"啄啄放开喉咙尖叫，然后她松开了维利的双腿。真是谢谢你了，臭鸟。维利像一头受伤的母牛一样，从空中坠落——这简直是一场强制的心灵之旅。

他开始想到斯卡德那些混乱的想法：翻转的立方体的立体线稿和可视化多维空间旋转。但这似乎对维利根本不起作用。他嘴里念叨着麦德克劳的口头禅："上上下下里里外外。"还是不管用。绝望之下，维利想到了同龄人文化的智慧。

飞行和冲浪没什么两样，对吧？维利突然想起来，都怪博尔多格，他那个红色冲浪板不见了。他浪费了一点点时间庆幸博尔多格已经死了。现在，回来面对眼前的危机吧。也就是说，回到从几百英尺高空坠落到地面这个紧迫的问题上来。还有如何通过冲浪解决问题。为什么不能把碟之珠当作冲浪板呢？

一些东西开始从碟之珠中长了出来。那是一个流光溢彩的、蜿蜒着扩大的透明空间，仿佛碟之珠周围出现了三英尺宽的边缘。维利继续祈祷，那东西上还长出了圆圆的鳍状物，可能是冲浪之神卡胡纳[①]救了他。或者可能是古波·古波帮了他。

[①]冲浪运动主要缘起于夏威夷群岛，其历史可追溯至4世纪。对于夏威夷原住民来说，冲浪不仅仅是一种娱乐活动，更有重要的社会与宗教影响力。冲浪被视为一种像自然神祈祷献祭的宗教仪式。通常，夏威夷人会选择在树雕与庙宇旁进行冲浪仪式，在卡胡纳，即夏威夷神职人员的帮助下进行祈祷。

不管怎样，反正奏效了。碟之珠在他手中移动，多维度地旋转着。它的碟状边缘不断变大。维利大声呼喊着，就像一名冲浪勇者进入了一英里高浪墙顶端边缘的隧道。维利全神贯注地盯着碟之珠，就像冲浪者依靠冲浪板那样。他受到一些力的牵引，被推向空中。

要知道，这一切都发生在电光火石间，仿佛是维利坠落的前三十分之一秒。他只是落到了老法克图斯最顶端的树枝上，就是有鸟巢的那些树枝。但是，现在——是的，天哪——维利来了个一百八十度大转弯，仿佛一个空中飞人在天上书写了一个J字形的符号。

维利和碟之珠融为一体了。它的虚拟飞碟边缘就像是长在了他身体周围。他就像一只飞鼠，或者像达·芬奇那幅一个人在圆圈里的画。就像他弟弟斯卡德所说，维利正在控制他的空间曲线的密切平面。就是说，维利可以绕着跷跷板森林中树木的尖刺和树枝俯冲、回旋和翻滚。他简直就是上下翻飞、环绕扭转的大师。

有一个小问题——黄昏的光线越来越暗，维利很难看清前进的方向，他非常有可能撞到树干。所以这时候，当最后一个朦胧、昏暗的荧光粒子落在法克图斯的树枝上时，维利盘旋而下，和他的团队会合了。

在那棵大树微微发光的树枝下，这一幕充满了魔力。佐伊张开双臂搂住了维利，然后她深深地吻了他。"你就像神一样。"过了一会儿，她说。她退后一步，粲然一笑，他们几乎看不清彼此。他们俩结束拥吻之后，都大口喘着气。"我的维利。"

"如果你们给我个机会，我也能飞。"斯卡德抱怨道。

"真是大开眼界，恍如神人的维利。"法克图斯发出沙沙的声响，"用灵活的力量翱翔。小斯卡德再设计个小特技吧：发射火花。"

"我可以学闪击吗？"斯卡德说，"像肉丸子和飞碟那样？要怎么做？"

"你要感受到碟之珠里沸腾的次元力量。发现灵魂中的嘶嘶声。勇敢地对抗阴险的伊拉夫！"

"咱们现在就去追他们吧。"斯卡德大声说道，"我要报仇。"

"鸟巢休息。"啄啄唧唧地说，"黎明最佳。"

"法克图斯树顶那个粗壮的分叉树枝上有一个巢。"维利说，"我看到它了。"啄啄点点头。

"我们都上车吧，维利会让车飞上去的！"佐伊惊呼，"太有趣了！"

"我哥哥不可能把车弄上去的。"斯卡德说，"我们就在这里睡吧。"

"哼哧哼哧的野猪很快就要来森林里搞破坏了。"法克图斯说，"待在我的树顶上比较安全。"

"猪会咬人。"啄啄补充道，"整晚都会。"

佐伊对维利笑了，她的表情让维利大胆起来。"我准备好了！"他大喊。

"好的。"平奇利说，"上车，让飞行员维利行动起来。我可不想在野猪还没冲过来的时候，傻愣在那儿。"

"跷跷板盆地可怕的蹄子。"扬帕说，"一群令人发指的火腿。"

"我会让车在鸟巢里保持平衡的。"维利说，"我们祈祷法克图斯不会摇晃得太厉害吧。"

"我肯定会摇动的。"法克图斯说，"我会猎杀那些野猪给自己补充营养，但我会用次生树芽捆住你们的车。咱们可以吃点巧克力粉吗？"

"极品糖果。"啄啄唱道。

"没问题。"平奇利说着，在后备厢里翻找起来。他拿着勺子和一个破巧克力粉罐子走了出来，里面还剩四分之一。"张嘴吧，小鸟。"

啄啄张开了她的大嘴，平奇利倒进了一小撮棕色的粉末。法克图斯在他的树干上咂了咂湿漉漉的嘴唇，平奇利也给他喂了一些。法克图斯高兴地摇摆着。啄啄发出了几声尖叫，抓挠着地面，然后转了个圈。平奇利和扬帕也迅速吃了几口巧克力粉，然后把罐子收了起来。

"所有人都开心了吧。"佐伊说，"真是一群怪胎，我准备睡觉了。"

维利坐进驾驶座，把碟之珠放在他的大腿上。有那么一瞬间，他沉默地怀疑着。但随后他感觉碟之珠在做多维旋转，就像母狮在驯兽师的抚摸下不停翻滚。维利体内再次流入了很多力量。多亏了珍珠，紫鲸车就像是他身体的一部分，抬起它就像扬起眉毛一样容易。

他摸索着穿过发光的树枝，突然听到下方传来猛烈的鼻息声。昏暗中他看到野猪的身影，它们有着闪闪发光的长牙。跷跷板盆地的野猪来了！维利不知道这些猪能跳多高，所以加快了进程。

然后他们的车升到了晴朗的夜空中，盘旋在法克图斯上空。他们这位新朋友是一棵会走路、会说话的树。维利优雅地把紫鲸车停入鸟巢中，巢穴下面的叉状树枝支撑着车的重量。乐于助人的法克图斯还迅速让较小的树枝顶住车子，柔顺的枝条缠绕在紫鲸车的引擎盖和后保险杠上。其他的树芽则缠绕在车轮和量子减震器周围。缠绕得很牢固，他们很安全。

至于寝具，啄啄和她的两个朋友进入了充满枝条和稻草的大巢，他们让两个斯泽普人和三个地球人睡在大鸟柔软的胸部和屁股上。

维利和佐伊绕到红胸知更鸟啄啄的另一边，远离了斯卡德、平奇利和扬帕的视线和声音。啄啄已经睡着了。这对情侣单独在树梢间，下面的野猪们持续地发出热烈的咕噜声。法克图斯时不时向一边轻轻摆动，用树根刺穿一些过于大胆的野猪，它们就会发出非常短暂的尖叫。

"这就是地图世界。"维利说，"大自然有着血红的爪牙。就像螃蟹说的那样。"

"别管那些了。"佐伊说，"现在是属于我们的时间。"

很快，他们两个就躺在啄啄柔软的羽毛中，拥抱着彼此，谈天说地。他们把衣服扔在一边，赤身裸体地面对着彼此。

"现在要做吗？"维利说。

"现在，是的。"佐伊说着，温柔地吻了他。"我想要你的全部。"她咯咯地笑着说，"你之前睡着的时候，我看到你裤子的口袋里有避孕套。"

"我带了很多。"维利说。

维利做好准备，伏在她身上。他们的身体像拼图一样拼在一起——这是维利一直想拼完的拼图。佐伊的呼吸清新又热辣。她全身都很性感，她的气息像蜂蜜般甜美。

一开始他们缓慢地律动着，尽情地抚摸着彼此的全身，他们知道这个过程不会太久，但又想尽可能地多享受一会儿。然后，如浪潮一般的激情淹没了他们。亲吻与呻吟让他们踏着本能的节奏，走入诸神的白光中。

"我要高潮了。"

"我爱你。"

他们终于在一起了。

和谐大陆

佐伊

佐伊醒来时,已是黎明,她和维利躺在柔软的窝里,依偎在啄啄红褐色的胸部。感觉到佐伊的动作,硕大的知更鸟抬起了头,盯着这对恋人,目光敏锐,喙非常大。

"嘘。"佐伊说着,用手肘支起身子,"他还没醒呢。"

啄啄低下头,继续打盹。巢里有三只鸟,还有扬帕、平奇利和斯卡德,他们都离得远远的。

佐伊低头看着维利。他醒了,看着她。

"我们做到了。"佐伊对他轻声说,"我很幸福。"她扑到他胸前,他们开始接吻。晨起呼吸的口臭,但管他呢,反正他们那么相爱。

"还要吗?"维利低声说,他真的好帅。

"是的。"佐伊说着,伸手摸了摸他。"为了确定,我们再做一次。"

"确定我们是恋人?"维利的嘴是一条直线,但嘴角上扬。他故意一脸正经。

"是的。"佐伊说。

这次他们更缓慢,更流畅了,进入得也更深。佐伊仰面躺着,啄啄的红色胸部就像天空下一面柔软舒适的墙。也许法克图斯感觉到他们在做爱了,他似乎在摇摆着配合他们的节奏。然后,他们又做了一次。

"亲爱的佐伊。"维利吻着她说,他微笑着后退,然后舔了舔她的眼皮。为什么不呢?

快乐的佐伊想知道,如果每天早上都和维利一起躺在床上醒来会是什么样子。但随后他们又要进入这个令人厌烦的广阔世界了。

"嘿,看那儿!"是平奇利,"准备好暴击四半伊拉夫了吗?"

他们开始忙碌起来的时候,啄啄飞到森林的地面上,带回一个又黑又甜的巨型黑莓。她把黑莓递到佐伊的脸旁,让她咬了一口。世俗的喜悦啊。啄啄的一位鸟朋友拿来了一块新鲜的猪排,是从昨晚法克图斯刺死的野猪尸体上撕下来的。

佐伊说:"不能生吃啊。"

"那我看看能不能用闪击把它炸熟!"斯卡德说,"让我用一下碟之珠吧,维利,拜托了?"

"好吧。"维利说,"你想怎么做?"

"我会按照法克图斯的话去做。感知沸腾的次元力量。我打赌我可以做到。我已经沸腾了。"

斯卡德把那一大块猪肉放在叶子上,双手握住碟之珠,皱起眉头。片刻之后,佐伊看到斯卡德手指周围闪烁着暗能量。火花在肉上舞动。虽不是致命的闪击,但温度很高。斯卡德摇了摇头,源源不断地输送着暗能量。一分钟后,跷跷板盆地猪排烤得香气四溢。

"我从碟之珠的量子振动里引出能量。"斯卡德说,"只有在我非常愤怒的时候,它才会起作用。"

斯卡德从猪排上剥下一条类似培根的肉,嚼了嚼,并没有被毒死。所以佐伊也吃了一些。好吃又能补充能量,与多汁的黑莓还很配。

过了一会儿维利说:"如果你们两个都同意的话,今天我开车。"

他们爬上车后,维利让车从树枝上悬浮起来,落到了山脊顶部的土路上。

"要是知道四半伊拉夫的确切位置就好了。"佐伊说,"这样他们就没法偷袭我们了。你们知道吗,啄啄?法克图斯?"

"他们鬼鬼祟祟躲着呢。"法克图斯说,简直就是一句废话。

"出动侦查。"啄啄栖息在车旁说,"需要种子。"她红色的胸部在日光下显得很柔软,她的眼睛很明亮。啄啄站在比佐伊高一点的地方。她昨天能把维利倒着拎起来着实令人惊叹。

"啄啄的意思是,她会和我们一起飞。"平奇利说,"她把自己当成当地的向导。她想让我们承诺给她葛缕子的种子。我不确定啄啄能帮多少忙,毕竟她的大脑只有豌豆那么大,但我很高兴我们有泡泡枪。"

"我还可以用碟之珠来闪击。"斯卡德说。

"我也准备好去真正干一架了。"维利说。

"你要小心。"佐伊告诉他,"我不想失去这一切。我们的浪漫才刚刚开始。"

"你想要的就是我想要的。"维利回答,"但就算我们回头,伊拉夫也会来追我们的。今天必须做个了断。"

他们告别了法克图斯后就出发了。紫鲸车提速到每小时一千英里。

"你能像开飞机一样开车吗?"佐伊问维利,"这样我们还能有点优势。"

尽管维利开车时,由佐伊拿着碟之珠,他仍然能够用它来悬浮。他可以进行一些微小的跳跃——也就是说,他可以快速驾驶汽车,然后让它悬浮在空中,接着在汽车先前的动力驱使下,漂移出一个漂亮的长弧,但是碟之珠的力量不足以让汽车在空中加速。

斯卡德总是恳求佐伊让他拿着碟之珠,最后她就给他了,反正这样维利还是可以让汽车悬浮。啄啄跟他们一起飞着,虽然她只是一只巨大的知更鸟,但她能毫不费力地跟上他们的速度。看来平奇利没有开玩笑,这里的动物移动速度都很快。

啄啄和他们遇到的其他大鸟叽叽喳喳地一阵喧闹,但不知道她是不是在打听伊拉夫的下落。听起来似乎确实有只知更鸟提到了伊拉夫,还提到了一个特定的地方。

"她是不是在说河蟹?"佐伊问。

"和谐大陆。"扬帕说,"充满音乐旋律的大陆。"

"就是下一个盆地。"平奇利说,"住在那儿的都是摇摇晃晃的大块果冻,也就是和谐人。和谐人能像乐团一样演奏。他们觉得这么做很好玩,但不仅仅是好玩。"

"音乐当然不只是有趣。"佐伊说,"它是神圣的、未知的声音。"

"共鸣的狂喜。"扬帕附和道,"出乎意料的休止。"她的声音有些奇怪。扬帕用两只手捧起平奇利的脸说:"我漫漫人生中缠绵的爱。"

"我们离结束远着呢。"平奇利有些尴尬地说,好像他想把不祥的预感一扫而光。"我也爱你,扬帕。"

佐伊听到远处传来甜美的声音,随着气流潮湿的微风时有时无。她对维利说:"咱们飞得高一点吧,这样我们就能看清楚了。"维利从斯卡德那儿把碟之珠拿了过来,让紫鲸车悬浮在离地面一百码的地方,他一直对佐伊微笑着。佐伊为维利的力量感到骄傲,但处在这么高的位置还是让她有些不安,而且现在只有维利能把他们维持在这个高度。这就像梦到自己在飞,但同时又梦到飞行的能力可能会突然消失。

"我看到和谐大陆了。"维利说。

前方山脊一分为二,右边是鸟园,左边是跷跷板森林,中间是一块大陆:和谐大陆。在佐伊看来,它就像一个巨大的沙拉碗,里面有大块的彩色果冻,成堆的鲜奶油和颤动的薄荷叶。虽然并非十分准确的描述,但和谐大陆确实让她想到这些。那里就像夏季婚礼自助餐中会出现的一道喜庆的菜肴。他们可以听到和谐人美妙而平静的音乐。

"天堂啊。"佐伊说,"我们去那里吧。"

维利把汽车降落到小路上,然后驶入了三座山脊交汇处的空地。他们下了车,啄啄飞到远处去勘察地形,她兴奋地鸣叫着。

就在这时,四半伊拉夫发起了进攻。他们就躲在山脊上方,就在和谐大陆的边缘。伊拉夫的汽车裹在了一堆白色泡沫状的东西里,佐伊觉得那很像奶油。

伊拉夫还是四块被切碎的身体——手、腿、胸、头。

伊拉夫手跟火鸡一样大,有着粗大的手指。看来他一直吃得很好。他的指关节背面有眼睛,手掌上有一张长满牙齿的嘴。

和以前一样,伊拉夫胸是一大块躯干加一条完整的手臂。他有一双亮晶晶的眼睛,胸口有一张像青蛙一样的嘴。现在,他还增加了一双灵活的脚。他摇摆着走动时,会向后倾斜保持平衡,手臂像起重机一样伸出。他手上骑着一只毒刺捕鲸蜗牛。

伊拉夫腿每条大腿前面都有一只淡蓝色的眼睛。他的胯部张开,露出一张长满牙齿的嘴。

然后伊拉夫头出现了。他是一颗完整的头,还有脖子、肩膀和没有手的手臂。他靠一双鹳腿让自己保持平衡,膝盖却向后弯曲着,那样子简直令人毛骨悚然。他长出一堆海葵卷须来代替缺失的手指。扭曲的肉柄是半透明的，没有骨头。

伊拉夫头直奔佐伊而来，他的海葵手中握着一把沉重的猎刀。他要杀了她。

维利向伊拉夫头猛扑过去，踢断了那个生物长长的鸟腿。伊拉夫头愤怒地尖叫起来。维利从这个生物黏糊糊的手指上扯下刀子，扔到一边。维利将地上的伊拉夫头痛打一顿，想要把他打昏，甚至杀死。

但这个时候，伊拉夫腿加入战局，以剪刀腿的姿势锁住了维利，把他的胳膊固定在他身体两侧。同时，伊拉夫腿还试图用胯部的牙齿咬维利的脖子。目前，他们形成了一个僵局。

伊拉夫头从维利身下挣脱出来，使劲伸出了他的手臂，再次抓住了那把刀。这把刀很笨重，刀刃很长，刀身平衡很好。伊拉夫头移动得非常快，他斜眼看着佐伊，用尽全力扔出刀子。佐伊摔倒在地上，但伊拉夫头居然也知道向低处瞄准，刀子迅速地飞过来，马上就要砍到她了。

但是等等。扬帕从旁边冲了过来。这位聪明、活泼、勇敢的斯泽普人预见到了即将发生的一切，她跑到佐伊面前，一心想从空中把刀夺过来。但这时，非常不幸的事情发生了。扬帕跌跌撞撞地跑来，那把沉重的、用力扔出的刀掠过了她的手，直接击中了她纤细的脖子，把她的脖子完全割断了。斯泽普人的头重重摔在地上。平奇利大声尖叫着。扬帕体内的血液全部喷涌而出，就这样，她死了。

斯卡德扣动了泡泡枪的扳机，伊拉夫头被干掉了。

在爆炸后的寂静中，邪恶的伊拉夫手飞快地跑过来，难以置信地开始吃扬帕的尸体。他从她的脚开始，用手掌上的嘴把它们咬碎。他仿佛是用快进的速度，从下到上地吞食了扬帕的腿。在这个过程中，那只手变得越来越肥大。别人还没来得及阻止，伊拉夫手就吞下了扬帕的整个身体。

这个生物打了个恶心的嗝，然后他张大嘴巴，吞下扬帕的头。伊拉夫手现在是两秒钟前的十倍大。他肿得像只饱餐后的扁虱，说不出的恶心。那只手用他胖胖的指头，围着汽车一路小跑，轻易地躲开了哭泣的平奇利的疯狂追捕。

与此同时，维利仍在伊拉夫腿的掌控中。伊拉夫胸嗅到了机会，于是他发起了进攻。他迅速向佐伊走去，拿出了捕鲸蜗牛。佐伊冲向紫鲸车，以为车可以挡住她，但是伊拉夫胸的速度太快了。他又蹒跚着靠近了一步，瞄准了她。他的捕鲸蜗牛向佐伊的胸膛射了一箭。

一阵刺骨的寒冷从佐伊的手臂蔓延开来，扩散到她的双腿和头部。她瘫倒在一边，身体扭曲，这让她的头正对着伊拉夫。她睁着双眼，目光呆滞。她不能说话，也无法移动，但她能看见。

疯眼汉平奇利从伊拉夫胸那里夺过捕鲸蜗牛，用脚把它踩在地上。伊拉夫胸一副天不怕地不怕的样子，他抓起佐伊的小号就飞奔而去。

佐伊瘫痪了，她无法产生扩张胸腔或让肺部充满空气的神经冲动。所以她无法呼吸。平奇利深知这一点。他的扬帕已经不在了，但他还能救佐伊。他俯身在她身上，给她做人工呼吸，努力帮她按压胸腔。佐伊仍然能看到发生了什么。

维利愤怒地向前猛扑，冲破了伊拉夫腿的禁锢。伊拉夫胸朝着刚刚脱困的维利冲过去，但维利避开了他，还把他摔在伊拉夫腿上。

斯卡德借机再次开火，一石两鸟。他用泡泡枪最后一发子弹炸死了伊拉夫胸和伊拉夫腿。在爆炸声中，佐伊的小号也毁了，如果可以的话，她肯定会号啕大哭，但她现在发不了声。

目前，只剩伊拉夫手了。佐伊可以辨认出扬帕的头，它被完整地塞进了伊拉夫手中。那只手被肥胖的手指高高托起,丰满、骄傲又无礼地朝紫鲸车走去。显然,他想杀死佐伊。什么也阻止不了伊拉夫。

维利从齐腰高的伊拉夫手后面走过来,抓住了他两根粗重的手指,用力扳着它们,好像要把这个怪物撕成两半。伊拉夫手蠕动着,准备用嘴巴咬维利。

斯卡德飞快地从汽车上取出大碟之珠。他盯着仍在和维利扭打的伊拉夫手。斯卡德周围的空气中充满了暗能量——闪击的能量正在聚集。伊拉夫手就快咬到维利了,但这时,斯卡德用暗能量闪击了这个怪物。

伊拉夫手被击中了,他无力地倒在地上。但是他没死,只是假装快不行了。他准备再次向维利发起进攻。佐伊无力警告他,但是平奇利看到了。

"杀了他!"斯泽普人尖叫道,虽然他还在按压着佐伊胸腔。"杀了那个吃了我妻子的浑蛋!"

斯卡德周身环绕着一种新型暗能量电晕,比之前那种强了一倍。

"这不是我的错。"伊拉夫手突然开始求饶,他声音又高又细,口气很执着。"我还有你的葛缕子种子。我把种子给你,放我走。"他弯着一根手指,只听砰的一声,葛缕子种子的罐子从他柔软的肌肉中冒了出来。

维利抓起种子,跳到一边。斯卡德又闪击了伊拉夫手两次。在猛烈的大爆炸中,伊拉夫手变成了尘埃,扬帕被吞下的头也溶解成灰烬与辐射能。

爆炸过后,斯卡德虚弱地站在那里,凝视着天空。"那些照片,"他喃喃地说,"扬帕的照片。它们之前一直在她脑海里。现在……"他比画着,好像在触摸什么隐形的东西。"我都看到了。

它们到我这儿来了。谢谢你,扬帕。"

这时,啄啄飞下来,请求他们将承诺的葛缕子种子给她。起初,他们都不太明白她在说什么。斯卡德被脑海中的影像弄得头晕目眩。维利只想去找佐伊。他听明白这只纠缠不休的鸟再三索要葛缕子种子的请求后,就把那一罐种子交给了斯卡德。

斯卡德愤怒地指责大知更鸟给他们下套,啄啄愤怒地否认了这一点,但谁知道呢,也许她没有撒谎。毕竟,她只是只笨鸟。为了把她打发走,斯卡德给了她一些种子,她就飞走了。然后,他一下子倒在地上,仰面躺着,好像在盯着他们旅行期间所有的全息幻灯片。

同时,维利接替平奇利继续帮佐伊恢复呼吸。维利没有按压她的胸腔,而是张嘴对着她的嘴,吸气吹气。维利的抚摸让佐伊很高兴,但她还是很冷,很冷,冷到骨子里。这就是死亡的感觉吧。

然后,她走了。

佐伊死了吗?她来到——一个房间里。这里很像洛斯佩罗斯高中的辅导员办公室,书架上摆满了书。地板上有来自东方的地毯,木制家具都很破旧。桌子后面仿佛坐了个幽灵——鼻子扁平,神情严肃,眼神庄重。她像一个挽着发髻的拉美裔女人。她噘着嘴唇,鼻孔像卷轴,身上散发出温暖的白色光芒,像钻石般明亮,但光线并没有让佐伊觉得刺眼。既然佐伊已经死了,还有什么会刺眼呢?

"我是古波·古波。"女人说,她动了动,光就不见了。她的声音像合唱一样丰富,充满层次。"你是佐伊吧。是我派平奇利和扬帕去招募你的。"

"是的。"佐伊说,她的疼痛消失了,但她还是无法移动自己的舌头。她在用她的思想说话,是心灵感应。她为自己感到无比难过。她和维利一生的爱情故事才刚刚开始。现在,她却在一间死后办公室里接受狗屁面试。

"你还没死。"古波·古波说,"你可以回去拯救你的星球。你、维利还有被鄙视的斯卡德。"

"被鄙视?"佐伊说,听到这个恰切的词,她心情稍微好了一点。

"你会领导他们。"古波·古波告诉佐伊,"去斯泽普城和天空城堡吧。你们将乘坐喷气式飞机前往新伊甸园,然后越过山脊到达范科特。在那里,你会发现一条通向地球的、巨大的非空间隧道。飞碟统治者格伦也会想办法过去。你们要把格伦困在隧道里,就像把垃圾倒进袋子后,扎起来一样。这样才能终结一个邪恶的时代。"那个发光的影像笑了笑,其实那也算不上笑。

"怎么……"佐伊想提问,却又不知该从何说起。相反,她脑海里不断闪过自己一动不动地躺在紫鲸车座位上的画面。也许她感应到维利看着她死去的感觉?也许她跟古波·古波的谈话只是死亡痉挛的大脑故障。

"如果你不想复活,我有一些表格要你填写。"古波·古波说着,突然头发花白,变成了中年人。她像变戏法一样拿出一摞一米高的文件。她修剪齐整的手轻敲着那堆纸,头上的发髻有些歪。"佐伊,你的申请表,还是没填完。"

佐伊大叫一声,办公室消失了。她躺在一朵云上,被音乐环绕。那也不完全是云。它黏糊糊,活灵活现的,有淡淡的金银花香。然后,天哪,她又能呼吸了。有什么东西在她胸前吮吸——那是一条鳗鱼。它正在从她被飞镖击中的地方吸出毒液。太感谢了。

维利正坐在她身旁,手放在她的额头上。斯卡德和平奇利都不在。

"你活过来了。"维利小声说。

她对他微笑着。这简直太棒了。她的嘴唇能动了。"我们打败四半伊拉夫了吗？"

维利点点头说："但他们杀了扬帕。你的小号也没了。"

三个半透明的、布满小孔的、摇晃立方体一边制作音乐，一边靠近了他们。三个立方体分别是浓郁的紫色、淡红色和淡绿色。他们的侧面跳动着深沉的音符，他们的小孔里唱着高音。他们的内部有许多交错的弦。他们停在白色的液质物里休息。

"和谐人。"维利指着那些齐腰高的立方体说，"你会喜欢他们的。你能站起来吗？"

"试试吧。"

维利扶着佐伊站了起来，她的头还是很晕。那条疗伤鳗鱼从她胸前掉落，扭动着离开了。佐伊倚靠着她亲爱的维利，她还活着，活生生地活着。她还能感受他的温暖、爱抚、味道和他那张局外人的面孔。

"我们昨晚做爱了。"佐伊说，她细品着自己的回忆，尽管她现在很想知道自己昏迷多久了。那时她濒临死亡，却看到古波·古波在高中办公室里的诡异画面。古波·古波给了她一个选择。填写那一大堆的申请表，或者重新活过来，做点什么。去拯救地球？

"那已经是前天晚上的事儿了。"维利纠正道，"但是我们昨天早上也做了，还记得吗？后来，四半伊拉夫攻击了我们，你受了伤，整个下午和晚上都在昏睡。平奇利的工具带里有一条疗伤鳗鱼，效果特别好。亲爱的佐伊。"维利停下来，轻抚佐伊的脸，继续说，"平奇利表现得很奇怪，而且越来越奇怪了。他一直在模仿扬帕，我猜是因为她死了。很难想象，那会有多伤心。斯卡德一直试着让他冷静下来。"

"那个被鄙视的斯卡德。"佐伊心不在焉地嘀咕着,"他们在哪儿?"

"在修车。"维利说,"紫鲸车,还有伊拉夫开的平奇利的那辆古董黄色敞篷车。"

佐伊不想讨论伊拉夫的事。"地上这些白色的东西是什么?"她问道,"我很喜欢。它们也帮助我康复了吗?"其实,她没有百分百恢复。她感觉膝盖随时会向任何方向弯曲。

维利用双臂搂住她问:"你想坐会儿吗?"

"先不用了。说说这些白色的东西吧。"

"这是一些奇味泡沫。"维利说,"这种泡沫可以把和谐人连接在一起。他们主宰着这个盆地。和谐人就像是活乐器。你甚至可以试着弹奏他们!"

佐伊太累了,感觉就像胸口缝了几个湿漉漉的沙袋。但她肯定想弹奏那群和谐人。维利把她带到一个红色方块旁边,她拍了拍它的侧面,它就发出"呜、嗡、呜"的声音。另外两个和谐人也附和了这个声音,开始反复地演奏。佐伊又戳了戳,拍了拍他们。他们继续发出"呜、嗡、噶、轰、吭、嘣、嘣、呜"的声音。

"一场即兴演奏。"她轻声说道,感到一阵短暂的快乐。但是她的身体仿佛是一摞歪歪扭扭的盘子,她猛地瘫倒在一堆难闻的泡沫中,又昏了过去。

这次佐伊梦见了梅茜,她穿着黄色紧身裤和淡蓝色运动衫,梅茜的飞碟边缘在她的腰间,她用音乐符号装饰着飞碟边缘。梅茜把松散的头发扎成了马尾辫,还拿着长号。尽管佐伊睡着了,她也意识到这不是梦。这是梅茜在和她进行心灵感应。

"姐姐!"梅茜说着,举起长号,发出潮湿的呜呜声,"欢迎来到音乐世界。"

在她奇怪的半醒状态下,佐伊可以感觉到皮肤上有些刺鼻的奇味泡沫。她感知到十万个立方体和谐人,他们所有人都通过心灵感应相连。就好像她置身于一个满是音乐家的体育场中,所有人都在调音。这是有史以来最大的即兴乐队。

梅茜斜靠在佐伊身上,用她伤感的长号轻柔地吹奏了一些音符。梅茜就像个假小子。"起床号,姐姐。"

"你应该让我睡觉。"佐伊说,"而不是往我脑子里挤。"

"下面播报一则简讯。"梅茜说,"你们才勉强开了两万英里,还要再开九十八万英里才能到斯泽普城,你们太慢了。"

"我能怎么办?"佐伊说,"我们是在开车。而且你可能没有注意到,我也许快死了。"

"你可真爱演戏。"梅茜说。她向后仰着,用长号吹出嚯嚯的声音。她放下乐器,端详着佐伊。"听我说,你和维利需要从和谐人那里买些乐器。音乐会帮你们走得更快。这样一来,不出六个月,你们就能到斯泽普城了。"

"我已经糊涂了,梅茜。我差点儿就死了。简单点,告诉我应该怎么做。"

"求我啊。"梅茜说着,翻动着她的飞碟裙,"你说'伟大的梅茜,求求你了'。"

佐伊不喜欢这样。"我记得你说我在学校其实对你很好,你不会记仇的。"

"也许我改主意了。快说伟大的梅茜,求求你了。"

"你真是个奇葩、废物。"

"这才是真正的佐伊。"梅茜开心地说道,"也许我应该离开?然后吸血鬼飞碟就会把这里所有人的灵魂都吃掉。全都因为佐伊·斯纳普是只傲慢的猪。除非……"

梅茜突然停下来,用长号吹出一个缓慢、摇摆的渐强音,似乎在暗示紧张情绪的逐渐高涨——就好像在问答节目中,观众等待参赛者回答时发出的那种声音。

佐伊并没有完全集中在与梅茜的心灵感应。她还漂浮在广阔而充满行星的迷幻海洋中，和谐人立方体像浮游生物，奇味泡沫像洋流。梅茜想吸引佐伊的注意力，她开始用笨重的长号敲打她。

"好吧。"佐伊通过心灵感应大喊，"伟大的梅茜，求求你了。帮我快点前进吧。好吗？"

梅茜跳了一段埃及舞蹈，做出相应的表情，她的手臂摆出的角度如同象形文字一样。她摇摆着长号，在自己的飞碟边缘上印满了"耶"字。太老土了。

"你到底有没有事情要告诉我？"佐伊说，这段对话太长了。她真想在泡沫里打个盹。

"用斯特拉托卡斯特。"梅茜说，"你可以把汽车的速度提高到每小时十万英里，不仅仅是每小时一千英里。你一天之内就能到达斯泽普城。"梅茜又摆了个新姿势，把长号像吉他一样侧握在腰间。"嘀嘟嘀嘟嘀嘟。你和维利，你弹主音吉他，他负责节奏。要从和谐人那里买把吉他。"

"吉他没这么厉害吧。"佐伊嘲笑道，"维利——好吧，没问题，他弹冲浪吉他。但是我是吹号的。我不能用小号吗？"

"嘀嘟嘀嘟嘀嘟。"同父异母的妹妹梅茜重复道："你的小号已经不见了。宝贝，现在你得用吉他。"她的表情非常专注。"用斯特拉托卡斯特。"

"天哪，你还真是难伺候。"

更糟的是，梅茜开始用脚猛推佐伊，把她从舒适的泡沫漂流物中滚了出来。佐伊完全清醒了。她躺在光秃秃的地上。梅茜不见了，只有维利。但是佐伊还能听见她脑海中的声音——一对声音越来越高的吉他。

"怎么了？"维利说，"你刚才又晕倒了，但只晕了半小时。你好像在和谁吵架,然后自己从泡沫中滚出来了。"

"和梅茜。"佐伊喃喃地说,"还有吉他。"她揉了揉脸,环顾四周。她突然想到她现在已经完全好了。这里有和谐人,还有亲爱的维利。这是一个崭新的开始,太好了。

"你和我应该弹吉他。"她告诉维利,"这样我们的车才能开得更快。可以开到每小时十万英里。"

"可是我们没有吉他。"维利怀疑地说,"而且你不会弹吉他。"

"用斯特拉托卡斯特。"佐伊说。

维利说:"斯特拉托卡斯特是一种芬达①吉他型号。"他说得非常慢,好像是觉得佐伊现在有点神志不清。"碰巧,我那冲浪三人乐队里,我哥们儿兹诺克弹的是芬达特来卡斯特吉他。我——我有一把诺玛特的便宜货。"

"我不是在说型号。"佐伊站了起来,仍待在原地。"斯特拉托卡斯特是一种声音,维利。那是一种尖声的双音轨,探测宇宙的边缘。就像嘀嘟嘀嘟嘀嘟,明白吗?那是一条音符阶梯,顺着弦声去天堂。像吉吉·克鲁什和哈萨克斯坦吉他军团那样?我弹吉他比你想象的好得多。但是说到这儿了,有什么我可以吃的吗?"

"太好了,你终于饿了。"维利说,"狂热的佐伊。"他从口袋里掏出饱腹薄荷,上面沾了点棉毛,有点黏糊糊的。"这是火鸡味的,比靠奇味泡沫活着健康多了。"

"知道了。"佐伊说着,把火鸡味的薄荷糖扔进嘴里,"那种奇味泡沫——我也非常喜欢。"

"泡沫渗透皮肤的时候,感觉真的很棒。"维利说,"那些和谐人已经对这种泡沫上瘾了。"

---

① 芬达吉他:指 Fender 公司,它目前没有统一的译名,但大多数音乐人都称其为"芬达"或"芬德"。该公司于1946年建立,对现代音乐有巨大的贡献。

"就像爵士乐手一样。"佐伊说,"我们可以和那些立方体聊聊吗?梅茜说,我们可以从他们那里拿到吉他。"

"试试吧。"

佐伊用她的手触摸了一下红色的立方体和谐人,他用一种空灵的颤音作为回答,但佐伊还是在用语言和他交谈。在她的能力范围内,她用心灵感应描绘了她想要的图像——两把电吉他:一把栗色的,一把亮黑色的。一个是经典的飞行V[①],另一个是弗兰克·扎帕[②]的吉布森SG。

"我去向古波·古波要。"那个和谐人说,"那你给我——什么?"他从身体一侧的洞里唱出了他的问题。

佐伊没带什么其他的东西,所以她干脆把火鸡味的饱腹薄荷糖吐在那个立方体上,哇——他居然很喜欢,但这还不够,他想要更多。

"你可以把平奇利的旧车开走。"维利突然说道,佐伊严重怀疑维利是否征得了平奇利的同意。"你在和谐大地上想怎么开就怎么开。"维利笑着说。

红色立方体发出柔和的缩放声,摇晃着他的身体。这时,奇怪的事情发生了——他展开了自己的六个侧面,让它们落在地上,形成一个类似扁平的红色十字形状,其中一只手臂上还多了一个正方形。立刻就有东西在扁平的和谐人上方升起。那是一丝光线,一种三维的云网纹,是发着光的淡淡的紫色。也许那就是伟大的神——古波·古波的化身。

那些网状的卷须聚集在一起,形成一对扭曲的藤蔓。藤上挂着的两个芽,像成熟的果实一样慢慢胀大。那是一对小吉他,大约是正常尺寸的三分之二。它们和佐伊心里设想的一样。没错,

---

①飞行V:吉布森公司1958年推出的一款电吉他,外形为大胆的V字形,未来感十足。
②弗兰克·扎帕(1940—1993),美国音乐家、作曲家和乐队指挥。

它们就是红色的飞行V和黑色的吉布森SG。吉他在藤蔓上悬挂着,它们的琴颈发着光,弯曲着。琴身闪烁着黑色和康提-科洛尔①油漆的光芒。吉他挣脱了藤蔓,落在展开的红色和谐人身上。藤蔓和云纹网都不见了。

佐伊拿起黑色吉布森SG,胡乱弹了它一下。应该是胡乱弹了它一下。吉他摸上去很温暖,它在佐伊的手中弯曲着,好像在读她的思想。它有一个内置的暗能量放大器,或类似放大器的设备,它会按照佐伊的要求呼啸,那是一种非常紧凑的回响。维利拿起他红色的飞行V吉他,配合着佐伊的弹奏,弹出了宇宙混响,这两种声音组合起来更好听了。

"我管这个叫上帝和弦。"维利说。

"我们配合得太好了。"佐伊继续说道,"我们要一起弹奏斯特拉托卡斯特,然后每小时开十万英里。我爱你。"

"我也爱你。"维利说,"摇滚女孩。你太棒了。"

"准备好演奏了。"佐伊一边说,一边拨弄着琴弦,品味着音符的和谐。

扁平的红色立方体和谐人又折叠了起来。他仔细研究着佐伊和维利的新乐器。"别忘了我的车。"他说。

"我们去找平奇利和斯卡德吧。"维利说。

大家把斯泽普人的旧车停在紫鲸车的旁边。他们坐在两个方向盘后面,像设备发烧友一样疯狂地给引擎加速。

"这两把小吉他真酷啊。"斯卡德说着,从紫鲸车的窗户探出头来。

"他们不只是吉他。"佐伊说,"他们是古波·古波做的。这个红色的和谐人帮了大忙。"

---

①原文为"kandy-kolor",是20世纪50年代南加州风靡一时的特殊闪光彩虹色汽车涂料。

"那是我的车吗？"和谐人边问边跳到巨轮黄色敞篷车的驾驶座边上，平奇利正坐在车上。俩男生已经把车擦得锃光瓦亮。它的引擎盖上还能看见两个大大的红色字母——P&Y。

"你说什么呢？这是我的车。"平奇利说，"这是代表平奇利和扬帕的P&Y。"不知道什么原因，平奇利正在完美地模仿着扬帕的声音，他甚至会像他去世的妻子一样挥舞着手臂。

"平奇利好奇怪。"斯卡德告诉佐伊。

"我，我跟这个和谐人说，可以用你的车来换两把吉他。"维利很不好意思地说。

平奇利生气地瞪着眼睛。

佐伊用她的吉布森吉他弹奏了一些音符。嘀嘟嘀嘟嘀嘟。"这笔交易很划算。"她说，"有了这些吉他，我们就能以每小时十万英里的速度前进。而且，我们旅行结束后，维利的紫鲸车就归你了，平奇利。"

"你说什么？"维利叫道。现在，他才是那个被摆了一道的人。

"我们能走了吗？"佐伊说。

不知为什么，他们虽然牢骚满腹，但事情还是顺利解决了。他们四个人站在紫鲸车旁，红色的立方体开着平奇利那辆无敌黄色敞篷车飞驰而去，一路穿过白色泡沫，爆发出震耳欲聋的大型爵士乐队演奏的音乐。

对于维利来说，幸运的是，平奇利又已经深深陷入对扬帕的模仿中，并没有继续对刚才的交易大喊大叫。"恋人的豪华轿车被开走了。"他用扬帕的声音说，语气中满是伤感。"失落的平奇利十分渴望扬帕。时髦、爱显摆的平奇利有一条又臭又滑的小虫子。"平奇利说着，伸手去摸他的下体。

"不要！"斯卡德大叫，"我们不想看你的小虫子！"为了转移话题，斯卡德飞快地告诉其他人："平奇利说现在轮到他开车了，即使他自己的车没了。"

"平奇利会开车带大家到斯泽普城。"平奇利说,"为了给扬帕悲伤地守灵。"

"我们会开得非常非常快。"佐伊提醒平奇利,"每小时十万英里,紫鲸车拐弯的时候,会很不稳定。"

"这就是为什么爱咆哮的、会认路的平奇利会来开车。"平奇利说,"他的反应可比那些没见识的、二流的圆球世界人要快多了。"

"我不知道怎样才能那么快。"斯卡德插嘴道。

"多亏了这两把古波·古波的吉他,我们才能全力高速前进。"佐伊说,"十或十一个小时就到了,超棒的。"

"但我们会撞上东西吧。"斯卡德说。

"我会一直让我们悬浮起来。"维利说,"就好像低空飞行。"

"哇。"斯卡德说,完全没有怀疑了。然后他又开始提要求了:"让我拿着碟之珠吧,我也可以让汽车悬浮起来。你让我再试一次吧,我可以让我们飞起来的。"

"好吧。"维利说,"你和平奇利一起坐在前座。我和佐伊坐在后面弹古他。"

斯卡德咧嘴笑着说:"行动吧,兄弟!"

斯特拉托卡斯特

维利

维利那个三分之二大小的飞行 V 吉他竟然是活的。其实，她就是个外星人，是和谐人的一种。她伸长脖子，这样她就能用鼻子去爱抚佐伊手里那把男性黑色吉他。两把吉他彼此轻柔地鸣响。维利把它们想象成他和佐伊即将骑上的一对赛马。

"或者是魔法扫帚。"佐伊在头脑中对维利说。吉他似乎在帮他们进行心灵感应。

疯狂的平奇利在开车，他的头以一种奇怪又风骚的角度歪着，他还在模仿扬帕。不管疯狂与否，他刚才用那只分形蚂蚁把紫鲸车变得更像飞机了。也就是说，他在车顶上放了一个垂直的稳定鳍，配有一个方向舵。而且他在车顶的后部增加了一个升降舵鳍。升降杆上有一对襟翼，用于调节车飞行的高度。有了这些飞行方面的改进，以及适当的驾驶控制，平奇利对即将开始的旅行非常兴奋，而且他也不再抱怨自己的黄色敞篷车被平白无故拿走了。

斯卡德坐在前座，紧挨着平奇利，手里拿着碟之珠。但是困难来了。斯卡德还是不能让紫鲸车悬浮起来。

"你只要想象珍珠周围有鳍。"维利告诉他的弟弟，"而且那个鳍是你的一部分，不要退缩。你必须跟它合二为一。"

"我并不擅长合二为一这种事。"斯卡德抱怨道，斯卡德沉默了整整一分钟后,终于弄明白了。"你一直这样做吗,维利?"

"我冲浪的时候都这样。"

紫鲸车高高地向空中飘去,他们看到远处有一片和谐人立方体,他们在一条条奇味泡沫中。薄荷绿的小动物四处奔跑。他们有T形的身体,锤子一样的头,头两侧有大眼睛。他们像敲锣一样使劲敲打着那些立方体。

"准备好,粗发吧①!"平奇利说,他仍然学着扬帕说话的样子。他发动了引擎,但什么也没发生。哦,对了,斯卡德已经让紫鲸车悬浮起来了,所以那些巨大的轮胎在空中旋转。

"你们现在要弹斯特拉托卡斯特了吗?"斯卡德说,"是这么说吗?"

"准备好,粗发吧。"维利说,有点儿嘲笑斯卡德和平奇利。

佐伊凝视着维利的眼睛。她看起来奇特而迷人,像个可特摇滚歌手。他们把手指放在自己的吉他上,手中分别拿着一个三角形的贝壳当拨片。佐伊点了一下头,然后弹奏:嗞姆嘀嘟嗡。

佐伊主导,在音乐的海洋中航行,维利紧随其后。他们两个好像在音乐空间里跳着虚拟的舞蹈,像DNA链一样彼此环绕,形成一棵声音的天堂之树,美极了。维利不知道原来佐伊能像这样弹吉他。可是,车还是没有动。只是飘浮在那里。

佐伊尴尬地停了下来,开始给吉他调音,或者说试着调音,但实际上这把吉他都没有调音栓。汽车悬在空中,像一颗熟透的水果,在碟之珠仅有的作用下非常缓慢地向前飘移。平奇利和斯卡德转过身来,生气地盯着那两个失败的弹奏者。

"看来我们还是得在该死的泥路上开车了。"平奇利说,"把我们放下来吧,斯嘎德。"

---

①原文为"Gear we go-go"。

"等等。"斯卡德说,"我给维利和佐伊一些葛缕子种子吧。"他拿出了罐子。"地图世界里没人不喜欢葛缕子种子,对吗?也许是有原因的。它们在这里有特殊功效?"斯卡德顿了一下,从罐子里拿了几粒种子,像老鼠一样用门牙磨着。"种子弯弯的。"他说,"有黑麦面包的香气。我现在感觉自己好像变聪明了。如果可能的话,维利、佐伊,你们也试试吧。"

就这样,维利和佐伊也吃了一些葛缕子种子,差不多每人吃了一茶匙,用后白齿咀嚼种子。维利马上感觉好多了。他用眼角余光看到彩色的形状。就像虚拟的彩色葛缕子。当他转过头时,那些明亮的月牙形状的东西一下子就不见了。它们非常害羞。

"我也看到了彩色的东西。"佐伊说,"是奇味回旋镖。我们要用旋律去追它们。用斯特拉托卡斯特弹一段小精灵进行曲[①]。"

"那不是科学。"斯卡德说。

"闭嘴。"维利厉声说。

佐伊弹奏了新的和弦。她尝试了一些蓝调节奏,轻描淡写地循环着一些优雅的奇味音调。维利也加入其中,他一边注视着地平线,一边弹奏着。在他的余光里,那些新月形的小家伙蠕动着向前爬行。它们就像脆弱的、长着蕾丝翅膀的昆虫,在他的余光中移动。他用快速落下的拨片推动着它们。

就这样,没错,维利和佐伊的演奏进入了一个新阶段,仔细地演奏着像逻辑三段论一样的即兴重复段落,维利到底是从哪里学会这样的词儿的?哦,是从斯卡德、平奇利和佐伊那里吸取到这些词汇的。他们四个人都是一条船上的人了,还有扬帕的鬼魂。

紫鲸车开始移动了。起初有些缓慢,然后逐渐变快,这和斯特拉托卡斯特的声音有关。他们穿过了广阔的、果冻沙拉般的和

[①]原文为"goblin march",作者灵感来源于E.M.福斯特的小说《霍华德庄园》里的一场音乐会。

谐盆地,速度比扫射喷气飞机还快。飞行员平奇利握着方向盘,调整着襟翼,改变了他们的路线,飘过了盆地较远的边界,速度比他们想象中要快得多。斯卡德竭尽全力让车飘浮着,勉强越过了和谐大陆盆地和下一个盆地之间的山脊。

"真是千钧一发啊。"斯卡德说,"那些山简直拔地而起。"

"十万英里每小时呢。"平奇利幸灾乐祸地说道,他终于不再模仿扬帕了,听起来就像他以前的自己。"欢呼吧,佐伊、维利。我记得,这个新的盆地叫腕表盆地。"

维利低头凝视,将他弹吉他的手指变成了爬行动物大脑的固定音型模式。腕表盆地到处都是嵌齿和齿轮,还有杠杆和有弹性的线圈,它们一直在慢慢地转动。奇怪的是,到处都有大量的蜂蜜,堵塞着这些机械。软软的蜂蜜中有许多蚂蚁——它们是守卫时间的蚂蚁。可是他们如闪电般掠过,维利怎么能看到如此微小的细节呢?

"青蛙舌般的目光。"佐伊突然说,她看起来非常神秘、迷人。空气中的荧光粒子勾勒出佐伊逐渐远去的脸庞的轮廓。她在演奏科普特的七声渐强,脑海中出现了许多心灵感应的影像,比如,豹头人身的神列队走进法老的坟墓,包裹了一半的木乃伊女孩在蜿蜒的尼罗河中扭动着她们的屁股。

维利为佐伊弹奏和声,那声音好像食人鳄鱼在大声争吵。演奏时,他也逐渐明白了佐伊的意思。也就是说,有葛缕子种子增强他们的精神力量,他们是能做到以每分钟一千英里的速度前进的。这就像青蛙捕虫时吐出舌头一样,迅速把目光射出去,并让它原地停留几秒钟,这样就能真正看清一些正在发生的迷你片段。青蛙舌目光,就是这样。

维利的目光在腕表盆地中闲逛,他注意到一些独立的小齿轮和涡轮正忙着自己东奔西走,在行星计时器上四处搜寻,然后撬开带齿轮的轮子，把它们据为己有。整个盆地本身就是一个巨大的时钟，它会想办法吃掉尽可能多的嘀嗒作响的齿轮装配飞贼，有时会把它们困在满是蚂蚁的蜂蜜中。

那儿有很多的时间。然后时间到了。他们越过了另一座山脊。

"这里是墨鱼破坏沼泽。"平奇利吟咏道。

一条飞行的墨鱼直接撞到紫鲸车的前格栅上，车上的人立刻陷入痛苦的 3D 翻滚中。他们有被离心球击昏的危险。佐伊更加用力地弹奏吉他，进入了噪声模式。吉他内部的放大器与琴弦循环往复刺激着彼此——发出一阵躁动不安的"吮吮"与"嗡嗡"。暗能量在涌动。不知何故，这种让人头晕的声音让他们偏航的车回到了正轨。还得感谢这原始的混沌。

前座的斯卡德警惕起来。他眺望远方，准备在下一条墨鱼到来之前就把它解决掉。其实，墨鱼并没有攻击他们。它们陷入了自己的内部纠纷。是内战吗？

墨鱼破坏沼泽中居住着两种墨鱼：红色墨鱼和绿色墨鱼。红色墨鱼在空中飞舞，拍打着它们的裙鳍，绿色的则在浅浅的、充斥着奇味的水中嬉戏。空中的墨鱼向着水里的墨鱼俯冲而下，而水里的墨鱼像海牛一样一跃而出。当两只墨鱼相撞时，彼此的触手就纠缠在一起——它们是在互相撕咬吗？

"是在做爱。"佐伊说，她的独奏进入了一段热烈而诱人的节奏。"在享受快乐。就像你和我一样，维利。"

维利弹奏了一些暧昧的低音旋律，配合着佐伊的情绪。他从未弹得如此生动。这个盆地也一掠而过。半个小时内，他和佐伊完全沉浸在斯特拉托卡斯特的演奏中。然后他们又碰巧注意到了周围的风景。

"那是金虫盆地。"平奇利说。这个地方的地图好像都印在了这家伙的脑子里。

闪亮的黑色甲虫正在挖一条走廊，还堆砌了一些带花边的土堆。这些甲虫有点像范科特街道上那些活着的车，但不那么都市化，更有部落感。它们的触角上有成排的侧分支。甲虫会释放爆炸性气体，加快挖掘的进程。嗵。它们是在挖金块。一只深蓝色的甲虫得意扬扬地展示着下颚上一块很大的金子。维利的焦点从金块移到了下一个亮点——一个陨石坑旁挤满了圆背甲虫，它们挥舞着流苏状的六月甲壳虫触角，在跪拜一个飞艇大小的金色甲虫神。荧光粒子增加了"偶像"的光辉。

维利和佐伊的欣赏能力都极好，他们开启了一首丰富多彩的音乐幻想曲。斯卡德让汽车越过了甲壳虫盆地隆起的山脊。平奇利调整了前进路线。四位旅行者以变幻莫测的速度狂奔，享受着野性的快乐。接下来还有更多盆地。

"你怎么知道要往哪个方向走？"斯卡德问平奇利。

"两个办法。"平奇利说，"首先，跟着格伦的喷射流。"斯泽普人指向地平线上一道微弱的线说，"这道线连接着新伊甸园和格伦的巢穴，我们称之为深坑。喷射流里面是来来回回的飞碟。我们的斯泽普城就在紧挨着那个坑的一个盆地。"

"这个邻居太糟糕了。"斯卡德说，"那找到斯泽普城的第二种方法是什么？"

"她吹的那东西。"斯泽普人说，"看到那边飘起来的羽毛了吗，在喷射流的尽头？"

维利睁开双眼，想从心理上把眼前的事物放大——在远处的地平线上，他看到了一根毛茸茸的、直立的羽毛，那应该是高达一千英里的雷雨云。

"那是斯泽普城上空的云。"平奇利说，"就是我们所说的天空城堡。你们待会儿就到了。但是现在，我们要先经过这个叫作恶臭百老汇的老盆地。"

佐伊弹奏出向下的琶音，维利用心灵感应保持同步。恶臭百老汇中到处都是"活着"的城市，块状的蜂房在一片果实累累的平原上缓缓移动。这些城市里居住着各种猴子。到处都有成对的城市彼此相连。其中的灵长类乘客就会从一个大都市爬到另一个大都市。猿人们挥舞着精美的艺术品进行交易，想卖个好价钱——结果却被残忍的下层阶级俘虏，他们会把这些不幸的俘虏直接丢进城中最底层的绞肉机里。

佐伊演奏着刺耳的哭泣声，维利的曲调更像是对虚度生命的朦胧回忆。这是令人心痛的二重奏。这仅仅是个开始。佐伊和维利迷失在越来越丰富的斯特拉托卡斯特旋律中，他们穿越了更多的盆地。

"这是草履虫池塘。"

这是一个五千英里宽的水坑，是滩明亮的黄绿色阴影，充满了各种藻类，在微生物的潮汐中闪闪发光。里面有各种草履虫、变形虫、团藻虫、轮虫——它们挤在一起、大量繁殖，只要有可能就会吃掉自己的同类。

"有千的九次方那么多。"科学男孩斯卡德斯说。因为有生命的和谐人吉他、碟之珠，孩子们的"智力杂技"，以及平奇利失常的状态，所以现在车里充满了心灵感应的氛围。

他们在草履虫池塘上空飞行时，佐伊和维利旋转着一团黏糊糊的音符——一首循环往复的赋格曲。这时，微生物的数量似乎正在以对数的速率下降。单细胞生物互相吞噬，而且变得越来越大，就像相互竞争的对手不断爬上锦标赛的树一样。现在只剩下十亿，一千，一百。然后——只有一个。这只草履虫，足足有一个大陆那么大。

黏糊糊的巨型草履虫懒洋洋地躺在行星池塘里，像是坐在浴缸里的富豪。突然，发光的水流翻腾了起来。出什么问题了吗？

这个巨虫的纤毛表皮上出现了一个黑点。这是一种严重的传染病，一群它以前的低级同伴在作祟。这只巨大的草履虫身上出现了漏洞，砰的一声——它又回到了起点，要再次面对行星池塘中千的九次方个竞争对手了。

受这一场景的启发，佐伊和维利弹奏了一首夸张的摇滚颂歌。越来越多的盆地从他们眼前一闪而过。

一群大象大声呼喊着古波·古波的名字，它们背着较小的大象来来回回不停地走，建造着一座伸向天空的大象丘。平奇利在摇摇欲坠的象丘间穿行，必要时，斯卡德会闪击一下那些不安分的象鼻。

喷出乳汁的乳房在高高的绿色草地上扑腾。高耸的花朵操着一口势利的英国口音斥责那些乳房。藤蔓植物上漂浮着小黄瓜，就像微型齐柏林飞艇①。身穿制服的小飞行员聚集在紧绷的船体上，跳着角笛吉格舞。

人鱼和海妖懒洋洋地躺在平静的黑海边。内斯湖水怪在漆黑的水中穿行，他们的头像海盗船的船头。

天空中满是狂吠的狗，地上是郊区网格状的狗窝。邪恶的兔子从一个狗窝溜到另一个狗窝，偷吃小狗，丝毫不看狗窝院子里那些大丰收的胡萝卜。

小地精们在空中玩弄着易怒的食人魔，热气腾腾的粥在锅里等着。食人魔变成了糊状物的葡萄干。

飞翔的水母载着虾人。奸诈的虾引得水母用带刺的触手互相鞭打。在争斗中，带条纹的海螺都欢呼着，向小虾抛撒花束。

满怀希望的猪成对地把彼此的鼻子贴在一起，圆鼻对圆鼻。它们像直升机一样向上旋转，将一片片的培根甩在湿滑、拥挤的

---

① 1900年，著名德国飞艇制造家斐迪南德·冯·齐柏林制成的第一艘硬式铝制硬壳飞艇。

街道上。

河马所在的盆地,河流都像麻花辫一样,沿着盆地边缘的悬崖倾泻而下。一捆捆会飞的苜蓿出现了,河马欢呼雀跃着,露出粗短的、钉子般的牙齿。

一群邪恶的眼球在平原上滚动,永远注视着一个以注意力为食的、威严的中心人物。

一路上他们和格伦的喷射流平行前进。如果维利眯起眼睛,他就能看清喷射流中那些不断流动的飞碟。被称为天空城堡的斯泽普城之云已不再那么遥不可及。继续向前。

佐伊和维利用斯特拉托卡斯特的声音带领紫鲸车穿越了一个满是分裂又融合旋涡的盆地。在海面之上,薄雾笼罩的空气中弥漫着龙卷风,仿佛映射出下面的旋涡。一些小小的、孤独的雷雨云在龙卷风中疾行而过,不停地打着闪电,就像是无休止的谈话中你来我往的短语。

在下一个盆地中,水晶像白霜蕨类植物一样发芽,然后突然松动、翻滚,自我转化成了万花筒中的碎片。水晶发出琶音,上升到一个难以捉摸的高潮。佐伊和维利的节奏让不断强烈的和声也突破了极限。这时晶体突然破碎,散落在天空中。

现在出现的这个盆地中,有一具行星大小的人类尸体。俾格米人和侏儒正在上面享用盛宴,就像以死海豚为食的招潮蟹一样。

在灰色的光线下,细雨绵绵。鱼用双腿行走。戴着学士帽的鸡在梯子上大声喧哗。

一些爬行的大脑在玩纸牌,还会组成方阵去漫步。一本超凡的智慧之书在大脑中形成。活生生的剪刀突然冲过来,把书页剪成五彩的纸屑。

"这是到达斯泽普城之前的最后一个盆地。"平奇利说,"这就是深坑。它就像一口深井,格伦就在井底。"这个黑暗的深坑的墙壁是垂直的，就像火山口一样。他们一路追踪的喷射流在这里转换方向，潜入深坑中。深渊中传来一声哀鸣。

平奇利挥动双臂，好像在跳快步舞。"这就是格伦的音乐。"他说，"他是一个巨大的风笛，控制着吸血鬼飞碟。这股喷射流从深坑一直延伸到另一端的新伊甸园。就像天空中的双向河。格伦把新的飞碟送到新伊甸园，然后从那里把肥肥的旧飞碟吸回来。飞起来吧，斯卡德。我们绝不能被吸到深坑里，或被吸到格伦的麻袋里，那样更惨。"

怕什么来什么，生活就是这样，紫鲸车最终还是陷入了那个向下的死亡旋涡，沿着满是飞碟的喷射流进入了深坑。他们就像是扑火的飞蛾，或是围着冰激凌摊儿的孩子，又或是那种围着乡村集市滑稽表演的乡巴佬。

这都是因为格伦那可怕的风笛音乐，它钻进了维利的脑袋中。然后维利就开始弹吉他配合这种音乐——傻乎乎的吉格舞曲，雄赳赳气昂昂的进行曲以及过时的合唱——完全是垃圾，但维利却拼命弹奏。与此同时，佐伊虽然翻着白眼，感到非常沮丧和厌恶，但她还是在为维利的风笛曲子伴奏，弹奏着激昂的高音。

只要佐伊的手能腾出一秒钟空闲，她就会猛烈地拍打小吉他。仿佛她想唤醒自己一样。"停下来！"她对自己也对维利大喊，"这些音乐太烂了！"

这时，平奇利已经完全控制不了紫鲸车了。"格伦在把我们吸入他的食道。"斯泽普人喊道，"他会吃了我们，把我们的残骸像粪便一样沿着他那该死的喷射流间歇泉喷出来。"

在深坑中，他们非常接近喷射流。它的范围已经缩小到几英里宽了。一个个向下的飞碟填满了喷射流的外表面——隐约可见有一些飞碟沿着内部核心的轴线向上流动。

让目前的情况真正绝望的是，斯卡德也被这可怕的风笛奴役了。不仅维利和佐伊无助地像羽毛一样往下盘旋，斯卡德也任他们下落。面对已经放弃理智的三个孩子，平奇利不管怎么调整方向舵和襟翼，也是毫无希望。紫鲸车车头朝前，盘旋而下，陷入了刺耳的尖叫声和恶臭的黑暗中。

"我们完了。"佐伊说。但她的音乐让她兴奋不已，所以她忍不住笑了。"也就是说，注定再次失败。"

"我们可以挺过去的。"维利说，"我们是宇宙神话英雄，对吗？不是你说的吗？"

透过紫鲸车的挡风玻璃，维利凝视着坑底，那儿有一个巨大而笨重的麻袋——一个像山一样大的鼓鼓囊囊的袋子。那就是格伦。他有两个巨大的号角或者说是风笛的笛管：一个粗，一个细。两个号角相互嵌套，细的在宽的里面。喷射流也嵌套在一起——飞碟沿着喷射流的核心从格伦那里喷涌而出，并沿着喷射流的外围向中心漂移。较宽的笛管收集着进来的飞碟，较窄的笛管则将飞碟喷出。

维利着迷地盯着那个巨大的外星人风笛，想弄清楚这个奇怪的设计。同时，他又着迷地哼着他和佐伊不得不弹奏的俗气曲调。

奇怪的是，格伦似乎根本没有注意到他们。他的表面有各种各样的触角，但不清楚它们是否是通常意义上的眼睛。即使这个外星人风笛能感觉到他们的存在，他可能也对此无动于衷，因为他深深沉浸在自己不停吹奏的狂喜之中。或许通过不由自主地模仿外星人的音乐，佐伊和维利让他们的紫鲸车看起来像个盟友。他们已经到达坑底，绕着大袋子转了一圈，丝毫没有受到干扰。

"从来没有一个斯泽普人或人类如此接近过格伦。"平奇利低声说，"他的皮是透明的，是不是？像又薄又油的皮革。往底部看，他吸进去的飞碟就藏在这里。看到那些像衣物绞拧机一样肉质的东西了吗？还有下面的大锅？格伦会把奇味从新进来的飞碟里挤出来。在那边，看到那些长长的手指在按摩那些被挤过的飞碟了吗？格伦要把他们的卵给挤出来，这样就能培养新的飞碟。"

"太——生物化了。"佐伊说，显然很反感。

"看看那些飞碟是从哪里出来的。"斯卡德说，他也开始陷入平奇利的动物学研究精神。"他把自己挤过奇味和卵的飞碟送回去，还从孵化场将婴儿飞碟发射出去。新生飞碟和被挤过的飞碟通过那个嵌套在宽大笛管里的小号笛管向外喷射。"

"格伦真是连吸带吹啊。"佐伊脱口而出，然后狂笑了起来。

不知怎的，佐伊这种粗鲁的、苦中作乐的行为打破了两位音乐家恍惚的状态。佐伊集结了她古怪个性的全部力量，从恶心的风笛曲调中抽身而出，转而弹奏出一段妖娆开放的即兴曲调。维利高兴坏了，只想在佐伊扭动的曼妙身姿下面搭一张床。

格伦抽搐了一下，他不喜欢这些声音。维利和佐伊感觉那个邪恶的风笛听到这样的音乐会感到不适，于是弹得更加卖力了。现在，在充满肉欲的音乐节奏中，斯卡德也恢复了碟之珠的魔力。凭借强大的意志力，他把紫鲸车悬浮到坑口。随着斯卡德和斯特拉托卡斯特吉他手重新恢复了精神，平奇利可以自由地将紫鲸车从飞碟喷射流中开了出去，越过那个深坑盆地的山脊，进入了旁边被乌云笼罩的盆地。

斯泽普城。维利可以看到，这是一个五千英里宽的大都市，但人烟稀少。有些路段一片废墟，其他地区则被烧毁。红眼的吸血鬼飞碟在空荡荡的街道上巡游。

维利和佐伊的斯特拉托卡斯特让他们移动得太快了，以至于无法马上着陆。紫鲸车如同燃烧的喷气机一样在这座行星城市中闪过，就像被疯狂的恐怖分子控制了似的。佐伊和维利放慢了节奏，平奇利把他们的路线变成了一个圈。他们正在寻找一个最佳的降落点。

头顶上，天空城堡的云是低沉的雷暴云，大风持续地吹拂着它，闪电也闪烁其中。一英里高的烟囱伸向天空，它侧面的文字难以辨认。狂风暴雨拍打着紫鲸车的挡风玻璃。

维利和佐伊的吉他弦越弹越轻，斯卡德降低了紫鲸车的高度。城市的气息从敞开的车窗中飘进车里，有一股夏日风暴的尘土味。还伴有油炸食品、烟草、汽油、烤肉、木兰花、咖啡渣、酸咖喱和下水道的沼气味。

平奇利小心翼翼地引导他们降落。现在，漫长的旅程结束了，他们把紫鲸车停了下来，在离家百万英里的地方着陆了。他们历经艰险，终于到达了斯泽普城。

魔　杖

斯卡德

斯泽普城的建筑物有粉红色、灰色和棕褐色——它们光滑而圆润，就像烧出来的瓷器，拥有复古未来的形状。高塔都带有镭射炮式的翼板。大厅是蛋形，穹顶上还有穹顶。带有外星文字的瓷砖装点着墙壁。公寓大楼好似阿基米德多面体[①]，有着多边形的表面。

街道上人满为患。拥挤的人行道，窗户中的面孔，装有厚重绿色玻璃的输送筒。空中道路在高塔与高塔间移动，里面挤满了汽车。

紫鲸车停在公共广场上，这是一个熙熙攘攘、充满各种声音的社交空间。那里有被雨水打湿的长凳、鲜花、咖啡馆、煎饼树、油兮兮的公共浴池，还有广场边缘的老式金属和塑料汽车。长了三只红眼的吸血鬼飞碟在他们头顶上空盘旋，在广场巡逻。他们的上表面好像镜面，似乎可以抵御来自天空的闪击。

熙熙攘攘的斯泽普人的皮肤都是暖色调——奶油柠檬色、赤土色，偶尔还能看到蓝色的。这个种族的人又瘦又高，四肢瘦削，下巴像木偶，嘴唇和眼睛都很大。他们中有些人的腿很短，看起

[①] 亦称半正多面体，是由边数不相同的正多边形为面的多面体。

来像独立的帽子架。

"你觉得这个地方像旧金山吗?"天真的斯卡德问自己的哥哥。他们还在车里。

"有一点吧。"维利说,"又有点像洛杉矶。"

"那些被烤红了似的家伙是鲁伯坦人。"平奇利说,他一直在克服内心的悲伤。"那些可爱的柠檬色的是特鲁班人。可怜的平奇利和已经死去的扬帕都是特鲁班人。"回到这里,好像又让他重新开启了对扬帕的疯狂模仿模式。

"别这样!"斯卡德说,他的声音紧张而低沉。他抓住平奇利瘦削的肩膀用力地摇晃他。"你是平奇利。"斯泽普人的大下巴左右摇晃、噼啪作响。他的手臂就像一个脱节的洋娃娃。斯卡德一直盯着他。"你,平奇利,是你让我们走完这一百万英里的路。现在我们到了这里,你要帮我们完成这个任务。别再发疯了。"

"小男孩,大梦想。"平奇利喃喃自语,他一边来回转头,一边欣赏着这一幕。好像他终于醒了过来。一些斯泽普人似乎正朝他们走过来了,这群人里面有特鲁班人,也有鲁伯坦人。他们看起来表情严肃,目光呆滞。

"嘿!"斯卡德冲平奇利大吼,又摇了摇他。"我说我们需要你的帮忙!"

"我是平奇利,没错。"这个斯泽普人终于缓慢而悲哀地说,"他们杀了我妻子。"

"我们要为她报仇。"斯卡德说,"你要帮我们在菲利帕夫人那里拿一根魔杖,记得吗?我们要和那根魔杖成为朋友,然后找到回家的路,去拯救地球。回去的时候,我还想去新伊甸园,看看努努和我的飞碟宝宝们。"

"但是现在,我们好像被一群吸血鬼给包围了。"维利说,"还有三个飞碟敌人。"

一个斯泽普人跳到紫鲸车的引擎盖上。她很瘦,皮肤红红的,像被火烤了似的。这是个鲁伯坦人。她的腿又粗又短,正透过挡风玻璃凝视着他们。她用女性那种夸张的姿势挥动手臂,向他们致意。她不是敌人。她戴着一顶小皇冠,一顶金色的皇冠,凸出的尖钉上镶着珍珠。

"看啊,无畏的平奇利。"她用长笛般的声音说,声音很高雅。"带着他的新队员,一起回来了。"

"弗利普斯黛西!"平奇利透过驾驶员的侧窗喊道。"你知道我要来吗?"

"是的,我还知道你又单身了。"弗利普斯黛西回答,"同情你,亲爱的朋友。我可以上车吗?"

平奇利点点头,弗利普斯黛西就从斯卡德那边的车窗灵活地滑了进来。她正好落在斯卡德的大腿上,整洁的皇冠仍戴在她头上。这个斯泽普人身上有一股洋葱和青草的味道。她仔细端详着斯卡德,然后用她薄薄的嘴唇蜻蜓点水般地吻了他的脸颊——可能只是为了逗逗他。斯卡德使劲擦了擦被吻的地方。

"毫无疑问,弗利普斯黛西是来给我们夫人收集礼物的。"平奇利说,"我明白。但我不喜欢其他人在这里闲逛。"

"是古波·古波、菲利帕夫人和我让扬帕和平奇利雇佣你们来做英雄的。"弗利普斯黛西告诉斯卡德,"你已经成为真正的外勤特工了。据说你夹带了些东西过来?"

"你是说那些葛缕子种子吗?"佐伊说,"给菲利帕夫人的?"

"嘘。"弗利普斯黛西说,"别说她的全名。最近又政变了。我们周围这群人——大多都是飞碟僵尸。吸血鬼飞碟把他们的奇味吸干了,他们就注定要做屠拉狗的肉了。"

"噢,该死。"平奇利说,"那我们的夫人还活着吗?"

"躲起来了,你不知道吗?"弗利普斯黛西说。

拥挤的斯泽普人有节奏地拉着门上的绳子,摇晃着紫鲸车,好像想把车翻过来。三个吸血鬼飞碟中的一个,一直盘旋在他们头顶上方,向下瞪着它的红眼,控制着那些僵尸。平奇利皱着眉头,从工具带里拿出了一只小生物,放在仪表板上,然后用斯泽普语向窗外发出警告。

"拧克伊特斯果科斯!"[1]

仪表板上的工具生物是一个由闪电构成的小矮人。他让斯卡德想到了以前电力公司的卡通人物电力人[2]。小电力人手指轻弹,释放出暗能量。汽车的外表面开始嗡嗡作响。其中一名攻击者突然颤抖了起来,发出刺耳的尖叫声。其他的飞碟走狗都退后了一些。

他们头顶上的女飞碟好像要攻击紫鲸车。她带着某种优越感,她朝他们俯下身去,像一位准备进食的公爵夫人。吸血鬼飞碟们已经在这个地方耀武扬威很久了。

想都没想,斯卡德就从碟之珠里射出了一支强大的暗能量箭。它从车窗射出,直射入吸血鬼飞碟松软的腹部,此时她距车顶仅有十英尺。

打中了!飞碟的肉体爆炸成红色的碎片,嗒嗒地落到人们的头上和肩膀上。其他两个巡逻飞碟似乎都没兴趣参与其中。

"我说。"弗利普斯黛西喊道,"干得漂亮,斯卡德。让那些乌合之众看看我们的勇气。"

维利也称赞了斯卡德。而且,更惊喜的是,佐伊拥抱了他,这还是破天荒第一次。"你能给我们解释一下吗?"佐伊问弗利普斯黛西,"那些肤色较深的斯泽普人是鲁伯坦人,肤色较浅的是特

---

[1]斯泽普语,含义:滚开,你们这些浑蛋!
[2]电力人:原文为"Reddy Kilowatt",这是1926年美国阿拉巴马州电力公司为向大众推广电而创造的人物形象。

鲁班人,然后呢?"

"大多数特鲁班人都是为像我一样的鲁伯坦人工作。"弗利普斯黛西说,"我们是有钱人,在这儿我们说了算。平奇利是我们的特鲁班朋友,也是菲夫人的司机扬帕制作图像云,给夫人做窗帘、沙发套和围巾这些东西。我过去是夫人的室内设计师,现在也是。她现在的藏身之处就是我设计的,等你们看到就会知道,那里是多么别致、奢华了。"弗利普斯黛西顿了一下说,"从某个角度来说非常别致。"

"我们怎么去那里呢?"斯卡德问,时刻注意着自己裤子口袋里那瓶葛缕子种子。"我们要亲自见见那位夫人。"

"我已经想到了一个策略。"弗利普斯黛西说,"我的方法论以巴洛克风格闻名。你知道,我确实不仅仅是个室内装潢师。"

"给我们讲讲格伦。"斯卡德打断了她。

"那是一个寄生的风笛,从一个世界溜到另一个世界。"弗利普斯黛西说,"目前,他就住在我们邻近的深坑盆地,真是倒霉。他不停地把飞碟喷出来,就像一个马勃菌喷出孢子一样。"

"我们刚才看见他了。"斯卡德说,"我们掉进了他的洞里。"

"你和你的同伴可能真是我们等了很久的救星。"弗利普斯黛西严肃地点点头,对斯卡德说,"你给我带巧克力了吗?"

"我只有葛缕子种子。"斯卡德说,"不确定巧克力在哪里。"

"在这儿呢。"平奇利说着,从一堆破布里把一个破破烂烂的罐子拿出来,然后弓着腰把它递给了弗利普斯黛西。"也许——也许你和我可以在这场劫难过后,找个时间聚聚。"他对她说。

"我很期待。"弗利普斯黛西说着,把她的手伸进铁罐子里,尝了尝粉末的味道。她露出了灿烂的笑容,然后把铁罐子放进了她的手提包。"现在要干吗?"她问。

"别问我。"斯卡德说,"我们都不知道自己在做什么。"

"我们应该驱散那些乌合之众。"弗利普斯黛西说,她轻蔑地向汽车周围的斯泽普人示意。她手腕上有东西在闪光。

"你有一根新的亚里士多魔杖?"平奇利说,注意到了她手腕上的闪光。"菲利帕夫人那边还有一根魔杖,她准备好见孩子们了吗?"

"嘘!"弗利普斯黛西说,"我已经警告过你。不要说她的全名。"

"根本没人在听。"平奇利厉声说,这简直大错特错,因为事情可能很快就暴露了。他反常地提高了嗓门:"是这样的,孩子们。亚里士多人会生产这些特殊的魔杖。你们有机会得到一个。不过,要看菲利帕夫人的意见。"平奇利多次说起菲利帕夫人的名字,他就像是触发了警报。附近的塔中传出号叫声,这座塔与一座巨大的圆顶竞技场式建筑相连。紫鲸车周围的飞碟僵尸特鲁班人和鲁伯坦人高举双臂,好像在祈祷。但事实上他们不是在祈祷,而是正准备大规模进攻。至于那对巡逻的吸血鬼飞碟,他们还在原地打转,脏活儿都留给他们的僵尸奴隶去做。

"你就是管不住嘴,是不是,平奇利?"弗利普斯黛西说,竟然有点自得其乐。

其中一个飞碟傀儡往车里丢了一条蛆,这家伙以每小时约九十英里的速度在仪表板上乱窜,把那个长得像电力人的"灭虫器"一口吞了。飞碟僵尸特鲁班人和鲁伯坦人把车包围了,准备袭击车上的人。刺耳的声音不断从高塔上传来。

弗利普斯黛西用左手的两个手指做了一个王者般的手势——这只手的手腕上有闪光。紧接着,广场的另一侧发生了爆炸:先是一声震耳欲聋的破裂声,随后传来尖叫声和混凝土块砸向地面的声音。碎石像瀑布一样从高塔的一边倾泻而下,邪恶的声音在哀号。那里的一条高架桥塌了,一段段地倒了下去。

"那是我们当地的飞碟大厅。"弗利普斯黛西说,"我要教他们一些礼仪。"

"里面有很多飞碟,是不是?"斯卡德说,"他们出来了吗?"

"除非他们正面都套上镜面保护罩,否则他们往往会在白天静静地躲起来。"弗利普斯黛西说,"天空城堡中的亚里士多人看到他们就会射杀。"

与此同时,一排斯泽普士兵从一个低矮的拱廊里冲了出来。那是一群忠实的反飞碟部队。他们向紫鲸车周围的飞碟僵尸发射密集的能量射线,那些乌合之众尖叫着被光束击成碎片。空气中弥漫着氨气和烧焦的肉味。

从飞碟大厅上方的塔楼传来的吼叫声一直持续着,现在音量还加倍了。这声音更像是动物发出来的,而不是斯泽普人。飞碟不愿出现,代替他们的是一队由飞碟控制的斯泽普僵尸部队。他们从大穹顶上倾巢而出。每个僵尸都穿着镜面盔甲,戴着传统飞碟形头盔。

僵尸使用军刀和带电的晨星,也就是绑在棍子上的尖刺球,攻击忠诚的斯泽普人部队。一名忠诚的斯泽普人向一群飞碟僵尸投掷了一枚手榴弹。他们扔回一枚手榴弹,点燃了一个休闲油浴缸。油腻的火焰直冲云霄,四周笼罩在乌黑的烟雾里。这完全是无政府状态。斯卡德顺着烟雾往上看,他想看到弗利普斯黛西说的那些,能高空飞行的亚里士多飞碟狙击手。

这时候,一个手持长柄战斧的鲁伯坦飞碟僵尸挥舞着一把长柄战斧,正砍向紫鲸车的一个轮胎。斯卡德用他的碟之珠发射暗能量击倒了攻击者。一个僵尸士兵拿着一颗火花四溅的晨星爬上了引擎盖。他正要去砸挡风玻璃。就在这时,一束脉冲能量在他的胸口打出一排洞,把他撂倒在地,但也刺穿了紫鲸车的挡风玻璃。高塔上的尖叫声持续着,仿佛是一种空洞的威胁。一枚手榴弹在大约二十英尺外爆炸，弹片重重地砸到紫鲸车的仪表盘上。

然后，一道射线枪的光束在斯卡德的碟之珠上钻了一个洞，熄灭了它内部的光。幸运的是，射线没有伤到斯卡德的手。但是珍珠再也不能悬浮任何物体，或者进行闪击了。它的表面布满了错综复杂的裂缝。碎片掉在紫鲸车的地板上。是时候放手了。

弗利普斯黛西、平奇利、斯卡德、佐伊和维利从紫鲸车里爬了出来。维利和佐伊拿着他们的吉他，但是没时间拿其他东西了。他们刚离开三十英尺，一路努力前行、经过大量改装并已经破破烂烂的紫鲸车，现在完全着火了——被一个手榴弹外加一次猛烈的飞碟闪击点燃。那辆载着他们离开地球，行驶了一百万英里的伟大的旅行车，就这样没了。这简直糟透了，他们要怎么回家呢？

平奇利和维利一样为紫鲸车感到难过，甚至比他难过更甚。他和维利站在那儿，凝视着紫鲸车散掉的车身，油腻的火焰自行折叠起来，分解的量子冲击让眼前的景象变得很怪异。斯卡德、弗利普斯黛西和佐伊花了一分钟才让这两个倔强的设备发烧友再次"转动"起来。

在弗利普斯黛西和平奇利的带领下，孩子们在屠杀中艰难前行。弗利普斯黛西的金冠，也让他们一定程度上沾了高级别鲁伯坦地位的光。弗利普斯黛西的那根魔杖可能也有帮助。她左手腕上闪闪发亮的斑点有点像剑柄或魔杖的柄，虽然斯卡德并不清楚魔杖的其余部分在哪里。

这对维利从飞碟僵尸的尸体上抢走一把军刀也挺有帮助的。刀片很薄，好像只有几个分子厚。弗利普斯黛西说它可以把任何东西切成两半。即便如此，斯卡德还是很害怕。然后他想到一个主意——他们可以躲在隐形云里。毕竟，他还有提普虫。斯卡德召唤出隐形云，现在他们一行人可以悄无声息地前进了。

他们到达广场边上时，已经摆脱了混战。两个巡逻的飞碟似乎失去了他们的行踪。短腿的弗利普斯黛西昂着头，戴着金冠，她的左手像时装模特一样伸展着，引导他们走入一条石拱廊，两旁都是豪华的商店。她突然示意大家右转，进入拱廊旁边的一条小巷，然后穿过一条条越来越小的迷宫般的巷道，一直走到了一个院子的入口，这院子有一个手球场那么大。

这里很平静，远离了手榴弹的爆炸声、救护车的鸣叫声，还有高塔上邪恶的尖叫声。斯卡德仰起头，凝视着天空。看不到飞碟。没有窗户的墙壁伸向低矮的天空。雨水像旋涡般喷涌而下，洒在他脸上。多亏了隐形云，斯卡德的同伴看上去只是薄雾中的缺口。

"你现在可以关掉扁平人那个粗糙的隐形小把戏了。"城市化的弗利普斯黛西说，"如果我们能看到彼此会更有趣。菲夫人的巢穴就在这个院子中央的活板门下面。你们不喜欢我的装饰吗？"

装饰？乍一看，这个小广场就像一个跳蚤市场，到处都是小摆设。落单的鞋，被扭弯的叉子，斯泽普人的头枕，肖像葫芦，神秘的科技废物堆。五个特鲁班人站在这一堆破烂中——他们脸色苍白，身材瘦削。他们用鼻音很重的斯泽普人本地方言互相交谈。他们敏锐地意识到斯卡德和其他人的到来。

"是商贩？"斯卡德问弗利普斯黛西。

"警卫。"她说着，向他们敬礼。

现在，斯卡德才注意到真正奇怪的事情。院子里的东西都不在地上。所有的货物都飘浮在齐腰的高度。被一个悬浮场悬挂起来。所以有人走进来的时候，就像弗利普斯黛西现在让他们做的那样，他们会被随机的垃圾包围着，垃圾会撞到他们的臀部、大腿和裤裆。这令人感到毛骨悚然。

黄色的平奇利和红色的弗利普斯黛西走在前面，朝着院子中央走去。他们的样子笔直而庄重，仿佛即将走进国王的宫殿。斯卡德走在他们身后，佐伊和维利在最后，两人卿卿我我，手牵着手，用他们的吉他来回比画，一边还得意扬扬地欣赏着他们弹奏斯特拉托卡斯特时的精彩片段。

斯卡德很害怕被绊倒。这些跳蚤市场的垃圾会不断碰到他，真是太恶心了。这些东西全都不是新的，大部分都很脏。净是些紧固件和机器零件之类的小物件，填充在较大物体之间的空隙里。他甚至看不到自己的脚。毫无疑问，地上肯定有一些肮脏的、半透明的外星蟑螂。而且，他刚才是踩到大便了吗？

真让人受不了。斯卡德觉得他要吐了。他停下脚步，用嘴大口呼吸。弗利普斯黛西也停下来等他，同时她还一直滔滔不绝地讲述这个飘浮的"秽物池"有多优雅。据说每件单品都是她亲手策划的，而且它们之间还有深刻的重要联系，从某种意义上说，它们组合起来的效果就像一个动态的曼陀罗，代表了菲利帕夫人作为亚里士多贵族古老而高贵的血统。

"当心！"佐伊突然大喊，"有蛇！"在院子的一边，那些悬浮的破烂中有个明亮的东西在滑行。

"这是我想的那个东西吗？"平奇利问弗利普斯黛西。

"是的，这是我们夫人送给人类的礼物。"弗利普斯黛西点头说，"给谁呢？"

"给斯卡德吧。"平奇利摇着笨拙的下巴说，"就是他。"

弗利普斯黛西举起了一根深色的、优雅的手指，并指向……

"不要！"斯卡德哭着说，"不是我！"

这个明亮的形状逐渐靠近。她是一位有生命的女性，长着扁平的水晶头。她柔软的身体散发出金色的光芒。她正朝着斯卡德的方向飞去，就是这样。那些面相苍白的守卫毫无兴趣。

那就是你的亚里士多魔杖。"平奇利说，"你会喜欢它的，孩子。"

"帮帮我,维利!"斯卡德大叫。

维利跑到弟弟身边保护他,他疯狂地挥舞那把超级锋利的军刀。魔杖毫不费力地躲开了刀锋——它以超常的速度和狡黠移动着,编织着环和结,同时以一种又高又细的声音低吟着。维利勇敢但徒劳地交错挥舞着那把利刃,依次砍到了盘旋的铁砧、红手套、巨大的真空管、穿布夹克的死肥老鼠、三角形的书、宝石镶嵌的蟹壳、多肉的兰花植物、陶瓷汤盖碗,以及其中一个苍白且瘦弱的警卫的脖子,好在他及时躲开了。

魔杖唱着歌,在不停躲避维利攻击的间隙,反复地戳着斯卡德的屁股,仿佛在了解他、戏弄他,又或是欣赏他的呼喊。最后,魔杖缠绕在斯卡德的左臂上,就像理发店门口旋转的彩条,然后陷入他的肉中,完全消失了——只露出了一个扁平的、水晶般的头部。现在,它像一块手表一样贴在斯卡德的手腕背面。

"真棒!"佐伊毫不同情地说。

斯卡德手腕上的水晶有一种七彩的图案,仿佛是孔雀尾巴上的斑点。原来,这是一只眼睛。所以,魔杖是可以看见的。

"我叫斯利奇。"魔杖在斯卡德的耳边低声说,她正在使用心灵感应。"我喜欢你的感觉,斯卡德。比我想象的要复杂。我以为你会很无聊。也许我真的可以帮你阻止格伦和他的飞碟。"她的声音沙哑而亲切,"但我不确定自己是不是会做这件事。"

"从我体内出来。"斯卡德大喊,挥舞着他的左臂,希望把这个寄生虫赶出去。

"我们才刚刚开始。"魔杖轻声地说,"但我感觉这种合作会成功的。我正在欣赏着你的恐慌。你的想法,千奇百怪。不久后你就会爱上我,给你点甜头吧。"一股暖暖的光从斯卡德的手臂上掠过,然后进入了他的胸膛。这是几个小时以来,也许是数日以来,斯卡德第一次感觉到他深深的恐惧开始消退了。

"你现在可以打开菲利帕夫人巢穴的大门了。"弗利普斯黛西告诉斯卡德,"看来你是当之无愧的。"她向他微笑,好像他很帅的样子。维利对斯卡德有了新看法。是的,斯卡德·安特卫普注定要成为魔杖选中的人。

斯卡德做出一个他认为是命令的手势,飘浮的垃圾向两边移动,露出了庭院的中心。这儿没有蟑螂,没有狗粪。只有石头,装饰成坚固的活板门,足足有一英寻①宽,用青铜雕刻而成,有一个像斯泽普人的巨大手柄。斯卡德一碰,门就打开了。他可以看到下面有一个螺旋楼梯。

其他四个人围了过来,五个脸色苍白的卫兵守在他们周围。

"如果你允许的话。"弗利普斯黛西说着,第一个上了楼梯。"等级有它的特权。斯卡德,你排在最后。保护我们的后方。佐伊和维利,过来。"弗利普斯黛西用有魔杖的手做出了一个奇怪的手势——好像她在这对恋人身上施了一个咒语。

与此同时,斯卡德的魔杖继续稀释着他的恐惧,给了他一种没来由的信心。因为塔中的生物不仅还在哀号,而且它的叫声也越来越近了,它是正在追捕他们吗?

斯卡德的同伴们一个接一个地慢慢走下楼梯。那些瘦削的卫兵不安地移动着;他们看着小巷,彼此叽里咕噜地说着话。弗利普斯黛西、平奇利和维利已经消失在视野中。佐伊开始下楼梯,接下来是斯卡德。但是,一向装腔作势的佐伊在楼梯上停了下来,她抬起头,像做梦一样地看着天空。哦,这一切都太神奇了。

"快点,该死的!"斯卡德尖叫着,无法控制他的音量。

太迟了。就在愁眉不展的佐伊走下楼梯的时候,一条凶残的、

---

① 英美制计量水深的单位,1英寻等于6英尺,合1.828米。

像狗一样的灰色生物沿着小巷冲进了院子。他身高约六英尺，怒目圆瞪，大声地叫着，一步一步逼近他的猎物。瘦削的哨兵向野兽发射了一些微弱的光束，那只巨大的狗完全没有被吓倒。这些守卫还不如白芦笋茎。斯卡德根本来不及从楼梯上下来关门。

但是他有魔杖。在斯卡德自己都不知道要做什么之前，他伸出左臂，张开五指，就好像他是电子游戏中施展魔法的剑术巫师。然后魔杖斯科奇射出了有史以来最厉害的闪击光束，他觉得特别痛快。就像发射了一个火箭筒，伙计。这比碟之珠的射线攻击好多了。而且，快看，那条巨犬已经灰飞烟灭了。

斯卡德咧嘴笑着，品尝着当下的荣耀。他是一个超级英雄。可是等等。那些灰像过筛的面粉般落下，然后又急速螺旋上升。它们旋转着变成尘暴魔鬼，逐渐有了形状。无法消灭，而且来势汹汹。五名警卫已经下班了，他们从小巷向城里跑去。斯卡德赶紧走下楼梯，转动把手把门锁紧了。

平奇利和弗利普斯黛西正全神贯注地与菲利帕夫人交谈。维利和佐伊目瞪口呆地看着这位夫人的藏身处，就像乡巴佬陷入了难以想象的奢靡中。他们走到一个摆满食物和饮料的餐桌旁。

在斯卡德看来，这位夫人的房间就像一个低矮的垃圾棚，他的同伴们居然在吃垃圾。墙壁上一朵朵发光的真菌照亮了房间。多亏他的魔杖，斯卡德看到了这个地方的真实模样。他也看到了菲利帕夫人的真实面目：一个肉乎乎的山药形物体在一堆破布上。她中间宽，两头尖，表面大约有三打眼睛。其中一端有一个裂口。刚才她正咕嘟咕嘟地从一个破碗里喝水。大概这就是亚里士多的样子。她绝不是斯泽普人。

弗利普斯黛西大摇大摆地走过来，做了一个懒洋洋的、会意的手势。她用微笑证实了斯卡德的想法。"你能在心中看到我们菲利帕夫人希望被看到的样子吗？"

"别管那个了。"斯卡德嘶嘶地说,他刚刚侥幸逃脱,到现在还心有余悸。"外面有一个怪物,那东西一直在高塔里号叫。就像一只巨犬。"

"是格伦养的。"弗利普斯黛西说,她的声音太小了,佐伊和维利根本听不见。"我们管他们叫屠拉狗。屠拉比飞碟更坏,他们直接把斯泽普人生吞活剥,我想他们也会吃人类。"

"我刚把外面的一只炸成了灰。"斯卡德说,"但是……"

"但是他没有死。"弗利普斯黛西证实道,"他很快就会恢复精力和活力。菲夫人和我打算打开门,让他进来。让你们这些史诗般的英雄成为诱饵。把那条屠拉狗干掉将是你们的一个考验,可以吗?为了确保你们可以胜任后面的任务。但同时,斯卡德你能按我说的做个绅士吗?帮帮忙,尊重一下我们夫人这些奇思巧技。"弗利普斯黛西又露出一个奇怪的微笑,她举起左手,好像要敬酒。

虽然不太清楚弗利普斯黛西在玩什么把戏,斯卡德呼应着她的手势。一道闪光快速穿过他们戴在手腕上的魔杖晶体。像是一个咒语。现在,这个房间变成了斯卡德本该看到的样子。

"相当刺激,这一路上的所有事情。"一个女人用圆润的声音说,"欢迎你,斯卡德先生。我认为魔杖喜欢你。"

是菲利帕夫人。现在,斯卡德再望过去的时候发现,她看起来像一位高贵的斯泽普夫人,悠闲地坐在低矮、优雅弯曲的天鹅绒躺椅上,身旁放着一杯气泡饮料。她比扬帕更丰满,而且皮肤更红。像一个高等级的鲁伯坦人。

按照这位夫人的意愿,这个地下室看起来就像一个老式的英国俱乐部,有东方地毯、抛光的核桃木壁板、柔软的椅子、彩色玻璃窗和满墙的书,三角形的书。

"你为什么这么紧张?"佐伊问斯卡德,"这个地方太棒了。"

"棒极了。"斯卡德附和道,在上面的庭院中,那条屠拉狗一边叫嚷着,一边挠着活板门。佐伊似乎没听到。

"或许你们三个可以来个三重奏?"菲利帕夫人问,"斯卡德可以测试一下他和魔杖斯科奇的合作关系。佐伊和维利可以弹奏他们的吉他。"

"啊——什么样的曲子?"维利问。他正吃着自己认为是饼干的东西,然后小口喝着一杯似乎是茶的东西。

"曲子?"菲利帕夫人说,"嗯,即兴创作吧。你聪明的弟弟斯卡德可以指挥。"她瞥了一眼楼梯。

弗利普斯黛西站在楼梯旁边,一只脚踩着台阶。"我们可以开始了吗?"弗利普斯黛西说。

"我还没准备好。"斯卡德脱口而出,"葛缕子种子——我得把这些种子给菲利帕夫人。作为打动她和亚里士多魔杖的一种方式,对吗?"

"啊,种子。"菲利帕夫人说,在斯卡德眼中,她的形象在鲁伯坦女士和多眼山药之间转换不定。"我喜欢把这些种子撒在一种非常特别的食物上。"菲利帕夫人继续笑着说道,"我是一个贪婪的人,是不是?我希望你能为我提供特殊的食物和种子。但首先,我要履行我的责任。我会教你如何使用魔杖。斯科奇是我的近亲。"说完,菲利帕夫人的每一只眼睛都注视着斯卡德的眼睛——他们进入了一个深度的心灵感应。

魔杖无声的吟唱与菲利帕夫人心灵感应的声音交织在一起,这简直是天堂般的体验,斯卡德不想结束。

菲利帕夫人

佐伊

在菲利帕夫人豪华的地下公寓里，佐伊和维利正在桌子之前强制性地吃着点心。饼干、小蛋糕和去边三明治都非常美味，但佐伊开始觉得不舒服了，也许她应该像维利一样喝茶，而不是喝香槟。可以肯定的是，她确实觉得很恶心。是食物变质了吗？可这些东西闻起来和吃起来的味道都很好。

佐伊和维利几乎没有和菲利帕夫人说过话，虽然他们驱车一百万英里到这儿来的主要原因就是跟她见面。相反，他们一直在狂吃那些免费食物。与此同时，这位极其优雅的夫人一直在跟弗利普斯黛西和斯卡德说话。但是她刚刚看了看佐伊和维利，说三个孩子应该为她演奏一段三重奏。佐伊并不是很想演奏，尤其不想在马拉松式弹奏斯特拉托卡斯特之后，也不能在她想吐的时候，更加不想和斯卡德一起演奏。

有了那根在手臂中发光的魔杖，斯卡德比以前更奇怪了。佐伊走到活板门前的时候，斯卡德像疯子一样向佐伊尖叫。为什么呢？就因为有只狗在叫，还是因为佐伊想去仔细看看那个浪漫的、超凡脱俗的天空？当他们都来到活板门下面时，斯卡德开始疯狂地对弗利普斯黛西耳语。现在他着迷地盯着菲利帕夫人。

说到着迷，为什么佐伊和维利一直在吃桌上的零食？不仅她肚子变得不舒服，零食看起来也不正常。但当她移开视线时，这些零食就会发生变化。当她回头看时，它们变得更多了，或者形状变了。每当她想到自己喜欢的东西时——比如一块黑面包上放着一片去皮黄瓜，上面还有一块熏鲑鱼，再洒上一些柠檬汁——这东西一下子就出现了。有一点不对劲。仔细想想，在他们下楼之前，弗利普斯黛西用魔杖水晶闪了佐伊和维利一下，还……

"弄虚作假。"维利喃喃地对她说，"都是假的。握紧吉他，保持清醒。这是一个地下室，我们在吃腐肉和腐臭的脂肪，我想也许我们在喝——尿？但我们就像被施了魔法一样，所以不想停下来。"

听到这些终于让佐伊的头脑清醒了一些。她把玻璃杯摔到地上，弯着腰想吐，但她什么也吐不出来。她抓着卷曲的黑色吉他，希望获得力量。他像一只强壮的、令人放心的宠物一样在她的手中移动，她感觉又回到现实了。

斯卡德还盯着菲利帕夫人，他们在做心灵感应。弗利普斯黛西回到螺旋梯上。她打算离开吗？佐伊听到一些微弱的声音，有轻微的抓挠声和猫叫声，就像从遥远的世界边缘传来的。不，等等，声音就在不远处。就在楼梯顶端的门口外面。这就是斯卡德这么紧张的原因。弗利普斯黛西不会是要打开舱门吧？她会吗？会吗？

佐伊紧握着她柔软有力的吉他，定了定神。借着肮脏墙壁上真菌发出昏暗的光线，她真切地看到了又破又脏的洞穴——到处都是破布，上面还有东西垂下来。她旁边的桌子上有令人作呕的粪便，还有那两罐真的是尿吗？她闻了闻。不，是死水。每一口都有一万亿个疯狂的外星微生物。香槟，对吗？还是那位贵妇更喜欢英式早餐茶？

斯卡德还是无动于衷。"看看我们！"维利对他大吼，"集中注意力。"

尽管情况很糟糕,但佐伊还是很高兴维利在她身边。等他们安全地回到洛斯佩罗斯后,他们会结婚,住在地下室或者房车里,佐伊教音乐,维利是汽车修理工,他们会把这些故事讲给别人听——这样就足够了,因为成不成功不重要,真爱至上,而且……

现在,斯卡德回过神来。他把手一翻,魔杖滑出来了。魔杖现在不像蛇了。它看起来像一个金色的指挥棒,顶部有扁平的水晶。斯卡德把魔杖对准佐伊,就像一个乐队指挥准备发出强拍信号一样。他停下来,讲了一些鼓舞人心的话。

"门外的那个东西是一条屠拉狗。"斯卡德异常平静地说道,"该死的弗利普斯黛西想要放他进来。我们三个人应该把他绑起来。怎么做呢?我有个计划:我会把你们的音乐编成绳子。听我的指挥,我们可以做到的。"他给了佐伊一个无所不知的书呆子的表情。

"去死吧。"她说,甚至没有停下来想想。"你就是一个不成熟的白痴,脑子像个半熟的煮鸡蛋。"

你看,她又来了。但佐伊真的很生气,因为斯卡德拥有了本该是她的魔杖。她更敏感了。面对现实吧,斯卡德就不是人。话说回来,要不是因为佐伊,他们根本来不了地图世界。

这时候,弗利普斯黛西在楼梯顶的门口忙活着。佐伊放下了她的愤怒,她记起现在正在发生的事情,然后陷入了恐慌。她大喊:"哦,天哪,别这么做。弗利普斯黛西,不要不要不要。"

但是——咣当一声——弗利普斯黛西还是把门打开了。佐伊听到像龙卷风一样的声音,仿佛是卡通片里的大嘴怪[①],屠拉狗进

[①]原文为"Tsmanian devil"。这是美国华纳兄弟影业公司经典动画中的人物形象之一,首次登场于1954年上映的动画片《兔八哥遇上大嘴怪》,其原型为袋獾。

来了。她能看到他，他是一只比人还大的外星狼，通体灰色，眼睛血红。有巨大的爪子和利齿。他正准备从楼梯上冲下去……

斯卡德轻弹魔杖，如果能帮上忙的话，佐伊肯定会弹吉他。在一纳秒内，她把吉他从零品①弹到十一品。无论是现在还是未来，维利一如既往地和她保持同步。虽然看起来很奇怪，但音乐线条是可见的，就像斯卡德说的那样——旋律变成了细瘦的彩色线，一两秒钟后就消失了。多亏了魔杖斯科奇。

斯卡德还做了另一件事，他的魔杖尖端喷出一片金色的外质，在三个孩子周围形成一个圆顶。那是一张有生命的覆盖物，仿佛瀑布前平静的水面。该死的屠拉狗无法进入这间魔法黄金冰屋。

在房间的另一边，弗利普斯黛西做了一个类似的动作，把自己、平奇利和山药形的菲利帕夫人用一个透明的金色豆荚罩了起来，这个豆荚中间宽，两头尖，两个斯泽普人紧紧地依偎着这位丑陋的夫人。

屠拉狗张开垂涎的大口，猛地扑向菲利帕夫人所在的豆荚。他一碰到豆荚，它就嘀嗒作响，就像视频游戏中报错的声音，但还伴随着沉重的刺痛，屠拉像鬣狗一样尖叫，四处跑动，撞坏了很多东西。不过这也没什么，因为那位夫人的巢穴已经是一个垃圾窝。

斯卡德挥舞着他的指挥棒魔杖，迅速地画着八字形，并用他另一只手示意要加大音量。佐伊听从了他的指挥，进入了循环往复的即兴演奏，每弹一下音调都更高，声音也更大。旋律仿佛是古老的埃舍尔楼梯②，一座巴别塔。维利给这段即兴演奏添加了重音，就像楼梯上伸出了尖刺，又像倾盆的刀片雨。然后——现在

---

① 吉他的品是指吉他纸板上和琴弦垂直的两个品丝之间的范围。
② "埃舍尔"指毛里茨·科内利斯·埃舍尔（1898—1972），荷兰版画家，因其绘画中的数学性而闻名。"楼梯"指他的一幅画中描绘的无尽的阶梯。

魔杖开始完全发挥作用了——他们的音乐形成了比以前更浓密的线。音线从维利的飞行 V 吉他里溢出，像发光的意大利面条。佐伊的和弦则像节日里的彩绳一样不断变长。

起初那些声音线似乎和他们一起被困在金色冰屋。意大利面条和麻绳到处都是，像蠕虫一样四处摸索，寻找冰屋的出口，但他们怎么都找不到出路。

"让菲利帕夫人帮忙。"维利抱着吉他大声喊道。

"她不会的。"斯卡德大喊，"她和弗利普斯黛西还有平奇利只是想看看我们的能力。"

"这是个测验吗？"佐伊说。

"还记得你被忽视的入学申请吗？"维利说，他居然被逗乐了。"是时候开始我们的游戏了，炸弹佐伊。"

"好的。"佐伊说，她被他的语气所鼓舞。"我来了。"

佐伊在她的即兴重复片段中添加了一些放克元素，让音符扭转，像玩三角洲蓝调那样把它们混合在一起。维利仍旧附和着她。意大利面条线和麻绳变得更加惊人，它们爬上了庇护他们冰屋的墙壁，谢天谢地，它们到处伸展。声音线从冰屋内向外辐射，像海胆的刺，又像是太阳的光辉。

这激怒了屠拉狗，或者说吓到他了。他冲向他们，然后纵身一跃——他仿佛要把冰屋弄垮，把里面的人类撕成碎片。这就像是恐怖电影中的一个场景，一只巨大、扭曲的狼以慢动作扑向佐伊，他的嘴里疯狂地淌着口水。

佐伊和维利专注于他们斯特拉托卡斯特风格的音乐，斯卡德通过魔杖给他们传送了一些额外的能量，然后——那些音乐线缠绕着屠拉狗，一层又一层，越来越紧，直到他一动不动地躺在地上，就像一只蜘蛛用蛛丝把他裹起来，准备稍后享用似的。

片刻沉默之后。金色的冰屋和豆荚都渐渐消失了，现在这里有七个生物。被俘的屠拉、三个人类、两个斯泽普人，再加上一个亚里士多人——菲利帕夫人。

菲夫人身上大约有三十只眼睛，她拖着自己穿过肮脏的地板。她没有胳膊或腿，却很有活力。她站在被绑住的屠拉狗身上，半遮着他，然后她看着佐伊，眼中闪着幸福的光芒。平奇利和弗利普斯黛西相互搂着对方的肩膀，咧着大嘴看着这场表演，好像他们知道接下来会发生什么。

"行行好，撒些葛缕子种子吧。"菲利帕夫人说，她的声音从身体一侧的小嘴中发出。"美味新鲜的屠拉是我最渴望的特色食物。"

斯卡德犹豫了。"给她吧。"维利说，"这好像就是我们来这里的目的，把你的种子都给她。"

佐伊能看出斯卡德对此有所保留，她的直觉让她猜到了答案。那个一直在幕后的神古波·古波——毫无疑问，古波·古波也会想要一些葛缕子种子。斯卡德一生中第一次表现得如此冷静，他把一茶匙种子倒在手掌中，把罐子里剩下的种子放回了口袋，他对自己这种行为无比赞许。

"给您！"他说，"请自便，菲夫人！"他把种子撒在被音乐线缠绕的屠拉裸露的部分。佐伊可以听到一点，漂亮的彩色线在嗡嗡作响，那声音不停地回荡。葛缕子种子黏在声音线上，仿佛糖霜蛋糕上的糖屑。

然后菲利帕夫人开动了。她不断蠕动，这样她的嘴就可以对准躺在地上的屠拉的一端。她裂开的嘴张得很大，佐伊可以看到里面有一只非常恶心的、半透明的乌贼嘴。然后菲夫人开始咀嚼她的猎物。她从屠拉的一端开始，一直吃到另一端，把他全吞掉了。有点像伊拉夫吞食扬帕那样，虽然佐伊并不想回忆那一幕。

菲利帕夫人狼吞虎咽的时候，被紧紧包裹的屠拉还活着。所以能听到痛苦低沉的狗叫声，还流出一摊像黄色血液一样恶心的液体，但菲夫人还是把他整个吃掉了。然后她翻到一边，放了一个巨大的屁，随后闭上所有的眼睛睡着了。

"这就是斯泽普城亚里士多人的生活方式啊。"维利说，斯卡德大笑起来，他把刚刚那一个小时的疯狂紧张都化作尖锐刺耳的笑声了。

佐伊也跟着男孩们笑了笑，但实际上她心里特别烦闷，无法真正开怀。同时，弗利普斯黛西和平奇利正在捡掉在地板上的葛缕子种子，并尽快地吃掉了它们。

"我们怎么离开这里？"佐伊问平奇利，"我们怎么回家？"

"哦，维利已经把我的车给了和谐人。"平奇利说，"然后你们的汽车又被毁了。"听上去他并不是很担心的样子。此时此刻，他很高兴能吃到一些葛缕子种子，并享受弗利普斯黛西的关注。

"亲爱的，你们会飞回去的。"慵懒的弗利普斯黛西对佐伊说，"古波·古波会帮助你们的。沿着隧道走到烟囱，然后浮起来。我想你们三个是可以悬浮的吧？"

"我们的碟之珠被打碎了。"斯卡德说，"有人用射线把它射穿了。"

"没关系。"弗利普斯黛西说，"你的魔杖会帮忙的。古波·古波给我发了心灵感应，她绝对愿意和你合作，一直到范科特。她喜欢你的长相，斯卡德。而且我认同她的看法。你们三个刚刚为菲利帕夫人献上了一场出色的表演。她很高兴。"

"她的举止真可爱。"佐伊瞥了一眼正在打鼾的亚里士多人，"用这么亲切的方式来感谢我们。"

"你现在是不是有点傲慢了？"弗利普斯黛西说，她正端详着佐伊。"我想你没拿到魔杖一定很生气吧？我不怪你。我很讨厌男人抢走女人应得的东西。"弗利普斯黛西瞥了一眼菲利帕夫人。

"我有没有说过菲利帕夫人其实是一只蛹,一只机敏、活跃的蛹!她正在为自己下一个阶段做准备。现在她已经吃了一顿特别的晚餐,她很可能会裂开,变出成年的身体,然后飘走。不过,这都要等她醒来。"

"亚里士多人来自哪里?"维利问,"他们是什么?"

"他们来自巨大的云。"弗利普斯黛西指着上方说,"应该说天空城堡,他们像昆虫一样有生命周期。成年亚里士多是非常漂亮的齐柏林飞艇,会发光。对古波·古波非常友好。在齐柏林飞艇阶段到来前是蛹期。在这个时期,亚里士多人看上去就会像菲利帕夫人这样。在这以前是幼虫形态。你能猜出亚里士多人的幼虫长什么样吗?"弗利普斯黛西盯着斯卡德窃笑。

"不会吧!"斯卡德大喊道,他被吓呆了。"我手臂上的这根魔杖——是亚里士多人的幼虫?不!她会吃掉我的肉,然后变成蛹。这就像——维利早上来叫我起床,结果发现我床上唯一的东西,就是一根长满眼睛的、尖尖的山药。"

弗利普斯黛西把头往后一仰,高兴地咯咯笑着。"这小子反应太快了。他说的话也太好笑了。如你所说,斯卡德。魔杖最终会变成类似菲利帕夫人的蛹。而且,没错,魔杖会从宿主身上吸取营养,但她不会完全吞噬你的。她会像小蛹一样自由爬行。不用担心。作为亚里士多人的臣子,我亲自接待过几只魔杖。我也因此变得更好了。"弗利普斯黛西渐渐对斯卡德的窘态失去了兴趣,她转向平奇利。"亲爱的,要不要去我家开我们的巧克力派对?"

至于佐伊——现在她根本不想要魔杖了。说实话,她有点同情斯卡德,但是他现在仍昂首挺胸地站在那儿。

"那好吧。"斯卡德说,"这样也行。只要斯科奇能给我们足够的时间,让我们回家,阻止那些飞碟。或者阻止格伦?我还是不清楚我们应该做什么。"

"你们充分地即兴发挥就好。"弗利普斯黛西说,"就像人类神话中狡猾的奥德赛那样!"这个优雅的斯泽普人发出诡辩般的笑声。

"得了吧。"斯卡德说,"我们需要一些确凿的回答,平奇利。通往烟囱的隧道是什么意思?我们怎么从天空城堡回家?"

"我们之前曾路过那个破旧的烟囱。"平奇利说,"你们在路上还看见了,那个烟囱侧面还有斯泽普人的文字,记得吗?写着'格伦万岁'。就像弗利普斯黛西说的,烟囱的底部有一条隧道。"平奇利指着杂乱的地窖另一侧那扇低矮拱门,真菌还有斯卡德和弗利普斯黛西的魔杖发出的微光时明时暗地照着它。"就在那儿,不远。你们从那个烟囱里飘上去。一旦你们到达那片巨大的云,你就会发现古波·古波。她会把你们吸到喷射流里。然后你们就乘着喷射流回家。就是格伦操纵的那个喷射流。速度很快。"

"我们要是和喷射流中那些飞碟混在一起怎么办?"佐伊问。

"哦,尔等没信心的宇宙英雄!"弗利普斯黛西叹息着,把佐伊的烦恼当成玩笑。"强大的古波·古波会帮你们做好准备。"

这些都不像佐伊所期望的那样。在她的想象中,菲利帕夫人本应是个奢华的贵族,而不是一根令人毛骨悚然的山药。魔杖本应像童话故事描述的那样优雅,现在居然是一种狡猾的寄生幼虫。至少维利仍然是维利。佐伊靠在他身上。

"现在我也有了男朋友。"弗利普斯黛西眯着双眼说,她用双臂搂住平奇利的腰。"我想要这个特鲁班人已经很多年了。他得搬来和我一起住。要不然——"

平奇利看上去既高兴又窘迫。"弗利普斯黛西,我会和你在一起待一段时间,但你必须为扬帕开场追思庆典。"

"没问题。"弗利普斯黛西说,"我喜欢聚会。我们会提供塔格、糟糟、伯特和尕布。"

"那是斯泽普人的食物。"平奇利瞥了一眼佐伊说,"我要答应弗利普斯黛西的提议。然后把你们三个人送走。"说这话时,他看起来有些迷茫。

"你不能跟我们一起去烟囱那边吗?"佐伊恳求道,"我们怎么知道它是安全的?"

"自从我们改用暗能量以后,它已经闲置多年了。"弗利普斯黛西说,"你们不需要更多帮助了。"弗利普斯黛西在平奇利的脸颊上亲了一口。"我们走吧,我疲惫的流浪者。现在中央广场上的骚乱已经结束了。"

平奇利顿了一下,看着佐伊、维利和斯卡德。他似乎很迷茫,也很愁苦。"很难说出这特别的再见。"他终于走了出去。"失去了扬帕后,我一直寝食难安。我们这一路很开心,不是吗,伙计们?现在你们去拯救这个该死的世界吧。"他逐一把手放在他们身上。佐伊颤抖着,感受到了这个斯泽普人此刻流露出的局外人气息。这很可能是她最后一次见到他了。

"我可以拿走你的工具带吗?"维利问平奇利。

"不行。"瘦削的斯泽普人说,"维利你已经很强了,你会做得很好的。"

"那在斯泽普城巡逻的飞碟呢?"斯卡德很担心,"我们一离开烟囱,他们就会抓住我们的。"

"会没事的。"平奇利说,"就像我们一直说的那样——你们是天生的英雄。去战斗吧。"

然后平奇利和弗利普斯黛西沿着螺旋楼梯走出了这个地下室,留下佐伊、维利、斯卡德和沉睡的菲利帕夫人在一起。

齐柏林飞艇

维利

就这样，三个孩子待在菲夫人的地窖里。维利感到一阵不安和恐惧，尽管他不想承认。他抱着佐伊寻求安慰。与此同时，斯卡德借着魔杖水晶发出的光，像用手电筒一样照着四处搜寻，希望能在垃圾堆里找到一些有价值的东西。魔杖的光增强了墙壁斑驳的光芒。

维利喜欢把佐伊抱在怀中，即使在离家一百万英里的地方也是如此。他局促不安的呼吸逐渐平缓，进入了熟悉的节奏。多亏了他们的吉他，他们仍然有一些心灵感应，但是聊天也很重要。

"你还好吗？"佐伊低声说。

"我感觉有点受不了了。"维利说，"而且我们做不到。"

"我们必须这样做。"佐伊说，"但是现在，我很想我妈妈，还有我家里的'安全屋'。"

"如果我们还能回到洛斯佩罗斯，我们也会马上就厌倦那里。"维利说。

"我知道。"佐伊声音中带着一丝笑意。"我们太糟糕了。"

"这可是我们盛大的冒险之旅。"维利说，他的精神逐渐振奋起来。"事情还没结束。现在，我想找些真正的食物，和一个安全的地方睡觉。我好累。"

"我也是。"佐伊说,"自从弹奏斯特拉托卡斯特开始,我们就没停过。但是我再也不想吃东西了,特别是在经历菲利帕夫人那些点心之后。她和弗利普斯黛西为什么要这样整我们呢?"

"为了搞笑?"维利说,"我们可以报复回来。比如,我们可以跳到菲利帕夫人的身上。趁她睡着的时候,在她身上跳来跳去。"

"想都别想。"佐伊说,"这点子太糟了。"她直起身子,夸张地呻吟了一声,举起了一个轻轻握紧的拳头。"前进。"

"好的。"维利说。

"这个任务。"佐伊仍在努力振作自己,"这次探险。"她用吉他弹出嘀嘟嘀嘟的声音。

"看我发现了什么。"斯卡德走过来说。他用魔杖的尖端照在一个深色胡桃壳上。壳的一侧有一个膜状的铰链。斯卡德打开了它,在魔杖的微光中,他们看到半茶匙细小的、闪闪发光的多面体,每一个的颜色都不同。

"有点像小的宝石啊。"佐伊惊叹道,"这个胡桃壳是一个百宝箱。我真想把那些小东西做成首饰。"

"我要留着这个胡桃壳。"斯卡德说,"我要把它带回家。"

"你怎么找到的?"佐伊问维利,"你自己找到的?"

"当然是我自己找到的。"斯卡德说,"这里没有别人啊。你什么意思?"

"也许是斯科奇魔杖指引你找到了这个胡桃壳。"维利说,"斯科奇既然是生活在你体内的亚里士多幼虫,她那么聪明。而且她一直都和你保持心灵感应,即使你可能没注意到。也许亚里士多幼虫出于某种奇怪的目的,想让你把这个胡桃壳带回地球。"

"是这样吗,斯科奇?"斯卡德说,然后倾听自己内心。他的眼睛变得茫然,嘴唇抽搐。然后他回过神来,叹了口气。"你说得对,维利。斯科奇不想告诉我,但事实上,确实是她引导我走向这个胡桃壳的。这些小宝石似乎是亚里士多的卵。她想把他们带到洛斯佩罗斯，之后给大家一个惊喜。"

"真是惊喜。"维利说，"数百个外星人要在我们的家乡孵化了。"

佐伊俯下身，直视着斯卡德的眼睛，慢慢地说，"别、把、他、们、带、回、家。"

斯卡德叹了口气，把胡桃壳放在地板上。他的魔杖愤怒地在斯卡德的手臂中扭动，但那个胡桃壳还是留在了地上。

"既然说到这儿了。"佐伊继续说道，"宇宙大战之后，你这位友好的亚里士多幼虫魔杖会发生什么呢？"

斯卡德再次入神地窥视着自己。"斯科奇说，她会以幼虫或蛹的形式出现，这取决于她走了多远。然后她会从地球通过隧道去范科特，然后飞行一百万英里回到斯泽普城。她想在这里进化到成年。就像她的爸爸妈妈一样。"

"等等。"维利说，"假设斯科奇非常渴望帮我们，她为什么不一开始就飞来找我们？这样，我们就不用开车一百万英里来这里了。"

"我已经想到了这一点。"斯卡德说，脸上露出奇怪的表情——既骄傲又害羞。"但是我什么都不会说的。要不太像吹牛了。最重要的是，斯科奇不想和随便什么人合作。她想和某个特别的人搭档。一个可以应付一百万英里公路旅行的人。像我这样的人。"

"你太了不起了。"维利对弟弟说，他没有把任何荣誉据为己有。"我是认真的，斯卡德。你表现得特别棒。如果斯科奇完成任务后，能自己飞回家，那就太酷了。我们准备好了。"维利顿了顿。"嗯……弗利普斯黛西说我们接下来要去哪里？"

"隧道，是不是？"佐伊说着，开心地举起她的食指，好像她正在提议玩一个室内游戏。

"通向烟囱的隧道。"维利附和道,"对,那个几英里高,直通天际的烟囱。"

"我来带路。"斯卡德说着,骄傲地四处走动。"我和我的魔杖一起。"他走向低矮的拱门。

"去吧,弟弟。"维利说。他握着佐伊的手。她是他的女人,他是她的男人。他们属于彼此。这是真正的浪漫。

隧道原来是一连串相连的地窖,里面有拱形涵洞和鹅卵石通道。墙壁上大多是漆黑一片,偶尔会有几串发光的真菌。一些小路通向其他地方,但斯卡德从未偏离过他的路线。

一路上,他们遇到了一些非常大的老鼠——这些齐膝高的斯泽普城老鼠用后腿走路。老鼠们戴着小小的流苏帽子,穿着刺绣夹克,其中几只甚至还拿着手杖。佐伊和维利被老鼠们迷住了,想去接触一下,但斯卡德催他们抓紧赶路。

"我觉得有些老鼠在跟踪我们。"过了一会儿,佐伊对维利说,"听到他们吱吱叫了吗?"

"我打赌他们很友好。"维利说,"他们闻起来不错,浓浓的麝香味,我闻了觉得很精神。还记得那时扬帕在车里喷过这种味道吗?"

"我们会把老鼠争取过来的。"佐伊拍拍她的吉他说,吉他发出了一些声音,那些看不见的老鼠模仿着吉他,发出唧唧的声音。"音乐迷住了野蛮的野兽。"

"如果老鼠是带着恶意跟着我们,我们就拼命跑。"维利说,"这就是备用计划。"维利总是喜欢谈论备用计划。这让他觉得自己有能力,并且有条理。

很快,他感觉到穿堂风越来越大,微风从他背后吹来,吹向他们未知的目的地。然后,他们穿过最后的拱门,空间豁然开朗。

因为是晚上，所以没有光，但是维利可以感觉到那种广阔——这里非常寂静，有回声和向上流动的空气。

斯卡德把魔杖像手电筒一样亮了起来。是的，他们在一个巨大的废弃烟囱里，脚下是沙地。烟囱有数百码宽，越往上越细——有多长？至少一英里。在底部，墙壁强烈向外弯曲，紧紧地顶在泥土上。

回看他们走过的拱门，维利看到黑暗的隧道中闪烁着黄色的光。那是鼠人的眼睛。斯卡德也看到了闪光，他很害怕。

"我觉得咱们应该马上浮起来。"斯卡德说，"古波·古波会在上面照顾我们的。我们好像要去天堂了。"

"你听起来像一个被洗脑的宗教狂热分子。"佐伊说，"即使你说的没错，我现在也没法让大家飘在空中了。如果有飞碟怎么办？我又累又饿，几乎无法思考。"

"那我们要怎样才能飘到烟囱上呢？"维利问，"你的魔杖能让大家悬浮吗？"

斯卡德安静了一会儿。"斯科奇说她可以让自己悬浮起来。"他最终说道，"但是她不够强壮，没办法把我们都举起来。那太困难了。而且，她饿了。"

"我以为她会从你身上汲取营养。"佐伊说，"就像妈妈肚子里的婴儿一样。我以为她不用吃饭。"

"我已经没什么可以吸取的了。"斯卡德说，"我和你一样，也饿死了。"他耸了耸肩。"那这样吧，我们在这里过夜。我们可以躺在那边低矮、倾斜的墙边，睡在沙土上。咱们轮流站岗防范老鼠。如果他们靠近，我可以用魔杖闪击。"

"那些可爱的老鼠未必是我们的敌人。"佐伊说，"我敢打赌，我们可以向他们要吃的！我可以用我的吉他扮演花衣吹笛人①，维利。我可以吸引那些穿可爱小外套的老鼠们，然后他们就会给我们带来一场盛宴。"

"哦，真的啊？"斯卡德怀疑地说。

"闭上你的嘴。"维利说道。他经常对他弟弟这样说，可能说得太多，斯卡德看起来很受伤。"对不起。"维利补充道，"只不过我真的快饿死了。把魔杖的光调暗吧，免得老鼠害怕。让光变成舒适的黄色吧。"

于是斯卡德照做了，佐伊靠在吉他上，轻柔地弹奏着童谣般的旋律，非常轻巧甜美。维利也加入进来，增加了一些装饰的颤音。老鼠来了——十只、二十只、五十只，他们极易受到惊吓，随时准备逃跑，但又被优美的音乐吸引。

两只老鼠手拉着手，或者说爪子，开始跟随音乐的节奏跳动。那是一只穿着绣花衬衫的男性老鼠，和穿着裙子的女性老鼠。他们毛茸茸的小腿随着舞蹈的节奏起伏。另一对也加入了，然后又来了一对，很快就有一群鼠人在一起嬉戏玩耍。他们的脚踩在松软的沙子上。斯卡德用魔杖轻轻地打着节拍。

维利停了下来，让佐伊独奏。"好吃吃，好吃吃。"他对老鼠们喊道。他拍了拍肚子，做出咀嚼动作。维利假装把东西放进嘴里。十只老鼠把头靠在一起，吱吱地叫着散开了。佐伊弹到下一首曲子时，十只老鼠带着一些新成员回来了。他们背着包裹。空气中充满了老鼠令人愉快的麝香味。

老鼠欢快地吱吱叫着，他们铺开布，在上面撒满了坚果、浆果、小面包，甚至还有一些黄色的圆柱状奶酪。这不仅仅是品尝的样品——那些老鼠非常愿意提供食物，成群结队的老鼠带着更

---

① 英国诗人罗伯特·布朗宁创作的童诗《哈默林的花衣吹笛人》中的人物。

多的食物出来了。真的是一场盛宴。三个孩子坐下来大快朵颐时,他们面前的食物已经多到吃不完了。

佐伊现在暂时停止了演奏,但为了保持愉悦的气氛,维利继续拨弄着他的飞行 V——即使他正在狼吞虎咽着那些美味的小面包和奶酪,一串像红醋栗的浆果还把他的衣服弄湿了。一只热爱音乐的老鼠直接坐在维利的吉他琴柄上,在琴品上滑行。维利丝毫不害怕,还在曲子中加入了吉他滑弦的声音。

维利、佐伊和斯卡德试图与老鼠们进行心灵感应,但根本做不到。他们也没办法听懂那些老鼠吱吱的叫声是什么意思。这些斯泽普城的老鼠只是一群简单的家伙,他们吃吃喝喝,跳跳舞,摇摇尾巴——也就这样了,但在盛宴结束时,这些小家伙们居然唱出了维利和佐伊最终曲里的三十七段和声——《三只瞎老鼠》[①],这还不是理所应当的嘛。

"现在我们要继续前进了,盛宴到此结束。"维利放下吉他说。佐伊用热情的屈膝礼感谢了鼠人,并向他们鞠躬。老鼠们收拾好他们的东西,斯卡德用魔杖发射出一些气流来敦促他们离开。看起来有点像罗马焰火筒上的弹丸。

维利和佐伊在沙地上挖了一个舒适的洞,紧挨着倾斜的墙壁,那是巨大的烟囱与地面相接的地方。斯卡德礼貌地躺在离他们几百英尺远的地方睡觉,他把魔杖的光熄灭了。

虽然他们很累,但维利和佐伊从斯泽普城老鼠的精油中,还有那些可爱的、洋娃娃般大小的食物中获取了一些能量。佐伊的心灵感应充满了欲火。

"度蜜月吧。"她在维利的耳边低语。

维利毫不介意她对婚礼的暗示。如果到了那一步,他会很高

[①] 源于阿加莎·克里斯蒂的短篇小说集《三只瞎老鼠及其他》中的一篇,后改编为著名舞台剧《捕鼠器》。

兴和佐伊结婚。倒不是说他们马上会有直接的社会压力，毕竟他们离家一百万英里呢。此外，维利身上还有一口袋避孕套，所以不用担心怀孕。他手里握着吉他，把这一切想法传给了佐伊。

她呻吟着靠了过去。他们享受了美妙的性爱，筋疲力尽。他们一丝不挂地紧紧依偎在一起，累得一觉睡到天亮。维利醒来时，天色明亮。他抬起头确定他和佐伊的吉他都还在。佐伊也还在他怀里，闻起来像花蜜一样。爱情万岁。

斯卡德站在一百码外大片的沙地上。他在空中举起手，伸出他的魔杖斯科奇——仿佛一个少年巫师在召唤巨龙。维利把头转向一边，向上望去。在他们上方很高很高的地方，烟囱的通风口有个苍白的圆盘，在天空的映照下闪着光。上面有东西——离得很远，又很渺小。

"嗨，我的情人。"佐伊对维利笑着说。她太可爱了——不，不仅仅是可爱。她还性感、漂亮。他拥抱并亲吻了她一会儿。最终他们坐起来开始穿衣服。

这时候，斯卡德开始跳上跳下，对着空中大喊。有个东西着陆了。

"那是个飞艇吗？"佐伊问维利，"齐柏林飞艇？"

"肯定是个成年的亚里士多。"维利说，"看，它有小小的翅膀。后端有一束触须。原来，斯卡德的魔杖会吸引成年的亚里士多。因为魔杖是亚里士多的幼虫。"

"没错。"佐伊简短地回应，好像她不想再回到英雄任务的老路上了。大约有一分钟，她装作毫不在意的样子。维利很喜欢佐伊这个样子，她不会让自己手忙脚乱。"看看这个。"她说着，从口袋里掏出一把她藏起来的老鼠烤的面包，大约有一百个。每个面包都有维生素片那么大。它们新鲜可口，有酵母味，还很松脆。

巨大的齐柏林飞艇形的亚里士多人降落在斯卡德旁边，挥舞着他滑稽的小蝙蝠翅膀,用他的触须打着手势。他正在与斯卡德进行心灵感应。他的六只眼睛像圆点一样散布在全身,有点像菲利帕夫人。亚里士多的眼睛很大,有黑色的瞳孔和黄色的虹膜。当然,他也看到了维利和佐伊。

"快来!"斯卡德向维利尖叫。由于激动,他的声音变得尖锐刺耳。高高的圆柱形墙壁上回荡着逐渐减弱的回声,听起来非常奇怪。快来,快来,快来!

"你听得懂那个男孩在说什么吗?"佐伊问。

"哇啦哇啦哇啦。"维利说。

这对恋人十分开心,他们慢吞吞地穿上衣服,拿着吉他,慢慢走向斯卡德和亚里士多。

"他的名字叫斯托洛。"他们靠近时,斯卡德喊道。"斯托洛,这是我哥哥维利和他的朋友佐伊。"

"感觉不太对。"佐伊一边评估着亚里士多的尺寸,一边对维利轻声说。它大约一百五十英尺长,是经典的兴登堡号飞艇[①]的缩小版,一端尖另一端钝。钝端有触须。

这个生物的身体是半透明的,有棱纹的,充满了气体。维利可以看到里面扭曲的肠子,羽毛状的腮,还有一些常见形状的和圆形的器官,所有东西都在斯托洛绷紧的兽皮中上下跳动。

斯托洛发出奇特而强大的心灵感应——那是一种对色彩、气味和声音的奇异拼接。大致说来,就是斯托洛怂恿他们快骑在他身上。

"我不喜欢触须。"佐伊告诉维利,"你知道那种鱿鱼束中间肯定有一个杀人的喙,太恶心了。"

"我们不会靠近那儿的。"维利说,"我们就坐在上面。就像骑

[①] 兴登堡号飞艇是德国大型载客硬式飞艇,是世界上最长、体积最大的飞艇型号。

在大象的背上一样。"

"是坐在象轿中。"佐伊说。

"你把我说糊涂了,佐伊。"

"就是他们以前放在印度象身上的小板凳?"佐伊说,"那些就是象轿。"

现在他们已经近到可以闻到斯托洛的味道了——一股鱼腥味,混合着薰衣草、蜡和乳胶的味道。巨大的亚里士多发出软弱的小牛叫声。

"那就是他的声音。"斯卡德说,"他说他很高兴见到你们。他会折一条特殊的褶皱让我们坐进去。他说我们应该快点儿。他不想让他们在地面上抓到我们。"

"他们?"佐伊问。

"快点吧。"斯卡德说。

"他要带我们去哪里?"她问。

"去古波·占波那儿。"斯卡德说。

维利听到一声尖锐的爆裂声,一颗子弹撕裂了空气。该死的。是斯泽普城的那群僵尸。他们从烟囱底部的隧道入口过来了,二三十个目光呆滞的奴隶从烟囱底部的隧道入口涌了出来,手里拿着步枪和激光枪。

斯托洛说了些什么——其实,他就是发出了另一种类似放屁的声音——然后,他闪电般地用三条触须缠住了孩子们,一人一条。斯托洛把他们塞进他背上的一条褶痕中。他们像氢气球一样升起来了。

好战的飞碟追随者不断向他们射击,但斯托洛皮革般的底面根本不受子弹和射线的影响。然后斯托洛和他的乘客们飞到了一英里高的烟囱的三分之一处。斯托洛并不是完全使用他的小翅膀飞翔——他更像是悬浮在空中,用翅膀支撑着空气来控制方向。

他们的上升速度如此之快，以至于维利不得不张大嘴并摇动他的下巴，来平衡耳朵中的压力。斯卡德开心极了，佐伊也如释重负地笑了。

随着他们继续爬升，空气逐渐冷却。烟囱顶部发出奇怪的、摇摆不定的声音。仿佛一个巨人在吹一个瓶子。他们从烟囱顶部飘出来时，遇到了呼啸而过的大风。湍急的风暴把他们和当地人称为天空城堡的云分割开来，那片云层非常广阔，错综复杂。巨大的云层底部在他们上方一千英尺处，已经被寒冷的气流搅乱并撕裂。大风像一块一千英里宽的床单，或者说一个界面区。

斯托洛飞行时尖头在前，触须在后。他的身体在风中颤动——他摇摆着，颤抖着，感觉好像随时都可能开始疯狂翻滚。不过，斯托洛用心灵感应表明，他并不担心前路。他的身体构造能经受住这种大风的颠簸，并到达天空城堡。

他们顶着狂风，以每小时几百英里的速度向前冲去。斯托洛用力拍打着他小小的蝙蝠翅膀，不断调整他们的俯仰、滚动与左右摇转。与此同时，他弯曲着自己庞大的机翼，稳步向天空城堡云层靠近。

维利、佐伊和斯卡德把腿藏在斯托洛皮肤的褶皱下。由于他们随风而动，所以他们甚至感觉不到风。他们就像坐在床上一样安全。也可能不是。一阵强烈的风让斯托洛变成了垂直飞行，尖尖的前端朝下。如果他是一艘船，你可以说他要倾翻了，也就是说，要整个翻转向下。

亚里士多似乎并不在意，也许他甚至是故意这样做的。维利从这个有生命的"齐柏林飞艇"的脑海中获得了一个奇怪的图像。一个人在湖里的船上钓鱼？这个图像该如何解读呢？

佐伊不喜欢斯托洛这样颠来颠去的。她尖叫着说他们快要死了。斯卡德因为恐惧而精神紧张。斯托洛却一点都不在乎。他鲁莽地挥动着他的翅膀,让他们进入完全翻滚模式。他们翻来滚去,不停旋转。气流变得无比凶猛,斯卡德和佐伊都有种命悬一线的感觉。

但是维利——冲浪王先生、洛斯佩罗斯的聪明先生、潇洒先生失去了控制。而且,哦,不,这不可能——他从座位上被颠了起来,沿着斯托洛隆起的兽皮颠簸着,从巨兽"利维坦"[①]一只凸出的眼角膜上滑过,他也没能抓住斯托洛粗糙的翅膀。维利以可怕的自由落体的方式下坠着,只有他的吉他还在佐伊和斯卡德身旁。

维利落在斯泽普城上方一英里多的地方,他目光所及之处都是无尽绵延的斯泽普城。他的运气还不错:风太强了,以至于他都没有往下掉,而是水平滑行,像被风吹动的垃圾一样向前滚动。所以维利仍然与斯托洛处于同一水平,斯托洛也与他保持着心灵感应。

维利用残存的智慧思考了一下,他决定不跟风搏斗,而是在大风中冲浪。他像跳跃的鲑鱼那样弯着身体,把自己稳定下来,手臂放在身体两侧,用手做着微妙的鳍状运动,来控制自己的移动。这种方法确实有效,但是空气太冷了,维利很快就会被冻死。

就在这时,三个飞碟发动了攻击。斯托洛对此异常冷静,他让维利注意从下方斯泽普城飞碟大厅升起来的邪恶三人组。他们移动得非常快。

维利记得弗利普斯黛西说过亚里士多擅长猎杀飞碟。但显然,这三个逼近的敌人愿意冒险。也许他们是为有机会杀死变成自由落体的维利而疯狂兴奋。他们发射了淡黄色的闪击光束,一部分瞄准了斯托洛和他的乘客,但大部分瞄准了维利。

通过斯托洛的心灵感应,维利可以听到佐伊和斯卡德恳求亚

[①]《圣经》中述及的一种力大无穷的巨兽名字的音译,象征邪恶的一种海怪,通常被表述为鲸。

里士多人去救维利，否则就太晚了。但是斯托洛不愿意，至少现在不想。然后，维利从齐柏林飞艇形外星人的心灵感应中，接收到另一个奇怪的垂钓者想法——一个垂钓者把诱饵从船上扔下来，吸引深海中的大鱼。他们管这个叫什么来着？叫抛饵引鱼。维利就是鱼饵。飞碟的闪击射线从他脚边呼啸而过，近到他都能感受到射线的热量。

现在，斯托洛终于准备采取行动了。亚里士多人巧妙地调整了自己翅膀的姿势，稳定了倾斜的进程。斯托洛瞄准了自己的触须，他全神贯注，处于禅定般的平静状态。一道横扫一切的死神飞碟闪击即将结束维利的生命。带着深思熟虑的沉着，斯托洛从他触须的尖端发射出快速有效的冲击波——噗、噗、噗，这三个纠缠不休的飞碟死了，被烧焦了，他们的死神闪击射线也消失了。

斯托洛敏捷地俯冲下去，在死掉的飞碟坠落前接住了他们。他用触须抓住尸体，然后用弯曲的大喙把他们吃了——这是地图世界的典型行为。就像菲利帕夫人对屠拉狗一样。一只，两只，三只。

斯托洛心满意足，欣喜地挥舞着他的触须。斯卡德和佐伊欢呼起来，他们的声音在呼啸的风中显得很微弱。维利的牙齿一直在打战。他感觉很难受，斯托洛故意把他丢出去，只为了吸引那些美味的飞碟。去天空城堡的代价也太高昂了。

现在友好的齐柏林飞艇外星人调整角度，飞到了维利旁边。佐伊伸手抓住维利的脚踝，把他拉上船。他、佐伊和斯卡德一起依偎在亚里士多人的皮褶里。她疯狂地吻着维利的脸，他的心再次温暖起来。

为了庆祝维利获救，斯卡德用魔杖射出一道光，穿过斯托洛半透明的皮肤，射进亚里士多人巨大而轻盈的身体——像点灯笼一样，照亮了这个生物。也许斯卡德的魔杖产生了一些令人兴奋的暗能量，或者吃了三个飞碟后亚里士多的能量增强了，又或者只是因为他结束了"诱钓"飞碟，现在斯托洛终于在狂风中结束了剩下的航程。

就这样，他们进入了天空城堡的内部，那是有一千多英里高的雷雨云。

扁牛飞碟

佐伊

天空城堡不是普通的云,它既不是霾也不是雾气更不是薄雾。它就像一群萤火虫或一片网格,更严格地说,它就像是3D摩尔纹。除了佐伊·斯纳普,没人会这么说。因为佐伊最擅长观察图案。

她一直都对摩尔纹很着迷。比如,当两片窗纱或两个链条栅栏相互重叠时,就会有这样的视觉效果——会出现一系列叶状的干扰条纹,条纹的光会随着你的移动而变化。这就是所谓的2D摩尔纹。老派的幻视艺术家们会用大胆的线条制作云纹帆布。实际上,纺织品设计师可以在布料上压印出凹槽,而不是与布料的纹路平行,这样就会出现流畅的2D云纹效果——这在佐伊初中的时候相当流行。买新的摩尔纹连衣裙太贵了,佐伊用一把剪刀把她在旧货店买的高档鸡尾酒连衣裙改成了自己想要的样子。自己动手丰衣足食,永远如此。

佐伊发现,偶尔她的大脑会自己创造摩尔纹。有时,她在卧室中神游——沉思、听音乐、无聊或者嗨了的时候,她就能看到三维的摩尔纹。它们是浅紫色甚至是紫外线波纹,像空气一样透明、不可思议。有点像古波·古波的存在。

在佐伊看来,3D摩尔纹的底层是一对能充满整个房间的3D

网格。这些想象中的网格可能是3D绘图纸，或是城市的微缩线框模型，或是玻璃蜂窝，又或是蚂蚁的细网状的立体方格铁架。

两个重叠的结构彼此间有些许不协调——干扰图形成了绚丽的、吸引人的3D摩尔纹。当佐伊变得反常时，这些融化又融合在一起的3D摩尔纹在她的房间里跳跃，就像马里亚纳海沟中发光的蓝鱼。

当视觉达到最佳状态时，佐伊开始相信她自己其实也是3D摩尔纹。就像希尔伯特空间①是非量子场的曲折层，对吗？不管怎样。如果你想知道更多细节，就去找物理老师问问。如果其他所有方法都行不通的话，那就去找斯卡德·安特卫普吧。

总之，在她和维利这次伟大的冒险旅程中，佐伊登上了一艘有生命的齐柏林飞艇，她看到天空城堡里全是3D摩尔纹。它们非常大，比她以前在自己那个哥特女孩卧室里看到的还要狂野。她看到一只条纹虎，它毛茸茸的背是一座山脉。还有一尊大理石雕像，是平奇利和扬帕的雕像——这是怎么回事？而且，还有一支巨大的铅笔，她活泼的尖鼻子上戴着眼镜，下面是粉红色的橡皮擦。另有一台足足有圣何塞②大小的火车头，是从其他摩尔纹变异而来的。火车头的阀门上有刻度盘，管道向汽化器输送动力，汽化器为齿轮和凸轮提供动力，凸轮推动阳具式的连杆，连杆驱动云纹机车的坚硬车轮。

所有这些错综复杂的幻影，都是天空城堡星云中两个宇宙网格相互作用编织而成的。黑、白，一、多，男、女，正、负，生、熟，粗糙、光滑——双方的名字都是幻象。相互作用才是最重要的。

---

①希尔伯特空间：希尔伯特空间是由德国数学家大卫·希尔伯特的名字命名的。该空间是欧几里得空间的直接推广，其不再局限于有限维的情形。
②圣何塞：加利福尼亚州旧金山湾区南部的城市，是加州人口第三大城市。

"差异万岁。"佐伊对维利说,"此处为阴,彼处是阳。"

"听听那些声音。"维利抬起头说。天空城堡的空间像一个宇宙大教堂,里面有两个相互竞争的管风琴,彼此之间稍微有点不协调。这种不和谐产生了声学家所说的节拍,这意味着两条密集的旋律线相互增强或抵消,产生了混乱的信号和间隙,这是一种……

"音速摩尔纹。"佐伊说,果然不出所料。她当然知道维利在想什么。这是一个心灵感应很强烈的区域。而且他们还拿着魔法吉他。

一只五彩的风筝飘过,不对,是一尊铜绿色的青铜佛像,他有一百万只手臂。不,它好像是一只脆弱的深海海星。摩尔纹形状,时暗时亮,时而毫无光泽,时而五彩斑斓。每个属性都永远在不断变化。

"古波·古波在哪里?"斯卡德问,他四处张望,像一个乡下游客。

作为回应,斯托洛其中一坨脂肪突然喷发了,喷出了一坨巨大的粪便,调整了自己的"压舱物"。

哦,拜托了伙计们,这是不是有点太……

等等,这是谁的想法?

他们马上以不祥的速度上升,穿过了天空城堡的矩阵。网格及其伴随而来的摩尔纹慢慢变得更黄,更亮,然后……

"那就是她。"佐伊说,"准备好了吗,小伙子们?"

这就是她当时在和谐盆地看到的那个人,当时佐伊快要死了,然后她看到了高中辅导员的画面。他们显然不是同一个人,佐伊就是知道。

古波·古波以 3D 摩尔纹的样子呈现在他们眼前,形状像一个阶梯形的墨西哥金字塔,一块丛林里的石头废墟。金字塔形的主体看上去像一个被雕刻的玛雅人头像,从台阶上厚实的藤蔓和风化的凹槽蚀刻间能看到一些面貌特征——一些眼睛,一个鼻子和几张嘴。其中一只嘴是古波·古波底部一道精美的拱门。

靠近他们这一侧的金字塔,戴着多角的玛雅头饰。雕刻的头发浓密而弯曲,汇成了一个石头发髻,散发着独特的光芒。

金字塔的摩尔纹摇摆着表示欢迎,好像全身都在眨眼一样。底座上长着一些热带羽毛。整整一卡车看起来很愉快的骷髅人从古波·古波的身边倾泻而下,在台阶上留下了一些骨头。佐伊努力让自己振作起来。要坚强。

"佐伊,维利,斯卡德。"女神吟诵道。空气中闻起来有麝香、茉莉和烤肉的味道。声音从她的顶髻中传来——但那不是声音,而是心灵感应。"我派平奇利和扬帕招募你们。你们会困住格伦,并把他消灭。"古波·古波说,"你们将结束这场吸血鬼飞碟瘟疫。"

"好的,很好。"佐伊平静地说,"只要我们能回家,让我们做什么都行。"她对以前简单的生活发自内心的向往,这是她没有想到的。这次旅行真是超乎想象的奇怪和美好,但是——她应该放松一下了。

"你们准备好战斗了吗?"古波·古波问。

"我觉得我们已经完成了基础训练,对吗?"佐伊说,"斯卡德有他的亚里士多魔杖。维利和我有魔术吉他。我们诱捕了一条屠拉狗,还把他杀了。"

"是的,是的,吉他和魔杖斯科奇。"古波·古波说,"你们应该感谢我。像斯托洛一样。"

顺便说一句,三个孩子仍待在斯托洛身上。他转过身,用钝的那一端对着金字塔。他崇拜而狂喜地伸展着触须,弯曲的喙张得很大——好像他正在吞食古波·古波顶髻上散发出的光。佐伊觉得，这也像一个饱经风霜的人终于洗上了热水澡——这是他长久以来第一次洗澡。

"当然，我很感激。"佐伊说，"但是我不觉得我们需要崇拜你，古波·古波。你一直在耍我们。"即使在这里，佐伊还是找到了说出自己想法的勇气。

维利插话道："我觉得你是来自另一个维度的外星人。"他对古波·古波说，"不是一个真正的神。亚里士多人是寄生在你身上的外星寄生虫。是神虱。"维利提高了嗓门，"我们不可能成为你的虱子，古波·古波。好了，无论你想对格伦做什么——欺骗、报复或夺权，我们都会照做。系啊，老世。要是能摆脱灰碟，偶们就谢天谢地了^①，但是别指望我们会赞颂你的名字。"

"我们也不会提高我们沙哑的、谦卑的声音去赞扬你。"佐伊补充道。

"这不是我们的风格。"维利总结道。

斯卡德开始大笑。他哥哥跟权威叫板时，他总是很开心。然后，像往常一样，斯卡德做得太过了。他骂了句脏话，然后对着古波·古波竖起了中指。

"别生那个男孩的气。"佐伊迅速对古波·古波说。

"我接受你们三个本来的样子。"古波·古波说，"在我的世界里，没什么让我觉得讨厌。"

"讨厌。"斯卡德复述道，可能是想开一个粗俗的玩笑。

"你。"古波·古波说，突然把所有的注意力都转到那个男孩身上。强烈的目光射到斯卡德的脸上。"你是不是忘了什么？"

"什么？"斯卡德问，他的声音变得短促而尖厉。

"我的礼物？"古波·古波说，"你给我的礼物？"

---

① 原文为"Und, ja boss, ve'll be wery grateful if ve get rid of zaucers"，维利说这句话时有口音，因此处理为方言。

"哦，对，是的，剩下的葛缕子种子，当然。"斯卡德说着，匆忙地从裤子的口袋里摸索出罐子。

古波·古波的目光抽搐了一下。葛缕子种子从罐子里升到金字塔的顶部，然后绕着古波·古波的顶髻进入了轨道。

"仆人，干得好。"古波·古波高喊道，"你深谋远虑的祝福将增强我扁牛的功效，尤利娅。她是四维的，是我的一部分。"

"扁牛？"斯卡德问，他不知道发生了什么。"尤利娅？"

斯卡德望着佐伊，佐伊以一种平静的姿态微笑着支持他。她周身散发着一种平和的感觉，因为古波·古波刚刚在她的脑海中用心灵感应传送了一条秘密信息。这是来自石头顶髻中的智慧，是击败格伦和飞碟的详细计划。至少佐伊是这么认为的，但是还没等她细看，它就立即渗入了她的潜意识。只能以后再读了。好吧，传输已接收并存档。

同时，古波·古波开始了她的下一个话题。"现在，你们三个。"她说，"走进这扇门。"

"好的。"佐伊说。现在没有更好的选择了，只有相信这个神或者说超级外星人，或不管她是什么。多亏了那条信息量超多的心灵感应，无论它实际上是什么，佐伊现在都有点喜欢古波·古波了。她牵着斯卡德和维利的手。"可以跳出飞艇了吗？"她问这对兄弟。

"我准备好了。"维利说。

他们三个从齐柏林飞艇形外星人的侧面滑了下去，降落在一片相当结实的摩尔纹缓坡云层上——尽管佐伊有点担心他们可能会尖叫着从这里跌下去，扑通一声摔在斯泽普城的街道上。

此时此刻，死亡已经不那么重要了。但是，等等，这不是一个新的、活力满满的佐伊的想法，而是暗自压抑的维利的想法，这个想法已经在佐伊的意识流上变成摩尔纹化的心灵感应了。她的脑海中也有斯卡德的想法——比如,她捕捉到性感飞碟努努的淫荡图像,这个飞碟的边缘翘起,摆出一个"让我们做吧"的角度,太恶心了。古波·古波是一面镜子,可以吸收、打乱并反映他们所有的想法。这种心灵感应太强了。

这时,佐伊听到古波·古波金字塔顶端传来一些笨重的农场动物咀嚼食物的声音。扁牛尤利娅在吃葛缕子吗?佐伊看不到那么高,因为她在金字塔底部的拱形门,或者说古波·古波的嘴附近。

这扇门的边缘是玛雅文明的浅浮雕——磨玉米的女人,相互刺伤的男人,玩骨头的孩子,还有一些神灵在接受乌贼齐柏林飞艇的膜拜。这些图像都闪烁着摩尔纹,产生了轻松的动画效果,因此这些雕纹似乎是来回跳动的。在金字塔底部的门上,还可以看到一些怪异的阴影和明亮的闪烁……

"我感觉有一股气流流入那扇门。"维利说。

"我希望这扇门是一扇传送门。"斯卡德说。

"不知道为什么,我想到一个圣经故事。"佐伊说。

"你?"维利说,"圣经?"

"嗯,就是这种场景。"佐伊说,"古波·古波就像一个神。在这个圣经故事里,沙德拉、米煞和亚伯尼歌都是虔诚的青年,他们拒绝崇拜尼布甲尼撒王。然后他把他们扔进了火窑。所以也许这个场景就是这样。我们三个人即将进入一个毁灭性的暗能量爆炸。"

"那我们不应该穿过那扇门。"斯卡德迅速地说。

"啊,但是沙德拉、米煞和亚伯尼歌并没有受到火窑的伤害。"佐伊说。她从哪里学来的这些东西?她听起来像是主日学校的优等生。"沙德拉、米煞和亚伯尼歌在神秘的第四个人的陪伴下,在火焰中自由行走。"也许古波·古波已经用心灵感应触发了她这段潜伏的记忆，作为微妙的信息？

就在这时，一个笨重的、粗壮的东西朝斯卡德的背部猛劲一摔，将他撞倒在地。反弹时，那个毛茸茸的东西又撞到了维利的肚子，然后它扑到佐伊的身边，把她撞得跟跟跄跄。这块没有骨头的圆形肌肉看起来是有意识的，不过只有最基础的意识。就像一只过分友好的宠物。

"是那头扁牛！"斯卡德叫了起来，"尤利娅！"

的确，这生物闻起来像一头牛，她哞哞地叫着，短短的皮毛是淡奶油色的，上面有三个大的棕色斑点。斑点扁牛。倒不是说她的形状像牛。她是一个巨大、扁平的圆盘，中间较厚。就像，一个飞碟。但她没有角，没有乳房，没有嘴。她的确有一双深棕色的眼睛和一条像牛一样的尾巴。尾巴又长又结实。末端没有长出毛发，仿佛尾巴在那里停住了，消失在另一个维度。

"你想从我们这里得到什么？"佐伊问扁牛。

尤利娅从地上翻了起来，对着孩子们扭动身体，急切地哞哞叫。佐伊很快意识到，那头扁牛想把他们赶进那扇门。佐伊很难想出任何反抗计划，因为她脑海中的一切都十分混乱。一分钟前她就这样了，维利和斯卡德的思想融入了她的。尤莉娅到底是什么？

"来自火窑的第四个人。"斯卡德说，也许他大声说出来了，也许是佐伊脑海的声音，又或者是古波·古波说的。

这会儿，佐伊已经穿过那扇该死的门。她是第一个走过去的。"不是火窑。"她对其他人喊道，试图让自己听起来乐观一些，"更像是一个大壁橱。"

斯卡德和维利跟跟跄跄地跟在她后面，身体不受控制地失去平衡。他们脚下的一扇活板门立刻打开了。这头扁牛可把他们折腾坏了。

接下来,佐伊发现他们处于自由落体中,彻底远离了古波·古波,在天空城堡的摩尔纹迷雾中翻滚。维利和佐伊不知怎的,还拿着他们的吉他——就好像那些有生命的乐器紧紧贴着他们。扁牛尤利娅也和他们在一起,她仍然在哞哞叫,但并不激动。就在佐伊觉得自己可以放松一下喘口气的时候——哎呀,他们就已经到达了狂暴急速空气海洋,也就是天空城堡的下边界。

"这是我们之前遇到过的大风!"佐伊大喊,尽管她非常怀疑男孩们能不能听见她的声音。变幻莫测的风把他们吹到了她身后的某个地方。

但是尤利娅就在佐伊身边,她的眼睛明亮,尾巴不停摆动,时而短,时而长,但永远看不见尾巴尖。佐伊跳到斑点扁牛身上骑着她,让她倾斜着飞行,在天空中冲浪。然后,她没费什么劲就接到了兴高采烈的维利。

"我喜欢特别糟糕的事情发生。"他说,"这样我就可以放松了。"

"躺在尤利娅的背上,抓住她的两缕头发。"佐伊命令道。

接着,他们接到了斯卡德,就一起坐了下来。佐伊在右边,维利在中间,斯卡德在左边。尤利娅尾巴的可见部分像三角旗一样向外伸展,还是无法看到它的尖端。

"我不明白。"斯卡德说,"为什么是扁牛?"他正努力了解他们处境的逻辑。

维利说:"哞反过来拼写是唵[①]。"

佐伊不想在这上面浪费时间。"我觉得这场风暴不会持续太久。它涉及的范围很广,又很分散。这不像格伦喷出来的喷射流那样集中。如果我们想去新伊甸园,就需要进入格伦的气流。"

[①]原文为"Moo spelled backwards is Om"。(编注)

"我们很快就会撞上它。"维利断言,"只要我们飘到深坑盆地边上,就可以了。"

"但我担心喷射流中的飞碟。"佐伊说。

"糟糕,我现在就看到他们了。"维利继续说,他仍然隐隐地觉得好笑,好像对这一连串的灾难感到高兴。"在斯泽普城和那个深坑之间有一条山脊,对吗?还有那些在山脊后空气中的小东西?闪亮的斑点,每个都不一样对吗?"

"是格伦的双气流里的飞碟。"斯卡德说,"情况不妙。那些飞碟在深坑中没注意到我们,是因为我们在紫鲸车里,而且你们当时还在弹奏令人讨厌的格伦风笛音乐。但如果我们靠近飞碟,沿着他们的私人路线飞行,他们会杀了我们的。我真希望努努在这里。"

"说得好像她会帮助我们一样。"维利说。

"我是她孩子的父亲。"斯卡德说。

"哦,拜托。"佐伊说,"我们能不能不谈这个了?太恶心了。"

"现在,这头扁牛是我们唯一的朋友。"维利告诉斯卡德,"尤利娅。想想她,好吗?认真想。"他拍了拍扁牛的背。

斯卡德切换到他无聊的逻辑模式。"假设古波·古波真的想让尤利娅成为火窑中的第四个人。如果是这样,她就会来救我们。怎么救?首先,她可以混到飞碟里去。她的外表能让她很好地融入飞碟群。因此……"斯卡德突然打住了话头,仿佛对即将得出的结论感到厌恶。

"所以我们就藏在尤利娅里面!"佐伊叫道。

"哞。"尤利娅说。这是一个丰富、热情、友善的哞叫声。正如佐伊已经注意到的,她的尾巴很奇怪——她实际上没有固定的尾巴尖。最后的尖端只是消失了。无论如何,这头扁牛现在尾巴可见的部分又变长了,就像从非空间里拽出来了更多。一段卷起来的尾巴拍打着佐伊的右手。佐伊明白了这个暗示,拉了拉这条尾巴。没错,尤利娅的身体似乎可以沿右侧张开。牛尾的近端就像零钱包边上的拉锁,你可以把她当作是去古波·古波精美金字塔旅游景区买的那种纪念品。而尤利娅就是纪念品钱包。

为了避免被风吹走,佐伊把尤利娅未"拉"上"拉链"的皮瓣向左折叠。尤利娅体内有光滑的红色皮肤,就像精细的摩洛哥皮革。佐伊快速溜了进去。维利也是如此。

"我不进去。"斯卡德说,他紧张得要发脾气了。

"那就去死吧。"维利厉声说。他开始为自己和佐伊拉上皮瓣,好像他已经准备好牺牲他的亲弟弟了。这可能是虚张声势,或者说是一种严厉的爱——但这样做会让人觉得冷酷无情。在佐伊看来,维利可能不是在开玩笑。她还是不太明白这对兄弟的关系。

其实,并不是说维利给斯卡德施压是完全错误的,但他们从小一起长大,为什么维利和斯卡德不能对彼此好一点呢?天空城堡的大风把他们带到了两个盆地之间的山脊上。他们将在不到一分钟的时间内冲入飞碟喷射流,但是他们不能放弃斯卡德。

因此,这一切都要靠佐伊的善良和高尚了。虽然这样一点也不酷,但总得有人去做。她抓住赌气的斯卡德,然后把他拖到皮质的"皮塔饼①口袋"里和他俩待在一起。

"谢谢。"斯卡德非常温柔地说,他抽着鼻子,几乎要哭了。佐伊拍拍他的肩膀,另一只手狠狠戳了维利一下。为什么男人都这么浑蛋?

佐伊先不管安特卫普兄弟之间的心理剧,努力去理解尤利娅的想法。这只扁牛的行为就像一面心灵镜子,这一点有些像古波·古波。在任何特定的时刻,尤利娅的思想似乎都融入了跟她

---

① 一种用小麦粉烘烤的发酵圆面包,常见于中东和地中海、邻近地区,最大的特点是烤的时候面团会鼓起来,形成一个中空的面饼,因此也会叫它"口袋面包"。

在一起的人的思想。也许这是一种防御策略，一种让她附近的人迷失方向的伎俩。如果你用心灵感应连接尤利娅混乱的模仿，你就很难保持自己的思路，而且也根本无法看清尤利娅深层次的内在自我。

尽管如此，佐伊设法阐述了一个要求并将其发送给扁牛。孩子们必须能看到外面，否则他们在这里会发疯的。于是，尤利娅顺从地在她的上下表面形成了透明的斑块。这样佐伊和男孩们可以把脸贴在扁牛的皮肤上向外看。天哪，有这么多的飞碟，他们到处都是。

是的，他们已经位于喷射流的核心地带。这里的飞碟正顺着气流飞向新伊甸园。喷射流的外层离他们有一定距离，它正以相反的方向流动——返回到格伦那里。

周围的飞碟形态各异，有的像阔边帽、甜甜圈、蛇、汤碗、战舰炮塔，还有柠檬酥皮派形状的。他们的色彩包括（仅举几个例子）深红色、黄绿色、品红色、金色和群青。他们的花纹有纯色的，斑点的，混合色的，条纹的或锯齿形的。他们的皮肤质地有金属的、黏滑的、皮革状的、多鳞的、多疣的、长满刚毛的，等等。

飞碟的变化多端让佐伊联想到天空城堡中的3D摩尔纹，但是飞碟很坚固，而且有生命。其中一些是格伦新繁殖的奴隶飞碟，而另一些则是较大的奴隶，他们是多次经历格伦奇味压榨的循环老兵。奴隶飞碟都是红眼睛，但偶尔也会有黑眼睛的飞碟。在喷射流里搭便车的飞碟，就像货运火车上的懒散流浪汉。其他飞碟也不太在意。

所以，好吧。佐伊和她的朋友们正骑着一头类似于飞碟的扁牛，朝着新伊甸园飞去，扁牛的皮肤上有小窗户。孩子们尽最大努力安顿下来。佐伊和维利的吉他仍在身边，吉他依偎在他们身上。尤利娅体内温度宜人，空气供应稳定。一旦你适应了，气味也不错。这些窥视窗发挥了很大的作用，这三个人可以通过观看飞碟与路过的许多盆地来打发时间。

斯卡德通过计算他们穿过一个盆地的脉搏次数，来估算他们的速度。假设这些盆地有五千英里宽，而他的脉搏速率为一百，那么斯卡德粗略估计现在每小时速度为十万英里。跟当时他们过来的速度一样，多亏有佐伊和维利弹奏斯特拉托卡斯特。运气好的话，他们在天黑之前就能到达新伊甸园。

不知从什么时候起，维利开始爱抚佐伊。他们尽可能挤在一起。佐伊不得不承认，像这样在黑暗中亲热，感觉真是太好了。热吻了一个小时后，维利想要进入下一步——但是，对不起，亲爱的，这应该不可能——斯卡德非常沉默地待在他们身边，应该睡着了吧。肯定是这样。

佐伊并不指望这段漫长的旅程会一帆风顺，毕竟他们这一路走来总是状况不断——她这样想是对的。在旅程的第五个小时，他们遭遇了袭击。

一只巨大的灰色飞碟开始推搡尤利娅。他是一只雄性飞碟，让人想起努努的叔叔博尔多格，但他不是奴隶飞碟。他深黑色的眼睛证明他是在按照自己的意志行事。他用硕大坚硬的牙齿咬住扁牛的长尾巴，从下面和上面撞她。然后，一根摇晃的管子从飞碟底部那个短而结实的宽下巴下露了出来，真是太可怕了。

那是生殖器官，还是进食虹吸管？不管这个讨厌的管子是做什么的，这个野蛮的怪物把它使劲贴在尤利娅的身上。吸管的尖端到处抚摸，直到——天哪，他在尤利娅边缘的缝隙处找到了"零钱袋"的接口，并设法撬开了它。

现在，三个孩子正待在秘密而舒适的扁牛体内，但灰色飞碟这可怕的附属器官尖端就这样伸了进来。喷射流的冷空气缓缓流入，随之而来的是格伦持续不断的风笛音乐，那声音令人毛骨悚然。这音乐已经成为百万英里冒险的重要组成部分了。

佐伊没法知道神秘的尤利娅对这次袭击的看法，也无法判断她可能会采取什么样的报复行动。目前扁牛只是在运行自己的镜象思维程序：反射出那只挑事飞碟的贪婪和情欲，佐伊和维利的激情凝结变成的恐惧，还有斯卡德对入侵的强烈愤怒。

斯卡德采取了行动。随着手腕灵巧的一弹，他伸出了亚里士多魔杖——向可恶的攻击者的探测管发出了一记重击。这可不是一次小小的警告，不是。斯卡德释放出强大的暗能量，把侵入的器官化为灰烬。流氓飞碟在空中疯狂挣扎，失去了控制，他烧焦的肉冒着烟，然后他从双向飞碟气流中螺旋着下坠，落向了海怪居住的海洋盆地。一只带有尖刺的巨型海妖高高地跃向空中，在腾空途中就吞下了灰色飞碟，然后溅起巨大的水花。这刚好给那个飞碟上了一课。

"你简直太厉害了。"维利钦佩地对斯卡德说。

"我救了大家，所以由我来决定我们在哪里降落。"斯卡德很得意地说，"就是新伊甸园的伯奇。我们要看看那里的人类殖民地，还有努努和我的飞碟宝宝。或许梅茜也会在那里。"

维利正准备反驳，但佐伊阻止了他。"斯卡德是对的。"她说，"这符合计划。"

"什么计划？"

"在天空城堡，古波·古波通过心灵感应传给我很多细节。"佐伊说，"这些计划在我脑海深处。我能感受到，但我无法展现给你们看。你就把这个计划想象成一个还没有孵化的鸡蛋。"

"菲利帕夫人也用心灵感应把计划告诉了我。"斯卡德说。

"噢，别废话了。"维利说，"如果你们俩知道些什么，就告诉我。"

"大家都已经知道了大概的想法。"佐伊说,"飞碟有好有坏,格伦是坏飞碟的主人。他们正准备向地球发起进攻。我们要阻止他们。"

"是的,那还有什么?"维利说,"把你那自以为是的保密程序卸下来吧,行吗?"

"不,我不能告诉你。"佐伊说,"尤其是周围有那么多格伦的奴隶飞碟。他们可能正在用心灵感应监听我们。"

"如果他们真用心灵感应监听我们,我们早就死了。"维利说,"这些笨蛋飞碟,我们在格伦体内的时候,他们根本就没有注意到我们。所以我严重怀疑他们的心灵感应能不能监听到在扁牛体内的,事实上这只扁牛自己可能就是一只飞碟。"

"我断定尤利娅根本不是飞碟。"斯卡德说,"没有一个飞碟如此怪异。"

"我能用脚感受到一个又大又圆的东西在她的肉里。"维利说,"我觉得这可能是碟之珠。但也许它太软了,更像是内部器官。告诉我们,尤利娅,你是飞碟吗?"和往常一样,没有答案。

"最重要的是尤利娅是我们的朋友。"斯卡德说,"而且古波·古波派她来帮我们进行宇宙大战——也是我们的终极之战。"

"你又什么都知道了。"维利说,"拜托了伙计们。别再瞒着我了。告诉我,这个该死的大战是什么样的。"

"哦,好吧。"佐伊说,"目标就是,把格伦囚禁在从地图世界到圆球世界的非空间隧道里。有人会在那儿把隧道两端掐断,这样格伦就像口袋里的猪①一样。我喜欢这个表达方式。意思就是别瞎买东西。而且这个隧道会缩小或者有类似的效果。"

---

①原文为"pig in a poke",直译为"口袋里的猪",但实际意思是盲目购买或接受不知优劣的东西。这个习语源于15世纪,当时售卖小猪的商人往往把小猪放在袋子里,但看不到具体的样子。因此这个习语就引申为未看过的、不知优劣的东西之意。

"哦。"维利故作镇静地说,"我懂了。在非空间隧道里有我们的敌人——半个穹顶那么大的风笛时,有人会掐住隧道两端。让我大胆猜测下那个人会是谁。"

"维利,你应该相信比你聪明的人的判断。"斯卡德说,"让大脑指挥四肢。"佐伊忍不住笑了。

维利生气了。"你们两个。"他厉声说,"去死吧。"

旅程的后半段不像前半段那么愉快。三个孩子又疲倦又焦虑,都没有说话。尤利娅沿着喷射流滑行时没有发出任何声音。在长时间的沉默中,佐伊可以听到格伦微弱却持续的风笛声。

新伊甸园

斯卡德

正如斯卡德希望的那样，尤利娅在新伊甸园降落了。不管怎样，这就是格伦喷射流引导他们来的地方，所以尤利娅只要跟着气流就行。斯卡德通过尤利娅的窥视窗向下凝视着新伊甸园的方格农田。大部分地方似乎都居住着诚实的、不吸血的飞碟族群。斯卡德看到了干草田和苹果园，猪圈和牛群。他猜测飞碟利用农作物来养肥牲畜，而牲畜可以给他们提供肉和奇味。

喷射流向新伊甸园方向倾斜。胖胖的奴隶飞碟从四面八方被卷进喷射流的外层，即通往格伦的方向那层。这些奴隶飞碟从正在下降的扁牛身边掠过。而喷射流的内部，也就是通往伊甸园的核心喷射流（扁牛就在里面）直冲地面。天哪！他们要坠毁了！

好在扁牛体内含有大量特鲁班惰性凝胶，高速碰撞不会对斯卡德一行人或扁牛自己造成任何伤害。尤利娅屁股着地，在新伊甸园平原上弹来跳去，速度逐渐慢下来。她沿自己的边缘滚动着，然后摇晃着停了下来。扁牛哼哼叫了两声，打开了侧面的"拉链"。斯卡德和他的同伴们坐得笔直，就像坐在敞篷豪华轿车中的王室成员。

现在仍然可以听到格伦微弱的音乐。这有点像在斯卡德的耳朵里发出的微妙铃声，他甚至不确定自己是否真的听到了。但是，没错，风笛声的确存在。大概是音乐告诉奴隶飞碟该做什么。他们周围的飞碟在遭到冲击后，都无法动弹，新来的飞碟停下来休息，集中精神聆听格伦的曲子，然后向附近的一条山脊出发。这条山脊大概是新伊甸园和范科特的分界线。斯卡德认为他们正在集结，准备通过正在范科特飞碟大厅附近修建的巨大太空隧道，入侵他的家乡洛斯佩罗斯。

尤利娅在一个橡树树荫下的绿洲巡航，就在盆地陡峭的红黏土山脊底部附近。扁牛在树下溪流旁的喷泉边安顿下来。斯卡德、维利和佐伊走到了地上，准备四处看看。一直以来，尤利娅从未对他们说过任何话，她只会哞哞叫。大家也不能用心灵感应了解她内心深处的一切。很难知道她到底想干什么。

尽管如此，他们还是来到了伯奇的小村庄，这里有整洁的棚屋和移居的地球人聚居区。他们一边走，斯卡德一边四处张望，希望能发现努努。在伯奇一些会摇曳的树木下，有一群人在那里。除了友好的飞碟、飞碟与人的混血儿，斯卡德还看到大量的地球人在闲逛。他们看起来像嬉皮士和不修边幅的隐士，说不定其中一些人在搬到伯奇之前，可能是教授、作家、艺术家或技术人员什么的。

这里没有人费心维持门面，大家的生活都很简单。这是个有小溪、池塘、树荫、小屋中有软床的社区。斯卡德注意到一张公共野餐桌上摆满了桃子、苹果、几罐牛奶、面包、热气腾腾的玉米饼、烤三文鱼和烤猪。的确是新伊甸园。但这里也会有吸血鬼飞碟随时出现的危险，他们会抓住你，把你吸干。

然后，斯卡德发现了他一直在寻找的目标。这是伯奇边上一个简单的木制平房，努努那位跟汽车一样大的父亲——飞碟老爸，在院子里晒太阳。他有着绿色圆顶和黄色边缘，努努和他一样。这个房子的天花板看起来有二十英尺高，足以容纳飞碟老爸。房子的前门就像是车库门。可爱的小努努在宽阔的木制门廊上的阴凉处休息,可能在睡觉。一些小生物在她上方嗡嗡作响。那是不是……

在冲到努努身边之前,斯卡德跟飞碟老爸打了招呼。斯卡德有点紧张,不确定自己是否受欢迎。

"那些卵孵化得很好。"飞碟老爸一认出斯卡德就大声说道,"有三十六个!一半男孩,一半女孩。我们在每个孩子里都放了一颗小碟之珠。碟之珠长好后,我的努努的所有孩子就都能飞了!"这个老飞碟是一位非常骄傲的爷爷。

"斯卡德!"努努在门廊里优雅地叫着,提醒着她的孩子们。"爸爸来了!"

许多飞碟宝宝都躺在努努的边缘上休息。现在孩子们都一窝蜂地奔向斯卡德。他们看起来像腰间围着飞碟边缘的裸体小人。他们有和斯卡德一样的红头发。是的,的确,他们都会飞。

"爸爸!"他们用微弱的声音尖叫着,"老爸、爸爸、爹爹、斯卡德·安特卫普!"

斯卡德很兴奋,维利也喜欢这些飞碟宝宝,佐伊挥手示意他们离开。斯卡德和维利跟小家伙们玩了一会儿。他们的大小各不相同,从纸火柴到大拇指关节不等,最小的飞碟宝宝在斯卡德和维利的鼻孔和耳朵旁边嗡嗡作响,较大的飞碟宝宝把他们的头发当成两捆干草堆,在里面爬行。其中一个家伙居然敢用手去抓斯卡德的门牙,并荡到斯卡德的下唇去休息。他像一个登山运动员一样朝着斯卡德的"嘴洞"大喊大叫,直到斯卡德轻轻将他拂开。现在飞碟宝宝们把斯卡德的肩膀作为大本营,开始了一场激烈的捉人游戏。佐伊不情愿地被他们的嬉戏逗乐了,她用自己的吉布森 SG 弹奏了一首简短的儿歌。

斯卡德对这些孩子的爱来得如此猛烈,他自己都没想到。他对着他们做鬼脸,瞪大眼睛,摇头晃脑,吐舌头。维利让一个较大的飞碟男孩落在他的手指上,他哄着这个小家伙叫他维利叔叔。

与此同时,哪儿都能看到努努的身影,她看管着成群的飞碟宝宝,还不停地吻着斯卡德的脸颊。但是不知怎的,斯卡德开始觉得和一个飞碟接吻有点尴尬了。他与努努交往的时候都在想什么?简单来说,他当时肯定长了个爬行动物脑。

对努努来说,她的调情似乎也很做作——太谄媚了。渐渐地,斯卡德意识到他有一个竞争对手。一只跟努努一样大的深色雄性飞碟也在门廊上休息。这个年轻的飞碟叫克拉姆普斯。

"希望你不介意我在跟努努约会。"克拉姆普斯对斯卡德说,他的口音有点像农村男孩。他的圆顶是鳄鱼的深绿色,上面有个闪亮的凸起。他的边缘是浅绿色。他有一双诚实的黑眼睛,不是吸血鬼飞碟,但他的边缘有两排獠牙。看起来能够像上颚和下颚一样张开。

"哦,如果你愿意花时间和努努在一起,那很好。"斯卡德回答道。

他可能对自己有些惊讶。但是,实际上这儿有克拉姆普斯,他倒放心了。克拉姆普斯给他提供了一条出路。斯卡德并不是真的想在新伊甸园度过余生,并娶一个飞碟为妻子。我的意思是,伙计!冷静点儿!

事实是,从在冲浪世界开始,斯卡德就对梅茜着迷了。自从他听说梅茜喜欢他,他就更希望梅茜做他女友,而不是努努。梅茜马上就高三了,斯卡德也快高二了。这不是问题。据佐伊说,梅茜是半个飞碟。斯卡德确实喜欢飞碟,但是女朋友只要一半是飞碟就足够了。

努努打断了他的沉思。"克拉姆普斯现在是我的男朋友,但是你斯卡德,永远是我第一批孩子的父亲。"努努又亲吻了他的嘴,这是一个深沉的吻,就像他们当时在紫鲸车上那样,一个能够记住她的吻。她咯咯地笑着离开了。

然后努努和克拉姆普斯带着三十六个飞碟宝宝飘走了。好吧,不是三十六个,是三十五个。其中一个飞碟男宝宝,好像要留下来一样,停在维利的肩膀上。维利很高兴和这个小家伙在一起。

"梅茜就在那边。"佐伊对斯卡德说,斯卡德宽慰地笑了。

是的,梅茜站在大约六十码外一个波光粼粼的喷泉旁,她在和扁牛尤利娅聊天。扁牛仍在斯卡德他们离开她的地方休息。显然,这个长着斑点的外星人,实际上是会说人话的,只要她想说。斯卡德觉得梅茜正在用眼角余光看他。他向她招手,但她装作没看见他。斯卡德感到十分懊恼,他意识到自己这辈子可能都没法理解女性了。

与此同时,在斯卡德身边,佐伊正在认真地与一个皮肤晒得黝黑的老人说话。那是佐伊在洛斯佩罗斯的父亲,新伊甸园太空之友的创始人柯克兰德·斯纳普。柯克兰德情绪高昂,他的手肘时而伸出来,时而缩回去,他真是一个又瘦又老的傻瓜。

飘浮在柯克兰德身边的是一只曲线优美的雌性飞碟,她看起来像稍大一点的努努。她有柔软的粉红色皮肤,专注的大眼睛,丰满的红嘴唇。佐伊把斯卡德和维利介绍给她的父亲以及他的飞碟配偶,当然也就是咪喵。咱们直说吧,她就是努努和梅茜的母亲。这感觉太奇怪了。飞碟老爸似乎对这介绍感到有些尴尬,他飘进了自己的屋子。咪喵很重视维利肩膀上的飞碟宝宝——她的孙子。

柯克兰德的声音听起来很老了,而且有一种回响,好像喉咙后部有一层肥皂膜一样的黏液膜。斯卡德记得几年前的柯克兰德。那位老人和他的妻子还是女友的桑妮·韦弗来安特卫普家吃晚饭,柯克兰德整晚都在讲话,不让任何人插嘴。斯卡德还记得,不管谁对柯克兰德提出什么想法,他的回应总是以"不"开始,然后柯克兰德就会开始阐述自己对这些事情的观点。柯克兰德唯一会微笑或大笑的时候,就是在他惊叹自己有多伟大时。真是个十足的浑蛋。

至于桑妮·韦弗,她似乎很绝望。虽然斯卡德对人情世故一窍不通,他仍然看得出,桑妮就像溺水的女人抓着一块浮木一样紧贴着柯克兰德。每当柯克兰德用不好笑的俏皮话夸耀自己时,她总会笑得很厉害,而且她还会张着嘴笑很久,并用眼睛急切地四处张望,确保其他人也在笑。斯卡德也能看出,桑妮·韦弗讨厌佐伊·斯纳普。仿佛佐伊会和她抢夺柯克兰德的关注。

柯克兰德不仅是佐伊的父亲,他也是梅茜的父亲。那些漂亮的年轻女人像玫瑰一样生长在花园粪肥中。现在柯克兰德与飞碟咪喵一起生活。在某种程度上,柯克兰德是努努的继父,努努是梅茜同父异母的妹妹。错综复杂的家谱就像一个逻辑谜题,让斯卡德搞不明白。

现在,斯卡德注意到咪喵的皮肤上有疤痕,而且她在空中弯曲地飘浮着,可怜的老飞碟。他找了个借口,穿过田野向梅茜走去。她手上拿着一个手抓包,对待他的举止就像一个最阳光的邻家女孩。

"所以,你在我们的计划中扮演什么角色?"斯卡德问她。

"你就这么过来和我说话,好像我们很熟似的?"梅茜说着,嘴角露出一丝微笑。她翘起下巴,表现得很骄傲。

"我总是在学校看见你。"斯卡德说。

"但你从来没有跟我打过招呼。你是觉得我很奇怪吗?"

"不奇怪。"斯卡德说,"是比较有异国情调。"

"摸摸这个。"梅茜说着,把斯卡德的手放在她腰间隆起的地方。这是环绕着她身体的肉质小圈,是飞碟的边缘。

"佐伊告诉我了。"斯卡德说,"这个很酷。"他容光焕发,呼吸急促。"我觉得你很棒。"

"我很高兴。"梅茜说着,她给了他一个非常友好的微笑,还捏了捏他的手。"我一直觉得你很可爱。"

作为回应,笨拙的斯卡德只能咧嘴一笑。但这似乎已经足够了,至少现在是这样。

维利朝他们走过来,尽管老柯克兰德·斯纳普在他身后大喊大叫。"别过去,维利!"柯克兰德的声音传来,"你坐下来,听我来给你讲讲。你还不知道计划。"

"老年痴呆症。"维利对斯卡德说,甚至没有回头。"阿尔茨海默病真让人难过。"

"黏糊糊的声音。"斯卡德说,维利知道他说的是柯克兰德·斯纳普喉咙后部那个假想的黏液膜。这个短语是兄弟俩的专有词汇。

"试想一下,这个人将是我的岳父。"维利说,"愿古波·古波怜悯我的灵魂。斯卡德,你以后可能会和柯克兰德一样,如果你下半辈子都留在伯奇和飞碟乱搞的话。"

"我不会和努努在一起的。"斯卡德喊道,"而且我从来没有和她做过。我们只是接吻了——她采集了一些我的DNA。"

"有所谓的啦①。"维利漫不经心地说。

"梅茜现在是我的唯一了。"斯卡德脱口而出,"不是努努。"

"和我一起待在柯克兰德这里都是一样。"维利笑着摇摇头说,"你就只能跟我困在一起了,你和我。"他用食指指尖抚摸着手腕上一英寸高的小飞碟的头。"我喜欢我的小外甥。我叫他达克沃思。你的儿子。你介意我把他留下吗?"

---

① 原文"vhatever vorks",原意为"无所谓",此处因有口音,处理为方言。

"留下他是什么意思?你想把他带回地球吗?"

"如果我能做到的话。"维利说,"我想让达克沃思和我一起参加突击大队的突击行动,像我的吉祥物一样,为我带来好运,谁知道呢——达克沃思可能对打败格伦有用。"

"他会说话吗?"斯卡德问。

"你可真是个好父亲。"维利摇摇头说,"对自己的儿子一无所知。这个飞碟男孩很幸运,他有一个亲切的维利叔叔。是不是,达克沃思?"

达克沃思发出刺耳的叽叽喳喳声——维利坚持认为这是可以理解的人类语言。但也许维利在戏弄斯卡德。斯卡德常常很难分辨别人是否在开玩笑。他试图再次让谈话变得严肃起来。

"什么样的突击队突袭?"他问维利。

"就是你和佐伊说的。由我去掐断那条大隧道的两端,把格伦困在里面。还记得吗?"

"我当然记得。"斯卡德说,"我不是白痴。"

"你总是这么说。"维利说,他嘴角挂着戏谑的微笑,这个表情常出现在他脸上。

"好吧,自作聪明的家伙。"斯卡德说,"你知道怎么封闭四维隧道的两端吗?"

"维利会用我从冲浪世界带来的两块强韧、可伸展的海王星桌布。"梅茜说,"每块桌布都是一个大圆盘,它的边缘会收缩成一个袋子。我已经把它们藏在尤利娅体内了。维利要把桌布包裹在隧道的两个球形截面上,分别在格伦两侧,桌布的边缘会向下收缩,掐断隧道格伦将独自被隔离在一个地狱般的孤岛宇宙里,就这样!"

"我还是不明白为什么我们不能用两条绳子把那该死的隧道封起来。"维利抗议道。

"因为一切都高了一个维度。"梅茜说,"常规的隧道仿佛是一摞光盘,但是尤尼隧道是一摞球体。它需要一张布把球体包裹起来,压扁它。这样才能切断尤尼隧道。"

"你说得对。"斯卡德说。他很赞赏梅茜能理解这些事情。更证明了他们俩是天生一对。

维利举起双手,仿佛承认自己失败了。"好的,斯卡德,所以我是白痴,你是专家。帮帮我。"

"我需要画给你看。"斯卡德环顾四周。"四维空间太难用言语描述了。我要画在哪儿呢?"

"就画在我的飞碟边缘上吧。"梅茜说着,伶俐地将她的飞碟边缘从衬衫下面翻了出来。"我总是在这上面画画。我就像一条乌贼或章鱼,有时会展现出一些图案——波尔卡圆点、棋盘格、佩斯利花纹、蕾丝,等等。用你的手指画吧,斯卡德。"

斯卡德把食指放在梅茜裸露的飞碟边缘上。一个光滑的黑点出现了,当他移动手指时,这个点就会延伸成一条曲线。梅茜发出咕噜咕噜的声音。

"太棒了。"斯卡德说,"我可以画五六张图吗,像科学漫画那样?"

"来装饰我吧。"梅茜咕哝着,她的声音中带着一丝激动。"就画在我的飞碟边缘周围。"

佐伊加入了他们的谈话,她离开了老柯克兰德·斯纳普,让咪喵和他待在一起,现在这对老夫妻正飘回到自己的小屋。佐伊拿起她的吉布森 SG 吉他,弹了一首紧张的小调。

"我父亲在生闷气。"佐伊告诉维利,"至少他的宝贝咪喵总是赞美他。但我不敢相信,那个男人居然完全抛弃了自己的家庭,和一个飞碟做了那些恶心的事情。为了掩盖这些事,他还跟那个笨拙的桑妮·韦弗结婚,只要我们不想听他喋喋不休地自吹自擂,他就开始生气。"

"你父亲反对你和我在一起吗？"维利问。他的语气很轻，但斯卡德能看出来他哥哥很在意这个答案。

"并没有特别反对。"佐伊说，"反对别人就意味着关注别人，而不是他自己了。"

"我本人一直都在关注你。"维利告诉佐伊。

佐伊对他微笑着说："这话听着真顺耳。"

"好，来看看我们在这里做什么。"维利说，"斯卡德要给我们画图讲解如何杀死格伦。"

斯卡德对佐伊微笑着，他也很高兴她能在这里。她是梅茜同父异母的姐姐！这让他对她好感大增。在他们头顶上方，飞碟喷射流像五彩纸屑彩虹一样划过天空。即使是现在，如果斯卡德很努力的话，他也能听到溪流中微弱、蜿蜒的风笛声——格伦在召唤他的奴隶，这是一次多么奇怪的旅行。他的哥哥和两个年轻女孩正在看着他。

"在我的示意图中，我会把范科特和洛斯佩罗斯画成是平面的。"斯卡德开始说，"所以你可以看到它们是平行的。"

斯卡德在梅茜的飞碟边缘上画了第一张画。"所以我们可以画两个平面宇宙。"他说，"而且我们这两个世界里都有生物，我把他们也画成扁平的。这是我的图1。一个飞碟和一个男孩在地图世界，一个女孩吹着小号在圆球世界。那是佐伊和她的小号。这些角色通常无法从一个世界穿越到另一个世界。"

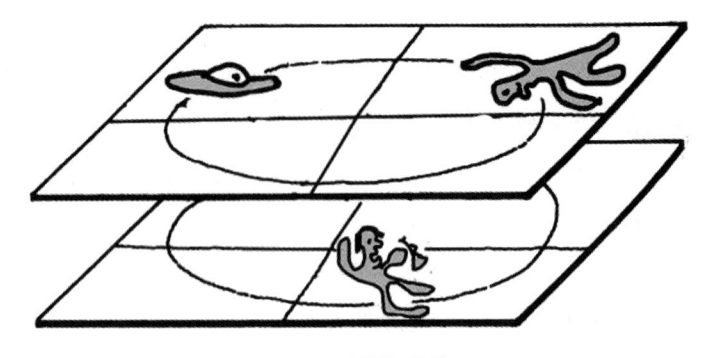

图 1：两个平行世界

"然后你想给我们展示一下，他们有时是怎样在两个世界间来回移动的。"梅茜说。

"没错。"斯卡德说，"他们用了我们所谓的尤尼隧道。科学家会把它称为虫洞或爱因斯坦-罗森桥。"

"别这样。"维利警告说。

"好吧，这就是尤尼隧道。"斯卡德说，"我的猜想是，你让其中一个世界的空间向下膨胀起来，将另一个世界的空间向上方膨胀，它们像皂膜一样相遇并汇合在一起，然后这就像一条连接了两个世界的喉咙——尤尼隧道，是的！就是这样。佐伊滑了上来，飞碟或那个家伙也可能会滑下去。"

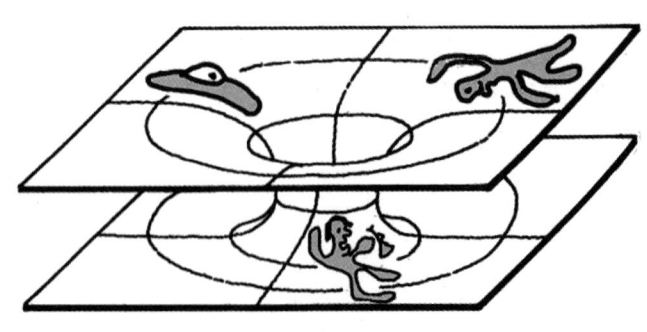

图 2：尤尼隧道

"他们是从虫洞中间的洞飘过来的?"维利问。

"不。"斯卡德说,"他们需要待在属于自己世界的光滑皂膜内。所以他们在虫洞的两边上下爬行。就像是皮肤表面有活着的文身。"

"让我看看怎么能把他困在尤尼隧道里。"维利说道。

斯卡德的手指在梅茜飞碟边缘上轻柔地移动。"这是第三幅画,梅茜。如果你不介意的话。"

"画吧。我喜欢这种关注。"

图 3:困住隧道中的格伦

斯卡德画了下一张图,进一步解释。"在我的图 3 中,格伦从顶部的地图世界沿着虫洞的一侧滑下。女孩从底部的世界滑了上去,格伦碰巧吞下了她。这时候,维利应该已经脱离了普通空间,他将在太空表面自由飘浮。"

"那代表着非空间。"梅茜说道,"就是多维空间。"

"还要注意,维利已经系住了隧道的两端。"斯卡德说。

"我不喜欢看到那个女人在格伦体内!"佐伊突然叫道,"那是我吗?去死吧,斯卡德。"

"这些图片是假设的。"斯卡德说,"就把这当作一个警示。我们继续吧。"他的手指快速移动。"现在看图 4。维利就是在这里把隧道的两个横截面收紧。将两个横截面捏成两个点。"

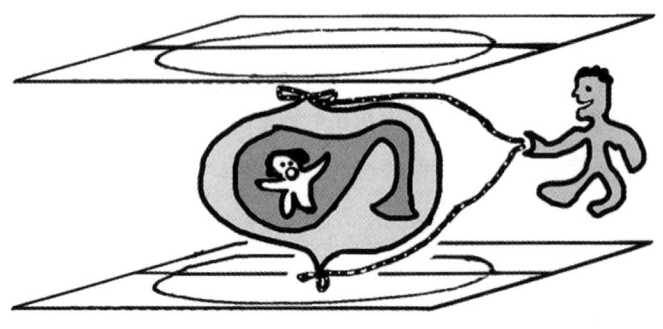

图 4：掐断格伦的隧道

"但维利使用的是圆盘状的海王星桌布，而不是套索。"梅茜说，"然后收紧桌布的边缘挤压球体。"

"因为是在四维空间里。"维利无力地说，就像他在用一种他不懂的语言鹦鹉学舌。又像是被打倒的政治犯，在背诵效忠誓词。

斯卡德点了点头，他很享受这个。"你可以说，海王星的桌布就像是超维套索。"

"可以这么说。"维利附和道，"也可能不可以。"

斯卡德又画了另一幅图。

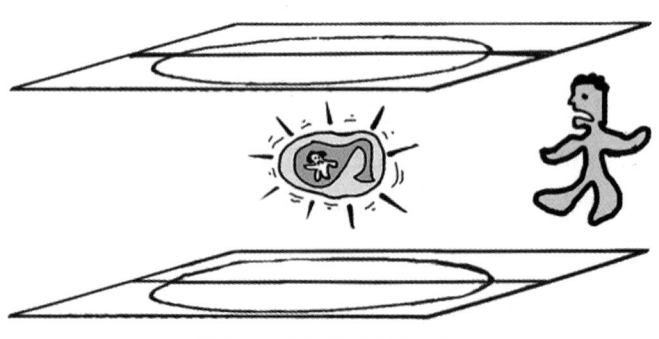

图 5：缩小格伦的孤岛宇宙

"这就是图5中的欢乐大结局!"他说,"维利会把桌布一再收紧,这样隧道就变成了两个点,宇宙又变平了,而格伦就是口袋里的猪。被困在口袋宇宙的超曲面上。格伦就消失了!"

"去你的狗屁计划,我最后也被拉进去了。"佐伊对斯卡德说。

"哦,也许你会找到一条出路的。"斯卡德说,"关键是要确保你不在格伦体内,而且一定要在维利完全关闭隧道前从里边滑出来。我之所以这样画,就是想让你了解风险。我是你的朋友,佐伊。"

"我真怀疑这一点。"她说。

"我也有个问题。"维利说,"如果我要把海王星桌布包裹在隧道两端的横截面上,我必须飘浮在——4D非空间?那我怎么去那儿?"

"我带你过去!"尤利娅大声说道,"我准备好了。"

他们所有人都是第一次听到扁牛说话。现在斯卡德听到了尤利娅的声音——当然了,她听上去就像一只卡通奶牛。也有点像古波·古波的声音,伴随着超自然力量的诡异嗡嗡声。

"终于,人好了,扁牛终于说话了!"斯卡德惊呼道,"你到底是什么,尤利娅?"

她还没有准备好直接回答。"非空间的牛?但是你也可以叫我扁牛。我已准备好迎接格伦的宇宙大战了。你们会为古波·古波杀死风笛格伦。"

"尤利娅和维利的特种部队突袭。"维利说,并没有表现出太大的热情。"这块超维度的臀部牛排会把我带进四维空间,这样我可以用冲浪世界的两个怪物飞盘掐断隧道的两端。同时我希望自己的内脏不会掉出来。"

"我会让你保持完整的。"尤利娅说,"到我的身体里来,我们走吧。"她以一种复杂的方式摆动着她牛尾巴的可见部分。尾巴忽短忽长，仿佛在四维空间中时进时出。小达克沃思跟着尾巴的动作嗡嗡作响。像往常一样，根本看不到尾巴尖到底在哪儿。也不知道它到底有多长。

"我觉得我们不需要马上就走。"维利说。

就在这时，喷射流弧线颤抖了一下，然后——停住了。偏离轨道的飞碟四处散落。格伦已经停止把他们送进或吸出新伊甸园了。空气中弥漫着深深的寂静。格伦那微弱的音乐声中，带有微妙刺激性的线索消失了。

"哦。"佐伊说，"我敢打赌，这意味着那只巨大的风笛现在正在路上。他从深坑盆地里出来，飞行一百万英里，需要多长时间，梅茜？"

"比你想象的短。"梅茜说，"也许三个小时。他的移动速度甚至比弹斯特拉托卡斯特还快。但是完成修建范科特那条巨大的尤尼隧道，可能要等到明天下午。"

"维利，我们该出发了。"尤利娅哞哞地说，"我们要在那个大洞旁边的非空间里徘徊一会儿。去吧。在格伦到达前就位。"扁牛强势地说。

"你觉得你能行吗？"斯卡德问维利，他突然为自己的哥哥担心起来。"我的意思是，我画的图是一回事，但你可是要以身犯险啊。"

维利盯着斯卡德看了一会儿。"我很高兴你这么在乎我。"他拨弄着吉他弦说，"对不起，我总是取笑你。也许我只是嫉妒你数学学得好而已。"

"我，我嫉妒你的勇气和协作能力。"斯卡德告诉维利。

"弟弟，咱们一直合作得很好。"维利说，"在我们不吵架的时候。"

"我们不要再说这些好像临终遗言的话了。"斯卡德说,"我们会赢的。"

"我也觉得咱们有胜算。"维利说,"我们有古波·古波、魔杖幼虫、扁牛、两个臭皮匠(你和我),还有梅茜和佐伊,我没有侮辱她们的意思。"

维利告诉扁牛再等一分钟,然后他拉着佐伊的手。他们两个人走开了一点,站在一起,相互拥抱亲吻,低声承诺着彼此。看着他们,斯卡德开始想象和女孩在一起是什么感觉。他还能体验到和女生交往的感觉吗?

维利和佐伊的告别结束了。维利拉开了尤利娅侧面的"拉链",这是一头四维且没有那么扁平的牛,管她是什么呢。拇指尖大小的达克沃思还栖息在维利的肩上,跟他一起旅行。维利在尤利娅体内安顿好,把脸贴在她皮肤中的"护目镜"上。佐伊默默地看着,眼中噙满了泪水。

为了让眼前的场景更戏剧化一些,尤利娅在四维空间中将自己旋转了九十度——不要问这是什么意思。这样做的效果就是维利、梅茜和斯卡德看到了尤利娅的二维横截面,而她的第三维在多维空间里。尤利娅看起来像是一片薄薄的扁牛萨拉米香肠,里面填充了一个维利——他们看到了一层皮,一层扁牛的肌肉,一些空气间隙,然后是维利的皮下层,其中包含维利头部扭曲的横截面,如图6所示,尽管真正的维利比示意图英俊得多。

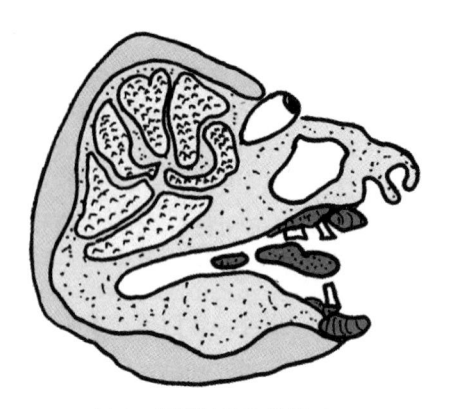

图 6：维利的头部横截面

"啊。"佐伊叫道，在吉他上弹出一个跑调的和弦。"这简直太糟糕了。"

"这太完美了。"斯卡德说，"科学大游行！我真喜欢那片头骨。不用担心，尤利娅会把我哥哥的内脏留在原地。他不会开膛破肚的。这太棒了。"

"真是一场噩梦。"佐伊说，她的声音颤抖着。"太恐怖了。"

"这是高等几何。"斯卡德说道，"你会爱上它的。"

尤利娅进入四维空间时，其效果是，扁牛的横截面穿过她自己的身体，穿过那两张折叠的海王星桌布，也穿过了维利的身体。横截面摇晃着，然后慢慢消失了。现在他们只能看到维利双腿的两个圆形横截面，过了一会儿也消失了，接着是维利脚的横截面，然后就完全看不到维利了，但还是能看见一点点扁牛。再之后除了扁牛那个长尾巴摇摆不定的横截面就什么也看不到了。最终，尾巴变成一根长长的香肠，抽搐着消失在视线之外。尤利娅和维利进入非空间了。

"现在怎么办？"斯卡德问佐伊。

"我要上吊自杀。"佐伊讽刺地安慰自己，"我一生的挚爱已经不在了。"她开始用吉他弹奏一首伤感的、催人泪下的曲子。她的指尖几乎没有碰到琴弦。有点像在竖琴短弦上弹奏的"拉拉主题曲"①。

"噢,别这么说。"斯卡德说,他现在已经知道佐伊就是个戏精。

"好的,行吧。"佐伊放弃了她悲伤的语调,"现在怎么办?我们回到洛斯佩罗斯。然后我们想办法在格伦进入隧道时拖住他,挡住他的路。这样维利和扁牛就有足够的时间来掐断隧道的两端了。"

"我们怎么知道风笛什么时候进入隧道?"

"我有种很强烈的预感,这将是一件大事,是显而易见的。"佐伊说,"就像一部笨拙地、夸张的、高预算的科幻电影大结局一样。"

"是啊。"斯卡德点点头,"我倒是想看看这部电影。"他让自己的声音听起来尽可能深沉且有预兆性,"电影的名字就叫《流浪的少年VS飞碟风笛:宇宙大战》。佐伊,你能从这里把我们带回洛斯佩罗斯吗?"

"我那个小小的碟之珠可能没法从这个盆地回到地球。"佐伊说,"我们在新伊甸园可能会发现更大的碟之珠——但不知道它们的隧道会通向哪里。我们可以越过山脊去范科特,看一看他们正在修建的那条巨大的尤尼隧道,然后用我信赖的那颗碟之珠,从那里穿越隧道回家。"

"你们不用走。"梅茜说,"我开车送你们过去。开我的沙滩车。"

"你这里有车?"佐伊说,"太棒了。"

"我把它放在爷爷的车库里了。"梅茜说。

---

①法国作曲家莫里斯·雅尔为电影《日瓦戈医生》创作的配乐。

"啊。"佐伊说,"那我还得再见他一面?"

"你应该和我们的爸爸多说说话。"梅茜说,"他还没有完全脑死亡。他只是举止有一点奇怪。格伦降落前我们还有一点时间。就像我告诉尤利娅的那样,建造那条巨大的尤尼隧道会让他们干到明天。"

因此,斯卡德、梅茜和佐伊走到了柯克兰德·斯纳普的小屋。这间小屋周围草木茂盛,有门廊和车库。柯克兰德坐在低矮门廊的摇椅上,喝着茶。飞碟咪喵不在附近。

"你好,爸爸。"佐伊说。

柯克兰德开始了滔滔不绝地自述。梅茜和佐伊假装在听,但斯卡德大部分时间都在走神。不过柯克兰德说到一件有趣的事儿——他是怎样在高中后面的泥土中播种了碟之珠的孢子培养物,他这些孢子是从——嗯,它们是野生的。这件事发生在佐伊一岁的时候。

据说飞碟咪喵第一次遇见柯克兰德的那晚就和他调情了。他变得非常迷恋她,突然她吞下了他的右手,并向其中注入了几盎司的液体孢子培养物。柯克兰德的手肿起来了,就像被蜜蜂蜇了一样——乳白色的液体不断渗出。之后咪喵告诉柯克兰德,请他帮助飞碟,在他知道的最有可能滋生真菌的地方施肥。于是柯克兰德立即跑到洛斯佩罗斯高中后面,把他手上那些恶心的浓汁挤了出来,滴到一片泥泞上。

"如果那真的是他的手。"斯卡德心想,"而不是……"好吧,没关系。

此后不久,柯克兰德成了咪喵的情人,咪喵在新伊甸园生下了梅茜。她把飞碟宝宝带给柯克兰德,让他在洛斯佩罗斯像抚养人类一样,把宝宝养大。那时候,他已经有桑妮·韦弗这个人类女友了,所以他让桑妮假装她是梅茜的生母。然后佐伊的妈妈把柯克兰德赶出了家门。之后，他和桑妮结婚了，他们在一起生活了大约十五年，为他们的"新伊甸园太空之友"俱乐部投入了很多精力。但自始至终，柯克兰德都偷偷地守护着咪喵。

讲到这儿的时候，斯卡德已经睡着了。他仰面躺在门廊上，大张着嘴打着鼾。当他醒来时——也不知道过了多久——柯克兰德还在说话。他讲到一两年前，他跟桑妮闹翻了，因为她投靠了吸血鬼飞碟。勇敢的柯克兰德搬到了新伊甸园，跟咪喵住在一起，希望找到一种方法来消灭格伦，并一举扫清格伦的吸血鬼飞碟。

然后柯克兰德遇到了平奇利和扬帕。"他们正在寻求帮助。"他说，"我告诉他们，我的女儿们可以帮忙！梅茜和佐伊！因此，如果你们这些孩子打败了残酷的老格伦，那就要感谢我了！"柯克兰德顿了一下，沉浸在无比的自豪中。在他再次开口前，女孩们跳下了门廊。

梅茜从车库里把她的沙滩车开了出来。这是一辆经过改装的甲壳虫，像大众汽车一样。它涂着闪亮的粉红色油漆，有荧光粒子前灯，量子冲击和石墨烯轮胎，就像紫鲸车一样。

现在柯克兰德又开始滔滔不绝了，还想继续和他的两个女儿说话。两个小时还不够。在他们上车就要离开时，柯克兰德恳求他们再等一会儿。他迈着长腿大步走进了自己的小屋，带回两颗巨大的碟之珠，它们发出微弱的光。这两个样本太珍贵了。

"一个给你，佐伊，另一个给你那个瞌睡虫朋友——他是叫斯斌吗？他是维利的弟弟？"

"他叫斯卡德。"

"这些非常珍贵。"柯克兰德说着，递给他俩每人一颗脐橙大小的珍珠。"如果你有一个大的碟之珠，你就可以用它来飞，或者发出闪电。它们会在宇宙大战中派上用场的。"

"爸爸，他们知道碟之珠的功用。"梅茜说，"但是谢谢。它们确实很棒。"

"亲爱的,你也想要一个吗?"

"什么?"梅茜说,"去年的时候,我就有一颗这样的碟之珠了。我一直把它放在手抓包里。"

"哦,是的。"她的父亲说,"当然。"

回 家

佐伊

这时候,佐伊觉得差不多要走了,但即便到了现在,柯克兰德还没说完。他恳求和她私下再说最后一句话。

"您还要说什么?"佐伊极其不耐烦地说。

"我还没解释主要的问题。"爸爸说,带着她离开沙滩车,来到他摇摇晃晃的门廊上。"我总是喜欢绕圈子,说不到重点。"

"原来你知道自己有这个毛病啊?"佐伊有点惊讶地说。

柯克兰德做出不屑的表情。"这是一种习惯。这些年来我一直在欺骗我的妻子。密谋对付格伦。我需要简单明了地告诉你——佐伊,我很想你。我为你感到骄傲。我完全站在你这一边。"

"你为什么不回家?"佐伊爆发了,"也许妈妈会跟你复合。她很孤独。"

柯克兰德缓缓地摇着他的大脑袋。"木已成舟,无法回头了。我已经习惯了新伊甸园的生活。而且我是属于咪喵的。"

"好吧。"佐伊说,她的声音变得紧绷了起来,"我要走了。"

"还有一件事。"佐伊走开时,柯克兰德喊道,"要小心那个桑妮·韦弗。她已经投靠吸血鬼飞碟那边了。"

"知道了。"

然后,佐伊和妹妹梅茜坐在沙滩车前排,斯卡德坐在后排。

他们又上路了。真是如释重负。两百万英里并且还在继续。

十七岁的梅茜是一个鲁莽的司机，她开车时，球根状的轮胎不断掀起地上的砾石。每当她转弯太急，汽车突然打滑的时候，她都会大笑不止。斯卡德还为她加油，很快佐伊也笑了，大家都怎么了。

虽然天已经黑了，把车开上山脊还挺顺利的。他们开着前灯，这条路很破，一千个移居至此的地球人曾从这里开过。天空中，飞碟不断地涌入范科特。路上没什么异样，尽管刚刚一只胖乎乎的灰色吸血鬼飞碟伪装成巨石，从道路拐弯处窜了出来。斯卡德和佐伊用硕大的新碟之珠闪击了那个飞碟敌人，但外星飞碟仍有生命迹象，于是斯卡德的魔杖发出了噼啪作响的闪电，将他变为了尘土。

在山脊顶端，他们停下来休息。与佐伊以前开车经过的其他通道不同，这不是一个三岔路口。它只是一条笔直的山脊，一边是新伊甸园，另一边是范科特。范科特市中心的灯光在召唤他们。然后佐伊意识到她又能听到天空中的风笛音乐了，而且那声音越来越大。

"躲起来。"梅茜大喊，"到车底下去。"

三个孩子在沙滩车下爬行。佐伊设法仰面躺着，伸出头去。她想看看他们的敌人是不是飞走了。

没错，那只叫格伦的风笛，像一座飞行的山峰一样游弋而过，持续不断地吹着进行曲。他已经放慢速度，准备着陆了，似乎没有察觉到山脊上的三个人。他把自己的尺寸缩小到大约一英里宽。这只风笛内部发着光，他巨大的兽皮上闪烁着赭色、米色和琥珀色的阴影。他嵌套的双高音喇叭上下摆动，就像欢快的鼻子。由于他在空中穿行，他的触角一直向后飘着。

佐伊从车下爬出来，看着怪物着陆。在降落的过程中，他在范科特城市上空盘旋，他的笛声变成了欢快的吉格舞曲。发光的吸血鬼飞碟升起来簇拥在他周围，就像蜜蜂围着它们的女王一样。他们在桑德大陆看到的巨大的粉红色和蓝色飞碟也来了，这两个摇摇晃晃的庞然大物跟孵出他们的风笛一样宽。他们叫什么名字来着？好像听起来挺傻的，佐伊不记得了。

当这两只巨型飞碟在空中盘旋时，格伦和他的奴隶飞碟在范科特的核心集结。这只像山一样高大的风笛摧毁了夜市的大部分，大量的尘埃弥漫开来。佐伊眯着眼睛，可以看到格伦已经在飞碟大厅旁边降落了。

梅茜开车比之前更鲁莽了，她沿着斜坡进入盆地，顺着一条支线高速公路呼啸而过，穿过网格般的街区冲进了范科特。她经过了夜市的废墟，然后在飞碟大厅周围新长出的荆棘路障旁休息。在路障之外，格伦一英里高的庞大身躯映衬着夜空。空气里飘荡着他卑鄙又得意的风笛声。三个孩子从梅茜的车里出来，慢慢靠近这里。

出于某种原因，这里没有其他飞碟——尽管还是有些类似马蝇的小飞碟想咬你。现在佐伊和斯卡德知道如何在它们落地的同时快速猛击他们。而梅茜自带一半飞碟的属性，所以那些迷你飞碟自然不敢靠近她。

与此同时，格伦的吸血鬼飞碟奴隶正从一百二十英尺高的前门，一窝蜂地涌入飞碟大厅。佐伊不知道里面发生了什么。可以肯定的是——没有一只飞碟能从里面出来。

"他们正在飞碟大厅里建造大门。"梅茜说，"就是尤尼隧道的大门。这个门将是一个球体。准备好供格伦使用时，他们会通过那些大门把球推出来。就像把一个巨大的球从飞机仓库里滚出来一样。"

"如果飞碟大厅能装下隧道的大门，那格伦怎么能有足够的空间穿出去呢?"佐伊问。

"你现在一定已经注意到,当你进入一条尤尼隧道时,似乎会缩小。"梅茜说,"或者你可以说大门周围的空间被拉伸了。据我所知,只要新门有一百英尺宽,空间扭曲效果就足以满足格伦的需要,即使格伦有一英里宽,和那两个巨大的飞碟一样大。好像是叫泼泼和波波,他们会先把这两个大飞碟送入隧道——确保隧道对格伦来说足够宽敞。"

佐伊向上看了一眼。不知道为什么,她还没有意识到飞碟大厅附近平滑均匀的灯光是由肉粉色的泼泼和宝石蓝色的波波发出来的。和之前一样,他们成百上千条悬垂的触须,让佐伊想到了会飞的水母。他们并没有当场铲平范科特,而是等着入侵洛斯佩罗斯。那将是多么糟糕的一幕啊,这真的有必要发生吗?

"奴隶飞碟到底是怎么制造那个大隧道的?"佐伊问道。

"我确信我知道!"斯卡德惊呼道,想在他潜在的新女友梅茜面前秀一把。"飞进飞碟大厅的吸血鬼飞碟——他们都会用自己体内的碟之珠打开一条狭窄的尤尼隧道,然后隧道一条接一条地融合在一起。像秸秆扎成一捆。又像很多小旋涡汇成大旋涡。或者说,像微小的气泡融合成一个巨大的气泡。"

"不明白。"佐伊疲惫地说,"你也不要觉得你非得给我讲明白。现在不行。"今天似乎过不完了。他们骑着斯托洛爬上了烟囱,跟古波·古波见了面,在扁牛体内冲过喷射流,在新伊甸园跟她的父亲见面,开车越过盆地山脊,还找到他们要去飞碟大厅的路。

"我还可以再在你身上画画吗?"斯卡德毫不畏惧地问梅茜,"我想给佐伊看看那些隧道是怎么融合的。"

"请随意。"梅茜说着,松开她的皮瓣。

斯卡德马上就开始画了。"我的图 7 有两张图。"他说,"给你看看隧道是怎么合并的。"那些细隧道拧在一起，变成了一根粗隧道。

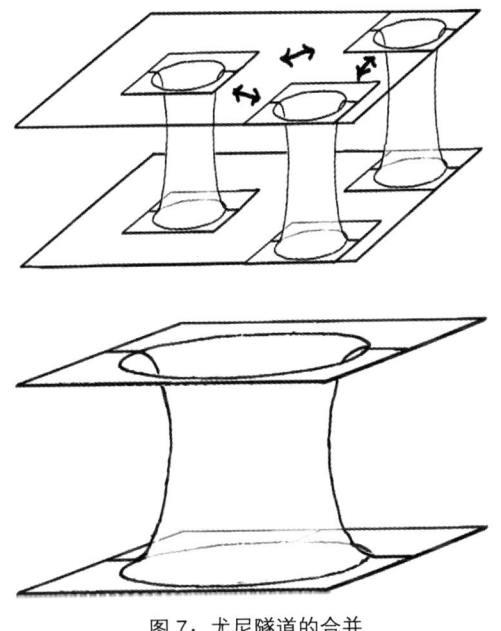

图 7：尤尼隧道的合并

"是这样。"梅茜说，"但是这有一个问题，就是吸血鬼飞碟用碟之珠生成那些细小的隧道时，那些飞碟也会因此丧命，甚至在合并之前就死掉了。所以这整件事都很恐怖。他们完全是为了格伦牺牲生命。如果你体内有碟之珠，然后用它生成了一条尤尼隧道，那么空间的表面张力会让你滑入隧道，惯性会引导你一直向前。而当你从另一边出来的时候，你是从内向外翻出来的，那会害死你的。"

"别说了。"佐伊说，"我受够了。"

"等等！"斯卡德喊道，"我得把这个画出来。"他沉默了整整一分钟，手上却一刻不停，迅速地在梅茜的皮肤上画出 6 张图。

"来看看斯卡德·安特卫普无敌的图8！"

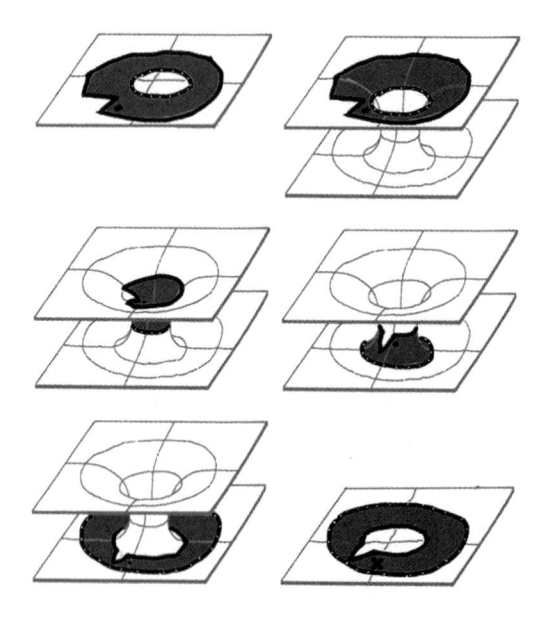

图8：穿过身体内部的虫洞以后就由内向外翻转

"这些图毫无意义。"佐伊说，"我刚才说过我累了吗？"

"你仔细看看。"斯卡德坚持道，"这种视觉逻辑相当有说服力。你一排一排地看，就会慢慢明白了。当飞碟穿过那个从他们身体内部开始的尤尼隧道时，就会发生这些情况。我把飞碟画成了吃豆人①的样子，他们有一个楔形嘴，中间有一个洞，代表碟之珠变成了隧道。如果你仔细观察他们的嘴巴，就知道他们是什么时候由内向外翻转的了。"

"见鬼去吧。"佐伊说。

梅茜切入正题："佐伊，实际的情况是，洛斯佩罗斯那边会有

---

① 1980年5月，由南梦宫公司推出的一款街机游戏。

一堆死飞碟肉。"

"真奇怪。"佐伊说,她终于开始感兴趣了。"那大家会怎么想?"

"他们会说这是有史以来最高级的恶作剧。"斯卡德一边说,一边露出古怪的微笑。"不知道飞碟肉是什么样的,会不会像考斯维辛屠宰场旁边的垃圾堆?看起来就像些小孩订购了一卡车那种东西——没人要的肠子、软骨、静脉和恶心的器官。"

"我几乎可以想象到塔娜·加维的一个男友会这么做。"佐伊说。

"而且肯定会给她留下深刻的印象。"梅茜说。

"绝对会。"佐伊说,"塔娜会说'噢!你太疯狂了!',然后她会张着嘴大笑,晃动着她的舌头,就像一条引诱猎物的深海鮟鱇鱼一样。"

"塔娜鮟鱇鱼,没错!"梅茜附和着,两个女孩击了掌。

她们惬意的闲聊突然结束了。一个充满敌意的吸血鬼飞碟从荆棘围栏那边向他们吼叫。

"嘿!你们!给我滚出去!"

这个盛气凌人的飞碟长得像个畸形的楔子,有着红色的眼睛,边缘弯曲。伴随着他的怒吼,他发动了闪击,差点就打中他们了。他们跳上梅茜的沙滩车,后退了一两个街区。

"如果我们想回到飞碟大厅附近侦查的话,我可以用提普虫让咱们隐形。"斯卡德建议。

"不用麻烦了。"佐伊说,"是时候回洛斯佩罗斯了。这样格伦试图通过的时候,我们就能在场了。"

"我跟你们说过很多次了,他明天下午才能到。"梅茜说,"那条隧道还有很久才能完成。那些可怜的奴隶飞碟并没有让隧道增大很多。"

"不管怎样,我已经准备好回家了。"佐伊说,"你要来吗,梅茜?"

"我会去的。"梅茜说,"我还要先联系一下范科特的一些地下反抗者。就是那个跳舞的伊珂拉和那个农夫的儿子,叫梅诺。如果维利真能杀了格伦,人类就有机会永远消灭吸血鬼飞碟。得出奇制胜才行。好飞碟会站在人类这边的。我必须告诉伊珂拉和梅诺做好准备。然后我再跳回洛斯佩罗斯。我会比你想象的更快到达。"

"这段时间,斯卡德和我需要休息一下。"佐伊说,"明天我们要从洛斯佩罗斯那边飞到隧道里,让格伦减速。我们将用音乐和魔杖阻止他。"

"我们能做到吗?"斯卡德。

"可以的。"佐伊像个严格的大姐姐一样说,"只要我们能分散格伦的注意力,维利就有更多的时间来切断隧道的两端。"

"我希望你能尽快来洛斯佩罗斯。"斯卡德告诉梅茜,"我想确保我能多见你几次。"

"好啊。"梅茜说着,对斯卡德摆出一副挑逗的表情。

"我……我能在我们走之前吻你一下吗?"斯卡德说,他非常想吻她。"虽然我已经十六岁了,但我从来没有吻过一个女孩。是的,我知道这意味着我是个失败者。但是如果我就这样被格伦杀死,那就太遗憾了,因为我从来没有……"

"不要扯太远。"佐伊笑着说,但是梅茜和斯卡德根本没在听。他们紧紧拥抱在一起,背景音乐是格伦的风笛声。

佐伊拿着柯克兰德送给她用来闪击的碟之珠,这颗崭新的珍珠很大——她把它系在衬衫的尾部。但如果是跳回家的话,她还是信赖放在牛仔裤口袋里的小碟之珠,那让她觉得更安全。她把它拿了出来,对着它呼气,想唤醒它。只要佐伊能激活它,这颗碟之珠肯定知道回家的路。

她还有吉他，也许她可以用它来演奏那首把碟之珠变成隧道的即兴重复乐段。但佐伊一想到还要用手指拨琴弦，就有点不耐烦，她宁可吹小号。她举起她的黑色吉布森SG，开始跟他说话。

"我觉得你一直是把很棒的吉他。"佐伊说，"但是——你能变成一把小号吗？"

说到做到。这把有生命的吉他弯曲着，把自己揉成一团，然后伸展开，变成了一把闪亮的黄铜小号。佐伊笑着把他抱在怀里。这把小号不亚于迈尔斯本人用的那把降B调马丁·康美迪小号。而且佐伊的小号还是有生命的。

"现在我准备好了。"斯卡德说，他因为吻了梅茜而满脸通红。"告别仪式结束。"

佐伊拿着她的小碟之珠，吹起了那段充满暂停跳跃的即兴曲。这把新小号的音色和阀键都很棒。珍珠变成了半透明的，它不断抽搐，然后变大了一点。这就是通往洛斯佩罗斯的大门。它差不多打开了，但还没完全打开。

"我会把碟之珠放在地上，再吹奏完整首曲子。"佐伊告诉斯卡德，"我们退开点，然后跑进隧道。既不要惊慌失措，也别摔倒。全速冲进去，再加速跑出来。"

"为什么？"斯卡德犹豫不决地问。

"噢，不要总耍你那点小聪明。"佐伊说，"照我说的做，否则你会死。我没时间和科学书呆子讨论关于……"

"现在快走！"梅茜尖叫道，"飞碟！"一个形似扁猪的吸血鬼飞碟正向他们飘来。梅茜已经坐在沙滩车的座位上，并且发动了她的暗能量引擎。她的手快速一挥，汽车突然加速，扬起一堆砾石。佐伊和斯卡德撤退到一栋建筑物的拐角处，佐伊拿着她的小号和珍珠——她的隧道仍然没有完全打开。

噌！

一道极其晃眼的强光照射在佐伊刚才站的地方。烧焦的泥土喷向空中。佐伊躲到了那只扁猪飞碟的视线之外,把碟之珠扔在地上,并迅速吹奏了完整的即兴乐段。这时隧道的大门就这样清晰地出现了。

佐伊和斯卡德朝着大门冲去,大门只有高尔夫球那么大——但随着他们越来越近,大门似乎变得越来越大。当他们到达入口时,它已经有壁橱门那么大了。他们冲了进去,吸血鬼飞碟无法伤害他们了。

像之前一样,佐伊在隧道里看到了自己怪异的镜像——她能清晰地看到虫洞周围的样子。与此同时,洛斯佩罗斯夜晚昏暗、扭曲的夜景出现在她面前,还有妈妈越野车耀眼的前灯。佐伊希望斯卡德不要搞错程序,她冲出了尤尼隧道在地球这边的大门——拼命跑过洛斯佩罗斯潮湿的人行道,跑到人行道的安全地带。斯卡德跟在她后面。佐伊的余光看到了之前的两个自己一闪而过。越野车打滑着停了下来,它的喇叭响个不停。

"佐伊!"当然是妈妈,她从车的侧窗向外喊道,"你疯了吗?表演就要开始了!你的衣服怎么回事?你真是一团糟!快,快,上车。"

哇,一切仿佛回到了起点。佐伊终究没有错过才艺表演。尽管到现在,她几乎已经忘记了这件事。好在她有了新的小号。

"好吧。"她对妈妈说,然后自己笑了笑。"我准备好了。"

她们邀斯卡德去看表演,他婉拒了。他要回家睡觉。他和佐伊约定明天早上在毕业典礼上见。现在,斯卡德要保管好这两个新的碟之珠。

然后佐伊和妈妈坐在车里,她摇下了车窗仔细聆听。她觉得自己甚至可以在这里听到格伦的音乐。这声音肯定是从格伦那群奴隶搭建的巨型尤尼隧道中传过来的。但妈妈并没注意到。

"你是嗑药了还是怎么的？"妈妈问佐伊，"你为什么不穿我给你挑的衣服？"

"我不能说这个。"佐伊挥手说着，让妈妈别问了。"完全不能。"

"你太神秘了。"妈妈说着，把汽车开进了高中停车场，停在一个残疾人专用车位上。三个月前，她扭伤了脚踝，或者说几乎扭伤脚踝时，还收到了一张罚单。"音乐家的生活可真够混乱的。"妈妈言简意赅地说，"答应我，上台前至少洗把脸。"

"我猜我现在身上肯定很脏。我一直在……"佐伊抑制了自己想要把整个诡异的故事讲出来的冲动。

"你会很棒的。"妈妈轻拍着她的膝盖说，"我了不起的女儿。"

"谢谢。"母亲的支持让佐伊有些措手不及。一下子发生了太多事情，她觉得自己的头都要爆炸了。妈妈亲吻她的脸颊时，佐伊几乎要哭了。

佐伊仅凭着肌肉记忆，从侧门跑进了学校，找到一个很少有人用的女士卫生间。里面没人，这就好办了。她走向水池。虽然佐伊不想承认，但妈妈说得对，佐伊看起来确实像个流浪汉。她真的好久没照镜子了，大概有一个星期了吧？最后一次照镜子是在边境大满贯旅馆的时候。那是很久以前的事了。所以，好吧，洗洗脸吧。把泥巴、飞碟的奇味和汗水都擦掉。牛仔裤呢——没关系。清洗手臂至肘部，用湿纸巾轻轻擦拭腋窝、臀部和胯部。用张开的手指梳理头发。可惜她不能借一把……

"梳子？"一个女孩走进洗手间，来到她身边。

佐伊看过去。天哪，是梅茜。她拿着她的手抓包和长号。而且，不知道为什么，她很整洁。梅茜穿着一件白色蕾丝夏装，这条裙子的腰部很宽松。她甚至涂了口红和腮红。她看起来很兴奋，好像快要爆炸了似的。

"你从哪里来这儿的?"佐伊问。

"我用手抓包里的碟之珠跳回到健身房。"梅茜对自己十分满意地说,"我首先是从健身房开始的,你知道。按洛斯佩罗斯的时间来说,十分钟前,我在健身房进行了第一跳。因为我看你没有出现在咱们的演奏会上,我以为你去了地图世界,所以我也跟着你去了。我们在那边一直相互追赶,大约过了地图世界的一周时间? 我不知道。你也知道整个过程,我再跳回来的时候,就出现在我刚离开洛斯佩罗斯的同一地点和时间。"

"我记得你说你在范科特有很多事情要做。"

"我做到了!"梅茜咯咯地笑着说,"你还不明白吗?我一直都知道,我再跳回来的时候,还是会回到今晚的洛斯佩罗斯。这就是我需要去的地方。"

"你要在才艺表演上演奏吗?"

"我无论如何都不会错过。"梅茜说,"我的长号和礼服都放在健身房的储物柜里。斯卡德会来看我表演吗?"

"我觉得他回家了。"佐伊说。

"该死。我想再吻一次那个男孩。明天早上我去找他。斯卡德也是我想留在这儿的另一个原因。"

"加油,姑娘。"佐伊说,"我们还有时间吗?你确定格伦明天下午才会通过那个巨大的尤尼隧道?"

"是的。"梅茜说,"这条大隧道仍然很窄。对格伦来说不够宽。对他们想要在他之前派过来的那两个巨型飞碟来说,也不够宽。"

"你怎么知道隧道现在到底有多宽?"佐伊突然起了疑心,问道。

"我看到大门了。"

"但是大门在飞碟大厅里面,有那些吸血鬼飞碟敌人守卫着。

他们让你进去了吗?你和他们是朋友吗?你站在他们那边吗?"

梅茜笑了。"飞碟大厅里只有一扇门,你这个偏执狂的怪胎。另一扇门就在洛斯佩罗斯高中体育馆内。我刚才就在那里。"

"哦,哇哦。那斯卡德说的那些死飞碟的事呢?大门那里是……"

"你完全想象不到。太肮脏,太变态了。那些死飞碟的残骸堆得有二三十英尺高,像火山喷出的岩浆一样,散布在大门周围。那里有一团团的奇味。有各种颜色的飞碟,到处都是他们的眼睛、尖牙、内脏和大脑。那里的一切都死透了,一动不动地堆在那里。但是一分钟后,又一个奴隶飞碟穿过隧道过来了。他也是从里向外翻转,一直在尖叫,看上去非常恐惧、痛苦。不过你听到的只是微弱的呜咽声——因为飞碟从里向外翻转了,所以他的嘴或者说话的器官都被埋在肉里了。他呜咽了几秒钟就死了,然后身体开始分裂。那感觉太哥特了,你会喜欢的。"

佐伊既觉得厌恶,又很好奇。"那我们才艺表演的时候,已经有死飞碟在那儿了吗?"

"尤尼隧道。"梅茜说,"它们可以随时随地连接到任何地方。"

"如果去看看,我演出会迟到吗?"佐伊疑惑地大声问道,她对节目时间表没有确切的概念,也不知道准确的时间。

但是现在,决定权不在她手中了。

副校长布特女士来了,她在例行巡逻偏僻的洗手间,警告学生不要饮酒和嗑药。

"上台吧,姑娘们!该爵士咆哮乐团表演了!佐伊,你看起来糟透了,至少你还带了乐器,你应该向梅茜学习。快点,走吧,快走。"

布特女士把她们带到大厅,穿过了一扇秘密的门,然后跟其他乐队成员一起,在高中礼堂的舞台上找到了他们的位置。他们前面的表演剧刚刚结束。有十个芭蕾舞演员。佐伊向人群望去，她发现才艺表演吸引了满满一屋子观众。她还记得自己要吹什么吗?

宇宙大战（上）

维利 / 佐伊

现在的问题是，维利透过扁牛皮肤中的"护目镜"看不清外面的情形。根据他面对的方向，他可能会看到范科特，或洛斯佩罗斯，或它们之间的尤尼隧道。但是他看不到普通的3D物体，他看到的是形状奇特的2D切片世界，上面布满了大理石花纹和斑驳的细节，就像很薄的水果蛋糕切片，或者你永远不会想买的某种古怪的萨拉米香肠。

他和尤利娅用心灵感应交流，谢天谢地，她比以前健谈多了。她说，维利之所以看到这些东西，是因为他们进入了4D空间。她甚至向他展示了一个斯卡德·安特卫普风格的图9。

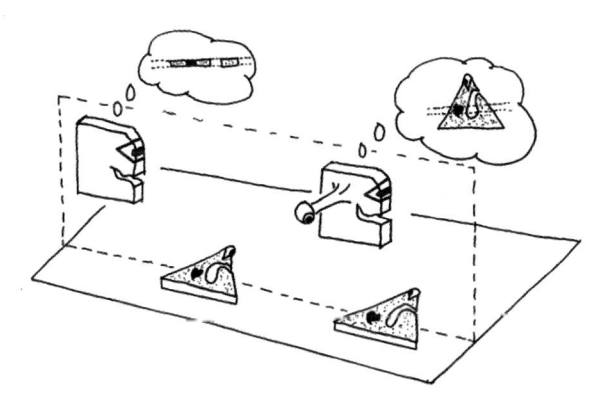

图9：普通的眼睛和高维度的眼睛

"左侧是一个 3D 正方形，想要看清一个 2D 三角形女人。"尤利娅说，"但是他只看到了一个 1D 的横线。"

"那为什么正方形的心和肉都被遮住了，但那个三角形却露出了她的肠子？"

"因为一头好心的魔法牛给正方形穿了一件奇味外套。"尤利娅说，"防止他的内脏掉出来。"

"她真好。"维利说，"你为什么要把它们画得很厚呢？"

"因为它们就是这样的。"扁牛说，"三维生物在第四维度里会有一点点厚度。但是你应该关注他们的想法。"

"右边那个时尚的正方形戴着一副难看的 3D 眼柄，那个可以让他看到更完整的图像吗？"维利说，扮演着好学生的模样。"他同时看到了那个三角形的内部和外部。神的视角。我可以有一个 4D 眼球吗？"

"不行。你通过我的 4D 眼睛看就好了。"

"好吧。"维利说，他也不太确定他们在说什么。"用心灵感应让我看看你能看到什么吧。"

"没问题！"

这只扁平但实际上是 4D 的牛，开始把图像传入维利的大脑。这些图像不像照片，它们更像——更像是梦，或是幻觉。这是完全实现的 3D 场景。你可以把它们看成是地图世界、圆球世界和它们之间的非空间的神之视角。

维利看到了新伊甸园盆地的田野，盆地山脊的内部矿脉，范科特某些房间的内部，还有一英里宽的格伦体内扭曲的内部结构，他仍然在飞碟大厅里。

扁牛离飞碟大厅越来越近。她的 4D 视野向维利展示了大厅内隧道门的清晰画面。那个球体在奴隶飞碟源源不断的补给下，慢慢变大。维利看到有个灰色的飞碟停在大门旁边，他在向格伦祈祷，然后消失在一条细长的尤尼隧道中。这条隧道是来自他自己体内的碟之珠。小隧道发光的门漂移了几英尺，穿过飞碟大厅，并入了更大的门——他们几乎无法看出那扇门的尺寸有所增大。这就像用稻草慢慢堆成干草堆。维利和尤利娅观察了一段时间，刚才的场景不断重复着。

"那些奴隶飞碟死了吗？"维利问扁牛。

尤利娅转向4D非空间的另一个方向，现在她把洛斯佩罗斯高中体育馆的内部影像发送给维利。一堆死去的飞碟散落在地上，他们由内而外被翻了过来，尸体四分五裂。这里已经有一千多个飞碟尸体了。这些飞碟被风笛奴役，又被他一下子杀掉了。

"集体自杀。"维利喃喃地说，"对格伦的狂热崇拜造成的。"

尤利娅把视线转回到飞碟大厅内部。格伦的奴隶飞碟不断涌入。那个风笛觉得自己胜券在握，他毫不在乎牺牲自己的部队。这种不顾后果的残忍行为让维利感到恶心。如果格伦控制了地球，那该有多可怕。

"让我看看佐伊。"维利恳求着4D扁牛，"带我去见她。我们还有时间。让我看看佐伊·斯纳普。她的表演结束了吗？"

"来看看吧。"尤利娅说。

§

在佐伊最近经历了这么多极端的冒险之后，咆哮爵士乐团的表演有些令人失望。也就是说，在某些精彩时刻，她淋漓尽致地演奏了迈尔斯·戴维斯的曲子《那又怎样》。妹妹梅茜就在她身后，拿着她那把古董长号，准备吹奏下一首曲子，这真让人开心。她也很高兴在观众席上看到妈妈的笑脸，她微笑地点头，一脸骄傲。也许生活并不是那么糟糕。

音乐会结束后，一些孩子准备去塔娜·加维的聚会。出人意料的是,塔娜居然亲自来邀请佐伊。

"我都不知道你小号吹得那么好。"塔娜夸张地称赞道,"你真是深藏不露啊。"

虽然塔娜对她赞不绝口,但佐伊还是婉拒了她的邀请。她要和妈妈坐车回家睡觉。她太累了,膝盖都快直不起来了。佐伊说要回家的时候,妈妈还很惊讶。佐伊跟妈妈讲的版本是,她学习太用功了,所以觉得很累。妈妈毫不掩饰自己的不信任,她一直怀疑佐伊偷偷吸大麻。妈妈知道大麻会让人疲惫。以前,她和柯克兰德一起抽过。

"我可以在你家过夜吗?"她们正要离开的时候,梅茜问。

"嗯……"妈妈正在犹豫,不知道该说些什么。也许梅茜也是个瘾君子。十六年前,梅茜的出生导致了佐伊父母分手。虽说这不完全是一个新生儿的错。但是仍然……

"当然可以。"佐伊说,"我们家的大门永远向你敞开,妹妹。"

"我一看到桑妮就受不了。"梅茜说,"我那个所谓的母亲。我一直没机会跟你说这件事,但她的行为很奇怪。而且越来越诡异。"

"什么意思?"佐伊问。

"桑妮就好像被吸血鬼咬了一样。"梅茜说,"你明白我的意思吧。"

"明白了。"佐伊努力地消化着这个信息。这时她想起父亲曾经警告她说,桑妮·韦弗已经站在吸血鬼飞碟那边了。但是,去她的吧。

现在佐伊感到简单而快乐,她在回味自己刚刚演奏得有多棒,大家的掌声有多热烈。此刻她只想沉浸在刚刚的演奏中。就沉浸在那一刻,然后上床睡觉。

"我会像躲瘟疫一样躲开桑妮·韦弗。"妈妈古怪地轻笑着插嘴,"尽管她做过一些好事。"这时佐伊终于意识到,从某种程度上来说,妈妈还是很高兴十六年前多亏了有了桑妮,才把她从柯克兰德·斯纳普身边解脱出来。她根本不想让他回来。妈妈对梅茜微笑着。"如果你想背叛桑妮的团队,加入我们的,也挺好。越多越刺激。"

就这样,梅茜在佐伊房间的沙发上躺下了。梅茜特别想和佐伊闲聊八卦一会儿,但佐伊累得不行。几分钟后,佐伊和梅茜就睡着了。

§

尤利娅找不到佐伊才艺表演的影像,但后来那头扁牛让维利看到了佐伊独自躺在她妈妈家里的少女床上,睡得非常香。佐伊枕头旁边放了一把新的小号——维利看得出来,这把小号实际是她最近用的那把吉他变的。这对佐伊来说很好。通过尤利娅 4D 眼的全息解剖细节展示,维利在精神上爱抚着佐伊的虚拟身体。靠近佐伊让他感到轻松、惬意,状态非常好。维利意识到他也需要休息,然后他睡着了。小达克沃思依偎在他下巴下面,也睡着了。

§

她醒来时,又是加州完美的一天——天空晴朗,白云朵朵。阳光强得刺眼,空气中带有一股令人愉悦的凉意,就像清澈的水一样。山雀在啾啾鸣叫,蜜蜂在柠檬树上采蜜,茉莉花在藤蔓上怒放。今天是毕业日。快上午十点了,毕业典礼会在两个小时后举行。中午的时候。一切就绪。

除了一点——今天也是格伦入侵的日子。突如其来的记忆就像一只可怕的螃蟹,它仿佛有一个人那么大,从佐伊的床下蹿出来,用爪子抓住她的手腕,把它翻腾的下颚怼到她脸上。她呻吟起来。

梅茜突然醒来，笔直地坐着，开始滔滔不绝地说个不停。"我现在要去健身房看看，测量大门的尺寸。之后如果有时间，我想跟斯卡德温存一会儿。接着我会亲自看着你和斯卡德进入隧道，不让桑妮·韦弗捣乱。然后我会从隧道回到范科特。这样我可以在那里提防格伦，免得他从那儿逃走。如果你们真的杀了格伦，那么不管接下来发生什么，我都想待在范科特。"

"别说了。"佐伊说着，用手抵住头。

"早上好，瞌睡虫们！"妈妈大声说，"佐伊，你洗澡穿好衣服，我们马上去学校。你可以和朋友们待在一起，我去找个座位。梅茜，你要和我们一起吃饭吗，还是现在就要走了？"

"我要走了。"梅茜说，她听懂了这个暗示，"佐伊说我可以借用她的自行车，行吗？"

佐伊其实并没有说过，但是无所谓了。她把车锁的钥匙交给了梅茜。梅茜从厨房拿了一块肉桂面包，还剥了一个橘子。她从车库里拿了佐伊的自行车，就上路了。

"高中的爱情故事！"梅茜大喊着，兴高采烈地蹬着脚踏板离开了。

妈妈和佐伊大约一个小时后到了高中，斯卡德马上向佐伊走来。他看起来非常高兴。

"见到梅茜了吗？"佐伊说。

"见到了。"斯卡德容光焕发地说，佐伊从未见过他如此热情。

"你爸爸没有因为你跟维利一起去旅行生你的气吧？"佐伊问。

"他都没注意到。"斯卡德笑着说，"我们实际上也没有离开很长时间，至少在他看来没有。我把这次旅行的事告诉了爸爸，他终于对我产生了兴趣。你还记得我脑海里面扬帕的照片吗？你一定不会相信的，我爸还帮我用提普虫把扬帕的照片从我的大脑转移到了互联网图像云里。虽然很麻烦,但我们做到了。所以我们有超多圆球世界的照片了。佐伊,如果我们能活下来,这些肯定可以让咱们名利双收。"

"太好了。"佐伊说,但是她满脑子想的都是即将到来的战斗。"梅茜现在在哪里?"

"她在和她妈妈说话。她妈妈叫桑妮·韦弗。我说起要杀格伦的时候,桑妮就对我大吼大叫。她说格伦是上帝,我理应欢迎他。我从没听任何人说过这种话。我告诉她,她是个神经病,应该离我们远点。"斯卡德笑了笑,"我就像一个多嘴的滑板男孩。然后我就走了。桑妮都口吐白沫了,所以梅茜就想让她冷静下来。你现在想要你那个新碟之珠吗?我们可以用它们来闪击和飞行。"

"给我吧。"佐伊带来一个宽松的布包,她把那颗超大的碟之珠藏在里面。斯卡德把他那颗放在自己宽松的裤子口袋里。她和斯卡德肾上腺素激增,内心的紧张让他们几乎发狂,仿佛他们正在攀爬有史以来最高的跳台台阶。

"还要多久?"佐伊问斯卡德,"我们还要多久才能穿越隧道?"

"嗯,梅茜带我去看了体育馆里尤尼隧道的门。"斯卡德说,"现在那儿已经有一万只死飞碟了。太疯狂了。整个体育馆的地板都被他们覆盖了。那堆飞碟中间有三十英尺深,它们的上面是一个球形的门。现在已经有越野车那么大了。那里的气味——就像大便和松节油一样。"

"为什么体育馆里没有警察?"佐伊问,"也没有看门人或路人?难道没人注意到那一大堆死飞碟吗?从昨天开始,他们的尸体就开始不断堆积了。"

"是隐形云。"斯卡德说道。

"什么?"

"就是那个提普虫的隐形咒语?"斯卡德说,"梅茜和我从健身房门口看到那些死飞碟时，一个普通的保安正好路过——我看得出来，他看到的只有他期待看到的场景——闪亮的木地板，空空的地板上还有红色和蓝色曲线。那扇门和飞碟都隐藏在隐形云中。现在你、我还有梅茜已经到了可以透过隐形云看东西的程度了。"

"我觉得警察可能还是会知道的。"佐伊说，"通过气味。"

"我认为到目前为止，很多警察都是飞碟僵尸。"斯卡德说，"他们听从格伦和他手下飞碟的指挥。他们肯定接到命令说今天不要管高中里发生的事。"

"明白了。"佐伊说，"那——我们现在应该飞进那个可怕又恐怖的死亡隧道吗，还是说我可以先参加毕业典礼？"

"还不如等到事情真正发生。"斯卡德说，"戴上你的帽子，穿上你的长袍，去拿你的文凭。这也是维利想看到的。"

"别说得好像他死了一样！"佐伊叫道。"他没死！他在四维空间呢！"突然，她觉得自己马上就要哭了。昨晚佐伊梦见了维利。维利在她的床边徘徊，抚摸她，亲吻她。

不久，毕业典礼开始了。佐伊穿上她那件劣质长袍，也戴上了平顶帽，在其他即将毕业的高三学生中，找到了自己的座位。高中的草坪低矮、宽阔，毕业生和观众们都坐在草坪的折叠椅上。草坪的前端陡然向上倾斜，通向二十世纪二十年代的新古典主义建筑。白色的石阶沿着斜坡向上延伸，一些贵宾的座位在顶部平坦的草坪上。

一位发言人讲了话，然后是另一位。佐伊什么都听不到，她甚至想都不敢想。现在有人在喊毕业生的名字，他们一个接一个地站了过去。按姓名首字母的顺序，从A到L再到S。轮到佐伊·斯纳普了。

§

维利醒了——在非空间里很难判断时间。4D 扁牛飘浮在两个世界之间的隧道附近。透过维利的双眼，隧道看起来就像球体的表面，它会随着他的头部移动而变化。有些球体上有粉红色和蓝色的斑点。还有些肠子一样弯弯曲曲的东西，像是内脏。发生了什么事？维利现在精力充沛，他在脑海里就可以勾画出一个新的线条图，来解释这个问题，如图 10 所示。

图 10：维利和尤利娅看到的尤尼隧道

正方形看到一个圆盘的周长。维利看到一个球体的表面。那个正方形扁牛有一个更高维度的眼睛，可以看到隧道的二维表面。而尤利娅用她奇妙的 4D 之眼，看到了隧道的 3D 超曲面。这意味着什么？

好吧，尤利娅向维利传输了她看到的尤尼隧道的图像，就像一个环绕的 3D 空间。不过，这种类比正在瓦解，这太奇怪了。仔细研究尤利娅看到的超隧道影像时，他发现影像开始跳动并四处晃动。就像一条正在吞食野猪的蛇。隧道空间里有一个粉红色的球和一个蓝色的球，两个巨大的生物沿着隧道的超表面滑动。

"那就是格伦吗？"维利问尤利娅，他的心已经提到了嗓子眼儿。"我们是不是应该快点掐断那两个横截面？你有海王星桌布，对吧?"

"那不是风笛,不是。"扁牛平静地说,"是那两个一英里宽的飞碟泼泼和波波。我们会让他们通过的,你和我要继续等格伦。"

维利很担心。"巨型飞碟会毁了我的家乡!"

"洛斯佩罗斯由斯卡德的魔杖和佐伊的小号守卫。那些武器非常强大。"

一提到佐伊的小号,维利的吉他就抽搐起来,可能他也想念斯特拉托卡斯特的二重奏了。

"我们至少得留意一下洛斯佩罗斯的情况。"维利恳求道,"而且如果情况变糟,我们会跳出非空间去帮他们。好吗?"

"我们可以留意。"尤利娅说,"但我们的目标是格伦。"

§

这会儿佐伊正走过洛斯佩罗斯高中圆柱状建筑正前方的那片草坪。她戴着白色的学位帽,穿着租来的白色尼龙长袍。她的布袋里装着碟之珠。在长袍下面,她那个有生命的、灵活的小号正缠在她腿上。

校长克拉克先生递给佐伊一张纸,上面写着一个号码。她一直期待得到一张系着红丝带的羊皮纸卷,就像阿奇漫画里画的那样。现在这张带有编号的废纸只能稍微象征一下她来之不易的文凭——如果下周佐伊把所有的费用和文件都备齐,她才能来学校办公室领取毕业证书。

就在这个稍微有点失望的时刻,高中后面的体育馆发生了爆炸,钢筋、碎木和泥灰向四周飞射出去,那些为建造隧道而死的吸血鬼飞碟的残骸也散落到各处。一个一英里宽的飞碟从废墟中滑出,快速地膨胀起来,是波波。他的伴侣泼泼也来了。

两只怪物一起横冲直撞,浅蓝色的波波在空中比淡粉色的泼泼高出一点。他半卧在她的背上。他们遮住了天空，仿佛是终结世界的水母。每个飞碟的底部中心处都有一只邪恶的红眼在闪闪发光。他们有一千只口腕——就是那些黏糊糊、不带吸盘的触须。波波和泼泼急切地想要吃掉大量的人类猎物，于是他们在人行道、公园和附近的露台上到处集中驱赶人群。波波正在洛斯佩罗斯高中翠绿的草坪前仔细搜寻，草坪上点缀着高大粗壮的棕榈树，摆放着椅子，挤满了毕业生们时髦、富裕的朋友和家人——这会儿，这些人正惊慌失措地四散奔逃。

佐伊从作为毕业舞台的小山丘上向下望，她居然能超然地看着眼前的一切。她觉得这太像五十年代的经典科幻电影了，好像正在上演《巨型飞碟的袭击》。为什么外星人总要袭击人类？人类和飞碟不能做朋友吗？我的意思是，看看斯卡德和努努，或者爸爸和——好吧，算了吧。

波波沉默着，但泼泼在唱歌——佐伊认出了这个声音，就是她在桑德大陆听到的那种做作的、甜腻的声音。不成曲调的颤音盖住了人群绝望的呼喊和尖叫声。他们中大多数人都躲开了那些缓慢摆动的口腕，但佐伊还是在地上看到五六个受害者，每个受害人身上都紧紧地绑着一根悬垂的触须，正在吸取那个人的部分奇味，或生命冲动①，又或是灵魂。这不是电影。这是真的。宇宙大战就这样拉开了帷幕。

"斯卡德！"佐伊大喊，也许她也用心灵感应喊他了。斯卡德过来了，出奇地冷静。他匆匆走上高中宽大的台阶，走到草坪拱起来的地方，来到佐伊身边。他拿着脐橙大小的碟之珠，佐伊也从布袋中拿出了她的珍珠，斯卡德挥舞着他藏在手臂里的神秘魔杖。

---

①法国哲学家亨利·伯格森在其1907年出版的著作《创造进化论》中提出的一个概念。

"接通碟之珠的能量吧！"斯卡德大叫，"把你另一只手放在我手上——我们要像串联的电池一样。我们第一次闪击需要大量暗能量。得在泼泼看到我们之前瓦解她！震慑行动开始了，佐伊！"

斯卡德的声音非常冷静，而且极其有力，不可思议。也许这个男孩确实有些前途，至少梅茜似乎是这么认为的。但佐伊怎么会在这个时候想起梅茜与斯卡德调情呢？佐伊和斯卡德应该去拯救世界。集中精力！

天哪，梅茜来了，她那个古怪的继母桑妮·韦弗紧随其后，吃力地走上台阶加入他们。桑妮摆出一副好斗的模样，但佐伊不给她时间来阻碍他们。

佐伊动作敏捷，把小号从腿上解开，夹在腋下，同时手里拿着新的碟之珠。她把另一只手放在斯卡德的肩膀上。佐伊与碟之珠进行了心灵感应，把它设为闪击模式。然后她不顾危险，把自己的身体变成了一个暗能量放大器——让闪击能量通过她的身体进入斯卡德体内，斯卡德把所有能量全部注入到魔杖中。

斯卡德平时幼稚的脸上现出一种冷酷而严肃的表情。他举起了魔杖。尖端周围闪烁着一些发光点，然后……

轰隆！

好像有枚火箭在佐伊头顶爆炸了。她被震得一屁股坐在了地上，她的碟之珠和小号差点都掉了。佐伊的耳朵里嗡嗡作响，但她发现泼泼的怪异歌声消失了。那只粉色的飞碟呢？她变成了灰烬，像柔和的煤烟一样飘落下来。干得漂亮，斯卡德。

但是波波还在这里，正如佐伊猜想的那样，失去伴侣的波波非常沮丧。他像低音扬声器一样振动他的身体，发出忧郁的声音和亚音速振动，佐伊感到自己的内脏也跟着共振了起来，她有种想吐的感觉。火花在波波的边缘噼啪作响，涌向他一英里宽的底部中心的巨型红眼睛，仿佛他是科学展览会火花机上的轮子。他的目光在草坪上来回扫荡。他疯狂的震动越来越强烈。

"他们来了!"桑妮·韦弗朝那只巨型飞碟尖叫,她的声音刺耳、沙哑。她指着佐伊和斯卡德,盯着波波。不清楚波波是否能听到她的声音。桑妮的下巴奇怪地突出来,她通过整容获得的美貌都消失了,她现在活像一只邪恶的蟾蜍。"朝这里射击,主人,朝这里射击!这两个人!他们杀死了泼泼!"

波波陷入了不祥的沉默,他的红眼睛越来越亮。佐伊和斯卡德飞奔着离开了舞台,跑到了平坦的草坪上。

咔嚓。

佐伊再次被撞飞了,天哪,洛斯佩罗斯高中前的台阶上出现了一个五十英尺深的大坑。是波波闪击的"杰作"。当然飞碟要花一些时间才能进行下一次闪击,但是现在——咯吱、咯吱、咯吱——该死,学校精致的、圆柱形的山形屋顶正面已经开始摇晃,并逐渐倾斜了,然后……以慢动作的方式向前倒塌。

佐伊用她的大碟之珠飞到草坪上,细心的斯卡德也来到她身边。新古典主义建筑的正面在隆隆声与尖叫声中加速落下。大块砖石砰然落地,滚滚灰尘在空中弥漫,人们悲痛地哭喊着。

那片草坪上至少有十几个人。无聊乏味却坚忍不拔的校长克拉克,执行能力超强的副校长布特女士,毕业生代表肖恩莱,帅气的西蒙斯教练,洛斯佩罗斯市议会的安帕罗·奎诺内斯和摄影师佐尔坦·内梅斯——他们都被巨型飞碟杀害了。他们被砸得血肉模糊,佐伊的眼泪止不住地掉了下来。

波波把自己降到了他们上方一百英尺的高度,他可恶的红宝石眼睛就在他们头顶之上。一英里宽的身体几乎遮盖了整片天空。他发出令人毛骨悚然的轰鸣声,缓慢地前后摇摆。他感觉到佐伊和斯卡德的存在,准备再次开火。

佐伊打起精神。她站在斯卡德身边,左手握着珍珠,左臂下夹着小号,右手搭在斯卡德的肩膀上。"快!"她说,"干掉波波!"

"如果我能及时恢复魔力。"斯卡德小声说,"我还在努力,但是飞碟下面又有火花了,而且他的眼睛也冒着火花——佐伊,小心点!"

第二次爆炸击中了碎石和草坪,形成了另一个深坑,与第一个部分重叠。幸运的是,佐伊和斯卡德没有被击中。

"就是现在!"佐伊尖叫,"闪击!"

好吧,暗能量正通过佐伊身体涌入斯卡德体内,他举起手臂,像萤火虫一样的能量火花在他的魔杖周围嗡嗡作响,然后……

啊!那个该死的桑妮·韦弗。她从后面搂住了斯卡德的脖子,她——这是在开玩笑吗?她居然在掐他的脖子。

"别伤害飞碟!"桑妮大叫,"这是新的曙光!格伦万岁!"桑妮向后仰着头。她的头发向四周伸出,仿佛是静电所致。她和波波捆绑在主仆的心灵感应循环中。"他们在这里,主人!"她大吼。

更糟糕的是,飞碟僵尸正穿过草坪,朝着佐伊和斯卡德冲了过去。这些新的僵尸人是波波用黏液制造的。他们没有死,全都站了起来,有二三十个。天哪,街上看起来好像有一对僵尸警察,他们从巡逻车里出来,拔出了手枪。他们全都听命于那个一英里宽的飞碟。

当务之急是让桑妮·韦弗别再掐斯卡德的脖子了。梅茜犹豫不决,无法对她认识多年的继母下手。但佐伊丝毫没有顾虑。她把小号举到唇边,对着桑妮充满恶意的、棉花糖般的脸,吹出了一个强大的唤醒爆炸音符,小号的喇叭砸在了她身上。桑妮捂着耳朵倒退了几步,斯卡德总算解脱了。

当然,到目前为止,波波已经知道了他们的确切位置。事实上,他正射出一束探测激光,这道光束似乎锁定在斯卡德的头顶。无处可逃,也无处可藏。波波再一次加快了自己的节奏,他中心的眼睛发出了致命的光芒。

佐伊陷入了恐慌。"快跑!"她对梅茜大喊。她已经准备好放弃斯卡德了。谁说佐伊一定要做英雄?但是梅茜抓住了她的手臂,佐伊无法脱身,而斯卡德正需要帮忙。

"把你的能量传给我。"斯卡德吼道,"就像刚刚对付波波那样。"书呆子弟弟举起魔杖,他已经准备好和那个一英里宽的杀手飞碟决一死战了。佐伊也必须共同面对。

"好。"佐伊顿了一下说,"算上我。"她再次把小号和碟之珠的能量传给她的朋友。梅茜也在给斯卡德提供能量。佐伊想知道维利是不是可以从四维空间看到她。哦,亲爱的,要是我们有更多时间就好了。

斯卡德和飞碟波波同时释放能量攻击。光束在半空中碰撞,发出刺眼的强光,就像焊工的电弧,又像微缩的星星。斯卡德一直撑着;他站在那里,在烟雾和火花的映衬下,把他的光束推得更高——越来越高,越来越高,对准了软绵绵的波波。

然后佐伊加入了一点自己的东西。她右手握住小号,吹出狂乱的独奏曲,这号角声足以推翻城堡的城墙。这打破了双方的僵局。

呜——通——

宽达一英里的飞碟波波变成了一堆蓝色尘埃,仿佛一个雾堤,轻轻地落在洛斯佩罗斯的草坪和房屋上。四处都是警笛声——应对紧急事件的车有些在赶来的路上,有些已经到了。消防员在瓦砾坑中挖掘幸存者。医务人员抬走了伤者和死者。

草坪上剩下的人不多了,只有空荡荡的椅子东倒西歪地躺在地上。五十个飞碟僵尸正向佐伊、斯卡德和梅茜逼近。波波此前一直在命令这些僵尸阻止孩子们的袭击。但是现在,巨型飞碟死了,他的追随者们又回到了残余的程序上,不知道是否包括杀死佐伊和斯卡德的命令,至少他们现在行动缓慢。

桑妮·韦弗坐在地上,茫然而困惑。她看起来很寒碜,多年来的光鲜、风韵早已荡然无存。她现在只是一个衰老的女人,悲伤而孤独。有史以来第一次,佐伊有些同情她了。

"你是我的大英雄。"梅茜对斯卡德说着,吻遍了他的脸。

"还没结束呢。"害羞的斯卡德说。

"还有格伦。"佐伊补充说,"咱们的头号敌人。"如果他们不能阻止格伦,那么这一切都是徒劳。

高中大部分建筑都变成了废墟,佐伊可以看到体育馆原来的所在位置。尤尼隧道的大门已经有一百英尺高了。她能看到一点点里面的样子。那里有一个黑暗、松软的形状,就像池塘里蛙卵中的小蝌蚪。

"你可以做到的。"梅茜说着,吻了吻佐伊的脸颊。"我会从隧道进入地图世界,在那里尽我所能帮助你们。"

"我很害怕。"佐伊坦白道,"我受够了恐惧的感觉。"

"没错,我们确实大难临头了。"梅茜异常兴奋地说,"这样大声说出来,能让人精神点儿,对吧?"

"等等。"佐伊说,"在冲浪世界的时候,你说我们是宇宙神话英雄,所以我们不会输,对吗?"

"我只是随口说说而已。"梅茜说,"我这么说是为了给你打气,让你留在这个团队中。所以平奇利和弗利普斯黛西也这么说。我们随时都会死。一直都是这样,没有保障。古波·古波别无选择,这就是她为什么要招募我们的原因,最后一搏。"

"先生!女士!请你们举起双手。"声音从扩音器中传来。天哪,是一个僵尸警察,他还站在巡逻车旁。这个警察有一支步枪。

"别放弃。"梅茜告诉佐伊和斯卡德。她把碟之珠变成一个单人隧道门,然后她就离开了。

"举起手来,否则我们就要开枪了。"

佐伊和斯卡德拿着新的大碟之珠,迅速冲进了隧道大门,那个曾经是体育馆的地方。

宇宙大战（下）

维利/佐伊

尤利娅把洛斯佩罗斯的影像传送给维利，他目睹了佐伊和斯卡德与巨大的飞碟泼泼和波波的大部分战斗，尽管这影像有些令人费解，因为尤利娅能看到每个人的内在和外在。而巨型格伦慢慢进入隧道的影像，让维利犹如身临其境，这影像与他们打斗的场景相互切换。隧道口扭曲的空间为格伦腾出了地方，但由于风笛的体积太大，所以进去还是花了一段时间。维利联想到婴儿的头部从女人的产道中慢慢出来的样子，他至今想不明白那是怎么做到的。

"就像骆驼穿过针眼，不是吗？"尤利娅说着，理解了维利的想法。

"你到底是从哪里来的？"维利问尤利娅，"而且，如果你不是飞碟，那你是什么？你还没有告诉我。"

"我是古波·古波的一部分。"扁牛说道，"就像是深海鱼类额头上悬着的诱饵。"

"古波·古波在一百万英里之外。"维利抗议道。

"在较高维度的世界里，距离可以更短。"扁牛说。

这时，她向维利展示了她身体的4D后视镜式的图像。原来她的尾巴是一条四维卷须，或连接器，又或是脐带，它沿着非空间延伸到古波·古波的身体中,她的身体好像是一座玛雅金字形神塔,特别模糊。她的眼睛则伸到非空间中,那眼睛向维利眨了眨。

"明白了。"维利说完,沉默了一分钟,消化着这件怪事。同时,飞碟宝宝达克沃思在他的胸口上爬来爬去。可能他想从扁牛体内出来,然后自由飞翔,但是还不行。

维利向尤利娅提出了另一个问题。"那如果你真的是古波·古波的一部分,那为什么你或她——我的意思是,你们为什么还需要我的帮助?你们为什么不亲自把格伦困在隧道里?"

"因为你身手敏捷。"尤利娅说,"让人类去完成这件事,会谱写出一个更好的故事。"

"故事?"

"这个世界是由故事组成的。"扁牛说,开始了神圣的智慧之旅。"不是原子组成的,是文字编织出的宇宙,还有一堆八卦、故事原型和笑话。"

维利的脑海中回荡着哞哞的叫声。他总把自己的思绪想象成明确的外部世界的样子。但是尤利娅说事实恰好相反。维利试图进入那种精神状态,他在那种状态下待了几秒钟。现实就是感觉、情感和故事的海洋,它们错综复杂地联系在一起,每件事都影射着其他所有的事。而枯燥无味、冰冷坚硬、存在即被感知的规范世界——那部分是幻觉,或者就是梦境。

至于圆球世界和地图世界之间的差别——其实把世界想象成一堆行星,或者把世界想象成一片无尽的盆地,实际上并没有什么区别。不管怎样,它们都是相同的东西。你站在什么样的门前,就会进入什么样的世界。每个人都有自己的说法。是的,维利感觉自己似乎醉得一塌糊涂。

"该行动了。"尤利娅说。她挤压着自己的身体,开始从她侧面的裂缝中把维利挤出去。

"我脑子都要掉出来了!"维利喊道,"还有我的器官和骨头!"

"不会的。"4D扁牛说,"我会在你身上涂一层4D的奇味黏液,就像我那张正方形图片里画的那样。"

"今年的流行趋势是'非太空冲浪队'。"维利说,他想把自己的恐惧化成一个玩笑。"为什么我不能留在你体内?为什么我必须一个人出去?"

"因为我害怕格伦。"尤利娅轻轻地说,"还有非太空管道。我只是一头母牛,我把管道留给你。"

就这样,维利飘在超维度的非空间中,胳膊下面夹着海王星桌布折叠成的圆盘,腰间别着吉他,小达克沃思在他的脑袋旁徒劳地嗡嗡作响。这里没有正常的空气流通(从里面?从下面?从上面?),但维利并没有感到呼吸急促。更高维度的世界发出的乳白色光芒让他充满能量。他身上的4D奇味黏液涂层保持得很好。就像一个组装的塑料拼图,高维空间中的正方形。

朝着洛斯佩罗斯望去,维利看到了许多房屋、汽车和泥土的碎片。当他转头或移动眼睛时,图像会发生改变,变成二维截面。当维利独自看着那条他本该扎起来的尤尼隧道时,他看到一个球体般的东西,上面有一大块粗糙的意大利香肠切片。那大概是他的死敌格伦的横截面。

扁牛再次用心灵感应给维利传输了一系列沉浸式的全息图像,包括维利和他周围的环境。他看着自己身体断断续续的四维运动,就好像看着一个陌生人在人行道上癫痫发作一样。他为那个人感到恐惧和同情。

算了。他不停地抽搐——像一条疯狂的尺蠖一样扭动着身体。在这个过程中,他发现他的4D奇味涂层居然含有更高维度的肌肉,而且他能够自如地控制,这太棒了!他仿佛在一个灵活的4D冲浪板中。而且如果他以一种特定的稳定脉搏来跳跃,那么他就可以像热带海洋中的鳗鱼一样在非太空中滑翔。是的，没错。

观察着维利的动作，涂有同样奇味涂层的达克沃思也学会了在太空中航行。我们的英雄和他的吉祥物以这种方式接近着超固体的非空间隧道，格伦就在隧道的超表面里。维利仅凭肉眼无法判断佐伊和斯卡德是否跟格伦在一起。他只能看到一个大球，上面有复杂的解剖图。尤利娅传送的影像并没有太多帮助，因为维利现在意识到，她发给他的影像是她编辑过的。他越来越不喜欢这些东西了。

"准备好把那些海王星桌布圆盘包裹在隧道的两端。"扁牛命令道，"你要趁格伦在里面的时候把它们安装到位。然后我会告诉你什么时候把它们收紧。"

"我真是看出不来为什么这件事要非我来做，而你不是。"维利喃喃地说，他有点迷茫甚至说话都语无伦次了。"我太笨了。"

扁牛开始嘲笑他，发出哼哈、哼哈的声音，实际上，这是古波·古波的笑声，因为扁牛就是古波·古波操控的木偶。去你的古波·古波，去你的4D扁牛。

§

佐伊紧握着她的大号碟之珠，向一百英尺高的巨型隧道口飘去，斯卡德紧随其后。球形大门就在体育馆被炸毁的废墟上，周围是成千上万死去的飞碟，他们由内向外翻转着，献出了自己的一切。同时，草坪上的僵尸警察还在开枪，他们都是飞碟的傀儡。砰！砰！砰！

佐伊左摇右晃地躲闪着。然后他们安全地进入了隧道，洛斯佩罗斯的世界在他们身后逐渐缩小成一个发光的球。在他们前面……

"我们走吧。"斯卡德说。

不出所料，格伦在那里。这个风笛像山一样高大。他仍然有那个巨大的萨克斯管一样的喇叭，中间还有一个狭窄的喇叭。多亏了尤尼隧道的曲率，佐伊看到了格伦幽灵般的重复图像，她也看到了自己的图像。弯曲的隧道还有另一个效果——格伦的身体似乎是弯曲的，好像是在触摸自己的背部。就像壁炉旁地毯上的腊肠狗。

怪物风笛没想到会在隧道里遇见其他人，他向斯卡德和佐伊愤怒地尖叫着。佐伊留心听着那些声音。她噘起嘴唇，用手指拨弄着小号的阀键，想着如何模仿格伦。

格伦前面就是通往范科特的出口——有点像通往洛斯佩罗斯的出口。两者都是带有内部世界的空气球，每个球看起来都有一百英尺宽。佐伊提醒自己，当出口的球开始缩小时，她和斯卡德就要离开这里了。

严格来说，格伦可能没有眼睛，但是他那对有心灵感应能力的、蠕动的触角可以感知到孩子们的一举一动。他刺耳的号角声像有雷达瞄准的大炮一样瞄准了他们，但斯卡德也已经进入了战斗模式。这个男孩举起了魔杖，然后……

轰隆！

亚里士多的魔杖斯科奇发出了冲击波。佐伊有些期待看到那只巨型棕色风笛变成一堆粪便，但事情没有这么简单。几秒钟后，网状的火花在怪物的兽皮上跳动，他一下子就把火花抖掉了。然后，风笛不慌不忙地将他那对嵌套的号角对准目标，然后……

哐嘡！

那阵空气的脉冲聚焦得如此精准，只击中了斯卡德。超音速气流把男孩推回到隧道中洛斯佩罗斯那一端——斯卡德摔了个狗啃泥。出乎意料的是，爆炸的残余旋涡反而让佐伊更接近格伦了。佐伊充分利用了这一点，直接飞向风笛，她想降落在格伦号角的底部，希望在那里躲避他狂风暴雨般的袭击。

格伦巧妙地反击了佐伊的行动，他并没有让佐伊落在他身上，而是把旋涡般的气流吸进了他巨大的外部号角中。天哪，这样他就把佐伊吸入了他一英里宽的体内深处，那里纷繁杂乱。他内部的通道像游乐场里的鬼屋，佐伊在里面翻滚时，汹涌的气流撕扯着她的四肢。她把那颗巨大的碟之珠弄丢了，它不见了。她在气流的裹挟下、格伦的恶意推挤中，一圈又一圈地旋转着。终于，她双脚落地了——那是一个大桶，里面装满了凝固的奇味，浓得像糨糊或流沙。它大概到佐伊膝盖的位置。这太疯狂了。

佐伊疯狂地环顾四周。她在一个拱形的房间里，这里有肉质的管子、颚状的绞拧机和挤东西的手，它们在为格伦挤压飞碟。附近有一个发光囊，那是他的飞碟卵孵化场。旁边还有一张肥沃的真菌床，里面养着许多碟之珠。她降落的这个大缸是格伦储藏奇味的容器。哦，为什么这东西这么黏？她徒劳地想要挣脱，但她越挣扎，陷得越深。

更糟的是，这里有几百个婴儿飞碟和佐伊在一起。那只巨大的风笛此刻并没有用细小的喇叭把他们喷出去。所以那些婴儿飞碟无所事事，到处嗡嗡作响。现在这些小家伙们注意到了佐伊的奇味。他们本身就是吸血鬼，现在像沼泽里的蚊子一样聚集在她周围。

佐伊脑子转得飞快，把她的小号放在嘴上，开始模仿格伦的声音。在曲子的吸引下，婴儿飞碟相互同步，开始编队飞行。佐伊巧妙地塑造了这段曲调，把他们从格伦狭窄的中央喇叭中送出去了。

巨大的风笛愤怒地鸣叫着。但与此同时，他继续穿过隧道向前移动。毕竟他的目的是到达洛斯佩罗斯。佐伊认为维利现在应该收紧海王星桌布了，但这似乎并没有发生。洛斯佩罗斯和范科特出口的大小一直很稳定,保持着像房屋一样大的尺寸,就像圣诞树上的装饰球一样挂在那里,每个球中都有自己的世界。

§

维利和达克沃思准备把第一块海王星桌布包裹在尤尼隧道一端的空白球形横截面上时,他突然诡异地失重了,不停地在 4D 非空间中挣扎、拍打。令人恼火的是,尤利娅不再给维利展示完整的全息照片了。维利自己看到的那堆乱七八糟的球体其实什么都不是。有些球体上有萨拉米香肠片,有些没有。格伦确实就在附近,维利甚至可以听到邪恶的风笛的尖叫声。

尤利娅不再直接给维利看全息视频,而是给他看隧道的心理模型[①] 图像。比如,她给他看了一段气象气球[②] 吸气、呼气的延时电影——上面有个大写字母 G,代表格伦。然后她又切换了显示,将隧道以立体派漫画的形式呈现出来,其中有一位可爱的高中女老师,她特别喜欢圆锥曲线。维利觉得这个女人应该是他在洛斯佩罗斯高中的数学老师,她就代表可怕的格伦,维利必须确保将她困在两个海王星桌布之间。他叹了口气,继续着他的任务。

维利展开第一块桌布时,他在四个不同的维度上挥舞着手臂,这意味着他的手在视线中忽隐忽现,令人十分不安。他担心自己的 4D 奇味保护涂层可能会脱落,然后他会看到自己前臂的骨头像一些受欢迎的鼓手扔掉的鼓槌一样旋转。

达克沃思绝对是个好帮手。基本动作是,维利夹住海王星桌布圆盘上的一点,达克沃思则抓住圆盘对侧的一点,这个小飞碟

---

① 心理模型(mental model)是用于解释人的内部心理活动过程而构造的一种比拟性的描述或表示。可由实物构成或由数学方程、图表构成。
② 也称探空气球。把探空仪器带到高空进行温度、大气压力、湿度、风速风向等气象要素测量的气球。

男孩一直拖着圆盘,绕着尤尼隧道扭动——接着他把自己抓住的那一端递给维利。现在隧道的一部分被桌布包裹着,然后维利握住了桌布边缘两个相对的点。你可能会觉得桌布不够大,因为格伦有一英里宽,但是就像尤利娅说的,在非空间中,距离往往比你预期的要短。

维利和达克沃思做了六次包裹动作。最后第一张桌布完全包裹住了隧道的一个横截面,格伦似乎还不在其中。维利将桌布的整个外边缘都捏在手里,所以他实际上已经把隧道的特定部分收进了海王星桌布。如果他想截断隧道的一部分,只需要收紧海王星桌布的边缘就行。但首先他得稍微挪动一点,去包裹第二块桌布。你可能认为他必须要移动整整一英里(与格伦大小相同),但正如之前所说,在非空间中只需挪动一点点,就相当于走了很长的路。

隧道里不断地闪烁着细小的火花,这让维利的任务徒增难度,这些火花好像是静电的堆积,只不过那不是电,而是暗能量,或许是更危险的非空间力量。每当火花击中维利时,他对现实的感知好像就经历了一次跳格剪接。也就是说,他失去了一两秒钟的个人心理时间线,就像他生命的挂毯上布满了虚无的斑点。这是一种可怕的感觉。

"我很高兴你把这件事情处理得这么好。"在远处观望的尤利娅用心灵感应对维利说,听上去既平静又愚笨。

"你看我的身体上有缺口吗?"维利问。

"你就像一块掠过池塘水面的石头。"扁牛哞哞地叫着。

"哪儿有水?"维利问,现在他对尤利娅有些恼火了。

"这儿全都是水。"尤利娅说,"生命犹如流水。"

这时维利被另一个微小的火花击中了,他又经历了一次跳格剪接。他再次回过神来时,尤利娅刚哞哞地说完一些话,但他什么都没听到。

"空气。"维利说,"如果我是掠过生命之水的石头,那么空气代表什么?"

"不代表任何事情或任何人。"尤利娅说,"我害怕这种形而上学的零。这就是为什么我让你来完成这个任务,我就从上面指导就好。反正你四肢发达,头脑简单……"

"去你的。"维利哭喊道,"我的意思是,你让我做这些你自己都觉得很危险而不敢尝试的事情,却还在这里阴阳怪气地说我?我在这里截断尤尼隧道,是因为你不能?结果你还说我不会死,是因为我太——蠢?"

"把活儿干完。"那个自负的、控制欲极强的扁牛说,"把第二张桌布包好。"

"我就想知道那该死的隧道里到底发生了什么。"维利喊道,"我能听到风笛声,我觉得我也听到佐伊的小号声了。我要看看你看到了什么。"

"不行。"

维利上下点了点头,扫视着格伦的横截面层。每当他以为自己可能会看到佐伊的切片时,细小的火花就会从隧道里快乐地跳出来,从他的脑海中挖走一小块儿。不知为什么,这种可怕的感觉,吸引甚至让作为冲浪者的维利觉得很好笑。伙计,这次旅行可太恶心了。

维利带着严峻的笑容,艰难地穿过那些来剪切自己时间的火花,它们简直让人无法忍受。这期间,达克沃思一直在给予他小小的帮助。然后第二块海王星桌布包住了隧道中第二个没有格伦的部分。事实上,维利现在手里就握着两块桌布的两端。

碰巧的是,桌布比实际需要的要大一些,所以有些部分就重叠在他的手上。就像史高治叔叔①抓着一个钱袋,然后他的手上还多出了一块松软的布边。

计划是什么呢?只要尤利娅一声令下,维利就会收紧桌布。他会把越来越多的布料拽过来,这样桌布里的空间就越来越小。

这时,维利已经筋疲力尽、气喘吁吁了——不过在没有空气的情况下,喘气并不重要,因为他是靠非空间的神秘光芒活着的,但他还没来得及深入思考这个问题。现在他已经完成了包裹任务,尤尼隧道中的火花也停止了。

尤利娅灵活地移动到了维利这一边,尽管他现在已经开始讨厌她了,但为了让自己更舒服,维利还是让部分身体回到了扁牛体内。他手里还握着那些捆在一起的桌布袋口。

"什么时候行动?"他问扁牛。

"快了。"尤利娅说,"我想让格伦再稍微移动一下。然后佐伊和斯卡德飞到安全的地方——砰,你再关上门。"

维利再次摇晃着他的头,试图用他的眼睛在那些带有萨拉米香肠的气球里捕捉到斯卡德或佐伊的身影,但他并没有看到。他能听到格伦的叫声——还有佐伊小号清晰的音调。这时候,该死的扁牛却在给他看一部非常扯淡的漫画,里面有一个牛仔拿着两个套索。

"你保证斯卡德和佐伊能逃脱吗?"维利恳求道。

"别担心。要相信古波·古波。"

§

佐伊的双脚还陷在奇味的大桶里。为了在格伦进一步穿过隧道之前分散他的注意力,她把小号放在唇边,大声地吹奏起来。

---

①即史高治·麦克达克,是唐老鸭的舅舅,一个一分钱都舍不得花的亿万富翁。

格伦犹豫了一下，不太确定发生了什么。这时斯卡德从洛斯佩罗斯飞回来，伸出了他的魔杖。

轰隆！

又一次爆炸！格伦被击中后，退缩了一下。佐伊持续不断的独奏摇晃着怪物的肚子，仿佛让他经历了有史以来最严重的胃痛。格伦为了寻求解脱，这个噪声风笛从他的内层气囊上生出了肉质的卷须——他长出一些触角来寻找折磨他的人。其中一根卷须靠近佐伊时，她闪开了，却失去了平衡。糟糕，她的左手也落入了大桶的奇味中，被卡住了。此时，佐伊就像捕鼠器里的老鼠。

佐伊迫切地需要斯卡德的帮助，于是她把小号的声音变成了哀怨的音调，希望斯卡德爬进错综复杂的风笛气囊，帮她一把。但斯卡德退缩了。他对格伦十分警惕，而且他担心时间不够用了。

格伦的一根新卷须缠绕在佐伊的腰部，并开始伸向她的脖子。她用另一只可以活动的手折断了卷须，结果折断的顶端又生出两条，要是她能挣脱这些束缚就好了。突然，她有了一个主意。

她把小号朝下，直接对准奇味桶，吹出高亢的琶音，像机枪一样。不连贯的曲调几乎立刻将黏稠的奇味软化成稀粥。就是这样！佐伊的左手拿出来了，她从身上扯下了所有的肉质卷须，爬出了流沙般的奇味大桶。现在，佐伊要去寻找出路了。得快点！

格伦前进的势头丝毫未减。

§

"就是现在！"扁牛命令着维利，"收紧桌布。"

"佐伊和我的弟弟还在里面吗？"

"不在！别担心。"

维利非常勇敢地用力拽着两张海王星桌布的边缘，收紧了格伦两侧的出口。

§

透过格伦半透明的兽皮向外窥视，佐伊注意到有些不对劲。

洛斯佩罗斯的出口正在迅速缩小。已经小得无法让格伦通过了。风笛扑向闪闪发光的球体，只听砰的一声，他没能穿过去。格伦愤怒地尖叫着。

斯卡德飞到了格伦半透明的兽皮旁，疯狂地对佐伊做手势。就好像在说——快点！咱们该走了！从那里飞出来吧！

可是没有大碟之珠，佐伊就无法飞。但她正竭尽全力地跳着，匍匐着，爬向喇叭出口的孔。她抓着格伦的肌肉、肌腱和血管，爬过格伦缠结的内脏，穿过满是黏液的通道，沿着风笛气囊的内表面爬行。但格伦一心复仇，想方设法阻碍她的进程——他用卷须猛地拉住了她的脚踝，摇动着身体内壁让她摔倒，还使劲鼓气把她甩来甩去。在这头野兽迷宫般的肚子里，佐伊前进一步，后退两步。

与此同时，格伦在隧道里跌跌撞撞地来回走动。他冲向范科特出口，但那一端的隧道尽头也在缩小。砰。他转身再次加速冲向洛斯佩罗斯的出口。砰。

在外面的某个地方，维利正在收紧海王星桌布。但这也意味着他不知道佐伊被困在格伦的肚子里。这该怎么办呢？

佐伊再次用她的小号吹响了凄厉的呜咽，希望维利能听到并明白她的意思。这并非不可能。毕竟，这不是普通的小号。也许小号的音符可以穿越非空间。

这时，斯卡德正在竭尽全力解救佐伊。他手里拿着魔杖，不停地向格伦的兽皮射击，想为佐伊炸出一个洞，但是没用。斯卡德又试了一次，还用上了碟之珠。他全力以赴，完全没有停下来的意思。一分钟过去了。格伦的兽皮还是丝毫未损。

洛斯佩罗斯一端的大门现在已经变得很狭窄了——甚至不到三英尺宽。斯卡德的表情很痛苦,他向佐伊示意他很抱歉。他不能再等了,扭动着穿过大门来到洛斯佩罗斯。现在,大门已经变成一个只有几英寸宽的小亮点了。

这时,佐伊想到她口袋里还有一颗小碟之珠,就是以前梅茜给她的那颗,已经用来穿越空间四次了。她应该能再次打开这颗珍珠进入隧道,对吗?也许隧道会带她回到那晚洛斯佩罗斯那个错综复杂的交叉路口,当时妈妈的越野车差点撞到他们。没错!

佐伊用颤抖的双手让小碟之珠飘浮在她面前。她用小号吹出了熟悉的曲调。但是,什么都没有发生。这里不是合适的空间,或者是格伦破坏了感应,又或是珍珠的能量下降了。不管出于什么原因,现在这颗肮脏的小珍珠像廉价的塑料珠子一样没有光泽和活力。佐伊再次吹响了她的魔法曲调,万一有效呢,再试一次——还是不行。隧道出口的那一点光也没有了。

格伦猛烈摆动,不断打嗝,疯狂号叫,不停放屁。他肚子里的空气燥热又难闻,佐伊感觉就像在阳光下的汽车后备厢里的垃圾袋中似的。佐伊快要死了。

救救我,维利。

§

扁牛现在正用心灵感应让维利清楚地看到收紧的桌布是怎样封死了隧道的出口。任务完成了。地图世界和圆球世界的空间已经被阻断了,也没有留下任何"疤痕"。在它们之间有一个小小的世界,一个密闭的袖珍宇宙。而且它的尺寸还在逐渐缩小,格伦应该是在里面的,但邪恶的尤利娅还是不让维利看到任何格伦的图像。

让维利困惑的是,他仍然听得到佐伊的号角声。微弱的高音穿越了非空间。就像她从那个球里呼唤他一样？

"告诉我，佐伊没事吧？"维利哭喊着问尤利娅。

"她在家，很安全。"

维利很想确认这一点。但他没有。"把我送回洛斯佩罗斯，这样我就能见到她了！"

"我想先回味一下格伦的死亡。"尤利娅说，"胜利了，我们赢了。我现在代表古波·古波在讲话。"

"我可以伤害你。"维利生气地说。他在尤利娅体内皮革般的乘客车厢里用手摸索，又一次发现了他先前以为是碟之珠的肿块。他把一只手放在它的两边，然后开始挤压。那个肿块非常灵活，根本不是碟之珠。好像是某种内部器官。维利挤压时，尤利娅忍不住地畏缩了。

"除非我见到佐伊。"维利告诉尤利娅，"否则我就把这东西挤爆。"

"无脑、急躁的土包子。"尤利娅说，"你赶紧走。"扁牛迅速扭动身体，飘到了阳光明媚的洛斯佩罗斯，回到了现实。她吐出了维利、达克沃思和维利的飞行V吉他。

维利首先看到的是他的弟弟斯卡德。他在高中前的草坪上，那里已经变成了一片废墟。斯卡德惊恐地抽泣着，他举起双手，好像怕被责打。

"佐伊在哪儿？"维利冲弟弟大喊，"你把她留在隧道里了吗？"

"我想救她。"斯卡德哭道，"但我没成功，她被困在格伦体内了。我的魔杖不够有力，时间也来不及了。对不起，维利！"

"尤利娅！"维利惨叫着转过身去，"带我回去……"

扁牛不见了。她不关心他的问题。她已经升入四维空间飞走了。她是古波·古波的一部分。古波·古波的战争胜利了。

§

即使被困在格伦发臭的体内，佐伊也完全不能接受她马上就要死去的事实。这就像在一个倒塌的工厂里。格伦的内脏正在崩溃。风笛发出嘶嘶的低鸣声，格伦已经放弃抵抗了。

但是佐伊相信维利，他会来救她的。她想象着他的脸和眼睛，他双腿急促的运动，他那长久的狡黠的微笑，他闪亮的头发，他急切的拥抱。她举起了小号，仍然想要把音符从非空间里传出去。

吹小号是在浪费时间吗？但是，时间，你怎么能浪费时间呢？比如，你占据了一立方英亩的时间，一千瓦时或任何其他单位的时间。你拥有一定的时间，仅此而已。没有花费时间，没有浪费时间，也没有赚取时间。你只能拥有时间，或没有时间，仅此而已，这是结局——还是开始？佐伊觉得内心十分开阔，死亡近在咫尺，生命就在眼前流逝。她把所有这些都融入自己吹奏的曲子中。这是她有史以来最忧伤的布鲁斯。献给维利。

§

"格伦的声音。"维利抬起头绝望地说，他仍然和斯卡德站在高中的废墟前。"它停了。我什么也听不到了。"

斯卡德停下来仔细倾听，思考着。"你说得对。那声音本来是从隧道中飘出来的，但现在隧道不见了。格伦可能已经死了。"他摸着手腕上闪闪发亮的那个东西，那是一直生活在他体内的亚里士多幼虫的头。斯科奇，她爬出来了。魔杖飘浮在半空中，扭动着她如枝条般明亮的身体。她比以前丰满一些，更像纺锤了。她一侧的眼睛都快弹出来了。

"她正在变成蛹。"斯卡德说。

"告诉她去找佐伊。"维利说。

斯卡德花了一分钟时间,默默地用心灵感应和那个正在蛹化的魔杖对话。然后他摇了摇头。"斯科奇说她和我们的任务已经完成了。"他说,"她说她很喜欢我,仅此而已。小贱人。古波·古波和斯泽普人还有亚里士多人——他们都在利用我们,只是为了杀死格伦。"

维利向前扑去,想抓住那只细长的蛹。斯科奇咯咯地笑着,眨了眨眼睛,飞快地躲开了他们,消失在天空中一个微小的球形门里,踏上了她回斯泽普城的路。

"可怜的佐伊。"斯卡德说道,然后沉默了一会儿。"至少我们杀了格伦,佐伊没有白死。"他的声音清晰可闻。"她和其他人都不一样,维利。我也爱她。"

"别说了。"维利说,仍然以奇怪的角度抬着头。"佐伊还没死。我能听到她的号角声!你也能听到,不是吗?"

"我——对不起,我没听到。"斯卡德说。他退缩了,也许他认为维利已经疯了。也许他害怕挨打,在维利看来,他活该挨打。但是斯卡德还是在努力讨好他。"维利,如果你能听到来自非空间的声音,也许意味着你可以飞到那里?"

"是的,我当时确实在整个非空间中到处扭动。"维利说,他的头不停地抽动着。"我身上涂了 4D 奇味,所以我可以自由弯曲。可能我身上还有那些奇味。我当时就像一条非空间的鳗鱼。也许这就是为什么我能听到你听不到的声音。但……"

"再试着像鳗鱼一样扭动吧。"斯卡德大声说道,他那痛苦的脸变得容光焕发起来。"去吧!离开我们的世界,进入四维空间。去找佐伊吧,维利!救救她!"

维利以怪异的方式弯曲他的身体,就像他在非空间中一样。他拿着飞行 V,又抽搐了一下,洛斯佩罗斯的景观变成了一层薄薄的泥土和房屋的横截面。维利挣脱了束缚,他进入了 4D 非空间。

非空间里漆黑一片。但是，当维利在吉他上弹奏和弦时，它变亮了。佐伊的号角在召唤他。维利看到了一个昏暗的球。（如此前图 8 所示。）这是正在缩小的袖珍宇宙的横截面，佐伊就在里面。现在没有扁牛帮他，维利很难看清。但维利还有其他寻找的方法，那就是佐伊的音乐。他再次弹奏吉他，她再次回应。一来一往，他们通过音乐沟通。在黑夜中航行，他们注定会相遇。

§

格伦现在很虚弱，顾不上佐伊了，也没有贪婪的卷须了。佐伊毫无意义地沿着格伦的兽皮内侧前行。她像墙上的一只蜥蜴，待在一个"鸟不拉屎的地方"——而且那地方一直在变小。

然后佐伊听到了维利的吉他声，她吹奏着小号回应。然后她又听到了他的吉他声，他来找她了，聪明的维利。佐伊再次想象着她的爱人，她用音乐和爱拉近了和他的距离。

她面前的一块地方变得滑稽可笑。那是维利头的切片，飘浮在那里，就像她在扁牛体内看到的一样。切片摆动着，在四维空间里旋转了九十度，这是维利的脸，然后——太棒了——完整的他出现了。

她飘进维利的怀里。他扭着身子靠近她。他们脱离了格伦，脱离了格伦萎缩的死亡世界，然后他们迅速地离开了。当然，也不是一下子就离开了，更像是间歇性抽搐，可能甚至更像做爱。任务圆满完成。

佐伊回头看着可怕的迷你格伦世界，她看到一些东西——那是一片格伦在追他们吗？他妄想跟着他们穿越非空间吗？佐伊用洪荒之力击中了怪物的卷须,加百利号角①式爆炸将格伦弹回了他的坟墓,孕育他的棺材。过了一会儿,只听吧嗒一声,格伦和他的球都消失了。

同时,维利和佐伊还在不断扭动着,然后,太棒了。

他们回到了高中大楼废墟前的草坪上,亲吻着彼此。斯卡德和梅茜在旁边欢呼,快乐的达克沃思嗡嗡叫着。

桑妮·韦弗带着两名僵尸警察来了,想逮捕他们。

"醒醒吧。"佐伊告诉他们。"一切都结束了。格伦死了。吸血鬼飞碟也没有了。"

那些茫然、阴沉的脸一下子被点亮了,仿佛咒语被解除了。"哦!抱歉打扰你们了!"桑妮和警察走开了。

佐伊、维利、斯卡德和梅茜手拉着手围成一圈跳舞。

庆祝吧。

---

① 一种特殊的几何图形,具有无限大的表面积但有限的体积。之所以叫加百利号角,是因为基督教传统将大天使加百利确定为吹号角宣布审判日的天使。17世纪,意大利物理学家、数学家万杰利斯塔·托里拆利首次研究了这个图形的性质。

后 记

  我一直想写一部科幻小说，讲述一群形形色色的人物进行一次长途旅行，去访问许多星球，其中有些旅行者是人类，有些是外星人。为了让旅程更有趣，我希望他们驾驶汽车。

  为什么要开车呢？好吧，我们已经有很多科幻小说是关于宇宙飞船上的游客，星际飞船中的移民以及太空部队中的士兵。车上没有船长，你可以开着车窗开车，想停在哪里就停在哪里。

  现实中的公路旅行总在你不想结束的时候就结束了。比如你到海边就没有前进的路了。而我想要一次没有尽头的公路旅行，不断有新的冒险，有机会到达从未涉足过的地方。但怎么能开着汽车做到这一点呢？

  我像剥葡萄一样，把地球剥开，把海洋剪下来，把展平的表皮塑造成圆盘，然后在它周围放上山脉。然后我又铺了一堆这样的"行星皮"，把它们像六边形瓷砖一样排列在地板上。瞧，这就是地图世界！百万英里之路的准备工作就全部做好了。

  我是如何决定这趟旅程是一百万英里的呢？被切开的地球直径实际约为一万英里。如果我们特别豪爽，假定我们的旅行就是要跨过大约一百个类似行星的圆盘，那么我们就要跨过一百万英里。一百乘以一万就是一百万。非常清晰明了。

当我写完小说的三分之二时，我意识到我只走过了六个世界。我需要加快步伐，加速的部分很简单。我引入了一种即兴创造的科幻技术，称为斯特拉托卡斯特（就是芬达的那款吉他）。困难的部分实际上是要想象出各种不同的世界。我觉得描述其中的三十个就足够了，剩下的可以一笔带过。但是我很难把三十个独特的世界融合在一起。

我还记得那是二〇一六年一月，我在现实生活中遇到点麻烦。我不得不去医院做一个特别的创伤性髋关节手术。以下是我的《百万英里之路创作笔记》里的摘录：

> 第三天晚上，疼痛再次加剧。他们给我吃了药。晚上六点半，我就沉沉睡去，凌晨十二点半醒来，浑身大汗淋漓。我的床似乎是一条小巷的边缘，我就像一条湿抹布一样躺在那儿，一件卷成一团的衬衫，什么都不是。我只觉得自己可悲、失落、一蹶不振。
>
> 我当时醒着，但不记得自己是谁，在哪里，我存在的意义是什么，我正在经历什么折磨，或者我应该做什么。我只是小巷里的一团湿抹布。我听到一面弧形墙外有声音传来，那是我所在病房门口的窗帘。我希望有人能进来，但一个人都没有。最后我找到了呼叫护士的按铃。我告诉她，我不记得自己是谁了，我很痛苦。她很同情我。
>
> 在我床边的桌子上，我发现了一些纸片，上面有我写的《百万英里之路》中《斯特拉托卡斯特》那一章的草稿。我告诉护士，这些纸片是我正在撰写的科幻小说，我是作家，我现在会通过思考自己的书来恢复自己的人格。她很赞同。在深夜的医院中，无名的我仿佛拥有了大把时间。
>
> 几分钟后，我鼓起勇气又叫了护士，另一个护士来了，

她从房间另一边的背包里把我的笔记本电脑拿给了我。几分钟后，我又叫了一个护士，她拿来了我的老花镜。然后我开始创作，一直写到凌晨三点。护士们没有质问我在做什么。我很高兴能在如此极端的情况下写作，而且我认为写出来的东西相当不错。我一个人跑过了二三十个盆地。仿佛穿越了一幅超现实主义的壁画。

顺便说一句，你们可以在小说的网页上，在线阅读完整的《百万英里之路创作笔记》（请参阅"后记"末尾的URL链接），还可以购买我小说的电子书或平装书。笔记比小说本身还长一点，这是我典型的创作习惯。

医院的经历让我想起短篇小说《鼠小姐和四维空间》中的一句话。这部小说的作者是罗伯特·谢克里，我青年时代的科幻作家英雄，也是我后来的导师。他是一个睿智、时髦的人，而且非常有趣。谢克里的那句话是：

> 真正的作家是只要他们可以记录自己的所见所闻所想，并把它们送回地球出版，他们自愿永久落入地狱之火。

在接下来的一年中，我重写了五六遍那个有点错乱的草稿。我一直在思考我在写什么。我是一个完美主义者。我不知道该怎么往下写的时候，我会为它做笔记，思考我的世界以及背后的逻辑解释。

说到这里，像我这样的科幻作家会用以下这三个步骤进行创作。第一，我们会摆脱现实的束缚，想象一个我们想在其中度过一段时间的世界。比如像地图世界这样的地方。第二，我们运用精心磨炼的瞎编技巧，为这个世界创作一个解读方式。如果你愿意的话，可以说这是橡胶物理学。第三，在写作的时候，我们会在构想和解释之间来回思考。一方面，这种解释催生了新的构想。另一方面，不断扩大的构想又为解释增添了新元素。

如果你碰巧是乔治·威廉·弗里德里希·黑格尔的曾曾曾孙（像我一样），那么你可以把它称为辩证过程。而论题就是那个奇妙的构想，反论题就是伪科学的解释，综合是这两者之间的分支联系，过程是来回穿梭的行为，反复地增加着构想和理论。

当然，《百万英里之路》并不是一部沉闷的现象学作品。它轻盈俏皮，主角是三个态度恶劣的高中生。他们遇到的外星人，可以说非常古怪。

有时候，我觉得我们可以把我的小说当作青年作品来营销，但把它称为文学科幻小说似乎更好。但是，请注意，如果你是青年类型读者，这本小说非常适合你，相信拉克教授。

影响我创作的另一个因素是托马斯·品钦的风格。我想像他一样用现在时来创作一本小说。通常读者不会有意识地注意到小说的写作时态——比如是过去时还是现在时，但是对于作家来说，这是一个充满挑战的决定。我发现使用现在时可以给人一种健谈的感觉，就像有人在讲述一个故事。品钦的另一个写作特点是视点人物写作手法。而且他总是聚焦非常贴近当下的视角人物，产生了一种类似于实时意识流的效果。我在创作这本书时也使用了上述写作手法，并把当前视点角色的名字放在每一章的开头。我喜欢让读者的阅读容易一些。对品钦的另一个致敬是，我经常使用很长的句子，加上一个又一个短语，就像一个木匠在想办法组装一个越来越摇晃的脚手架。

关于场景，我喜欢把现实环境融入我的科幻小说中——这就是我所说的超现实主义。以现实世界为背景的科幻小说。这次，我的超现实世界里有飞碟——他们不是无聊的机器，他们是有血有肉的生物。外星人不开飞碟，伙计，他们就是飞碟。我不明白为什么更多的人没有意识到这一点！尽管如此，如果你要写真正的飞碟，那没有全面的"飞碟的攻击"怎么行呢。没有比我们当地洛斯加图斯高中年度毕业典礼更适合的场景了！我在那里参加过不少毕业典礼。

我喜欢科幻的经典手法，就像摇滚吉他手喜欢强有力的和弦一样。诀窍就是要给古老的比喻带来新的意义。鉴于在我们的世界看不到地图世界，我需要把它隐藏在一个平行世界里。为了让这个古老的概念复活，我引入了一些鲜为人知的事实，这些事实涉及平行世界之间的高维隧道几何结构。这是真正的数学！我还让一些飞碟从里向外翻转——这是我思考一些事物的科学解释得出的一个细节的例子。我尽量用文字、场景和图例来解释4D内容，但是如果你想更深入地了解，请阅读我的非虚构作品《第四维度》或我的4D小说《太空世界》。

有关《百万英里之路》的更多信息，包括我的写作笔记，请参见本书的网页，网址：www.rudyrucker.com/millionmilero adtrip。

最后，我要感谢马克·莱德劳阅读并讨论了小说的前几部分。还有杰里米·拉森。二〇一六年十二月在伊莎博·威尔斯家中举行的《轨迹》杂志的假日聚会上，我们进行了一场难忘的谈话，然后他就为夜影图书公司买下了这部作品的版权。向我的经纪人约翰·西尔伯萨克致敬，是他促成了这一出版合作。特别感谢夜影图书公司的科里·阿林，他在编辑出版这本作品的过程中非常友好，且让我获益良多。感谢比尔·卡曼出色的封面艺术设计。同时，我也非常感谢我在Kickstarter网站上的支持者为提高我的预付金做出的贡献——他们的名字会出现在小说的网站上。拥抱我亲爱的妻子西尔维亚，感谢你一直喜爱我不断带入咱们生活的那些看不见的幻想生物。

最重要的是,感谢我的读者,无论你已经喜爱我多年,还是刚加入这个欢乐的群体。欢迎你,我的朋友!

鲁迪·拉克

二〇一八年十二月四日

洛斯加图斯,加利福尼亚

MILLION MILE ROAD TRIP
BY RUDY RUCKER
Copyright © 2019 by Rudy Rucker
Published by arrangement with The Bent Agency, through The Grayhawk Agency Ltd.
Simplified Chinese edition copyright:
2024 NEW STAR PRESS Co., Ltd.
All rights reserved.

图书在版编目（CIP）数据

百万英里之路 /（美）鲁迪·拉克著；王彦超译 . —— 北京：新星出版社，2024.2
ISBN 978-7-5133-5355-7

Ⅰ . ①百… Ⅱ . ①鲁… ②王… Ⅲ . ①幻想小说 – 美国 – 现代 Ⅳ . ① I712.45

中国国家版本馆 CIP 数据核字 (2023) 第 234422 号

幻象文库

百万英里之路

[美] 鲁迪·拉克 著；王彦超 译

责任编辑	吴燕慧	**监　制**	黄艳
责任校对	刘义	**责任印制**	李珊珊
封面设计	冷暖儿		

出 版 人　马汝军
出版发行　新星出版社
　　　　　　（北京市西城区车公庄大街丙 3 号楼 8001　100044）
网　　址　www.newstarpress.com
法律顾问　北京市岳成律师事务所
印　　刷　北京天恒嘉业印刷有限公司
开　　本　910mm×1230mm　1/32
印　　张　13.125
字　　数　318 千字
版　　次　2024 年 2 月第 1 版　2024 年 2 月第 1 次印刷
书　　号　ISBN 978-7-5133-5355-7
定　　价　59.00 元

版权专有，侵权必究。如有印装错误，请与出版社联系。
总机：010-88310888　传真：010-65270449　销售中心：010-88310811

特别鸣谢　郝雷